La favorite afghane

W0292522

JANE FEATHER

La favorite du sérail	*J'ai lu* 3448/**6**
La nuit de Saint-Pétersbourg	*J'ai lu* 3560/**6**
La favorite afghane	*J'ai lu* 3667/**7**

Jane Feather

La favorite afghane

Traduit de l'américain
par Elena Brendan

Éditions J'ai lu

Titre original :

BOLD DESTINY
Avon Books, a division of The Hearst Corporation, N. Y.

PROLOGUE

Août 1833

Le soleil venait d'achever sa course dans le ciel et les ombres de la nuit glissaient peu à peu le long des parois abruptes des montagnes, plongeant les méandres du sentier dans une obscurité inquiétante.

George Spencer lança un coup d'œil en direction de la caravane qui avançait lentement derrière lui. Les chameaux, chargés de lourds fardeaux, marchaient en cadence, la tête haute et majestueuse. Les chameliers claquaient de la langue pour les encourager et poussaient des cris stridents destinés à accélérer leur pas, cris qui pressaient le convoi dans l'étroit col de Khyber sans qu'à l'horizon apparaissent les premiers signes rassurants de l'Inde britannique.

Si Annabel ne s'était pas mis en tête de disparaître du campement ce matin-là — pour suivre un bouquetin selon ses dires — ils auraient deux heures d'avance sur leurs prévisions et auraient atteint le sol anglais avant le crépuscule. Au lieu de cela, ils s'enfonçaient dans le silence oppressant de la gorge tandis que la nuit tombait. L'Etoile polaire avait déjà pointé le bout de son nez, accroissant l'angoisse de chacun. Les cavaliers, chargés d'escorter le convoi, caressaient machinalement la crosse polie de leurs fusils, balayant le paysage d'un regard soucieux. Les rochers projetaient leurs gigantesques silhouettes sur la caravane et le sentier qui déroulait son tapis en l'honneur du convoi était petit à petit happé par les ténèbres.

— Vous me semblez bien nerveux, George, constata Rosalind Spencer, son épouse, sans se départir de son calme coutumier. Nous ne devrions plus être très loin maintenant.

George lui sourit avec gratitude. Comme toujours, la voix douce et apaisante de sa femme suffisait à dissiper ses craintes, ses beaux yeux noisette réussissaient à calmer son appréhension.

— Il nous faut à tout prix reprendre Annabel en main, déclara-t-il sans grande conviction.

Le couple répétait ce refrain depuis plus de dix ans. Le seul ennui était que la fillette refusait d'obéir. Sourde aux conseils et aux remontrances, elle continuait son petit bonhomme de chemin, accumulant innombrables bêtises et tours pendables.

Rosalind gratifia George d'un large sourire, consciente des pensées qui préoccupaient son mari. Leur fille représentait une source de joie, le témoignage éclatant du parfait bonheur conjugal. Bien sûr, la petite fille était dotée d'une nature indomptable et d'un caractère obstiné, capricieux pour être plus exact, mais n'était-ce point le cas de tous les enfants uniques... ?

— Annabel s'assagira dès que nous aurons rejoint Peshawar, déclara Rosalind pour rassurer son époux. Les leçons régulières avec sa préceptrice, les cours d'équitation et ses petites amies occuperont la majeure partie de son temps. Là-bas, elle ne songera plus à pourchasser le bouquetin et à hanter les bazars.

Annabel Spencer fronça son adorable petit nez. Ses parents parlaient encore d'elle. Elle le devinait à la manière dont ils se penchaient l'un vers l'autre, empruntant des mines de conspirateurs. Ils devaient certainement faire allusion à l'incident de la matinée. Père avait eu l'air ennuyé, sinon furieux, uniquement parce qu'elle les avait retardés de deux petites heures. La vérité était qu'elle ne pouvait supporter l'idée de devoir réintégrer l'existence ordonnée de leur luxueuse demeure de Peshawar, avec le carcan étouffant de règles domestiques bien établies, le babillage inintéressant des fillettes du voisinage que ses parents lui imposaient — « des compagnes de jeux convenables pour elle », comme ils se tuaient à le lui répéter ! — et puis les mères de ces dernières qui se pâmaient d'adoration devant leur progéniture.

Annabel promena un regard alentour : rien dans ce paysage afghan ne présentait de mauvais présage. Au contraire, ce décor majestueux l'emplissait d'allégresse, sensation qui ne l'avait pas abandonnée un seul instant depuis le jour où George Spencer lui avait promis, six mois plus tôt, à l'aube de ses douze ans, de l'emmener dans son prochain voyage à travers les régions montagneuses d'Afghanistan et de Perse. Il avait acheté des tapis, de riches étoffes de soie, de l'argent et de l'or martelé qu'il convoierait plus tard vers l'Angleterre où la haute société recherchait ces marchandises précieuses, et aux yeux de laquelle il était devenu un véritable nabab.

Mais Annabel ne se souciait pas le moins du monde de la manière dont son père amassait sa fortune, si colossale soit-elle. Pour elle, la magie résidait au cœur de ces gens avec qui George négociait : les khans, seigneurs ayant droit de vie et de mort sur leur tribu, les marchands au regard rusé et à la voix douce mais implacable, les femmes qui se déplaçaient dans l'ombre, couvertes des pieds à la tête, les hommes des collines, guerriers enturbannés qui ne se séparaient jamais de leurs couperets meurtriers et de leurs cimeterres persans, à la lame si acérée que la pointe étincelait sous les feux du soleil.

Tout à ses réminiscences, Annabel ne prit pas garde aux glapissements stridents qui s'élevèrent parmi les cavaliers éclaireurs. Lorsque, brusquement, elle leva les yeux... un vent d'épouvante s'abattit sur elle.

Les hommes de la tribu Ghazi étaient partout, dévalant les pentes abruptes, bondissant des rochers, galopant sur le sentier à la vitesse du vent en direction de George Spencer et de sa caravane. Les coups de feu se succédaient tandis que les assaillants visaient tour à tour leurs victimes, impuissantes devant un tel assaut. Celles-ci s'effondraient une à une dans un bain de sang, rejoignant leurs compagnons que la mort n'avait pas encore fauchés et que ces fanatiques achevaient cruellement de leurs couteaux.

Rosalind périt d'une balle en plein cœur, sans même avoir eu le temps de souffrir. Dans une plainte désespérée, George sauta au bas de son cheval mais un sabre lui transperça la poitrine avant qu'il ait pu rejoindre le corps inanimé de sa bien-aimée et il rendit l'âme en murmurant le nom tant chéri.

Des images atroces et insupportables défilaient sous les yeux d'Annabel, paralysée d'effroi. Elle se tenait droite et rigide sur son petit poney cependant que les guerriers se laissaient aller à leur jubilation barbare dans un concert de clameurs victorieuses. Autour de la fillette se produisait une scène cauchemardesque. Des faces sombres, aux lèvres minces déformées par de méchants rictus, aux dents blanches carnassières, émergeaient de la pénombre pour disparaître de nouveau. Les chevaux renâclaient bruyamment. Le nuage opaque formé par la poudre des balles se dissipa bientôt et un visage se matérialisa devant la fillette, un visage auquel Annabel sut instinctivement que son destin serait lié. Une barbe noire taillée en pointe, de longues boucles de jais qui s'échappaient d'un turban bleu et une lueur belliqueuse dans des yeux fanatiques... Le guerrier leva son sabre, s'apprêtant à décapiter la petite fille...

Terrorisée, Annabel ouvrit la bouche mais son cri d'effroi mourut sur ses lèvres. Dans un sursaut, sa capuche glissa sur ses épaules, libérant une cascade de cheveux rutilants. Le regard du Ghazi s'attarda un instant sur les prunelles de jade qui le fixaient avec panique, sur ce délicat teint de porcelaine et les reflets cuivrés de cette chevelure. Sa soif de sang céda place à la convoitise. L'arme fut replacée dans son fourreau.

« Akbar Khan ». Ce nom maudit parvint aux oreilles de la fillette et s'imprima à tout jamais dans sa mémoire. Avant qu'elle ait eu le temps de riposter, des mains puissantes l'arrachèrent à son poney. La peur d'Annabel se concrétisa en une plainte rauque et douloureuse. Son ravisseur partit d'un rire satanique avant de l'installer sur sa selle, resserrant les pans de sa cape autour d'elle pour prévenir toute rebuffade de sa part. Puis le guerrier lança sa monture à bride abattue sur le sentier et le vent glacial siffla aux oreilles de la petite fille, mordant ses joues livides et blêmes, embuant ses yeux de larmes, tant et si bien qu'il lui eût été impossible de connaître le moment où les sanglots de rancœur la submergèrent, reléguant au second plan sa détresse.

1

Septembre 1841

« Pour une gueule de bois, c'en est une et de taille... ! » songea Christopher Ralston douloureusement, et si quelqu'un pouvait se targuer d'être juge en la matière, c'était bien lui. Pourquoi le soleil au zénith prenait-il un malin plaisir à darder ses feux impitoyables sur les crêtes enneigées qui à leur tour réverbéraient cette lumière hostile éblouissant les yeux ?

La majesté du paysage afghan parvenait à l'émouvoir d'ordinaire, mais cette journée s'annonçait particulièrement catastrophique. Des montagnes heurtées aux ruisseaux bouillonnants en passant par les sentiers sinueux qui, bravement, poursuivaient leur course entre les rochers obstruant le passage, rien ne parvenait à lénifier la douleur lancinante qui martelait ses tempes, à effacer la sensation oppressante de spleen qui lui nouait la gorge, à humidifier ses lèvres sèches, à calmer les nausées qui lui soulevaient le cœur.

Comme toujours, il se maudissait... Pourquoi

fallait-il chaque fois qu'il joue la dernière carte... et encore une dernière... et encore...? Pourquoi un dernier verre de cognac... et encore un dernier... et encore...? Pourquoi, nuit après nuit, tomber comme une masse sur le lit, tandis qu'un officier d'ordonnance se débattait avec ses boutons et ses bottes pour déshabiller un lieutenant aux portes de l'inconscience?

Questions idiotes? Qui, à sa place, ne sombrerait pas dans le tourbillon réconfortant de l'alcool afin d'oublier qu'il a été relégué au ban de la divine civilisation? condamné à la médiocrité d'un grade de lieutenant dans la cavalerie de la Compagnie des Indes Orientales?

Sacredieu! Quelle ironie du sort! La bouche de Christopher se déforma en un misérable rictus. L'honorable Kit Ralston, chéri par la haute société malgré sa réputation de fieffé coureur de jupons — ou peut-être grâce à cela, d'ailleurs —, le brillant lieutenant de la Seventh Light Dragoons, rejeté dans l'ombre à cause de son penchant pour la dive bouteille!

— Veuillez me pardonner, Lieutenant, mais nous chevauchons depuis bientôt quatre heures. Les hommes sont fourbus et affamés.

Les douces intonations de la voix du *havildar** Abdul Ali lui firent l'effet d'une douche glacée. Ces paroles ressemblaient fort à un ordre déguisé. Kit opina du chef, feignant d'être conscient de la fatigue des soldats.

— J'avais l'intention de faire halte sous ces arbres, là-bas. Nous profiterons ainsi d'un peu d'ombre.

* Voir glossaire page 509.

Il joignit le geste à la parole et pointa du bout de sa cravache un dais de feuillage à une centaine de mètres, au pied d'une montagne, vert joyau dans un écrin d'or.

Avec tact, le havildar murmura :

— Bien sûr, Lieutenant. Quel choix judicieux !

Fallait-il discerner une certaine moquerie dans la réponse de cet homme ? Kit préféra ne pas s'appesantir sur le sujet. Le total désintérêt du lieutenant Ralston à l'égard de son service actuel n'était plus un secret pour quiconque. Certes, cela n'amusait personne d'appartenir à une armée d'occupation, dont la présence en Afghanistan ne pouvait être justifiée tant moralement que légalement, et qui jouait de ses baïonnettes pour imposer son autorité aux rebelles. Ces derniers la haïssaient... et pour cause. Quant au shah Soojah, il appartenait à cette race d'oppresseurs dont la tyrannie repose sur un climat de peur. Aux yeux des chefs des tribus afghanes, il n'était qu'un vil scélérat.

Le lieutenant Ralston promena un regard harassé alentour. Comment lui et sa patrouille réagiraient-ils en cas d'attaque des hommes de Ghilsai ? Ils battraient indéniablement en retraite, l'oreille basse. Ces barbares étaient leurs pires ennemis, moins incultes peut-être que les fanatiques Ghazi, mais ils n'en demeuraient pas moins de véritables zélotes lorsqu'il s'agissait d'entrer en guerre contre les infidèles et leur dictateur d'opérette. En effet, les envahisseurs n'éprouvaient pas la moindre honte à les taxer et à les asservir, refusant de leur payer un droit de passage sur les sentiers de montagne. Leur arrogance méprisait la volonté d'indépendance des tribus afghanes et de leurs chefs.

Christopher éperonna sa monture et lança à l'adresse du havildar :

— Ne perdons pas de temps.

Abdul Ali s'autorisa un léger froncement de sourcils avant de transmettre l'ordre aux cinq cipayes et de suivre son lieutenant, ventre à terre, à travers la plaine.

Le sous-bois ombragé était l'une des délicieuses surprises de ce paysage particulièrement inhospitalier. Le dais s'avéra plus large qu'il n'apparaissait de loin et ils dénichèrent une source bordée d'un moelleux tapis de mousse verte émaillé de merveilleuses fleurs jaunes au parfum enivrant.

Le lieutenant eut un haut-le-cœur à la seule vue de la nourriture et s'empressa d'abandonner ses hommes aux préparatifs du repas. Il se laissa séduire par le charme du paysage et s'aventura dans les profondeurs des bois. Le sentier amorça bientôt une pente qu'il suivit sans réfléchir. Au débouché d'un chemin, il se retrouva devant un lac époustouflant de beauté. Contours parfaits rehaussés d'un riche collier d'arbres feuillus ! Eau divinement transparente sur des galets étincelant dans la lumière du soleil ! Images paradisiaques... Désireux de se rafraîchir, il s'approcha lorsque, tout à coup, quelque chose retint son attention. Prudemment, il recula dans l'ombre et se tint immobile.

Quelqu'un se baignait dans le lac. Un bras incurvé fendait à intervalles réguliers la surface de l'eau. A cette distance, il ne pouvait distinguer les traits de l'inconnu, mais ses yeux tombèrent sur une pile de vêtements posée sur la berge à quelques pas de lui. Les effets devaient appartenir au nageur. L'amas d'étoffes ne donnait aucune indication quant à son propriétaire. Aiguillonné par la curiosité, Kit se risqua hors de sa cachette, s'approcha des vêtements, puis se pencha pour les examiner.

Soudain, il se figea. Une pointe acérée caressait sa nuque, lui glaçant le sang dans les veines. Quelqu'un se tenait dans son dos, le menaçant d'une arme. Une voix froide et cruelle, une voix de femme cingla l'air comme un coup de fouet. L'inconnue s'exprimait dans un dialecte qu'il reconnut comme le pushtu. Le lieutenant déglutit avec peine, prenant garde de ne pas bouger la tête afin de ne pas périr sous la lame.

— Je connais quelques mots de persan, déclara-t-il dans cette langue, mais je suis désolé, pas le pushtu. Sachez que je ne vous veux aucun mal.

A son grand soulagement, la pression mordante de l'arme se relâcha mais il resta de marbre, n'osant pas se retourner. Il lui semblait incroyable qu'une Afghane puisse prendre un bain seule dans le lac. En général, les hommes de ce peuple gardaient leurs femmes sous haute surveillance comme l'exigeait le Coran. Mais il aurait été plus juste de dire qu'ils n'accordaient aucune forme de considération à leurs épouses et concubines dans la vie quotidienne. Alors les autoriser à se baigner dans un lac, aussi isolé soit-il, paraissait totalement inconcevable.

— Nous parlerons votre langue, si vous préférez, avisa l'inconnue. Tournez-vous lentement, je vous prie.

Christopher obtempéra. Quelle ne fut pas sa surprise quand il pivota sur ses talons ! La peur, découvrit-il bientôt, pouvait se révéler un merveilleux stimulant. Sa migraine s'évanouit comme par enchantement. Les battements de son cœur s'étaient accélérés sous la menace de cette arme pointée contre son cou. Mais là, ils devinrent effrénés. Et pour cause... !

Tout d'abord, il n'en crut pas ses yeux. Ces prunelles de jade d'une pureté à couper le souffle n'étaient-elles que le fruit de son imagination ? Et que dire de ce teint de magnolia ? Sans parler de l'or flamboyant de cette somptueuse chevelure tombant en cascade sur les épaules de la jeune fille ! Et puis, elle était entièrement nue. Un corps élancé, lisse comme un galet poli par les âges, délicatement sensuel... Nue ! ? !

Oui ! Une femme blanche nue, ruisselante de perles d'eau, était campée devant lui, brandissant au poing un stylet à la manière de quelqu'un qui sait parfaitement le manier et qui, surtout, n'hésiterait pas à s'en servir pour se défendre.

— Qui diable êtes-vous ? s'entendit-il demander d'une voix sourde.

Les yeux verts dépassèrent un instant le lieutenant et fouillèrent l'orée des bois avec inquiétude. L'inconnue se tenait sur le qui-vive.

— Et vous ? Les soldats britanniques ne voyagent jamais seuls. De nos jours, il vaut mieux être prudent.

La raillerie qui pointait sous cette remarque n'échappa pas à Christopher. Il sentit la moutarde lui monter au nez. Tout sympathisant de la cause afghane qu'il se voulait, il n'en demeurait pas moins un officier dans l'exercice de ses fonctions et il ne tolérait pas qu'on l'accuse de couardise.

Mais comment un gentleman pouvait-il riposter face à une jeune femme dans son plus simple appareil, armée de surcroît ?

Il tentait tant bien que mal de résoudre ce dilemme, conscient du regard moqueur posé sur lui, lorsque l'inconnue reprit la parole.

— Vous feriez mieux de quitter cet endroit sur-le-champ. Ils n'hésiteront pas à vous tuer s'ils vous découvrent.

— Qui ?

Christopher nageait en pleine confusion. Il se savait en fâcheuse posture. Néanmoins que représentait la perte d'un lieutenant pour l'illustre armée de la Reine Victoria ? Certes, il n'aurait aucune peine à désarmer la jeune femme. Mais pour cela, il devrait la toucher, et il craignait de ne pouvoir, ce faisant, garder la tête froide.

— En quoi cela vous regarde-t-il ? cracha-t-elle avec fiel. Vous pouvez me croire sur parole lorsque je vous dis que s'ils vous trouvent en ma compagnie, ils vous élimineront. Ce serait une mort singulièrement déplaisante, vous pouvez leur faire confiance. (Son ton était dénué de toute émotion et pourtant, il la devinait tendue.) Partez !

— Non, une minute encore !

Il ne pouvait la quitter sans avoir eu le temps de s'expliquer.

— J'ignore qui vous êtes, ou ce qui vous donne le droit d'être ici. Mais je ne vois aucune raison pour moi de fuir. De nous deux, je crois que vous êtes celle qui devrait prendre ses jambes à son cou. (Il s'offrit le luxe de détailler effrontément le corps de sa compagne et ressentit une bouffée de plaisir en constatant qu'elle s'empourprait.) Ne vous y trompez pas, je ne suis pas en train de dénigrer vos charmes, mais les ladies anglaises n'ont pas pour habitude de s'exposer en tenue d'Eve devant de parfaits inconnus. Et si vous n'êtes pas une lady, alors à qui ai-je l'honneur ?

Il n'eut pas le temps de réagir que déjà la pointe du stylet entaillait légèrement la chair de son cou, faisant couler des larmes de sang. Les prunelles de jade le considéraient, froides et hostiles.

— Qui je suis et ce que je fais ne vous concernent en aucun cas, sale *ferenghi* ! Je me fiche bien de vos sacro-saints principes et je ne reçois d'ordre de personne.

— Sacredieu ! Mais vous êtes vous aussi une infidèle ! tonna-t-il en agrippant la main de la jeune fille.

Il était bien trop en colère pour calculer raisonnablement le risque qu'il prenait en agissant de la sorte, mais son geste paya. Elle ne riposta pas. Les prunelles de jade s'écarquillèrent sous l'effet de la surprise. Un instant ils se défièrent du regard, les doigts de l'homme crispés sur le frêle poignet de l'inconnue. Cette dernière s'arqua involontairement vers son compagnon et sa poitrine soulevée par une respiration haletante frôla la tunique de Christopher.

— Vous n'êtes pas afghane, ni persane, ni indienne d'ailleurs, commenta-t-il. (Il jubilait en songeant qu'il venait de renverser les rôles.) Et ceci, Miss, fait de vous une infidèle. Et je vous répète que les jeunes filles dans mon pays ne s'exhibent pas dans une tenue aussi légère que la vôtre, et n'intimident pas d'innocents étrangers de la pointe de leurs couteaux.

Il desserra brusquement son étreinte et recula d'un pas, remontant le col de sa redingote tout en observant la jeune femme. Une lueur d'incertitude voilait à présent les prunelles vertes. L'inconnue ouvrit la bouche comme pour dire quelque chose mais se ravisa. Son hésitation s'évanouit tout à coup, cédant la place à une détermination farouche et à une crainte nouvelle.

— Ils arrivent. Partez ! Il n'y a pas une minute à perdre.

Kit avait beau prêter l'oreille, seuls lui parvenaient le bruissement des feuilles et le pépiement des oiseaux. Mais l'urgence qu'il perçut dans la voix de sa compagne n'était pas feinte et il se hâta de gagner le couvert.

Une fois à l'abri, il s'arrêta. Devant lui, se dressait un rempart de ronces qui lui offrirait un poste d'observation idéal. De là, il pourrait surveiller les abords du lac sans être inquiété.

Sur l'autre rive, surgit des fourrés une horde de femmes aux visages voilés, tout de noir vêtues. Un concert de voix anxieuses s'éleva dans la clairière tandis qu'elles accouraient au-devant de la jeune femme à la flamboyante chevelure de feu. Celle-ci ne broncha point, les regardant sans la moindre trace d'appréhension.

De son observatoire, Christopher considérait la scène d'un œil médusé. Que signifiait tout cela ?

Par tous les saints ! Qui était-elle ? Une jeune fille anglaise… une jeune femme… Quel âge avait-elle ? Dix-neuf, vingt ans peut-être… certainement pas plus… Une Anglaise traitée familièrement par une flopée d'Afghanes ? De la familiarité sans nul doute, mais aussi de la déférence, constata-t-il cependant que les femmes s'occupaient à sécher et à habiller l'inconnue. Elles agissaient envers la sculpturale rousse comme si cette dernière était… était une personne importante. Connaissant la réputation de ces femmes tribales, Kit Ralston préféra ne pas révéler sa présence, et remercia silencieusement la jeune femme de lui avoir conseillé de déguerpir au plus vite. Il regarda celle-ci enfiler un *chalvar*, pantalon bouffant emprisonnant ses longues jambes galbées dont le souvenir resterait à jamais gravé dans sa mémoire. Ses assistantes la vêtirent d'une tunique brodée et lui glissèrent aux pieds une paire de babouches chamarrées d'or. Puis elles l'enroulèrent dans un *chadri* volumineux, la voilant des pieds à la tête. Seuls ses yeux demeurèrent visibles derrière la mousseline arachnéenne ourlée de fils de soie. Nonobstant la blancheur de son luxueux costume, rien ne la distinguait à présent de ses compagnes. Son teint laiteux et ses cheveux d'or étaient dissimulés comme… pour parer à toute tentation.

Kit frémit de tout son être en songeant à ce qui se serait passé si on les avait découverts ensemble quelques instants plus tôt. Quelle qu'elle fût, elle était de toute évidence assujettie aux lois du Coran, et des femmes telles que cette merveilleuse inconnue ne pouvaient être convoitées par un infidèle. Mais alors, elle devait appartenir à un homme ! L'idée qu'une Anglaise puisse être liée à l'un de ces guerriers des collines lui semblait totalement incongrue. Christopher savait que les khans possédaient un droit de vie et de mort sur leur clan. Après tout, grand bien leur fasse... Ils pouvaient gérer leurs affaires à leur guise mais... il s'agissait d'une compatriote... d'une citoyenne de l'empire le plus illustre de la terre entière et...

Ciel ! Comment était-ce possible ? Il ne pouvait concevoir une telle chose. Galvanisé par cette rencontre inopinée, toute trace de mélancolie évaporée, il rejoignit sa patrouille.

Le havildar se leva d'un bond lorsque l'officier apparut.

— Je pensais que les Ghilsai vous avaient capturé, Lieutenant, commenta-t-il d'un ton badin sans parvenir à cacher sa déception.

Des hommes irréfléchis tels que le lieutenant Ralston ne prenaient pas la peine de s'entourer de précautions en territoire ennemi. Cette désinvolture valait une mauvaise réputation à ces officiers. Heureusement des sergents comme Abdul Ali les secondaient, s'empressant de réparer les erreurs.

Kit le foudroya du regard, puis, au grand étonnement du havildar, esquissa un sourire malicieux qui effaça comme par magie le pli sévère de son front. Ses yeux gris s'éclairèrent. Il ôta son shako orné d'une plume et fourragea dans ses épaisses boucles blondes du bout des doigts.

— Ils ont bien failli le faire, Havildar. Mais pas comme tu le crois... Est-ce du thé que les hommes préparent ?

— Oui, Lieutenant.

Le sergent apostropha en hindi un des *cipayes* en hindi qui accourut sur-le-champ, une timbale de thé fumant dans la main.

Kit avala une gorgée du liquide brûlant et frissonna. Une chaleur bienheureuse se répandit dans ses veines, lui insufflant force et courage.

— Nous ne sommes plus qu'à quatre heures de Kaboul, avisa-t-il en dépliant une carte. Au cœur même de la région des Ghilsai. Notre mission consiste à cerner l'endroit où se terrent Uktar Khan et ses guerriers.

— Ou Akbar Khan, intervint Abdul en marquant sa désapprobation. Il me semble, Lieutenant, que seul cet homme constitue un véritable danger.

— Tu as raison. Mais sept hommes ne parviendront jamais à dénicher sa retraite dans ces montagnes à moins bien sûr qu'il ne désire se rendre. Il mène une vie retirée et n'a pas pointé le bout de son nez en ville depuis plusieurs mois.

— Il n'agit que par personne interposée, fit remarquer Abdul. Mais il est indéniablement derrière chaque raid, chaque complot, chaque échauffourée, chaque meurtre...

— Je ne nie pas le fait.

Ralston contempla pensivement sa tasse vide, se demandant si un second thé annihilerait l'effet revigorant du premier ou en renforcerait le bénéfice. En tout cas, manger serait une bonne chose. Il mourait littéralement de faim.

— Qu'y a-t-il au menu, Havildar?

— Juste du pain et du fromage. Nous ne pouvions nous permettre de nous surcharger.

— Je comprends parfaitement.

Christopher aurait dû deviner cela. C'était l'enfance de l'art. Il lui appartenait de distribuer les ordres concernant les vivres et d'estimer les rations nécessaires pour ce type de mission à découvert. S'il s'était personnellement occupé de ces détails durant sa nuit d'ivresse, il n'en avait nul souvenir. De toute manière, Abdul Ali avait dû s'en charger. Ce sergent aurait fait un bien meilleur commandant que le lieutenant Christopher Ralston, qui avait à peine l'envergure d'un soldat de parade, élégant dans son uniforme bigarré, populaire pour ses talents d'orateur et ses conquêtes féminines. Eh oui! Il existait des femmes qu'un simple galon réussissait à émoustiller... Une nouvelle vague de dégoût menaçait son enthousiasme précaire.

— Voilà, Lieutenant.

Le havildar lui tendait un morceau de fromage de chèvre et une miche de pain entamée. Kit s'en empara en remerciant son second et se pencha derechef sur la carte. Les femmes qu'il avait entrevues quelques instants plus tôt devaient venir d'un village aux alentours. Une communauté de simples paysans? Non, impossible! Les vêtements que portait la divine inconnue n'étaient pas ceux d'une simple villageoise, et la prévenance dont l'avaient enveloppée les femmes voilées marquait l'établissement d'une caste, la présence d'un khan.

Il mastiqua longuement une bouchée de pain sec tandis que son esprit s'activait fébrilement. Le fait de devoir éclaircir ce mystère lui donnait des ailes. Qui sait? Il avait peut-être mis le doigt sur la forteresse d'Uktar Khan. Il manquerait à son devoir en laissant de côté cette hypothèse.

Les femmes avaient surgi à l'extrémité nord du petit lac. Lui et sa patrouille exploreraient cette zone. Il replia la carte en soupirant d'aise.

— Havildar, dites aux hommes de rempaqueter. Nous levons le camp. Je souhaiterais suivre mon intuition.

Abdul Ali dissimula poliment son scepticisme. Que lui valait ce ton brusquement autoritaire de la part d'un homme qui, d'ordinaire, rechignait à chaque mission ? En un laps de temps record, il avait réparti les tâches parmi la troupe et moins d'un quart d'heure plus tard, le petit groupe faisait route à travers les bois en direction du lac.

La clairière était calme et déserte, sans la moindre trace de ses récents visiteurs. Le soleil au zénith inondait la terre d'une pluie d'or, dans une ballet féerique qui se reflétait à l'infini à la surface de l'eau. Escorté de ses hommes, Kit contourna le lac et s'enfonça sous la frondaison, là où l'herbe avait été foulée par le passage des femmes. Ils suivirent leurs traces entre les arbres et attaquèrent bientôt une pente abrupte.

— On dirait que les empreintes nous entraînent vers les collines, Lieutenant, nota Abdul qui avançait à la hauteur du lieutenant. Pourtant, de la plaine, on avait l'impression que le bois ne s'étendait pas aussi loin.

— Dans ces régions, la lumière joue parfois des tours, déclara Kit.

Ils évoluèrent en silence, un silence oppressant qui les submergeait d'une manière insidieuse.

La volée de femmes voilées n'avait pu couvrir

une distance plus grande, alors où diable se cachait-elle ? Christopher scrutait d'un œil anxieux le paysage, à la recherche d'un détail, aussi insignifiant soit-il, qui les mettrait sur la voie. L'inquiétude allait grandissant... Abdul, les mains crispées sur les rênes de son cheval, reniflait l'air, les yeux sans cesse en mouvement, tentant de palper le danger qui rôdait autour d'eux comme un félin prêt à fondre sur sa proie.

Le bois s'arrêta brusquement, et la patrouille aperçut un campement de nomades. Les tentes noires se découpaient sur le plateau sablonneux, suspendu au-dessus d'un ravin.

— Doux Jésus ! murmura Kit, tandis qu'il regrettait amèrement de ne pas avoir envoyé un de ses soldats en éclaireur. D'ordinaire, les nomades n'étaient pas d'un tempérament belliqueux, mais il valait mieux rester sur ses gardes. De plus les voleurs abondaient sur cette partie du territoire.

Soudain, des hommes aux turbans noirs sortirent des tentes, leurs longs chapans d'étoffe blanche flottant autour d'eux.

— Attendez ! ordonna Kit d'une voix tranchante au moment où les soldats dégainaient leurs armes. Voyons d'abord comment ils vont réagir.

Les nomades encerclèrent les intrus. Ils brandissaient des bâtons, et des couteaux étincelaient entre les plis de leurs chapans. A priori, ils ne possédaient pas d'armes à feu. Christopher pouvait donc attendre que les guerriers soient à leur portée pour juger de leurs intentions. Mais comme ils approchaient, le lieutenant put lire dans les prunelles sombres une hostilité non déguisée. Il allait donner l'ordre de battre rapidement en retraite lorsqu'une voix — une voix très familière — ébranla l'air, rompant le lourd silence qui régnait sur le camp. Elle s'exprimait en pushtu.

L'inconnue s'avança vers eux dans un gracieux mouvement de soie. Les nomades eurent un instant d'hésitation mais leurs yeux demeurèrent rivés sur les nouveaux arrivants. Ignorant la patrouille, elle s'adressa aux hommes de la tribu d'une voix rapide et saccadée. S'ils protestèrent et grimacèrent, aucun d'entre eux ne fit un geste contre le petit groupe de soldats.

Elle reporta enfin son attention sur Kit et s'enquit en persan :

— Que faites-vous ici ?

Le lieutenant considéra longuement son interlocutrice, cherchant les prunelles de jade derrière le voile brodé... les découvrant enfin...

— Je vous ai suivie, répondit-il d'un ton égal, espérant de tout cœur que personne ne comprendrait le persan autour d'eux. Venait-il de rêver le bref éclat lumineux dans les yeux verts ? Etait-il une nouvelle fois victime de son imagination ?

— Quelle imprudence de votre part, constata-t-elle froidement, avant de se tourner vers les hommes enturbannés.

Elle reprit la parole et, à plusieurs reprises, évoqua le nom d'Akbar Khan. Kit sentit Abdul se crisper et, mû par une soudaine inspiration, il intervint en anglais.

— Je suis chargé d'une mission auprès d'Akbar Khan. J'aimerais m'entretenir avec lui. Je présume que le fils de Dost Mohammed ne refuserait pas de discuter avec moi.

Elle ne cilla point, se contentant d'examiner son vis-à-vis.

— Vous êtes porteur d'un message de Kaboul ? Du général Elphinstone... ou peut-être du shah Soojah ?

Elle se moquait de lui à nouveau. Il ne pouvait l'en blâmer : Elphinstone, le général en chef de l'armée britannique à Kaboul, était un personnage pitoyable de par sa couardise et son incompétence. Quant au dirigeant en titre de l'Afghanistan, il ne valait guère mieux. Le plus triste, c'était que les Afghans eux-mêmes ne nourrissaient plus d'espoir en leur souverain.

— Je désirerais parler à Akbar Khan.

— Il acceptera certainement de vous recevoir. Mais si vous revendiquez la paix, alors laissez vos armes et venez manger du sel avec ces gens. Vous aurez besoin de leur escorte, aussi faites montre de courtoisie.

— C'est un piège, cracha Abdul d'un ton caustique. De fieffés bandits, ceux-là... ! Il n'y a pas plus retors qu'eux. Surtout n'avalez pas leurs couleuvres, Lieutenant, même si certains d'entre eux parlent parfaitement la langue anglaise.

L'inconnue partit d'un rire méprisant, sans chercher à se disculper. Kit ne savait plus qui croire. La jeune femme semblait disposer d'une certaine autorité sur ces nomades, mais depuis quand les Afghanes se voyaient-elles confier les pouvoirs de décision ? Bien sûr, elle n'était pas à proprement parler une Afghane... du moins pas physiquement. Mais son esprit... ? Et les craintes d'Abdul étaient fondées. Ce peuple voyait les choses d'un œil différent, les vivait autrement d'ailleurs. Mais manger du sel garantirait leur sécurité... s'ils survivaient assez longtemps pour cela !

— Où se cache Akbar Khan ? interrogea le lieutenant à l'intention de la mystérieuse rousse.

— N'insistez pas, l'Anglais, ricana-t-elle.

Il manquait plusieurs pièces au puzzle mais Christopher ne désespérait pas. La jeune femme tenait toutes les cartes en main, et s'il souhaitait lui dérober ses atouts, il n'avait guère le choix : il se devait de coopérer. Une seule certitude : il ne pouvait quitter ces lieux sans avoir éclairci le mystère qui entourait cette extraordinaire créature.

— Nous garderons nos armes, fit-il dans un persan hésitant, en avisant directement le cercle d'hommes enturbannés.

S'ils ne comprenaient pas l'intégralité de ses paroles, ils semblaient au moins lui reconnaître la délicatesse de tenter de communiquer avec eux.

— Les soldats, poursuivit-il avec prudence, n'ont pas pour habitude de se défaire de leurs armes quelles que soient les circonstances. Par contre, nous laisserons nos chevaux ici et nous marcherons à vos côtés.

Les nomades se tournèrent vers l'inconnue, qui traduisit les propos du lieutenant. Des murmures coururent à travers l'assemblée, puis l'un d'entre eux sortit des rangs. Il s'approcha de Kit et s'empara de la bride de sa monture.

— Ils vous guideront à travers le camp, expliqua la jeune femme. Vous devrez vous débrouiller sans l'aide d'un traducteur jusqu'au départ, demain matin. Je ne suis pas autorisée à fréquenter ces hommes.

— Qui en a décidé ainsi ? s'entendit demander Christopher, outré qu'une personne de sa propre race puisse invoquer une proscription rituelle telle que celle-ci.

Elle ébaucha un sourire moqueur, en devinant l'élan ridicule de chauvinisme qui animait le lieutenant.

— Akbar Khan. Sans sa permission, je ne préfère pas entamer de négociations. (Elle frissonna sous son chadri.) Demain, pendant le voyage, je pourrai vous servir d'interprète si vous le souhaitez.

Sur ces mots, elle tourna les talons.

— Attendez ! l'apostropha Kit.

Elle s'arrêta et jeta un regard par-dessus son épaule.

— Oui ?

— Qui diantre êtes-vous donc ?

— Ayesha. Et vous ?

— Christopher Ralston.

— Je suis honorée de faire votre connaissance, Christopher Ralston.

— Tout le plaisir est pour moi, Miss.

Cette fois-ci, il n'y avait nulle trace de moquerie dans la voix de la jeune femme. Son rire emplit l'air, notes cristallines et sensuelles qui arrachèrent un sourire à Kit. Il la regarda s'éloigner d'une démarche gracieuse vers l'extrémité du camp.

— Il se passe des choses étranges ici, maugréa

Abdul, en tendant avec réticence la bride de son cheval à un nomade impassible.

— Très étranges, sergent, accorda Kit. Moi qui d'habitude n'ai cure des devinettes, j'ai bien l'intention d'élucider celle-ci.

2

Le lieutenant Ralston ne put fermer l'œil de la nuit. Lui et ses hommes avaient établi leur campement autour d'un feu et ils étaient chargés à tour de rôle de monter la garde. Néanmoins l'idée même de séjourner dans la gueule du loup, l'épée de Damoclès suspendue au-dessus de leurs têtes, l'empêchait de trouver le sommeil. Il savait qu'Abdul Ali et la patrouille désapprouvaient son désir de rencontrer Akbar Khan dans sa tanière. Mission, selon eux, inutile et dangereuse ! Mais comment Christopher aurait-il pu expliquer que derrière cette volonté, se cachait bien plus que les intérêts de l'armée britannique à Kaboul ?

Où se trouvait l'ensorcelante inconnue à cette heure ? Dormait-elle à poings fermés sous l'une de ces tentes sombres, protégée par une horde de femmes voilées ? Qui était-elle ? D'où venait-elle ? Et comment au nom du Ciel avait-elle atterri ici ? Mais la nuit déroulait lentement son tapis sombre, refusant d'éclairer Kit. Mille suppositions se bousculaient dans son esprit sans qu'aucune réponse lui semblât probante.

L'aube l'extirpa de sa torpeur. Le camp fourmillait d'activité, les tentes venaient d'être pliées et les chevaux sellés. Quant aux femmes, elles reprirent la route, croulant sous le poids de leurs fardeaux, leurs bébés accrochés dans le dos. Ignorant leurs compagnes avec superbe, les hommes avançaient en tête de convoi, devisant entre eux. Les enfants, eux, gambadaient au milieu des troupeaux de moutons et de chèvres, les saluant de cris joyeux.

Les trois patriarches de la tribu, que Kit avait repérés la veille au soir, s'approchèrent de la patrouille. Quelques gestes suffirent pour que cette dernière comprenne qu'ils devaient suivre ces anciens en avant du cortège.

Et Ayesha ? Christopher ne l'avait pas revue. Marchait-elle avec ses consœurs ? Non, impossible...

Soudain il l'aperçut. Drapée de son chadri blanc, elle avait fière allure sur son magnifique pur-sang arabe. L'épais vêtement n'entravait en rien l'élégance naturelle de la cavalière.

— *Salaamat bashi!* le salua-t-elle en s'inclinant cérémonieusement. Je vous traduis : Puissiez-vous avoir la santé ! A quoi vous devriez répondre : *Mandeh nabashi. Zendeh bashi.* Puissiez-vous n'être jamais fatigué, et vivre cent ans.

— Merci. J'essaierai de m'en souvenir.

— Ce sont les civilités d'usage, fit-elle d'un ton réprobateur. Si vous rencontrez les hommes des collines, le minimum que vous puissiez faire est d'apprendre quelques-unes de leurs règles de politesse.

— Akbar Khan ne parle-t-il pas le persan ? Son père, pourtant...

— Il le parle, bien sûr. Comme l'anglais, d'ailleurs. Mais il se peut qu'il refuse d'en faire l'effort ou même de vous recevoir tout simplement.

— Mais je présume qu'avec une médiatrice telle que vous, il sera enchanté d'entendre ce que j'ai à lui dire. Vous êtes sans aucun doute une personne d'influence.

— Détrompez-vous! Je ne suis qu'une femme. Vous n'ignorez pas ce que cela signifie dans ce pays. J'espère pour nous deux que vous n'êtes pas aussi stupide que vous voulez le prétendre. Akbar Khan ne supporte pas les imbéciles, et si par malheur il n'approuvait pas votre visite, je peux vous assurer que je serais la première à encourir ses foudres.

— Pourquoi, alors, avez-vous accepté cette entrevue?

Ayesha ne répondit pas immédiatement et son silence aiguillonna la curiosité de Kit. Finalement, elle déclara:

— Des massacres auront lieu si on ne tente rien rapidement pour les empêcher. Chaque jour qui s'écoule est un pas de plus vers la catastrophe. Seul Akbar Khan est en mesure d'arrêter ce compte à rebours mais pour cela, quelqu'un doit le persuader qu'il y va de son intérêt et de celui de son père.

— Je ne comprends pas pourquoi. Son père s'est exilé en Inde, n'est-ce pas?

— Oui, il a décidé qu'il servirait plus efficacement sa cause en abandonnant la lutte à ce stade. Mais ne vous leurrez pas, Christopher Ralston! Dost Mohammed savait ce qu'il faisait en laissant son fils derrière lui et en lui transmettant le flambeau. En effet, Akbar Khan n'est pas le genre de personnage à faire dans la dentelle et la diplomatie, il ne connaît pas. Le Dost avait deviné que la guerre ne se gagnerait pas avec des courbettes. Une fois les combats terminés et son fils vainqueur, il sera de nouveau investi du titre de shah d'Afghanistan. Désireux d'entretenir à l'avenir de bonnes relations avec son voisin britannique en Inde, il ne pouvait s'impliquer personnellement dans le renversement des forces occupantes.

Abasourdi, Kit considérait la jeune femme. Pour la première fois depuis son arrivée à Kaboul, deux mois plus tôt, on lui offrait une analyse sensée de la situation.

— Est-il vrai qu'Akbar fomente en ce moment une rébellion au sein des tribus !

— Vous ne voudriez quand même pas que je réponde à cette question, n'est-ce pas ?

Elle leva la tête vers lui. Ses yeux verts brillaient d'un éclat singulier à travers le voile.

— Alors, parlez-moi de vous, pressa-t-il. Vous ne pouvez me reprocher d'être curieux.

— En Afghanistan, la femme est soumise aux clauses du contrat établi par l'homme qui la possède. J'appartiens à Akbar Khan. C'est tout ce que vous devez savoir... et que vous pourriez apprendre.

— Vous êtes un sujet de l'Empire britannique ! Les Anglais ne peuvent se considérer comme de viles marchandises. Cessez de me raconter des sornettes !

Tout à coup, il réalisa son erreur. En l'espace de quelques secondes, les hommes qui chevauchaient à leurs côtés avaient érigé un rempart de leurs corps et les lames des sabres étincelaient dans la lumière. Ils foudroyèrent le lieutenant du regard.

Ayesha s'empressa d'apaiser les esprits et Kit lui en fut reconnaissant. Un des patriarches prit la parole. La jeune femme finit par hocher la tête en signe d'assentiment et reporta son attention sur Christopher :

— Je dois vous quitter. Ces hommes ne saisissent pas un traître mot de ce que nous disons mais au ton de nos voix, ils ont décelé un danger sans être cependant à même de l'identifier. N'en prenez pas ombrage. Ils ont reçu l'ordre de me protéger.

Kit était sur le point de répliquer mais devant l'air féroce des nomades, il jugea plus sage de renoncer. Ils brandissaient toujours leurs armes qu'ils n'hésiteraient certainement pas à utiliser. Abdul Ali et les cipayes se tenaient derrière le lieutenant, prêts à appuyer sur la gâchette de leurs fusils. Un seul coup de feu signerait leur arrêt de mort ! Kit inclina la tête d'un geste pacifique et fit tourner bride à sa monture pour rejoindre la patrouille. Les nomades se détendirent et reprirent la route, encadrant étroitement Ayesha.

— Sales bâtards ! cracha Abdul. J'ai bien cru qu'ils allaient vous lyncher, Lieutenant.

— Et moi... ! J'ai cru ma fin proche. Il faut manier la femme d'Akbar Khan avec prudence.

— Comment expliquez-vous qu'elle parle l'anglais aussi bien que vous ?

Le havildar ne pouvait deviner. Il n'avait pas eu la chance de contempler le corps dénudé de cette resplendissante rousse. Kit préféra passer sous silence cet épisode et se borna à rejeter la question.

Ils voyagèrent la matinée durant. En dépit des chauds rayons de ce soleil de septembre, le fond de l'air était frais, même piquant. Les prémices d'un rude hiver... La piste se rétrécissait devant eux et ils devaient guider leurs chevaux avec adresse entre rochers et crevasses. A maintes reprises, Kit hasarda un coup d'œil par-dessus l'épaule pour s'assurer que le groupe de femmes voilées restait dans leur sillage mais de toute évidence, ils avaient au moins une heure d'avance sur elles. Seuls quelques hommes parvenaient à s'accrocher au convoi de tête en marchant à un rythme soutenu.

« Ce paysage désolé et sinistre, songea Kit avec amertume, ressemble à un décor mortuaire. »

A l'heure qu'il était, il avait enfreint les ordres — qui se résumaient à une simple reconnaissance des lieux. Mais l'instant n'était pas aux remords. Akbar Khan leur laisserait-il la vie sauve ? Si, par chance, il les épargnait, Kit pourrait renseigner l'état-major sur la position du leader rebelle, leur narrer l'entretien par le menu et, ainsi, recevoir les félicitations de ses supérieurs. Si, de plus, il parvenait à arracher une prisonnière anglaise des griffes de ce bandit et à la ramener aux siens, cet acte courageux et chevaleresque redorerait son blason. Cette perspective exaltante le séduisait d'autant plus qu'il était certain du bien-fondé de sa mission. Quelle qu'elle fût, quelle que fût son histoire, elle n'appartenait pas à ce peuple, et le lieutenant Christopher Ralston mettrait un point d'honneur à délivrer cette jeune femme.

— Regardez, Lieutenant, cet homme là-bas ! On dirait un éclaireur, s'écria Abdul, arrachant Kit à sa rêverie, en pointant du doigt une silhouette devant eux.

Tapi dans un escarpement, un guerrier se tenait immobile, un *jezzail* en bandoulière, épiant la caravane.

— Nous ne devons plus être très loin maintenant, commenta le havildar. Il semblerait qu'ils nous aient fourni une escorte.

L'apparition silencieuse de cavaliers tout au long du chemin corrobora ses soupçons. Les nomades ne paraissaient pas le moins du monde impressionnés par cette escorte, bien que celle-ci les cernât entièrement comme de vulgaires prisonniers. Kit mourait d'envie de questionner Ayesha sur leur présence. Etait-ce là une pratique habituelle ou un honneur particulier réservé à la troupe britannique ? Akbar Khan aurait-il déjà eu vent de leur visite inopinée ? Mû par sa seule curiosité, il éperonna son destrier et rattrapa la jeune femme. Un nomade s'interposa, le menaçant de sa cravache, et le semonça d'un ton hargneux.

— Je désire juste parler à cette dame, protesta Kit en persan, gratifiant son vis-à-vis de son plus charmant sourire. A propos d'Akbar Khan.

L'évocation de ce nom opéra un effet magique sur l'homme qui s'écarta pour lui livrer le passage.

Ayesha ne le regarda pas, se bornant à pencher la tête légèrement pour recevoir ses confidences.

— Vous êtes observé par des hommes dont l'influence est bien plus grande que celle des nomades. Evitez de m'adresser la parole.

— Est-ce qu'Akbar Khan nous attend ? interrogea Kit, remuant à peine les lèvres et gardant les yeux rivés devant lui.

— Certainement. Mais tant qu'il ne connaîtra pas les motifs qui vous ont poussé vers sa retraite, il ne prendra aucune décision à votre sujet.

— Et si cela n'était pas le cas ?

— Alors vous seriez des hommes morts.

L'habileté de cette femme à s'exprimer sans détour le stupéfiait d'autant plus que les représentantes de la gent féminine étaient généralement réputées pour prendre des gants quand la situation l'exigeait. Cependant, chez une Afghane, une telle attitude n'avait rien d'étonnant, c'était simplement l'acceptation pragmatique d'un style de vie. Ses espoirs s'évanouirent... et il commença à ressentir les premiers symptômes du doute. Dans son noble élan, il avait sous-estimé le danger. Son orgueil risquait de coûter la vie à ses hommes...

La forteresse aux murailles de pierre apparut soudain au détour du chemin. Imposant édifice surplombant le ravin, perché dans un équilibre précaire au-dessus du vide...

L'escorte ténébreuse se referma sur Kit et sa patrouille. Hommes barbus aux masques impavides, silencieux fantômes aux sombres turbans... Il ne fallait pas escompter le moindre geste de bienvenue. Ils dépassèrent quelques huttes de terre battue ocre pâle. A leur passage, des gens sortaient sur le pas de leur porte pour considérer d'un air curieux les nouveaux arrivants comme s'ils assistaient à une exhibition de foire. Le sang de Kit se glaça. Il avait l'impression de vivre un cauchemar tout éveillé. Lui, qui jusqu'ici n'avait jamais dérogé à ses sacro-saints principes d'une vie confortable et exclusivement axée sur le plaisir fugace, plongeait tête la première dans le périlleux tourbillon de la déraison au nom d'un caprice héroïque, d'un patriotisme exacerbé mais, surtout, d'une foucade passagère. Mon Dieu ! Il serait la risée de tous les régiments, si l'histoire était répétée ! Le débonnaire Kit Ralston ! Victime des rets d'une femme ! Et encore eût-il fallu qu'il y ait des rets…

Ils pénétrèrent dans l'enceinte de la citadelle. Ce village fortifié était impressionnant de par sa taille et sa conception : un immense bastion, de nombreuses écuries et étables. Ils croisèrent des individus armés jusqu'aux dents, s'activant fébrilement comme dans la perspective d'un conflit imminent. Les grandes portes claquèrent sinistrement derrière eux et le lieutenant devina l'anxiété qui rongeait ses hommes. De quel droit se permettait-il de les entraîner dans cette quête absurde au péril de leur vie ? « Après tout, se convainquit-il pour se donner bonne conscience, nous sommes des soldats en temps de guerre. Oublie la fille et concentre-toi sur la récompense qui te sera décernée en cas de victoire de l'expédition. »

— Montrons-leur ce dont la cavalerie est capable, Havildar !

— Avec plaisir, Lieutenant, s'écria Abdul Ali.

Il se retourna et distribua ses ordres aux cipayes.

Des murmures ravis et des exclamations de joie circulèrent parmi la patrouille. Les soldats se rangèrent en colonne et mirent leurs chevaux au pas. La tête haute, le regard sans peur, l'Empire britannique dans sa minuscule représentation se dirigea vers l'issue du voyage, psychologiquement préparé à affronter Akbar Khan.

L'escorte ralentit l'allure devant une grande maison, ceinte d'un haut mur de pierre, perdue dans un îlot de verdure — détail pour le moins incongru dans ces lieux. Ils traversèrent la cour pavée. Kit avertit les siens de se tenir sur leurs gardes et ils attendirent... l'œil aux aguets.

Deux femmes voilées mais ne portant pas le traditionnel chadri surgirent tout à coup sous le porche. Les hommes autour d'Ayesha reculèrent et les Afghanes accoururent vers la jeune femme. Elles tendirent les mains pour aider cette dernière à descendre de cheval. Dédaignant l'assistance offerte, elle glissa agilement au sol. Elle lança un regard en direction du lieutenant et de ses hommes, hésita un instant, puis les rejoignit.

— Si vous souhaitez traiter avec Akbar Khan, Christopher Ralston, soyez audacieux et honnête.

Une des deux domestiques leva les mains au ciel et laissa échapper une bordée de protestations tandis qu'Ayesha discutait avec l'infidèle. D'un mouvement brusque, elle agrippa le bras de la jeune fille et la tira vers l'huis.

Christopher regarda la silhouette blanche disparaître. Soudain, il remarqua que tous les yeux étaient rivés sur lui. Instinctivement, il tourna la tête vers une porte dérobée au coin de la maison et... Un homme se tenait là, large d'épaules et solide comme un roc, vêtu d'un habit de couleur sombre, un sabre coincé dans sa large ceinture. Il ne portait ni turban, ni casque, et gardait les mains profondément enfoncées dans les poches de son vêtement. Les prunelles d'un bleu limpide fixaient le lieutenant et sa troupe. Puis l'inconnu pivota sur ses talons et s'engouffra dans la demeure.

Perdu dans ses pensées, Akbar Khan atteignit l'entrée du zenana. Les deux gardes le saluèrent lorsqu'il écarta la lourde tenture qui séparait les appartements des femmes du restant de la maison. Il aimait cette ambiance féminine, ces rires cristallins, et l'aura mystérieuse qui enveloppait leur retraite secrète et parfumée. Pour l'instant, elles étaient réunies autour d'Ayesha, assise sur un divan bas, débarrassée de son chadri et le visage découvert. Celle-ci leva les yeux quand il entra, se remit debout lentement et s'inclina, imitée par ses compagnes qui s'évanouirent sur un seul geste de leur maître.

— Alors, Ayesha, qui m'as-tu ramené ?

Il pianotait distraitement sur sa cuisse et l'observait d'un air songeur.

La jeune femme ne se laissa pas tromper par le ton anodin de la question ni par le calme apparent de l'homme. Après huit ans passés dans ce harem, elle connaissait toutes les facettes de ce personnage passionné et contradictoire. Si par malheur la réponse qu'elle lui fournissait ne lui convenait pas ou s'il suspectait le moindre mensonge, les soldats mourraient et elle endurerait les conséquences de son geste.

Elle devait à tout prix enfouir au plus profond

de sa mémoire la rencontre sur la rive du lac ainsi que le plaisir né de la présence de Christopher Ralston à ses côtés.

— J'espère que je ne vous ai pas froissé, déclara-t-elle en se dirigeant vers la table où était posée une carafe de *sherbet*. Vous prendrez un rafraîchissement ?

— Ne change pas de sujet. J'attends une explication, avisa-t-il d'un ton égal en saisissant le verre de jus de fruit glacé qu'elle lui proposait. (Il prit place sur le divan et glissa ses jambes sur le repose-pieds.) Pourquoi as-tu amené ces Anglais au fort ?

Elle s'assit à ses côtés et choisit ses mots avec soin, en commençant par l'arrivée inattendue du lieutenant Ralston et de sa troupe au camp nomade. Comme toujours, elle surveillait étroitement les réactions d'Akbar Khan, ses gestes et ses tics, un battement de cils, un éclat fugitif dans les prunelles saphir ou la crispation d'un muscle... Elle était persuadée qu'il accueillerait la suggestion avec complaisance. Que risquait-il à entendre ce que Kaboul avait à dire au moment crucial des hostilités, quand les rebelles menaient selon toute évidence la danse ? Mais elle ne pouvait en mettre la main au feu... Avec Akbar Khan, il fallait s'attendre à tout. C'est d'ailleurs cette imprévisibilité qui lui conférait puissance et dignité.

Lorsqu'elle eut terminé son histoire et qu'un silence gêné s'installa entre eux, il se remit debout.

— Je jugerai ce Christopher Ralston moi-même. Espérons que sa mission ne soit pas un guet-apens et que ton intuition ne t'ait pas trompée.

A grandes enjambées, il gagna la sortie. Sur le seuil, il pivota sur ses talons et détailla la jeune femme des pieds à la tête, en se caressant pensivement la barbe. Elle se soumit à cet examen minutieux sans rechigner. La lueur machiavélique qu'elle lut dans les yeux bleus lui fit froid dans le dos.

— Tu nous rejoindras pour les divertissements après le dîner, Ayesha. Je suis curieux de voir comment se comporte un Anglais en compagnie d'une compatriote qui n'appartient plus à sa communauté.

Le rideau se referma derrière lui et la jeune femme demeura immobile, se mordant la lèvre. Le danger était loin d'être écarté. En vérité, il ne faisait que débuter. L'explication n'avait pas satisfait entièrement Akbar Khan, mais il ignorait encore pourquoi. Alors il continuerait à suspendre son jugement, patiemment, jusqu'à ce qu'il découvre ce qu'il subodorait ou qu'il se persuade de la sincérité de la démarche. Mais que signifiait sa dernière exigence ? Cette œillade énigmatique ? Qu'allait-il inventer pour la mettre à l'épreuve ? Ou plutôt quelle serait la cible ? Christopher Ralston… ou elle ?

Les femmes réintégrèrent la pièce, dans un concert de jacasseries mais Ayesha bouda leurs questions et leurs attentions généreuses, remit son voile et alla chercher le calme dans les jardins aux murs couverts d'exubérantes bougainvillées dans un camaïeu de roses plus éclatants les uns que les autres. Une perruche babillait sur son perchoir. La jeune fille prit une poignée de graines dans la main et l'offrit à l'oiseau qui manifesta sa joie par de petits cris stridents. Mais tout à ses pensées, elle négligea d'ôter sa main lorsqu'elle fut vide et le bec acéré entailla la chair tendre de son pouce. Le sang perla.

Elle retira rapidement ses doigts en laissant échapper une plainte qui alarma un jardinier. Ce dernier accourut sur-le-champ, le couteau au poing pour décapiter l'oiseau fautif.

— Non ! hurla Ayesha, horrifiée. C'est ma faute.

Le serviteur lui lança un regard surpris, mais glissa son arme dans sa ceinture sans mot dire et retourna vaquer à ses occupations.

La jeune femme releva le pan de son voile pour sucer la plaie. Traître oiseau ! Blesser la main qui l'avait nourri ! Comment avait-il osé ? Si Christopher Ralston s'intéressait à la favorite d'Akbar Khan, il serait indéniablement accusé de trahison lui aussi.

Elle déambula au gré des allées rectilignes, cherchant à apaiser son esprit en déroute. Qu'avait-il répondu lorsqu'elle lui avait demandé l'objet de sa visite au camp ? Elle pouvait encore entendre sa voix mâle et tranquille lui répliquer : « Je vous ai suivie. »

La jeune femme frissonna. Que connaissait-il de ce peuple musulman ? S'il ne comprenait pas, ou refusait de comprendre, le pouvoir d'un khan sur ses sujets, en particulier sur ses concubines, alors ils étaient tous deux en péril. Comment pourrait-elle s'assurer que le lieutenant agirait avec la plus extrême circonspection ?

« Tout rebelle qu'Akbar Khan est, il sait vivre », songea Kit en promenant un regard admiratif sur le mobilier luxueux qui composait la pièce dans laquelle un serviteur armé venait de l'escorter. Le domestique au visage fermé lui avait indiqué sur la table la cruche d'eau chaude, les serviettes, la carafe de sherbet avant de s'incliner cérémonieusement et de le quitter.

Abdul Ali et les cipayes avaient été emmenés dans la direction opposée sans la moindre violence ou discourtoisie, ce qui le laissait penser que ses hommes recevaient l'hospitalité due à leur rang. S'il obtenait l'audience d'Akbar Khan, il avait tout intérêt à préparer son texte. Devait-il déclarer qu'il venait de la part d'Elphinstone ? De MacNaghten ? Le plénipotentiaire, selon son titre, était l'officier politique en chef en Afghanistan, détaché du service civil de la Très Honorable Compagnie des Indes Orientales. Oui, MacNaghten ! Tout le monde savait que c'était le plénipotentiaire, et lui seul, qui prenait les décisions à Kaboul, au-dessus du général Elphinstone et du shah Soojah. Mais quels motifs pompeux et impressionnants invoquer pour justifier cette mission ? Ultimatum ? Promesses ? Conciliation ?

« Si vous voulez traiter avec Akbar Khan, soyez audacieux et honnête. » Ayesha avait pris le risque de lui donner ce conseil en public. Pourquoi ne pas dire la vérité ? Il avait été envoyé par Kaboul en mission de reconnaissance. Quoi de mieux que d'explorer l'antre du lion ? Il désirait connaître l'opinion d'Akbar Khan sur la situation actuelle et serait disposé à répondre à toutes les questions qu'il voudrait lui poser. On ne pouvait être plus téméraire et sincère... Mais comment atteindre l'objectif primordial qu'il s'était fixé en venant ici ? Comment sortir Ayesha de cette forteresse située à plus de deux jours de chevauchée de Kaboul ?

La suite des événements lui donnerait certainement la réponse à cette question. Il ne pouvait échafauder des plans alors qu'il n'avait pas la moindre idée de l'accueil que lui réservait le guerrier rebelle. Peut-être n'aurait-il plus l'occasion de rencontrer la jeune femme avant son départ... Non, il ne devait pas se mettre martel en tête. Après une bonne nuit de sommeil, il y verrait plus clair. Il s'allongea sur les coussins du divan, sous la fenêtre, et sombra aussitôt dans l'univers des songes.

Akbar Khan se tenait derrière les persiennes, l'œil rivé sur l'étranger aux cheveux blonds. Ces traits détendus portaient le sceau de l'aristocratie britannique, et les lèvres de l'Afghan se retroussèrent en un rictus mauvais. Dans quelques années, les marques de la dissipation gommeraient le contour régulier de ce visage, épaissiraient ces traits fins, affaisseraient cette bouche fermement dessinée et rideraient cette peau tannée par une vie au grand air. Le muscle se transformerait en graisse au fur et à mesure que le jeu, les femmes, la bouteille et les grands repas prendraient le pas sur les activités sportives de la jeunesse. Néanmoins on ne pouvait dénier l'intelligence qui émanait de cet homme. Peut-être jaugeait-il la situation d'un œil plus avisé que ses congénères infatués, englués dans une arrogance ridicule, s'entassant dans les cantonnements mal protégés aux confins de Kaboul, vouant une confiance illimitée à l'invincibilité du gouvernement britannique en Inde.

Quelles relations entretenait Ralston avec Ayesha ? Akbar se frotta la barbe d'un geste nerveux et fronça les sourcils. Ils avaient parlé anglais tous les deux... mais l'escorte de la jeune femme lui avait assuré qu'elle était restée couverte des pieds à la tête du début à la fin. Se pouvait-il qu'elle lui ait narré son histoire durant les quelques instants où ils avaient palabré ? Si les informations qu'il avait reçues étaient exactes, elle n'avait pas disposé d'un temps suffisant pour lui fournir des explications détaillées. Mais l'Anglais devait être intrigué. Quant à Ayesha, avait-elle été bouleversée par cette première rencontre avec une personne de sa race ? Sans nul doute... La confusion de la jeune femme ne pouvait être imputée qu'à son désir de cacher la vérité.

Akbar Khan quitta son observatoire. Il ne pouvait blâmer la jeune femme de cette réaction somme toute naturelle, mais elle devrait apprendre qu'on ne le menait pas en bateau. Et s'il s'amusait quelque peu à leurs dépens, et remettait ainsi les pendules à l'heure ? Un sourire flotta sur ses lèvres. Aucune méchanceté là-dedans, seul un caprice...

Il leva les yeux vers le soleil. L'après-midi venait à peine de naître. Pourquoi ne pas s'accorder une heure ou deux de plaisir avant de s'occuper du lieutenant et des mobiles de sa visite ? Cela faisait plus de quatre semaines qu'il avait laissé Ayesha au fort de Madella — quatre semaines de bivouac éprouvant — et un peu de douceur serait la bienvenue... Etrangement aucune autre femme ne parvenait à le détendre et à le combler aussi bien qu'elle. Après une si longue absence, il lui tardait de la retrouver. Depuis cinq ans, elle exerçait toujours le même charme sur lui.

Akbar Khan se dirigea d'un pas alerte vers le zenana.

— Ralston, *huzoor*.

Le chuchotement s'infiltra peu à peu dans le cerveau embrumé de Kit. Désorienté, il cligna des yeux. « Où suis-je ? » songea-t-il. Il parcourut du regard le décor inconnu, et l'espace d'une minute, ne parvint pas à s'orienter. Un visage bistré, surmonté d'un casque, aux prunelles sombres et à la voix douce et courtoise, se penchait au-dessus de lui. Son esprit s'éclaircit tout à coup. Il se dressa sur son séant, heureux de constater que sa tête n'était pas enserrée dans un étau. Pour la première fois depuis des lustres, il venait de se réveiller sans les migraines dues aux vapeurs de vin. Il soupira d'aise.

— Le *sirdar* vous attend, Ralston, *huzoor*, fit l'homme poliment en persan.

Kit souhaitait tout d'abord procéder à sa toilette. Sa barbe de deux jours lui donnait un air négligé et la poussière de la plaine collait la chemise à sa peau. Il devait absolument être à son avantage lors de l'entrevue avec le chef des rebelles.

— Je dois me laver et me raser, déclara-t-il. Et mes vêtements auraient fort besoin d'un bon nettoyage.

Il joignit le geste à la parole mais le domestique avait déjà compris. Il opina du chef et invita le lieutenant à le suivre.

Ils longèrent un péristyle, donnant sur une cour intérieure pavée de mosaïque, puis empruntèrent un couloir qui les mena à une pièce disparaissant sous des panaches de vapeur.

— Je vous en prie...

Son escorte désigna la baignoire carrée au centre de la pièce, creusée à même le sol, avant de s'emparer d'un des chaudrons de fonte posés sur des braises rougeoyantes le long du mur opposé. L'eau brûlante siffla en coulant contre la faïence.

Ayesha se baignait dans les lacs glacés des montagnes. Ce souvenir, que la scène présente éveillait en lui, l'embarrassait au plus haut point. Il ôta ses bottes et ses chaussettes, puis, tournant le dos au serviteur, se débarrassa de sa tunique, plia rapidement ses caleçons et se glissa dans le bain fumant. L'eau chaude lui procura des sensations délicieuses, effaçant les réminiscences qui le harcelaient, et il s'étira dans un long soupir de contentement.

Le domestique rassembla les effets du lieutenant et quitta la pièce discrètement pour y revenir quelques instants plus tard avec un rasoir, un peigne et un miroir. Il se tint près de la fenêtre cependant que Kit se délectait du bain chaud et se rasait. Des rires s'élevèrent tout à coup du dehors. Des femmes ! Il se surprit à tenter d'identifier le carillon enchanteur et contagieux qu'il avait eu l'occasion d'entendre quelque temps auparavant. Mais il ne parvint pas à le distinguer.

Peut-être se prélassait-elle dans les bras d'Akbar Khan…

Il se frictionna vigoureusement la peau, comme pour se punir d'errer au gré de ses divagations. S'il voulait sortir indemnes ses hommes du bastion de ce chef de la résistance afghane, il devait refouler, pour l'instant du moins, son désir de secourir la jeune femme et se concentrer uniquement sur les termes de l'entrevue. L'emploi du temps d'Ayesha n'était que distraction inutile…

— Si Ralston, *huzoor*, veut bien condescendre…

Sans se départir de son ton obséquieux, le serviteur tendit un chapan blanc au visiteur.

Kit prit le vêtement en hochant la tête en guise de remerciement, se demandant pourquoi la voix de son compagnon sonnait si faux. En vérité, il n'y avait aucune raison pour que cet homme joue l'humble domestique pour un sale *ferenghi* qui par essence n'était qu'un prisonnier. Son malaise s'accrut, de même que cette sensation désagréable qu'on jouait avec lui comme le chat avec la souris.

Ses habits l'attendaient dans la chambre qui lui avait été attribuée. Ils avaient été brossés, repassés, les boutons polis et ses bottes lustrées. « Ils pourraient affronter la revue et le regard acéré de Harley », se dit-il *in petto* en pensant au consciencieux et fastidieux officier d'ordonnance à l'abri dans son bungalow au cantonnement.

Un corps propre et des vêtements nettoyés… « Rien de tel pour redonner une pleine confiance à un homme », découvrit Kit, cependant qu'il suivait le serviteur à travers un entrelacs de corridors. L'architecture austère de la demeure lui rappelait péniblement qu'il se trouvait à l'intérieur d'une citadelle fortifiée. Des gardes à la mine revêche étaient postés devant chaque porte. Néanmoins le luxe des tapisseries, les mosaïques aux arabesques colorées et les tapis de Bokhara démentaient la fonction essentielle de ce lieu. Akbar Khan était-il à l'effigie de son palais ? Une énigme ?

Ils firent halte devant une porte voûtée que couronnait une lourde tenture de brocart retenue par une embrase. Le lieutenant Christopher Ralston de la cavalerie de la Très Honorable Compagnie des Indes Orientales se présenta sur le seuil du salon d'Akbar Khan, fils du déposé Dost Mohammed, ennemi juré de Sa Majesté Impériale la Reine Victoria et de tous ses loyaux serviteurs.

Akbar Khan, assis sous un dais très bas en stuc ornementé, se leva lorsque le soldat entra.

— Ralston, *huzoor*, s'exclama-t-il, le sourire aux lèvres, en s'avançant vers le visiteur, la main tendue en signe de bienvenue. C'est un honneur.

Kit saisit la main de son hôte, mesura la puissance de l'étreinte et se prit à rêver qu'il était à mille lieues de ce fort perdu au beau milieu des montagnes.

— Si j'ai bien compris, vous voudriez que nous parlions affaires, l'avisait le sirdar, entraînant son invité sous le dais. Discutons-en tout de suite, si vous le voulez bien, puis nous mangerons et assisterons à un modeste spectacle.

Kit bannit de son esprit toutes pensées autres que son vœu de braver cet hôte fort rusé. Ils prirent place sur les coussins, et Kit se vit offrir un verre de vin doux qu'Akbar Khan espérait au goût du soldat.

— Ma religion m'interdit la moindre goutte d'alcool, expliqua le chef rebelle, mais l'hospitalité veut que je n'impose pas les règles de l'islam à un honorable invité.

Le lieutenant prit une gorgée du breuvage, le jugea bon mais décida de suivre son hôte sur les traces de l'abstinence. Il ne pouvait perdre l'avantage sur son adversaire d'emblée.

— Je vous sais gré d'avoir bien voulu me faire l'honneur de me recevoir, Sirdar, fit-il d'une voix formelle. Sir William MacNaghten est des plus anxieux de pouvoir échanger quelques points de vue avec vous. Il m'a député pour cela.

— Je vois.

Akbar Khan branla du chef pensivement, se lissa la barbe et sirota son sherbet.

— Et qu'espère MacNaghten, *huzoor* ?

Kit planta son regard dans les prunelles saphir et sourit.

— Je suis sûr, Akbar Khan, que Sir William aimerait apprendre que vous avez cessé de vous opposer au shah Soojah. Par ailleurs, il serait heureux de savoir que vous n'occupez plus les passages entre Kaboul et Jalalabad, et que vous et les autres sirdars avez décidé de ne plus interférer dans nos communications et nos réseaux d'approvisionnement avec l'Inde.

Akbar Khan s'esclaffa, d'un rire homérique aux accents indéniablement francs.

— Ralston, *huzoor*, j'apprécie votre manière d'aller droit au but. Comme vous le découvririez bientôt, je ne consacre mon temps qu'à des gens capables de hardiesse et de sincérité. Vous transmettrez ce message à votre Sir William.

Ayesha ne lui avait pas menti, réalisa Kit en son for intérieur avec gratitude. Il se détendit quelque peu, se carrant confortablement contre les oreillers.

— Si nous vous restaurions vos subsides, Akbar Khan, accepteriez-vous de faire des concessions en retour ?

— Il n'y aura aucune concession, Ralston, *huzoor*, tant que ces chiens d'envahisseurs n'auront pas été boutés hors du pays, tant que le sang coulera dans nos veines.

La placidité de sa voix ne fit que renforcer la résonance de ses mots. Christopher se souvint soudain des paroles légèrement méprisantes de MacNaghten cependant qu'ils chassaient les insurgés embarrassants. Qu'avait-il déclaré au juste ? « Ce peuple est un troupeau de gamins qui doit être traité comme tel. Si nous flanquons l'un d'entre eux au coin, le restant sera terrifié. » Ciel ! Ce William n'avait évidemment jamais rencontré Akbar Khan !

Une lueur d'amusement traversa les yeux bleus du khan tandis qu'il constatait la déconfiture du jeune lieutenant.

— De quoi pourrions-nous discuter encore, *huzoor* ? Comment expliquer par exemple que MacNaghten et le général Elphinstone ont l'intention de raccompagner Sir Robert Sale et sa brigade en Inde ? M'avouerez-vous qu'ils projettent de subjuguer les Ghilsai une bonne fois pour toutes ?

Kit secoua la tête.

— Non, Sirdar, je ne vous dirai rien de tel. Si vos sources sont correctes, alors vous devez le savoir. Et si au contraire, vos informations étaient erronées, je ne suis pas habilité à les démentir.

Cet homme connaissait-il réellement les plans des Anglais ? Christopher était perplexe mais le chef guerrier ne semblait plus désirer prolonger l'entretien.

— Allons dîner ! s'exclama-t-il d'une voix joyeuse, tandis qu'il frappait dans ses mains. Les domestiques, qui formaient un cercle immobile autour d'eux, s'agitèrent. De grands saladiers remplis d'appétissant ragoût accompagné de riz furent disposés sur les tables basses sous le dais, et les hommes de confiance du chef rebelle se joignirent à eux pour déguster ce savoureux repas. A en juger par leurs vêtements taillés sur mesure, leurs sabres incrustés d'or et de pierreries et leurs barbes soigneusement coupées, ces derniers étaient de hauts dignitaires dans la cour militaire d'Akbar Khan. Ils offrirent leurs *salaams* au sirdar, sans omettre le lieutenant, et s'installèrent autour de la table.

Par égard pour Kit, la conversation fut menée en persan, et Akbar Khan traduisit avec courtoisie chaque fois qu'il voyait son invité en difficulté.

— Vous parlez anglais couramment, le complimenta celui-ci, plongeant les doigts dans le plat et portant un morceau de viande à sa bouche sous l'œil ravi des musulmans.

Un rictus mauvais déforma le visage d'Akbar Khan. Il trempa les mains dans un rince-doigts parfumé aux pétales de roses et s'essuya consciencieusement.

— Je le dois à un bien étrange professeur.

Kit se crispa imperceptiblement, mais ne montra aucun signe d'intérêt particulier.

— Ah, bon ?

— Oui. D'ailleurs vous avez déjà fait sa connaissance. (Le regard d'aigle se posa sur le lieutenant, tentant de disséquer ses pensées les plus secrètes.) D'après ce que m'a raconté Ayesha, vous avez conversé quelques instants.

Une sonnette d'alarme retentit dans l'esprit de Christopher. Comment cet homme avait-il deviné qu'il s'agissait là du point sensible ? Quelle avait été la version d'Ayesha à son propos ? Elle n'aurait certes pas dévoilé leur rencontre au lac. Il prit une profonde inspiration et répondit d'un ton qui se voulait détaché :

— Elle a intercédé en notre faveur auprès des nomades. Je crois que sans son intervention, ils nous auraient attaqués.

Akbar hocha la tête tristement et exprima sa désapprobation.

— Ils n'ont pas toujours le sens de l'hospitalité, Ralston, *huzoor,* en particulier lorsqu'ils ont affaire à des *ferenghis* en uniforme. C'est regrettable mais il ne faut pas leur en tenir rigueur, ils sont incultes. (Il eut un sourire mielleux.) Je suis persuadé que vous comprenez.

Kit acquiesça et rétorqua sur le même ton :

— Bien entendu. Mais j'en étais d'autant plus reconnaissant à cette jeune femme. J'ai pris conscience du danger que nous avions frôlé. Je lui ai dit que je souhaitais obtenir une audience de votre part, et elle m'a laissé entendre que vous ne refuseriez pas de m'écouter.

Il haussa un sourcil en quête d'assentiment.

— Non, a priori, rien ne m'opposait à une telle entrevue, fit Akbar Khan en tendant à son interlocuteur un bol de mûres. Ces fruits sont un véritable délice, Ralston, *huzoor*. Nous les appelons des *tuts*. Les nomades les cueillent dans les plaines.

Kit en goûta quelques-unes. Le chef guerrier n'avait pas exagéré. Les mûres étaient tout simplement exquises. Tandis qu'il savourait ces fruits merveilleux, il ne cessait de se demander si le sujet d'Ayesha était définitivement clos. Il ne se sentait pas de force à supporter un second interrogatoire.

Akbar Khan s'adressa en pushtu à l'un des serviteurs qui rôdaient autour d'eux et les couverts et plats disparurent, aussitôt remplacés par des plateaux d'abricots. On apporta ensuite un chariot couvert de gâteaux alléchants et une carafe de sherbet aussi tendre et suave que du miel. Les convives éructèrent pour marquer leur satisfaction et se renversèrent sur les oreillers. Akbar Khan sourit à l'adresse de son invité.

— Nous écouterons un peu de musique à présent, si vous n'y voyez pas d'inconvénient, Ralston, *huzoor*. Nous avons la chance de posséder ici quelques virtuoses de la danse.

L'enthousiasme du lieutenant ne dura qu'un instant. Soudain, il se figea. Une silhouette gracile, drapée dans un pantalon fluide de satin crème ajusté en dessous de la taille, rehaussé par l'étoffe turquoise d'une tunique richement brodée, une pièce de mousseline marmoréenne lui voilant le bas du visage, s'approchait d'une démarche aérienne. Il ne pouvait apercevoir sa chevelure, mais ses prunelles de jade étaient uniques... inoubliables.

Elle franchit la distance qui la séparait du dais, salua avec déférence Akbar Khan et chuchota à l'intention de Kit :

— *Jur hasti, huzoor* ?

Le chef rebelle partit en un rire moqueur.

— Elle vous demande si vous êtes en harmonie, Ralston, *huzoor*. C'est une salutation d'usage de notre peuple.

— *Zendeh bashi*, répliqua Christopher tout de go.

— Je suis particulièrement honoré que vous ayez pris la peine d'apprendre quelques mots de notre langue, approuva son hôte en applaudissant à tout rompre. En général, le *ferenghi* juge cet effort inutile.

« Peut-être parce que ces *ferenghis* n'ont pas reçu les sages conseils d'une personne telle qu'Ayesha », songea Kit, se refrénant pour ne pas dévorer la jeune femme des yeux. Il n'était pas supposé l'avoir vue autrement que vêtue de son long chadri. Elle lui glissa quelques mots en pushtu. Peut-être devait-il feindre d'ignorer qui elle était ? La circonspection prit le pas sur ses sens et il fit preuve de retenue.

Si Akbar Khan fut désappointé par ce manque de réaction, il n'en montra rien.

— Vous avez dû vous demander pourquoi Ayesha excellait dans votre langue, s'exclama-t-il en riant de nouveau.

Le lieutenant plongea son regard dans les yeux de son vis-à-vis.

— Elle manie l'anglais comme une native de mon pays, Akbar Khan, et non comme quelque étrangère à qui on aurait enseigné cette langue.

Les prunelles du chef rebelle se rétrécirent.

— Quel homme brillant vous faites, mon ami ! (Puis, à l'intention de la jeune femme :) Ayesha, ôte ton voile.

Elle s'exécuta et dégrafa la broche qui retenait le pan de mousseline. Akbar Khan se leva et enleva lui-même le tissu arachnéen, révélant à la lumière des candélabres la masse soyeuse de boucles flamboyantes qui se répandit en une pluie d'or sur les épaules d'Ayesha.

« Je ne suis pas censé l'avoir admirée auparavant », se rappela fermement Kit cependant qu'il contemplait la vision ensorcelante, l'incroyable blancheur de son teint, la courbe frémissante de ses lèvres purpurines, les vertes profondeurs de ses yeux en forme d'amande.

Akbar Khan les considéra tour à tour... et esquissa un vague sourire.

— La coutume de notre peuple exige, Ralston, *huzoor*, que nous partagions nos plus chers trésors avec nos invités de marque... (Son sourire s'élargit et il effleura du bout des doigts le bras nu de la jeune femme.) Ce soir, mon ami, Ayesha est à vous.

A travers sa propre stupéfaction, Kit entrevit l'abasourdissement puis la colère dans les prunelles de jade. La jeune femme se précipita vers Akbar Khan et le tança à voix basse en pushtu. La réponse du guerrier cingla l'air tel un coup de fouet et elle recula comme s'il l'avait giflée. Le sirdar se tourna alors vers le lieutenant, le regard bleu aussi froid et meurtrier que celui d'un faucon.

— Vous ne refuseriez pas un cadeau de bienvenue, n'est-ce pas, mon ami ?

Christopher balaya la pièce d'un œil inquiet, ne voyant qu'hostilité et menace sur toutes les faces. Personne ne bougeait. Des statues de marbre... Si c'était un piège, il n'avait guère le choix, il devait l'éviter. Il lui fallait réfléchir comme un Afghan.

— Je suis profondément honoré, Sirdar, et j'accepte avec empressement ce splendide cadeau.

Il coula un regard à la dérobée vers Ayesha, pétrifiée sur place.

Akbar Khan se frotta les mains avec l'air réjoui de quelqu'un qui a conclu un bon contrat.

— Bien. Et maintenant, musique !

Sans mot dire, la jeune femme s'installa auprès du lieutenant. Elle s'empara d'un bol de mûres et, les yeux humblement baissés, le lui présenta avant de remplir son verre vide.

3

Kit fixait obstinément le sol devant lui tandis qu'un groupe de musiciens interprétait d'étranges et langoureuses mélodies. Des danseuses se mouvaient au rythme des sonorités, formant une brume de mousseline virevoltante et de chair dorée. Leurs yeux étaient outrageusement soulignés par un trait de khôl et leur peau perlait de transpiration cependant qu'elles tournoyaient, portées par cette musique lascive. Le lieutenant ne pouvait se concentrer sur le spectacle, toutes ses pensées dérivaient vers la jeune femme assise à ses côtés. Elle était muette, véritable statue de marbre, hormis les brefs instants durant lesquels elle comblait ses désirs, lui offrant fruits, sherbet et gâteaux ou lui tendant le rince-doigts et une serviette pour s'essuyer les mains. Cependant, malgré cette attitude effacée et soumise, il pouvait déceler la fureur qui l'animait derrière cette façade impavide. D'autre part, il avait conscience du regard acéré d'Akbar Khan posé sur lui, regard suspicieux et calculateur.

Finalement, le sirdar ordonna une trêve aux musiciens. La fille qui dansait devant eux s'approcha d'une démarche hésitante, encore tout essoufflée par l'effort, salua et s'évanouit comme par enchantement, ses compagnes sur les talons. Akbar Khan tourna la tête vers son invité :

— J'espère que vous n'êtes pas pressé de nous quitter, Ralston, *huzoor*. J'ai l'intention de vous faire découvrir une autre de nos coutumes demain matin, que vous jugerez, je n'en doute pas, très intéressante. Je vous enseignerai les règles d'un jeu appelé le *buzkashi*. Peut-être le connaissez-vous déjà ?

Christopher secoua la tête en signe de dénégation.

— Alors, mon ami, vous avez fort à apprendre. C'est notre jeu de la vie. Il vous dévoilera maintes facettes de la personnalité d'un Afghan. (Il tapota le bras de Kit d'une manière familière, presque paternelle.) Vous vous divertirez, vous verrez. Et surtout n'hésitez pas à m'avouer demain si Ayesha a failli à sa tâche.

Un frémissement parcourut le corps gracile de sa jeune voisine mais elle ne proféra aucune protestation, crispant juste les mains pour contenir sa fureur avant d'inviter le lieutenant d'un geste courtois à la suivre. Sans la moindre hésitation, elle emprunta un chemin à travers des corridors sinueux, longea l'allée pavée de mosaïque et s'arrêta devant la porte de la chambre attribuée au lieutenant. Là, elle s'effaça, laissant le passage à son compagnon.

Il pénétra dans la pièce et elle referma la porte derrière elle.

— De quelle manière puis-je vous être agréable, Ralston, *huzoor* ?

— Sottises ! gronda-t-il férocement. Comment étais-je supposé réagir ? Si j'avais décliné son invitation, ses hommes m'auraient tranché la gorge sur-le-champ.

Dédaignant ses questions, elle se dirigea vers la fenêtre et tira les claies de bambou. Puis elle franchit la distance qui la séparait de la porte d'entrée et sans un bruit la verrouilla.

— Il y a des gardes partout et les murs ont des oreilles.

Immobile, Kit la contemplait. La lumière de la lampe à huile rehaussait l'éclat ivoirin de sa peau laiteuse, capturait l'or précieux de ses cheveux rutilants. Il avait l'impression de rêver les yeux ouverts. On lui avait offert cette ensorcelante jeune femme... et ce cadeau séduisant et pourtant barbare éveillait en lui un désir honteux.

— Que signifie toute cette mise en scène, Ayesha ? Avez-vous une idée de ce qui se trame ici ?

— Akbar Khan est un homme animé par de grandes passions. Et par d'incompréhensibles caprices. Il abhorre l'envahisseur anglais. Sa haine est si profonde qu'elle sèmerait la terreur dans le cœur de chacun de vos compatriotes sur le territoire afghan. Ne vous laissez pas berner par son ingéniosité, Christopher Ralston.

— Mes amis m'appellent Kit. Serait-ce trop vous demander que de demeurer tranquille un instant ?

— Que votre volonté soit faite, Ralston, *huzoor*, déclara-t-elle en obtempérant.

Une vague de colère envahit tout à coup le lieutenant.

— Libérez vos cheveux.

Elle ne put dissimuler sa surprise. Néanmoins, elle s'exécuta et une cascade d'or rouge ruissela dans son dos, caressant la naissance de ses hanches. « Elle pourrait s'asseoir dessus », nota Kit, rêveur.

— Je souhaiterais en apprendre plus sur ce qui se passe ici, insista-t-il, tentant de conserver son sang-froid et un ton impersonnel. Pourquoi Akbar Khan vous a-t-il jetée dans mes bras ? Vous, vous qui êtes si étroitement gardée, et traitée avec tant d'empressement ! Pourquoi faire une telle chose ?

— Pour vous humilier. Il s'attaque à votre amour-propre en vous obligeant à reconnaître la suprématie d'un Afghan sur l'un de votre race... sur vous. Vous n'avez d'autre solution que de prendre les cartes qu'il vous impose. (Elle frissonna.) C'est un homme paradoxal, comme il aime à se définir. Mais la haine qu'il nourrit pour votre peuple constitue une de ses armes les plus dangereuses.

— C'est tout autant votre peuple que le mien.

Elle secoua vigoureusement la tête, et dit d'une voix presque moqueuse :

— Non, plus aujourd'hui, Ralston, *huzoor*.

— Si !

Il s'approcha d'elle, et la saisit aux épaules, étonné par la fragilité de sa nuque et séduit par la tendre courbe de ses bras. Elle leva les yeux vers lui et esquissa son plus beau sourire.

— Je ne supporterais plus vos étiquettes et vos règles absurdes, *ferenghi* !

Ces paroles déclenchèrent en lui un accès de fureur, car nonobstant le fait qu'elle insultait leur patrie, elle s'insultait elle-même. Pour être honnête, il se devait d'avouer que son courroux provenait de son appréhension. Et si elle refusait de fuir cette forteresse et de l'accompagner... ? Il serra les poings et ses yeux gris s'assombrirent.

— Alors pour quelle raison Akbar Khan vous infligerait-il cette mascarade, Ayesha ? Il m'offenserait en glissant une femme de mon peuple dans mon lit comme une vulgaire esclave. Et il ne mortifierait pas l'Anglaise qui brûle en vous ? Vous voudriez me faire croire cela ?

— On ne cesse de me rappeler qu'il ne faudrait pas que je prenne l'habitude de m'apitoyer sur mon sort. J'ai surestimé mes forces en vous conduisant ici. Je le crois suspicieux quant aux motifs qui m'ont poussée à prendre une telle décision, mais s'il m'a soupçonnée de porter un intérêt à un homme... un *ferenghi* de surcroît, alors... il aura voulu me prouver que toute maîtresse de mes sentiments que je sois, je lui appartiens, à lui et à lui seul...

— Et ressentez-vous quelque chose pour cet homme ? s'entendit-il demander.

La question lui avait échappé tel un murmure happé par la pénombre propice aux confidences. Il leva une main vers le visage de la jeune femme et effleura le contour velouté de sa joue jusqu'à sa mâchoire. Sous ses doigts, elle tremblait.

— Je devrais avoir honte, mais c'est plus fort que moi. Plus fort que l'humiliation infligée par Akbar Khan. Je désire celle qui m'a été offerte, je la désire plus que tout au monde. Vous hantez chacune de mes nuits et le jour, je ne peux échapper au souvenir de cette fabuleuse rencontre au lac.

— Vous n'avez qu'à vous baisser pour cueillir votre présent, ironisa-t-elle, non sans amertume. Recevez le cadeau d'un Afghan sans la moindre honte.

— C'est vous que je convoite, murmura-t-il d'une voix rendue rauque par le désir. Ni l'Afghane ni l'Anglaise... vous !

— Mais je ne suis ni à vendre, ni à prendre, riposta-t-elle faiblement.

Derrière ce regard froid et impassible, il devina le feu violent qui la consumait.

— Non pas que je me refuse à vous. Ceci... (Elle désigna son corps.) ... est à vous, tout du moins pour la nuit, mais en ce qui concerne mon esprit, n'espérez rien.

Lentement il approcha la bouche de la sienne. Ayesha n'opposa aucune résistance à la pression exigeante du baiser. Au contraire, elle renversa la tête en arrière, offrant une gorge tendre et satinée à la convoitise du lieutenant, et comme si elle se soumettait à l'invitation, permit à son compagnon de goûter le miel irrésistible de sa bouche.

Elle désirait ce baiser… le désirait au plus profond d'elle-même depuis que le lieutenant lui avait déclaré, cerné par les nomades menaçants, qu'il était à sa recherche. Une recherche imprudente… et pourtant il avait attisé en elle les flammes de la passion contre lesquelles son esprit ne pouvait lutter. Elle avait vécu si longtemps recluse, jouet d'un seul et unique homme… Maintenant elle humait avec délices le parfum viril de Christopher Ralston mêlé aux effluves de savon, sentait cette peau fraîchement rasée contre sa joue, ces lèvres impérieuses contre les siennes. De ses mains, Kit épousait les courbes voluptueuses de ce corps d'albâtre, s'aventurant jusqu'à la chute des reins qu'il effleura du bout des doigts.

Le lieutenant chuchota d'une voix gutturale les mots de l'amour, des mots dont elle ignorait jusqu'à l'existence. De son plein gré, elle se pressa contre lui, cédant aux vagues déferlantes du plaisir. Ses sens prenaient le pas sur la raison et seul l'instant présent importait.

Il s'écarta brusquement de la jeune femme, les yeux enflammés par le désir.

— Je dois vous revoir… comme vous étiez au lac.

Ayesha passa la tunique au-dessus de ses bras et la jeta sur le sol. Les longues boucles cuivrées recouvrirent sa poitrine majestueuse, magnifiant l'éclat laiteux de sa peau. Elle glissa les mains jusqu'à ses hanches et dénoua la ceinture qui retenait son pantalon d'étoffe fluide. Celui-ci tomba sur le sol dans un bruissement de soie précieuse. Elle présenta son magnifique corps aux lignes pures, baigné par la douce lumière de la lampe à huile, au regard gourmand du lieutenant.

Ce dernier errait sur les chemins d'une contrée paradisiaque, reconnaissant vaguement que le caractère inhabituel de la scène portait ses sensations au-dessus de toute autre expérience. Les règles qui gouvernaient sa vie condamnaient sa présente attitude. Comment pouvait-il profiter d'une manière éhontée des circonstances ? Certes, les lois de ce pays, que d'ordinaire il critiquait, lui donnaient entièrement raison. Ayesha se contentait-elle d'obéir aux coutumes, ou expérimentait-elle, elle aussi, ce sentiment à la fois magnifique et horrible de transgresser un tabou ? A quelle nation appartenait-elle ? Afghane ou anglaise ? Etait-elle sincère ou jouait-elle une comédie tragique ? Seule cette interrogation prévalait… Il lui fallait découvrir son secret, savoir si la femme qu'il tenait dans ses bras brûlait du même désir que lui.

Kit releva le menton de sa compagne et, délicatement, avança la main pour redessiner les contours de son fin minois, puis descendit avec lenteur le long de sa nuque gracile jusqu'à sa gorge affolante de beauté. Il repoussa la chevelure luxuriante qui dévalait en une cascade brillante sur ses reins, découvrant ainsi les seins hauts et fermes. De ses doigts impatients, il emprisonna les doux mamelons qui durcirent sous ses paumes. Après l'ivoire de cette gorge, la nacre de cette poitrine, il explora la soie de ce ventre plat. Lorsqu'il posa les lèvres au centre palpitant de cette douce vallée, Ayesha gémit, surprise et éblouie. Encouragé par ce soupir vaincu, Christopher redoubla d'ardeur et l'entraîna dans sa course folle et irrésistible vers les rivages du plaisir. Il la cambra un peu plus, embrassa l'intérieur soyeux de ses cuisses et goûta enfin la fleur douce amère de sa féminité. Haletante, elle crispait les doigts dans ses cheveux blonds, tout entière tendue vers lui…

La bouche de Kit déclenchait des ondes de plaisir qui irradiaient dans tout son corps. Devinant sans peine ce qu'elle ressentait, il glissa de nouveau la main sur la douce colline de sa taille. Un grognement de satisfaction échappa à la jeune femme lorsqu'elle souleva les hanches pour venir à sa rencontre. Il referma les doigts sur le mont palpitant, massant la chair frémissante et chaude, et en écartant les pétales pour caresser le cœur de son désir.

Etonnée par sa propre audace, Ayesha dévêtit son compagnon. Ses doigts imprimèrent un léger sillon dans la toison bouclée de ce torse viril et s'arrêtèrent à la ceinture du pantalon. Kit se redressa et acheva de se déshabiller.

Les contours de ce corps triomphant firent naître une sensation brûlante au tréfonds de sa féminité. Nu, ce *ferenghi* avait la beauté sculpturale d'un dieu grec — la beauté, la puissance, le magnétisme aussi...

Pris de vertige, ils échouèrent sur le tapis de laine et, consumés par le même feu, s'étreignirent de toutes leurs forces. D'un geste impérieux, Kit la saisit par les hanches avec une douce violence et elle se pressa contre lui, provocante, abandonnée. Embrasée par la passion, Ayesha tissa sur la peau de l'homme un voile de caresses et d'ivresse, une prison ardente... Conquise, elle savoura la magie de ce prélude, se laissant à certains instants voguer au gré du plaisir et, à d'autres, menant la barque vers les profondeurs de l'amour.

Brusquement, elle échappa aux bras du lieutenant et se remit sur ses pieds. Eberlué, Kit la suivit et la vit ouvrir un somptueux coffret à bijoux incrusté d'or et d'ivoire. Et quelle ne fut pas la stupéfaction du lieutenant lorsqu'elle en extirpa une petite vessie d'agneau qu'elle enferma au creux de sa main ! Devant l'air époustouflé de son compagnon, elle expliqua, un large sourire aux lèvres :

— Chez Akbar Khan, toutes les chambres d'hôtes sont dotées de choses de ce genre, au cas où... S'il ne m'avait pas jetée dans vos bras, il n'aurait pas manqué de vous envoyer une de ses servantes qui, j'en suis certaine, aurait été tout autant paniquée que moi à l'idée de tomber enceinte. La conception est un privilège réservé aux épouses.

L'espace d'une minute, Christopher ne sut que répondre. Une lueur d'incertitude voilait les yeux de la jeune femme.

— Vous êtes gêné, n'est-ce pas ?

Non pas qu'il fût inculte en matière de contraception, mais d'ordinaire ses maîtresses n'abordaient pas le sujet... Cependant il n'avait pas affaire à une femme ordinaire. Acceptant avec fatalité cet état de choses — comme une nouvelle manifestation de ce pays défendu dans lequel il déambulait avec une joie indescriptible —, Kit secoua la tête et tendit la main vers le visage d'Ayesha.

— Pourquoi le devrais-je ?

Alors, sans mot dire, d'un geste amoureux, elle glissa le condom autour du sexe viril palpitant, transformant l'acte en une caresse voluptueuse et excitante. Il ferma les yeux et exhala un long soupir d'exultation.

Kit s'allongea sur elle, la clouant sur le sol, et plongea son regard dans les prunelles de jade. La jeune femme esquissa un large sourire confiant et ses joues rosirent d'émotion tandis que ses lèvres purpurines, entrouvertes sur de petites dents nacrées, constituaient une véritable invite aux baisers.

— Qui êtes-vous réellement ? murmura-t-il à son oreille.

— Annabel.

Le lieutenant se pencha et baisa les paupières irisées. Puis, il la fit sienne, unissant ses hanches aux siennes. Subjuguée, elle l'accueillit en elle dans un frémissement de tout son être. La passion charriait des torrents de feu dans ses veines. Une merveilleuse folie s'empara de leurs corps et un tourbillon les emporta hors du temps.

Le plaisir était leur guide, il présidait à leur

lente et sauvage danse d'amour. Ayesha poussa un cri sourd. Ses bras fins se nouèrent autour du cou de Kit et sa bouche recueillit un baiser passionné. Les reins de l'homme se cambrèrent et la jeune femme défaillit de bonheur comme une vague l'entraînait vers l'extase. Leurs souffles mêlés, leurs corps entrelacés jetés l'un vers l'autre, tel un éternel ressac, s'apaisèrent enfin.

Alanguis et comblés, ils se laissèrent gagner par une délicieuse torpeur. Puis Christopher se recula et contempla Ayesha avec une infinie tendresse.

— Veuillez me pardonner de ne pas avoir fait durer le plaisir plus longtemps. Mais jamais auparavant, je n'avais connu une telle flamme.

— Ne vous excusez pas, ce fut la même chose pour moi. Mais nous avons toute la nuit devant nous, Kit. Suffisamment de temps pour satisfaire le moindre de nos désirs...

— Annabel, susurra-t-il, s'imprégnant des séduisantes intonations de ce prénom. Annabel... (Gentiment, il se dégagea et se dressa sur son séant.) Et maintenant, si vous me parliez de vous, Annabel ?

— Cela fait bientôt huit ans que je n'ai pas entendu prononcer mon vrai nom, déclara-t-elle, en se mettant debout d'un mouvement gracieux.

Elle se dirigea vers la table où avaient été déposées une cruche et une bassine, versa de l'eau sur une serviette et revint auprès de son amant. S'agenouillant à ses côtés, elle fit courir le tissu humide sur son corps, l'encourageant à s'allonger sur les coussins tandis qu'elle nettoyait et rafraîchissait sa peau.

Il se plia aux volontés de la jeune femme avec un plaisir non dissimulé. Les représentantes du sexe féminin qu'il avait connues jadis étaient certainement plus enclines à recevoir qu'à donner. Ayesha, elle, avait été éduquée à une tout autre école. Mais il n'était plus égaré dans la jungle du royaume de l'amour. Cette fois, la réalité reprenait les rênes. Il s'assit brusquement.

— Cela suffit.

— Quelque chose vous déplaît? s'alarma-t-elle, incrédule.

— Tout ceci ne me rappelle que trop ce que je souhaiterais oublier. Donnez-moi cette serviette.

Elle la lui tendit, sans riposter, et il alla humidifier le tissu avant de revenir vers la jeune femme, toujours assise.

— Levez-vous!

Il l'aida à se remettre sur ses pieds et, emprisonnant un de ses petits globes parfaits, commença à éponger la peau translucide et satinée.

— Laissez-moi à mon tour vous laver. Ainsi vous m'expliquerez, Annabel, comment vous avez atterri dans un endroit comme celui-ci, parmi ces gens.

La jeune femme hocha tristement la tête et se mit subitement à frissonner, repliant ses bras sur sa poitrine pour ériger un frêle rempart.

— Cela n'a plus vraiment... d'importance, balbutia-t-elle, les yeux hagards.

— Plus d'importance, vous voulez rire? Comment osez-vous débiter de telles sornettes? (Il lui prit les bras et l'attira vers lui, remarquant soudain la panique de sa compagne.) Vous êtes morte de peur.

Elle l'était, indéniablement. La perspective de déterrer les douloureuses réminiscences de son enfance bouleversée lui glaçait le sang. Elle tenta de se dégager et de se dérober au regard inquisiteur du lieutenant.

— Je ne veux pas en parler.

Cette jeune femme lui inspirait des sentiments inconnus jusqu'alors. Il brûlait d'envie de prendre soin d'elle, de panser ses blessures. Il ne se rappelait pas avoir réagi ainsi auparavant. Il la relâcha, s'empara d'un drap sur le lit et l'enveloppa soigneusement pour éviter qu'elle ne prenne froid.

— Il n'y a aucune raison d'avoir des craintes, la rassura-t-il en l'encerclant de ses bras et en la soulevant pour la déposer avec précaution sur le divan. Racontez-moi, Annabel.

— Mon nom est Ayesha, protesta-t-elle sans grande conviction.

— Dites-moi, insista-t-il, en effleurant les longs cheveux cuivrés comme si elle était un enfant manquant d'assurance.

Elle demeura coite durant quelques minutes, se laissant enlacer sans reproche, toute confiance en soi envolée.

— Nous étions sur le chemin de Peshawar, au milieu du passage de Khyber pour être exacte, débuta-t-elle d'une voix serrée.

Kit écoutait, imaginant sous ces mots la mort atroce de ses parents, entendant les plaintes insoutenables d'agonie, les hurlements sauvages et barbares des assaillants, devinant la terreur traumatisante de la petite fille kidnappée.

— Et... ? Etait-ce Akbar Khan, votre ravisseur ?

— Non. Plusieurs semaines cauchemardesques passèrent avant que je ne rencontre Akbar Khan. (Elle fouilla longuement l'abysse de sa mémoire.) Lâchez-moi, je vous en prie.

— N'ai-je donc pas le droit de vous tenir contre moi ?

— Je n'ai guère l'habitude d'être caressée ainsi. Une telle gentillesse n'est pas coutume chez les Afghans.

— Pour tout vous avouer, ces effusions ne me ressemblent pas non plus.

Tout en souriant, la jeune femme se lova derechef contre le torse réconfortant du lieutenant.

— Le chef Ghazi qui m'avait capturée me garda prisonnière plusieurs mois. A l'époque, j'ignorais qu'il attendait qu'Akbar Khan vienne lui rendre visite à Madella. J'étais destinée à ce sirdar comme le tribut dû par le Ghazi à son leader. Il avait décidé que je servirais de dîme, un présent bien plus séduisant que des objets de valeur ou du bétail... et surtout moins onéreux. Je ne savais pas cela, bien sûr, trop persuadée que j'étais de finir mes jours dans cette cahute de torchis avec la famille de cet homme.

— Comment étiez-vous traitée ? questionna Kit.

— Cruellement. Par les femmes, et non par les hommes. Je suppose qu'elles ignoraient quoi faire de moi. Je ne parlais pas un traître mot de leur langue et elles ne comprenaient pas l'anglais. Si elles me maltraitaient, c'était sans doute parce qu'elles enduraient elles-mêmes ces sévices. La victime qui devient persécutrice... Quoi de plus attrayant ?

Kit songea à ces pauvres hères qu'il avait vus

quelques jours plus tôt, véritables bêtes de somme, gravissant péniblement la montagne. Il essaya de se représenter une fillette anglaise de douze ans, élevée dans un cocon, ayant grandi entourée d'amour, assujettie aux tourments d'une telle existence, et une rage incommensurable s'empara de lui.

Annabel devina la tension qui montait en son compagnon à l'étreinte qui se resserra autour d'elle.

— Vous ne pouvez les juger selon vos normes, *ferenghi*, se moqua-t-elle. Leur vie est un éternel combat.

— Ne me surnommez plus ainsi, gronda-t-il.

Ayesha ne se méprit pas sur la menace qui planait dans ces paroles. Elle se tourna pour le regarder droit dans les yeux et haussa les épaules d'un geste négligent.

— Pourtant c'est ce que vous êtes, vous comme tous ceux de votre race. Jamais il ne vous viendrait à l'idée de comprendre les traditions des Afghans.

— Il me semble que vous détournez la conversation.

— Vous croyez ? Je ne pense pas.

Elle bondit sur ses pieds et se mit à faire les cent pas.

— En tout cas, lorsque Akbar Khan arriva à Madella, on lui fit cadeau de ma personne... Vous parlez d'un cadeau ! Une petite chose sale et émaciée en guenilles, derniers vestiges des vêtements que je portais lorsque j'avais été capturée. Mais à cette époque, je comprenais et parlais quelques mots de pushtu. C'est ainsi que lorsque le Ghazi me poussa devant cet inconnu caparaçonné d'un casque et d'une armure, et déclara qu'il m'offrait au sirdar, j'ai réalisé... (Elle se mordit la lèvre.) ... j'ai réalisé dans quel enfer je venais de tomber, et que la seule manière d'y échapper serait la mort. J'ai traité mon kidnappeur des pires épithètes qui soient pour un musulman. Il m'a rouée de coups et projetée au sol mais avant qu'il n'ait eu le temps de décharger toute sa hargne sur moi, Akbar Khan est intervenu et l'a congédié.

Elle prit un abricot dans la corbeille à fruits et mordit dans la chair dorée à pleines dents.

— Ensuite je me suis retrouvée dans le zenana d'Akbar Khan. En échange des leçons d'anglais que je lui inculquais, il m'apprenait les rudiments du persan. J'ai demandé des livres et il m'a fourni des ouvrages à la fois en anglais et en persan.

— Il ne s'est pas contenté de vous enseigner sa langue, persifla Kit.

La jeune femme ne chercha pas à nier.

— Oui, vous avez raison. Il ne s'est pas contenté de m'enseigner la langue. Mais il a eu la délicatesse d'attendre mon quinzième anniversaire. Il était moralement lié par les liens sacrés du mariage à quelques femmes des tribus Ghilsai et il m'a toujours tenue à l'écart de ses épouses, ce dont je lui suis reconnaissante. Pour une Afghane, je dispose d'une liberté appréciable.

— Pour l'amour du Ciel! Vous n'appartenez pas à leur peuple! Vous êtes Annabel Spencer.

— Je suis Ayesha, et cela me satisfait pleinement.

— Lorsque je quitterai cet endroit, vous m'accompagnerez. J'ignore comment je m'y prendrai, mais je peux vous assurer une chose, je vous ramènerai aux vôtres.

Le rire de la jeune femme emplit la pièce.

— Si vous pouviez vous entendre ! Que de belles paroles ! Quelle grandeur d'âme ! L'Anglais délivrant la captive et la ramenant aux siens... Vous voudriez jouer le Chevalier de la Table Ronde ? Otez vos œillères, mon pauvre *ferenghi*, et regardez la situation bien en face.

— Sacredieu ! Je vous ai déjà dit de ne pas m'appeler ainsi !

D'où provenait cette fureur irraisonnée, balayant la passion enflammée qui les dévorait seulement un quart d'heure plus tôt ? balayant la vague de tendresse qui l'envahissait, son désir de la réconforter et de la protéger... Maintenant il n'avait plus qu'une envie, la secouer comme un beau prunier jusqu'à ce qu'elle accepte sa véritable identité.

Ayesha resserra les pans du drap sur sa poitrine et se planta devant le lieutenant.

— Il m'est impossible de quitter ces lieux, même si j'en éprouvais l'envie. Quant à vous, vous ne sortiriez pas de cette forteresse si Akbar Khan en décidait ainsi. Et malheureusement je crois qu'aucun d'entre vous ne quittera l'Afghanistan vivant.

Kit se raidit.

— Que voulez-vous dire par « si j'en éprouvais l'envie » ? Vous ne pouvez sérieusement souhaiter demeurer prisonnière jusqu'à la fin de vos jours.

— Pourquoi pas ? Je doute que ce soit pire que de devenir la prisonnière du carcan moral et social d'un cantonnement anglais en Inde. Au moins, ici je peux profiter des chevaux et des faucons, des montagnes et de la compagnie de gens sans trace d'hypocrisie en dépit de leurs règles strictes. Ma vie est loin d'être morne et monotone, Christopher Ralston. Je voyage avec Akbar Khan à travers tout le pays, et les seules contraintes qu'il m'impose sont celles exigées par le Coran.

Kit eut la détestable impression d'être un funambule suspendu entre la terre ferme et le gouffre. Comment pouvait-elle débiter de telles inepties ? Et surtout y croire ? Aux yeux de la jeune femme, il n'était qu'un simple *ferenghi* aveugle et prétentieux, et le seul monde qu'il mettait à ses pieds se résumait à un univers sinistre et confiné, aux règles draconiennes et sournoises. Pourquoi se mentir ? Lui aussi le jugeait ainsi. Il jouait avec lui, le méprisait, critiquant son caractère superficiel et insatisfaisant. Pourquoi, sinon, avoir plongé dans le tourbillon de l'ivresse nuit après nuit ? avoir perdu chaque soir un peu plus d'argent au jeu ? Pourquoi avoir provoqué des duels ridicules qui lui avaient valu d'être banni à tout jamais de la haute société et relégué dans l'ombre de la cavalerie de la Compagnie des Indes Orientales ?

— Il doit vous rester de la famille en Angleterre, insista le lieutenant avec un piètre espoir.

— Et alors ? fit-elle en secouant la tête. Même si c'était le cas, cela ne signifierait rien pour moi. Je ne suis jamais allée là-bas. Mon existence ici a un sens. Imaginez un instant que je vous suive, comment voudriez-vous que je m'adapte dans cette nouvelle société ? Non, Christopher Ralston, retournez d'où vous venez et laissez-moi en paix avec les miens.

— Tout à l'heure, vous m'appeliez Kit, commenta-t-il, dans une ultime tentative pour percer une brèche dans les murailles de la jeune femme, mais les mots glissaient car déjà il n'y croyait plus et capitulait.

— Une erreur, un instant d'égarement dans la passion. Je n'utiliserai plus le langage intime du *ferenghi*.

Christopher se tordit rageusement les mains. Il aurait tant voulu abattre le mur qui le séparait de cette ensorcelante rousse, cet obstacle qui dédaignait tout ce qu'on lui avait inculqué depuis l'enfance.

— Est-ce tout ce que cela a représenté à vos yeux ? Un simple instant d'égarement ? Comment pouvez-vous dire de telles choses ?

Elle lui tourna le dos et se baissa pour ramasser ses vêtements.

— Avez-vous encore besoin de moi, ce soir, Ralston, *huzoor* ?

Si elle voulait jouer à ce petit jeu-là, elle allait voir…

— Oui, Ayesha. J'ai besoin de vous. Akbar Khan m'a accordé une faveur ce soir. Vous ! Et la nuit est loin d'être terminée…

La tunique et le pantalon échappèrent aux mains de la jeune femme et se répandirent sur le sol dans un bruissement soyeux. Lentement, elle redressa le menton et le toisa d'un regard meurtrier.

— Je suis à vos ordres.

Kit la contempla longuement, admirant les formes harmonieuses de ce corps divin, cette taille étranglée, ces hanches épanouies, ces jambes interminables au galbe exquis et cette poitrine satinée qui semblait le narguer... Il ne pouvait se rassasier de ce spectacle enchanteur. Un torrent d'émotions sauvages le submergea. Ô combien il la désirait ! Il rêvait de l'enlacer, de lui prodiguer mille caresses délicates et sensuelles, et d'éveiller en elle le tumulte de l'amour. Mais il voulait plus encore... Qu'elle s'abandonne au brasier du désir, qu'elle l'accompagne sur les chemins du bonheur, grisée par la même flamme...

Avant qu'elle n'ait eu le loisir de riposter, il l'attira vers lui et repoussa les mèches qui barraient son délicieux visage. Puis il se pencha et sa bouche frôla une tempe pour descendre au creux du cou où elle s'attarda voluptueusement. Ayesha se crispa un peu, mais ne s'écarta pas. Des lèvres affamées virevoltèrent sur la chair frissonnante de la jeune femme.

Ayesha luttait pour ne pas basculer dans le piège de son adversaire. Mais ses sens eurent bientôt raison de ses récriminations...

— N'ai-je point entendu que le temps nous appartenait et que nous pouvions savourer avec lenteur ce moment privilégié, chère Anna ?

Pour toute réponse, elle blottit la tête contre l'épaule musclée de son compagnon, ne songeant pas à protester de la familiarité de ce diminutif. Kit l'allongea sur le divan et dévora du regard le splendide buste scintillant dans la lumière tamisée. Puis leurs corps brûlants se reconnurent avec fébrilité et, d'un même élan, ils bondirent ensemble dans une course folle à travers les méandres du plaisir...

4

Lorsque les premières lueurs de l'aube embrasèrent l'horizon, Ayesha s'arracha à la couche qu'elle venait de partager avec le lieutenant.

— Etes-vous obligée de partir tout de suite ? protesta Kit d'une voix ensommeillée, en se relevant. Il y a tant de choses que je souhaiterais vous faire découvrir.

La jeune femme leva les yeux au ciel, d'un air indécis. Puis, elle secoua la tête en signe de dénégation.

— La nuit est finie, Christopher Ralston. On m'a offerte à vous pour un temps bien défini.

— Ne parle pas ainsi ! (Kit se redressa sur son séant et attrapa sa veste.) Comment allons-nous nous organiser pour sortir de cet endroit ?

Elle observa un long silence, regardant son compagnon se mettre sur ses pieds. Il était magnifique... Les épaules larges, le corps musclé d'un athlète... et toute l'ardeur et l'énergie de la jeunesse. Mais Annabel Spencer était tout aussi réaliste qu'Ayesha. En grandissant, elle avait découvert un monde dans lequel les rêves n'avaient pas leur place.

— Vous quitterez ces lieux après le *buzkashi*. Je ne pense pas qu'Akbar Khan souhaite vous retenir ici plus avant. Il est parvenu à ses fins.

— Mais vous venez avec moi.

Il s'efforça d'insuffler une calme détermination à chacun de ses mots, démontrant ainsi que sa décision était irrévocable, mais la seule réponse de la jeune femme fut de rire, et ce rire moqueur écorcha ses pauvres oreilles.

— Non, Ralston, *huzoor*. Comme je vous l'ai déjà dit, même si cette solution était envisageable, et en l'occurrence elle ne l'est absolument pas, je ne viendrais pas avec vous.

— Mais comment pouvez-vous dire cela, après la nuit que nous venons de passer ?

Il avait conscience que sa voix ressemblait désagréablement à celle d'un enfant déçu de ne pas avoir obtenu ce qu'il désirait mais il ne pouvait cacher sa tristesse.

Ayesha tenta une dernière fois de lui faire entendre raison.

— Kit, je ne dénigre pas les moments que nous avons partagés ensemble. Vous m'avez donné un plaisir au-dessus de toute espérance. Mais vous devez voir les choses comme elles sont.

— Je ne vous abandonnerai pas ici.

La jeune femme se mit sur la pointe des pieds et effleura la bouche crispée de son compagnon de ses lèvres douces et chaudes, dans un souci d'apaiser la colère qui tenaillait cet homme.

— Je ne vous reverrai peut-être plus jamais. Les femmes ne sont pas autorisées à assister à un *buzkashi*. Embrassez-moi en guise d'adieu, Christopher Ralston et estimez-vous heureux du privilège qui nous a été concédé. Ne me laissez pas le souvenir d'une fureur inutile.

Pendant les quarante-huit heures qui venaient de s'écouler, Kit avait appris qu'il ne servait à rien d'émettre des objections, il valait mieux faire montre d'une sage complaisance. Il demeura silencieux mais attira la jeune femme contre lui, savourant une dernière fois la tendre courbe de ses hanches, et de ses cuisses délicieusement fuselées, imprimant ces formes voluptueuses au creux de ses mains, inhalant le doux parfum sensuel de sa peau.

Après un ultime baiser, elle s'esquiva, enfila à la hâte ses vêtements et se dirigea vers la sortie. La porte se referma bientôt derrière elle. Il l'avait à tout jamais perdue...

Les gardes postés à l'entrée jetèrent un regard furtif vers Ayesha, un de ces regards distraits d'hommes élevés dans une société qui considère la femme comme une quantité négligeable. Elle s'éloigna d'une démarche aérienne et gracieuse comme on le lui avait enseigné toutes ces dernières années. En effet, Akbar Khan ne supportait pas les enjambées impétueuses, les remarques impulsives et les gestes irréfléchis.

Ayesha atteignit le zenana et fut immédiatement happée par l'atmosphère familière de réclusion de ce sanctuaire féminin. Les commérages avaient été colportés à travers tout le palais, et ses consœurs étaient à présent au courant de la nuit qu'elle venait de partager avec le lieutenant anglais.

La jeune femme n'avait aucune envie de parler, et personne ne tenta de s'immiscer dans son silence tandis qu'on la déshabillait, la baignait dans une eau chaude et parfumée, et lui servait du thé vert dans de la fine porcelaine. Elle avala avec gratitude le liquide brûlant et se retira dans sa chambre. Des servantes s'affairaient autour de son lit. En un tour de main, les draps de satin furent étendus et les claies de bambou tirées. La lourde tenture qui servait de porte fut bientôt rabaissée et Ayesha put enfin s'allonger pour dormir.

Mais elle ne parvint pas à trouver le sommeil tout de suite, en dépit de son extrême lassitude. Une soif inextinguible d'amour la rongeait cependant qu'elle se remémorait chaque minute enflammée de cette nuit passionnée, une soif qui grandissait bien malgré elle. Néanmoins elle n'ignorait pas que ces heures glorieuses n'auraient pas de suite et il était grand temps pour elle d'endosser de nouveau le manteau de la docilité qu'elle avait porté sans rechigner durant de longues années.

Elle se réveilla quelques heures plus tard avec la nette intuition d'être observée. Ouvrant les yeux, elle découvrit Akbar Khan à son chevet qui l'observait pensivement. Lorsqu'elle bougea, il se pencha et caressa le coin de sa bouche.

— Alors, Ayesha, tu as passé une nuit plaisante, si je ne me trompe.

— Etais-je censée l'apprécier ?

Un lourd silence s'installa entre eux, puis l'homme s'esclaffa.

— Je dois te confesser que là n'était pas mon intention première. Mais je n'ai aucune objection à formuler quant au fait que tu aies tiré quelque plaisir de la leçon. Cette dernière n'en demeure pas moins.

La jeune femme s'étira langoureusement et bâilla.

— Je n'aurais pas dû conduire Christopher Ralston jusqu'à vous, n'est-ce pas ?

Le regard bleu s'assombrit.

— Tu n'aurais surtout pas dû essayer de me dissimuler l'intérêt que tu portais à ce *ferenghi*. Tu as cru pouvoir me berner mais je ne suis pas complètement idiot. Ta réaction était tout à fait compréhensible. (Il se leva.) Mais maintenant que tu as satisfait ta curiosité, tu vas pouvoir la ranger précieusement. (Il franchit la distance qui le séparait de la porte et ajouta sans se retourner :) Le *buzkashi* commencera à midi. Ta présence ajoutera du piment à la démonstration.

Ayesha se cala contre les oreillers et fixa la tenture qui se balançait encore légèrement après le départ du sirdar. Elle se mordit la lèvre. Les intentions de cet homme se révélaient bien plus complexes qu'elle ne l'avait supposé au départ. Si elle n'avait pas apprécié cette nuit d'amour, alors il aurait éprouvé du plaisir en constatant que son ennemi farouche n'était pas à la hauteur de ses exigences. Et si au contraire elle l'avait appréciée, alors il lui démontrait le pouvoir qu'il avait de donner d'une main pour reprendre de l'autre.

Elle haussa les épaules avec résignation. Il se montrait imprévisible à ses heures, mais elle avait accepté cet état de choses il y avait déjà fort longtemps et avait appris à ne pas prendre ombrage de ses caprices. Qui pouvait se targuer d'être parfait dans ce monde ? D'ordinaire, il lui permettait de vivre comme bon lui semblait, à l'exception de certaines fois où il la soumettait à sa concupiscence, mais cela ne représentait qu'un faible tribut. La perspective d'assister au *buzkashi* lui importait bien plus. Rares étaient les opportunités pour elle d'obtenir un tel traitement de faveur et de regarder ce spectacle typiquement masculin. Sa présence servirait-elle quelque triste dessein d'Akbar Khan, comme la nuit dernière? Impossible à dire! En fait, cela n'avait aucune espèce d'importance. Elle se régalerait de la compagnie de Christopher Ralston un peu plus longtemps. Dangereuse tentation mais après tout, c'était toujours mieux que rien...

Tout à coup, elle réalisa qu'elle avait très faim. Elle fit tinter la petite clochette d'argent près d'elle et se remit sur ses pieds lestement, avec un regain d'énergie.

— Vous désirez quelque chose, Ayesha? s'enquit la vieille domestique, faisant irruption dans la chambre.

— *Nan-i-roughani*, commanda la jeune femme, salivant à l'avance en imaginant la fine galette de pain blanc frite dans du beurre. Et des œufs, s'il te plaît, Soraya.

La servante opina du chef, en serrant imperceptiblement les lèvres.

— Je vais vous les faire préparer pendant que vous vous habillerez. Vous devez vous vêtir d'un chadri pour le *buzkashi*. Sinon vous risqueriez d'offenser l'assistance.

Elle n'ajouta pas que la seule présence d'Ayesha à la représentation constituait en elle-même une offense, mais sa moue désapprobatrice en disait long sur ses sentiments.

— Je ne fais qu'obéir à notre maître, protesta la jeune femme, cherchant à se disculper.

Un rictus mauvais se peignit sur les traits de Soraya. Cette dernière était parfaitement consciente du geste scandaleux que commettait Akbar Khan en autorisant ce membre privilégié du zenana à assister au jeu, mais loin d'elle l'audace de critiquer ouvertement les décisions du sirdar...

Ayesha enfila un chalvar et une tunique. Cette tenue possédait un avantage non négligeable. Elle ne cachait pas uniquement sa silhouette. Ses expressions demeuraient à l'abri des regards et si elle ne voulait pas trahir ses émotions... Elle en serait certainement fort aise lorsqu'elle se retrouverait en compagnie de Christopher Ralston, sous la surveillance d'Akbar Khan.

L'arène, étroite et sablonneuse, avait été construite sur un large contrefort au-dessus du ravin. Le lieutenant Ralston et sa patrouille furent escortés hors de la forteresse par une troupe silencieuse d'hommes enturbannés montés sur de magnifiques chevaux de guerre, des badakshanis, bêtes majestueuses et arrogantes, au poil lustré et à l'œil vif. Kit, imité par Abdul Ali, les enveloppa d'un regard envieux.

— En quoi consiste ce *buzkashi*, Lieutenant ? demanda le havildar.

— Cela signifie capture de boucs. Je présume que c'est un combat de force. Les joueurs doivent ramasser la carcasse d'un bouc ou d'un veau, la hisser sur leurs montures et la rapporter à bon port tandis que l'adversaire tente le même exploit.

Il fronça les sourcils. Ayesha lui avait confié qu'une description ne pouvait traduire la saveur de l'épreuve, et à en juger par les guerriers sur leurs splendides destriers, il devinait qu'elle avait raison.

— *Salaamat bashi*, Ralston, *huzoor* ! salua Akbar Khan, en venant à leur rencontre au grand galop, sur son cheval surpassant en splendeur les montures de ses guerriers.

Pour la circonstance, le sirdar avait revêtu une riche veste ourlée de fourrure, un large pantalon bouffant dont le bas disparaissait dans des bottes de cavalier soigneusement lustrées, et une toque en peau. Un plaisir anticipé marquait le pli de sa bouche. Cette exaltation ne fut pas pour rassurer l'Anglais.

S'inclinant courtoisement devant son hôte, ce dernier se contenta de répondre :

— *Mandeh nabashi !*

— Venez ! lui enjoignit le chef rebelle. Installez-vous sur ce promontoire. Ainsi vous pourrez suivre la démonstration.

— Vous prenez part à l'épreuve vous aussi ?

— Bien sûr. Dès l'âge de mes douze ans, on m'a enseigné les règles de ce jeu — comment attraper quelque chose au vol lorsque votre monture est lancée à une grande vitesse ! Ainsi mon père avait l'habitude de planter une balle d'argent dans le sol, et je devais lancer mon cheval au triple galop et la toucher avec mon épée. Cet exercice est excellent, Ralston, *huzoor*, pour apprendre à se contrôler et faire montre de précision.

— Je vous crois, déclara Kit avec sincérité, en promenant un regard sur l'arène où une trentaine de cavaliers se bousculaient en tous sens, électrisés par la même ardeur et la même détermination que leur leader. Soudain, il aperçut une silhouette tout de blanc vêtue qui s'approchait sur un pur-sang arabe. Les battements de son cœur s'affolèrent.

Comme s'il avait deviné l'émoi de son invité, Akbar Khan lui décocha une œillade acérée.

— Eh oui ! Ayesha se joindra aux spectateurs ! Elle pourra ainsi vous commenter l'épreuve. Comme tous les Afghans, elle connaît la signification de ce jeu.

Kit se mordit la langue. Cela ne servirait à rien de répondre à cette provocation. De plus il ignorait jusqu'à quel point Annabel Spencer avait endossé le personnage de l'Afghane Ayesha.

La jeune femme ne broncha pas lorsque le groupe survint à sa hauteur. Elle évita soigneusement le regard du lieutenant. Akbar Khan arborait un large sourire.

— Ayesha, je te laisse le soin de t'occuper de mes invités. Tu seras assez aimable pour répondre à toutes les questions que Ralston, *huzoor*, souhaiterait te poser quant au déroulement de l'épreuve.

Ayant obtenu la permission tacite de s'adresser à l'Anglais, elle se tourna vers lui et lui offrit la salutation rituelle. D'un ton dégagé, Christopher lui fit à son tour les honneurs malgré ses mains moites et sa gorge sèche. Il distinguait seulement les prunelles de jade derrière le voile brodé, néanmoins l'image de ce splendide corps d'albâtre s'imposait à son esprit.

— On raconte que nous devons ce jeu aux cavaliers de Genghis Khan, l'informa-t-elle d'une voix posée, alors qu'Akbar Khan rejoignait ses hommes en place sur le terrain. Un joueur doit réussir à se saisir de la carcasse d'un bouc... celle que vous voyez là-bas. (Elle pointa le bout de sa cravache en direction du centre de l'arène.) Une fois qu'il l'aura attrapée, il devra la hisser sur sa monture et rejoindre la ligne d'arrivée sans être ennuyé par ses adversaires qui, eux, lutteront farouchement pour récupérer la carcasse et la rapporter dans leur camp.

— Sans être intercepté par ses adversaires ?

— Exactement, Christopher Ralston. Mais comment avoir le champ libre, me direz-vous ? Il n'y a pas une seule démarcation sur le terrain.

Elle conversait avec lui comme si la nuit qu'ils avaient partagée n'avait jamais existé. Il devinait aisément pourquoi. Ils n'étaient pas seuls ; l'arène était ceinturée d'une foule de guerriers sanguinaires et les trois anciens de la tribu, armés jusqu'aux dents, n'étaient qu'à quelques pas d'eux, les yeux braqués sur le lieutenant et sa patrouille, leur rappelant à chaque minute qu'ils n'étaient que des prisonniers sous le joug d'Akbar Khan. Derechef, la sensation détestable de jouer au chat et à la souris assaillit Kit. Seule la haine que nourrissait Akbar Khan pour les Anglais motivait ces petits jeux insultants.

— Vous devez vous enfuir, s'entendit-il murmurer bien malgré lui.

— Vous devriez prêter une attention toute particulière au *jorchi*. Lorsqu'un joueur est jugé vainqueur, le jorchi joue alors en sa faveur, créant les vers qu'il estime appropriés. Il est en quelque sorte un ménestrel, un troubadour dont la tâche consiste à divertir la foule de spectateurs. Je vous traduirai ses paroles le moment venu.

— Je vous remercie, cracha Kit avec fiel. Votre concours est inestimable.

— Ne me remerciez pas, Ralston, *huzoor*, c'est un réel plaisir pour moi.

— Si je pouvais vous tordre le cou !

— Ils commencent ! Regardez attentivement maintenant.

Frustré, le jeune homme serra les dents et s'efforça de se concentrer sur l'arène. Bientôt il en oublia jusqu'au moindre de ses griefs, tout captivé qu'il était par la scène qui se déroulait sous ses yeux.

Akbar Khan était facilement repérable grâce à la fourrure de ses vêtements et à son cheval richement caparaçonné. L'espace de quelques minutes, une formidable confusion régna sur le terrain. Un concert de cris barbares s'éleva tandis que la horde de cavaliers s'élançait pour former une mêlée et se rapprocher le plus possible de la carcasse, essayant tant bien que mal de se frayer un passage jusqu'à elle et de s'en emparer. Tout à coup, se démarquant de la masse hurlante, jouant des coudes, apparut Akbar Khan, échappant à ses adversaires avec adresse, tirant à deux mains la charpente de l'animal, les rênes entre les dents. La crispation de son visage trahissait l'ampleur de son effort. Cependant que trois hommes se mettaient à sa poursuite, poussant des cris frénétiques, il fit tourner bride à son destrier et s'éloigna rapidement, creusant à chaque seconde la distance entre lui et ses ennemis. Il se pencha avec une souplesse et une force incroyables, et souleva en un tour de main le trophée qu'il installa derrière lui.

— Oh ! Ne la laissez pas tomber ! implora Ayesha, toute trace d'impassibilité évanouie, en se redressant sur ses étriers. N'est-il pas un merveilleux cavalier ?

Si Kit avait voulu s'offusquer de ce fervent éloge, il n'aurait pas pu. Il ne pouvait que se ranger à son avis. Lui-même, en dépit de sa réputation de bon cavalier, il ne se faisait aucune illusion quant à pouvoir un jour rivaliser avec un homme comme Akbar Khan. Les émotions fortes d'une chasse au renard dans les meilleures forêts d'Angleterre n'étaient rien comparées à l'endurance et à l'allure furieuse de ce *buzkashi*. Et les talents d'un bon chasseur ne seraient que de peu d'utilité dans la pratique d'un jeu tel que celui-ci.

Un énorme rugissement monta de la foule lorsque Akbar Khan fut un instant encerclé par ses rivaux, mais il parvint à se libérer sans lâcher sa prise et lança sa monture à bride abattue à l'assaut de la pente abrupte, semant ses poursuivants.

— Il a gagné, commenta Ayesha avec jubilation. Les spectateurs l'ont déclaré vainqueur.

L'assistance applaudissait à tout rompre, tirant même quelques salves en l'air pour exprimer leur satisfaction. Akbar Khan parada sur son magnifique pur-sang tout autour de l'arène. Ses adversaires accusant leur cuisante défaite se replièrent et le jorchi se leva, entonnant une chanson en l'honneur du gagnant.

— Il dit qu'Akbar Khan a la vitesse de l'antilope, l'agilité du léopard et le cœur de l'ours brun, traduisit Ayesha. Vous pensez que c'est pure flatterie, Christopher Ralston ? Dans le *buzkashi*, vous découvrez la véritable force et l'ampleur de la puissance d'un Afghan. Ils se battraient jusqu'à ce que mort s'ensuive et n'abandonneraient sous aucun prétexte. L'armée britannique à Kaboul doit être bien sûre d'elle pour que le général Elphinstone puisse croire qu'il va subjuguer les Ghilsai.

Kit grimaça.

— Comment osez-vous mépriser votre propre peuple ?

— Ils n'ont rien fait pour mériter mon respect. Ceci... (Elle désigna l'arène.) ... est louable. Tout barbare et incivil que ce jeu puisse sembler, il n'en demeure pas moins sincère et vrai. Ici, les guerriers évaluent leurs forces, mettent à l'épreuve leur courage et leur détermination. Ici, pas d'hypocrisie...

— Et la traîtrise ? Vous nieriez la traîtrise d'un Afghan, les engagements non tenus, les coups de poignard dans le dos, la cruauté sans limite, les meurtres sans discrimination de femmes innocentes, d'enfants, de pauvres marchands ?

Elle haussa les épaules.

— Ils ne considèrent pas ces actes comme des trahisons. Ils sont parfaitement honnêtes avec leurs mensonges. (Elle s'esclaffa.) Ceux-ci sont autorisés lorsqu'ils permettent de sauver une vie, d'arranger une querelle, de faire plaisir à une épouse, et de tromper en temps de guerre les infidèles. Les négociations avec le *ferenghi* relèvent de ce dernier cas de figure. Ils ne s'embarrassent pas de la moindre contrition lorsqu'il s'agit de votre soi-disant civilisation, Ralston, *huzoor*, et ils verseront tout leur sang s'il le faut pour résister à votre joug aliénant. Jamais vous ne dominerez ce pays.

— Vous ne l'emporterez pas au paradis, femme ! Un jour je vous materai ! explosa Kit, poussé à bout par cette allégeance bornée à la sauvagerie.

— Comme un Afghan, se moqua-t-elle. Vous voyez, c'est si facile d'emprunter leurs habitudes.

Le lieutenant se rembrunit ; les jointures de ses mains blanchirent. Il venait d'être tourné en ridicule. Même s'il partageait l'avis de la jeune femme au sujet des incapables en poste à Kaboul, il appartenait à leur race. Tout comme elle d'ailleurs ! Si seulement il pouvait l'en persuader !

Akbar Khan avait rapporté la carcasse au centre de l'arène, et les cavaliers s'étaient remis en selle, prêts pour un nouveau combat. Brusquement le sirdar brandit la main et se tourna vers Christopher, sa voix empreinte de défi, amplifiée par l'écho :

— Ralston, *huzoor* ! Que diriez-vous de mesurer la puissance de la cavalerie britannique à celle des Afghans ?

— Non ! lança Ayesha, toute trace de moquerie effacée, secouée par un vent de panique. Vous ne pouvez pas, Kit.

Le jeune homme la scruta minutieusement, et sentit son sang se glacer à l'idée qu'il n'avait d'autre recours que d'accepter.

— Vous doutez de mes compétences ?

— Ils vous humilieront, s'ils ne vous blessent pas. Ne répondez pas à la provocation.

— Je crois qu'il est grand temps, Annabel Spencer, que je vous prouve que votre race a aussi de la trempe.

— Lieutenant, intervint Abdul Ali en s'approchant de Christopher, nous sommes avec vous.

Kit considéra ses hommes. Pas une once d'émotion ne transparaissait sur leurs faces burinées par le soleil, pas une pointe de crainte dans leurs yeux...

— Très bien, Havildar.

Il éperonna son cheval qui partit d'abord au trot puis au galop vers la troupe de guerriers et le triomphant Akbar Khan.

L'estomac d'Annabel se souleva. Si elle ne l'avait pas couvert de sarcasmes, il n'aurait certainement pas relevé le défi d'Akbar. Pourquoi avait-il fallu qu'elle le taraude ainsi ? Il ne servait à rien de se mentir. Elle avait tenté de percer à jour la complaisance qu'elle le croyait partager avec les autres Anglais en Afghanistan. En effet, elle avait grandi dans une ambiance de mépris et de haine envers le *ferenghi*. Mais elle refusait cette croyance qui conduisait à penser que la seule manière de bouter l'envahisseur hors des frontières était un massacre pur et simple, une guérilla sans merci. Au plus profond de son âme, elle savait qu'en s'opposant à cette idée, elle trahissait le fossé qui la séparait du peuple qui l'avait recueillie. Elle ne parvenait pas à imaginer que les Européens soient aussi terribles qu'Akbar Khan voulait le faire accroire ou que l'administration laxiste de Kaboul le laissait penser. Elle avait adoré ses parents, et était convaincue qu'ils ne correspondaient pas au stéréotype méchamment décrit par le sirdar. Mais un doute la rongeait. Et si les allégations d'Akbar se révélaient fondées... ? Après tout, elle n'était encore qu'une enfant quand le drame s'était produit. Une enfant gâtée, capricieuse et difficile de surcroît. Elle ne comptait plus les occasions où elle avait surpris ses parents se plaignant à son sujet. Mais comment se fier à sa seule mémoire ? Beaucoup d'eau avait coulé sous les ponts depuis cette époque.

Serait-ce là la raison pour laquelle elle tenait à arracher les confessions de Christopher Ralston sur la véritable nature de l'ennemi ? Mais au lieu d'inciter le lieutenant à reconnaître le danger, elle l'avait délibérément poussé dans ses rets. Ainsi piégé, il saurait lui offrir la réponse à ses interrogations... A quel prix !

La jeune femme ne craignait pas pour les jours du lieutenant car Akbar Khan ne se risquerait pas à le blesser corporellement. Néanmoins, il ne renoncerait pas au projet d'humilier son ennemi juré. Et elle ne se sentait pas l'âme d'endurer un tel spectacle. Mais alors que l'angoisse accélérait les battements de son cœur, elle ne pouvait détacher le regard de l'arène.

Kit répondit au geste de bienvenue du sirdar par un sourire glacial et mesura ses adversaires d'un œil critique. La carcasse du bouc était placée à quelques mètres d'eux. De prime abord, elle devait peser environ quatre-vingts livres. Comment réussir à soulever un tel fardeau sans être inquiété par l'équipe rivale ? Son cheval paraissait ridicule face aux destriers badakshanis, et le jeune homme ne pouvait se targuer de posséder les talents équestres et l'entraînement physique des rebelles. Néanmoins il ne perdait pas l'espoir de prouver l'efficacité de la cavalerie britannique. Il apostropha Abdul Ali derrière lui.

— Il va falloir nous serrer les coudes. Une équipe soudée, voilà notre unique atout.

Le sergent acquiesça et les cipayes se mirent en ligne. Un charivari de cris triomphants ébranla le silence oppressé de l'assistance et tout à coup, la patrouille se retrouva dans le feu de l'action. L'espace d'une seconde, le lieutenant fut déstabilisé mais il parvint sans peine à rétablir son équilibre et se concentra sur le jeu. La mêlée fut tout de suite confuse et féroce. Indescriptible ! Elle se disloquait puis se refermait mais Christopher, galvanisé par la fureur de vaincre, cravacha sa monture et s'élança, fendant le cercle infernal qui le séparait du bouc. Il savait Abdul et ses soldats derrière lui. Dans la cohue, quelqu'un se baissa pour harponner la bête mais Kit le devança et, comme par miracle, l'attrapa. Sa joie fut de courte durée car déjà un adversaire le bousculait et récupérait le trophée. Une brève et violente lutte s'ensuivit sans qu'aucune des équipes prenne l'avantage. La carcasse tomba sur le sol. Le lieutenant se baissa de nouveau, tandis qu'Abdul Ali s'emparait de ses rênes pour lui laisser les mains libres. Son corps était littéralement suspendu au-dessus du vide et sa tête frôlait le flanc de son cheval. La seule chose qu'il pouvait voir était le sol sablonneux qui défilait sous ses yeux cependant qu'il s'approchait du trophée. Ses doigts se refermèrent bientôt sur la queue du bouc. D'un mouvement des genoux, il fortifia sa position sur sa selle. Si seulement il pouvait saisir la bête à deux mains... Enfin ! Il y était... Il prit appui sur le pied droit coincé dans l'étrier et tira... La carcasse quitta le sol et en quelques secondes il était parvenu à se remettre en selle. Sans attendre, il éperonna sa monture qui, guidée par Abdul, caracola et s'éloigna à une vitesse vertigineuse. Les cipayes lui éclaircissaient la voie, servant de rempart contre les ennemis qui cherchaient à lui dérober le trophée. Un instant de gloire l'habita lorsqu'il aperçut le terrain dégagé face à lui et n'entendit plus que le martèlement sourd des sabots de son destrier sur l'arène.

Avait-il évincé ses ennemis ? Avait-il d'ores et déjà gagné ? Les propos d'Ayesha lui revinrent en mémoire. D'un puissant geste du bras, il projeta la bête loin devant lui. Elle s'écrasa sur le sable dans un nuage de poussière. Il suivrait ses propres règles. Et se retirerait en gardant son honneur… Toute l'assemblée retint son souffle.

— *Judi*, Havildar ! lança-t-il, tirant parti de la trêve.

La patrouille obéit à l'ordre lancé en hindi. Les sept soldats exécutèrent rapidement un demi-tour et rejoignirent au triple galop le promontoire sur lequel se tenaient les trois anciens de la tribu.

Kit avait conscience des yeux braqués sur sa troupe tandis qu'il se dirigeait vers Ayesha, immobile sur son pur-sang, l'expression de son visage dissimulé par le voile.

— Alors ? Humiliés ?

La jeune femme secoua la tête et planta son regard dans celui du lieutenant. Il était difficile de lire ses pensées mais ses yeux étincelaient étrangement.

— Vous étiez magnifique, Kit. Je vous dois d'humbles excuses.

Sa voix enveloppa le jeune homme comme un baume lénifiant, exaltant une fierté plus immense encore que celle qu'il avait ressentie sur le terrain.

— Nous avons nous aussi quelques ressources.

— Je crains que vous n'en ayez fort besoin, déclara-t-elle en baissant la tête.

— Eh bien ! Ralston, *huzoor* ! Il me faut vous féliciter pour cet exploit, l'interpella Akbar Khan qui remontait dans leur direction. Vous avez fait preuve d'un talent louable, je dois l'admettre, mais surtout de sagesse en ayant su reconnaître une bataille vouée à l'échec. (Il eut un sourire magnanime.) En récompense, l'hôte que je suis prie son invité de lui soumettre une requête qu'il saura combler. Un badakshani, peut-être ? Vous êtes un cavalier hors pair et vous méritez une telle monture.

Kit embrassa le paysage du regard, dépassant les cimes enneigées aux lignes accidentées se silhouettant contre le ciel incroyablement bleu. Puis il reporta son attention sur la jeune femme voilée à ses côtés.

— Je souhaiterais une nouvelle nuit avec Ayesha, Akbar Khan.

Un gypaète, véritable charognard, gris et hideux, tout droit sorti de la préhistoire, planait au-dessus de la carcasse du bouc, jetant des ombres sinistres sur l'assistance. Kit fixait obstinément l'oiseau de proie, comme si la réponse du chef rebelle n'avait eu aucune espèce d'importance. Ayesha demeurait de marbre. Où avait-elle appris à contenir ainsi ses émotions ?

— Christopher Ralston, vous abusez de mon hospitalité.

Un grave péril menaçait de s'abattre sur le lieutenant. Un seul geste de la part du sirdar et il mourrait... Les cipayes refermèrent leur cercle autour de leur lieutenant, présageant le pire, tandis que les rebelles rejoignaient leur seigneur. Une erreur... et les voilà tous au bord de l'abîme. Ils risquaient de périr d'une mort sanglante uniquement parce que le lieutenant Ralston avait permis à son obsession de prendre le pas sur la circonspection. Kit continuait à observer le gypaète qui s'apprêtait à fondre sur la carcasse sanguinolente du bouc.

— Si Ayesha est d'accord, alors je vous octroierai cette faveur, avisa Akbar Khan, contre toute attente, d'un ton sec et coupant.

Christopher se tourna vers l'intéressée et la dévora d'un regard brûlant, certain de son assentiment. Les paroles de cette dernière tintinnabulèrent comme un bouquet de clochettes.

— Je pense, Akbar Khan, que Ralston, *huzoor*, avait l'intention de quérir la permission d'être reconduit en toute sécurité par une escorte sur la route de Kaboul.

Kit ne pouvait que se résigner. Aveuglé par le désir que lui inspirait Ayesha, il avait espéré que, l'espace d'une nouvelle nuit glorieuse, il serait en mesure de la persuader de quitter le fort avec lui...

— Je dois me plier à la volonté de cette lady. Nous n'aurons pourtant nul besoin d'une escorte, Akbar Khan.

— Un guide, alors? Non... Ralston, *huzoor*, j'insiste. Vous ne connaissez pas la région et elle recèle tant d'écueils.

Il fit approcher un de ses hommes et lui glissa

quelques mots à l'oreille en pushtu. Le guerrier ne cacha pas son mécontentement mais obtempéra. Il se plaça en chef de file devant la patrouille.

— Au revoir, Annabel Spencer, fit Kit d'une voix blanche.

— Au revoir, Christopher Ralston. Que Dieu vous garde !

Elle n'osa pas lever les yeux sur lui. Le fossé qui les séparait grandissait minute après minute... Mais elle avait agi au mieux pour leur bien à tous deux. En feignant de lui proposer une alternative, Akbar Khan l'avait mise à l'épreuve. Jamais il n'oublierait sa duperie... Si Kit avait obtenu cette deuxième nuit en sa compagnie, cette fois-ci selon ses propres termes, le sirdar aurait considéré que son invité avait violé les lois de l'hospitalité, libérant de ce fait son hôte des obligations dues à sa position. Le lieutenant et sa troupe auraient été sans nul doute poignardés dans le dos. Non, elle avait fait le choix qui s'imposait. Si seulement elle avait disposé de suffisamment de temps pour enseigner à l'Anglais l'art de vivre de ce peuple ! Trop de pièges pour les étrangers...

— Retourne au zenana, Ayesha.

L'ordre tomba comme un couperet, arrachant la jeune femme à ses pensées.

Elle avait été certainement le fer de lance dans le combat qu'avait mené Akbar Khan contre l'infidèle, combat qui d'ailleurs ne s'était pas déroulé selon les prévisions de l'invincible rebelle. Qui de ces deux hommes aurait remporté la victoire... ?

— Que votre volonté soit faite, Seigneur.

Elle prit le chemin du retour, encadrée par son escorte. Quelques minutes encore, et elle réintégrait l'univers silencieux et cloîtré du harem...

5

— Vous avez enfreint les ordres ! rugit le général Elphinstone en s'extirpant des profondeurs de son fauteuil, enroulé dans une couverture, silhouette fantôme au teint cireux, si frêle qu'une seule bourrasque aurait réussi à la briser en mille morceaux.

— J'avais espéré, Général, que vous daigneriez pardonner mon audace étant donné les informations que je vous rapporte, se défendit Kit, au garde-à-vous devant le bureau, attendant en vain que le général lui enjoigne de rompre.

— Je ne parviens pas à imaginer que vous estimiez importants les faits et les gestes de ce semeur de troubles, Ralston, aboya Sir William MacNaghten, le plénipotentiaire du service civil de la Très Honorable Compagnie des Indes Orientales et le conseiller politique du général.

Le plénipotentiaire venait de faire volte-face, tournant le dos à la fenêtre par laquelle, quelques minutes plus tôt, il observait d'un air morose le jardin aux couleurs d'automne qui s'étendait devant le quartier général au beau milieu du cantonnement britannique.

— Vous avez passé deux jours en compagnie

d'Akbar Khan, poursuivit-il d'une voix tranchante, et qu'avez-vous à raconter sur ce rebelle hormis le fait qu'il soit un véritable sauvage et qu'il soit entouré de guerriers tout aussi cruels que lui? Mais diable! Mon pauvre! Qu'est-ce qu'un individu comme lui comparé à nos bataillons? Le colonel Monteah aura raison de cette bande d'insurgés en un tour de main. Il est parti libérer les cols et éclaircir les voies de communication. Nous attendons la nouvelle de son succès d'un moment à l'autre. Tenez-vous-le pour dit, jeune homme!

L'aveuglement de ces officiers déclencha une rage folle chez le lieutenant. Lui qui se croyait vacciné contre la bêtise... Il avait tenté d'exposer ses craintes mais ses supérieurs l'avaient traité dédaigneusement.

— Avec tout le respect que je vous dois, Sir William, je redoute fort que cet Akbar Khan ne nous donne du fil à retordre. Il ne se laissera pas vaincre aussi aisément que vous le pensez. Lorsqu'une personne est animée par une telle...

— Oh, cela suffit, jeune homme! l'interrompit MacNaghten d'un mouvement irrité. Quel rabat-joie vous faites!

Kit s'empourpra violemment sous l'insulte.

— Je ne suis ni un lâche ni un alarmiste, Sir. Je suis encore capable d'utiliser mes yeux et mes oreilles. Akbar Khan sait que la brigade de Sir Robert Sale se dirige vers l'Inde, et que ce dernier a l'intention de négocier avec les Ghilsai en route. De plus, il est au courant que le général Elphinstone et vous avez décidé de les accompagner. (Kit marqua une pause. Quelle absurdité d'envisager qu'Elphinstone veuille suivre un régiment dans la bataille !)

— Sale est déjà en chemin, maugréa Elphinstone d'une voix affaiblie. Lui et sa brigade aideront Monteah à déblayer la route de Khyber. (Il resserra frileusement les pans de sa couverture.) Il faut espérer qu'il achèvera sa mission le plus rapidement possible pour que je puisse m'en aller. S'il survenait un contretemps, je ne pourrais y faire face.

Et voilà l'homme supposé maintenir la suprématie britannique en Afghanistan ! Kit se contint pour ne pas trahir la pitié et la répulsion qui le submergeaient. Elphinstone n'avait pas toujours été ainsi. La faute incombait à Lord Aukland, le gouverneur de l'Inde, pour avoir tenu à ce que ce vieillard grabataire prenne les commandes.

— Eh bien, votre Akbar Khan n'est pas au courant de tout, déclara MacNaghten d'un air triomphant, apparemment oublieux de la complainte larmoyante du général. Je suis surpris qu'un homme tel que vous, Ralston, officier de la cavalerie de Sa Majesté Impériale, ayez pu avaler les inepties de ce brigand.

Le rire moqueur d'Ayesha résonna aux oreilles de Christopher. Il revit l'air convaincu qu'elle affichait en lui confiant que les Anglais ne sortiraient jamais vivants de l'Afghanistan. A présent il la comprenait mieux. Que ne donnerait-il pas pour pouvoir l'écouter de nouveau ! Cette fois, il ne réfuterait pas ses dires et n'essaierait pas de défendre la réputation de ces incapables.

Il salua ses supérieurs avec raideur, sans chercher à protester contre les accusations de ce fonctionnaire à l'esprit obtus.

— Puis-je me retirer, Général ?

— Oui... oui, murmura Elphinstone distraitement, désignant la porte d'un geste irrité. Avant de partir, Lieutenant, une dernière chose : vaquez à vos tâches et ne vous préoccupez pas du reste ! Lady Sale donne une réception ce soir, si j'ai bien compris. Transmettez-lui tous mes respects et demandez-lui si le mess peut faire quelque chose pour elle. Quelle femme merveilleuse... merveilleuse, c'est le mot...

— Vous avez raison, Général Elphinstone, renchérit MacNaghten. Pas le style de personne à se laisser abattre, cette Lady Sale ! Pendant que son mari se bat contre ces satanés Ghilsai, elle dirige la maisonnée au doigt et à l'œil... et s'occupe du potager. Toujours de bonne humeur et optimiste.

Ce disant, il couvrit le lieutenant infortuné d'un regard mêlé de dérision.

Christopher s'inclina derechef, tourna les talons et quitta la pièce fétide, où l'odeur de la maladie se mêlait aux effluves nauséabonds d'une désillusion suicidaire et d'un désastre inéluctable.

Il traversa le cantonnement à grandes enjambées, jaugeant avec amertume le personnage qu'il jouait dans cette tragédie absurde. Il avait été enrôlé sous les ordres du général en tant que messager. « Un beau jeune homme », comme son supérieur l'avait qualifié lors du premier rapport, suffisamment beau pour ne pas être envoyé au front et être employé en qualité de courrier et de secrétaire de l'état-major. Outre le physique, sa riche lignée, son service dans les Dragons de l'Elite et sa fortune personnelle avaient dû être prépondérants pour l'obtention de ce poste. Ces mêmes atouts lui avaient valu une place de choix dans la société londonienne, place qu'il s'était empressé de fuir. Ce n'était pas comme si une femme était à l'origine de son départ... et pourtant quand il revoyait les prunelles azurées de Lucy, son minois en forme de cœur auréolé de boucles d'or et l'admiration qu'elle lui vouait, alors qu'il avait fait irruption dans sa vie bien rangée et l'avait irrémédiablement bouleversée, il reconnaissait qu'elle n'était pas totalement étrangère à ce voyage au bout de l'enfer. Il aurait certes dû la protéger mais peut-être d'une façon moins flamboyante...

Bourrelé de remords, Christopher Ralston jura entre ses dents. Une succession d'erreurs l'avait conduit à ce destin tragique et à ce poste futile, mais il ne pouvait que s'en prendre à lui. Une fois encore, le visage d'Ayesha s'imposa à son esprit. Si quelqu'un devait symboliser le fatalisme, c'était bien elle. Elle s'était forgé une existence dans une société totalement étrangère à la sienne, tant et si bien qu'elle n'envisageait même plus de réintégrer son propre peuple.

Cependant, elle devait revenir! Elle jugeait les siens d'après les commentaires erronés des gens qui l'avaient recueillie. Il fallait qu'elle accepte de voir qui elle était réellement et à quelle civilisation elle appartenait. En tout cas, il ne l'abandonnerait pas derrière lui en Afghanistan.

Un tel projet comblerait ses journées mornes et

désœuvrées. Lorsqu'il atteignit la demeure de Lady Sale, son pas était plus alerte...

— Oh ! Christopher ! Quel plaisir de vous revoir ! s'exclama Lady Sale. Je vous croyais encore en mission. (Elle leva les yeux du parterre après avoir coupé une dernière rose fanée et accueillit l'homme d'un sourire radieux.) Vous me trouvez en plein travail. Je ne suis pas présentable, veuillez m'en excuser. (Elle descendit l'allée au-devant du lieutenant, tout en s'essuyant les mains sur son tablier.) Les corvées du jardinage ! J'ai promis à mon mari de prendre soin de son potager en son absence et je n'ai même plus le temps de me consacrer à mes fleurs. (Elle désigna le minuscule carré de terre fraîchement retournée.) Non que j'espère voir un jour le fruit de mon labeur. Je prendrai la route de l'Inde dès que les cols auront été libérés... dans une semaine environ, j'imagine.

— Certainement, Madame, accorda Kit en se courbant cérémonieusement. Kaboul y perdra beaucoup.

— Quelle galanterie, Kit ! s'extasia Lady Sale, gonflée d'orgueil. Vous ne changerez jamais. Mais venez plutôt admirer les artichauts de Robert. Et ses choux-fleurs ! Ils sont magnifiques.

Docilement, le lieutenant lui emboîta le pas jusqu'à l'arrière du bungalow, où se trouvaient les rangées de légumes plantés par Robert Sale quand il ne livrait pas bataille aux Afghans.

— Vous quitterez Kaboul avant votre époux, alors ? interrogea Kit tandis qu'ils pénétraient dans la maison.

— Il semblerait qu'il le faille. Robert ne sait

plus où donner de la tête avec ces Ghilsai qui s'acharnent à lui mettre des bâtons dans les roues. Que d'ennuis... ! Les postes ne fonctionnent plus à cause de ces fichus rebelles. (Elle sonna le serviteur.) De véritables barbares, ces gens-là, vous ne croyez pas ?

— Sûrement, accorda Kit d'un ton sec.

Un domestique vêtu d'une livrée immaculée, alerté par la cloche, accourut.

— Ghulam Naabi ! Du thé, s'il te plaît. J'organise une réception ce soir, Christopher. Quelqu'un se doit de veiller au moral de la communauté. Une table de mouche, un peu de musique... une perspective quelque peu fade et insipide pour un jeune homme tel que vous, ajouta-t-elle en le gratifiant d'un clin d'œil complice. Mais pour une fois, cela ne devrait pas vous faire de mal. J'ai promis à votre chère mère de garder un œil sur vous. Pauvre Letty, murmura-t-elle dans un souffle.

L'époque où sa mère, envahissante et possessive, attendait de ses amies qu'elles surveillent son fils indiscipliné était depuis fort longtemps révolue. Non pas que cela ait changé le cours des événements, au contraire ! Les sévères rapports régulièrement dressés par ces matrones n'avaient servi qu'à replier sa mère sur elle-même. Quant à son irascible père, il ne cessait de répéter que cet enfant n'était pas le sien jusqu'à ce que ce dernier franchisse le seuil de la demeure paternelle et que, désireux de profiter d'une accalmie bien méritée, il préférât oublier les exploits scandaleux de son rejeton sur le perron.

— Le général Elphinstone m'a chargé de vous

transmettre ses respects, fit le lieutenant, se dérobant aux remontrances de Lady Sale. Si vous avez besoin de quoi que ce soit pour la soirée, nous serions heureux de vous aider.

— Quelle touchante attention ! Vous remercierez le général de ma part, commenta la femme en reportant son attention sur le samovar, discrètement déposé sur la table par le serviteur. Une tasse de thé, Christopher ?

Puisque la maîtresse de maison ne semblait pas vouloir lui proposer une boisson plus forte, le jeune homme accepta poliment et s'assit, s'apprêtant à subir une demi-heure de mondanités.

— Je compte sur vous à la soirée, Kit. Je voudrais tant vous présenter la jeune Millie Drayton. Adorable mais trop timide ! Les Drayton ont emménagé à Kaboul il y a à peine un mois, et leur fille a besoin de se divertir.

Kit songea à la nuit qu'il avait partagée avec Ayesha, puis à cette Miss Drayton. Le contraste lui parut si cocasse qu'il fut pris d'un accès d'hilarité. Seul son sens de la courtoisie l'empêcha de s'esclaffer.

— J'avais prévu…

— … une nouvelle nuit de débauche, coupa son hôtesse brutalement. Je n'en suis pas étonnée. Mais peut-être pourriez-vous faire une faveur à la meilleure amie de votre mère ?

Christopher ne put que s'incliner devant l'argument. Il connaissait Lady Sale depuis sa plus tendre enfance, et ne pouvait se défendre d'admirer le côté indomptable et sauvage de sa personnalité. Il se résigna donc à passer une soirée ennuyeuse et à subir les minauderies exaspérantes de Millie Drayton.

Il s'esquiva dès que la décence le lui permit, et déambula dans la fraîcheur de cette nuit d'automne. Octobre venait à peine de montrer le bout de son nez. Les montagnes qui se découpaient sur l'horizon derrière la ville, perchées à plus de mille mètres dans ces régions inhospitalières, disparaîtraient bientôt sous la neige, les plaines aux alentours revêtiraient leur blanc manteau et le fleuve de Kaboul gèlerait. Le cantonnement avait été construit à la lisière de la cité, exposé au danger d'une éventuelle attaque. Hormis les casernes, le mess et le haras, ces lieux ressemblaient ni plus ni moins à une banlieue, avec leur enfilade de bungalows, chacun entouré d'un jardinet, sans la moindre fortification, séparée de la plaine aride, des montagnes et des passages par le canal et la rivière, franchissables par un seul et unique pont.

Dans la ville elle-même, dominait le fort massif de Balla Hissar, occupé par cette marionnette, le shah Soojah, et un détachement des forces britanniques. Il aurait été plus sage de conduire le contingent entier — troupes et familles — à l'intérieur de la forteresse. Mais agir ainsi signifierait aux yeux des chefs de l'armée britannique admettre la menace des sauvages rebelles, et une telle acceptation allait à l'encontre de leurs convictions. Ne jamais se laisser dévorer par le pessimisme ! Un rictus déforma ses traits tandis qu'il se dirigeait vers la cité. Son esprit en déroute égarait ses pas loin de son bungalow mais peut-être qu'une promenade dans les bazars apaiserait ses tourments. Il en profiterait pour juger de l'atmosphère.

Même s'il ne comprenait pas un traître mot de pushtu, Kit n'avait aucune peine à déchiffrer la lueur venimeuse dans les regards, les chuchotements offensants et les insultes larvées. Visiblement, l'occupant était haï par ces civils. Les femmes voilées au chadri sombre se mouvaient d'un étal à un autre mais dès qu'elles apercevaient l'infidèle en uniforme, elles s'enfonçaient dans l'ombre des porches ou se réfugiaient derrière leurs maris. Bien sûr, il ne parlait pas de ces créatures qui ne demandaient pas mieux que de vendre leurs charmes à un étranger comme lui, pour une poignée de roupies. Kit savait où les rencontrer mais pour l'heure, il ne se sentait pas d'humeur à recevoir leurs caresses. Trois jours avaient suffi à le transformer radicalement. S'il ne connaissait pas les causes exactes de cette métamorphose, il en éprouvait les premiers symptômes. Enfin, il regardait le monde d'un œil nouveau, plus critique et, cependant, moins cynique. Un peu comme s'il voyait tout à coup la réalité sous son véritable jour, dépouillée de son voile d'indifférence et d'ennui.

Soudain, quelqu'un le héla, l'arrachant à ses pensées. Il fit volte-face et distingua la silhouette de Sir Alexander Burnes à l'autre bout de la rue, qui agitait la main. Burnes était le lieutenant en chef de MacNaghten. A l'encontre de ses compatriotes, il avait fui le cantonnement et élu domicile dans la Résidence Officielle de Kaboul même, face au bâtiment du Trésor. Il maintenait qu'il préférait la compagnie des Afghans, hostiles ou non, à l'ambiance assommante de la communauté anglaise. Kit comprenait et partageait son point de vue, bien qu'il estimât cet homme plutôt ennuyeux. En effet, faible et vacillant, ce lieutenant passait son temps à se plaindre d'être subordonné à un individu qui ne l'assignait qu'à des tâches secondaires et qui le méprisait ouvertement.

— Bonjour, Burnes, salua Kit en traversant la rue à sa rencontre.

— Vous avez eu vent de la dernière ? murmura l'homme sur le ton de la confidence, en lui prenant le coude pour l'attirer à l'écart, bien qu'il soit fort peu probable qu'on prêtât attention à leur conversation.

— Je sors d'un entretien désagréable avec MacNaghten et Elphinstone, ceci ajouté à la demi-heure fastidieuse passée en compagnie de Lady Sale. Non, ils ne m'ont rien appris de nouveau.

— Ils vous ont ressassé les mêmes bêtises, n'est-ce pas ? A votre place, je ne tiendrais pas compte des doléances du vieux. La plupart du temps, il ne sait même pas ce qu'il raconte.

— Malheureusement, Sir William, oui.

Burnes lâcha une bordée de jurons bien choisis.

— Celui-là sait peut-être ce qu'il dit mais il ne mesure pas la portée de ses affirmations. Il faut le prendre comme il est.

Ils avaient atteint la demeure de Burnes, ceinte de hauts murs de pierre et de lourdes grilles en fer forgé. Ils gardèrent le silence jusqu'à son bureau où, à l'abri des oreilles indiscrètes des gardes cipayes et des domestiques, ils pourraient deviser en paix. Comme ici le samovar ne faisait que de brèves et rares apparitions, Kit accepta avec gratitude le verre de cognac que son hôte lui tendit et sirota lentement le liquide ambré, savourant chaque gorgée.

— On vient juste d'apprendre que Monteah a été repoussé par les Ghilsai à Tezeen.

Christopher laissa échapper un sifflement de surprise.

— Et Sale ?

— Il s'est rendu à la rescousse de Monteah mais ses éclaireurs ont bien failli tomber dans une échauffourée des Ghilsai, déclara Burnes d'un ton enjoué comme si ces nouvelles préoccupantes le ravissaient. MacNaghten vient de lui envoyer une dépêche, le sommant de regagner Kaboul.

— Sans briser la résistance aux cols ?

— Oh, d'après ce que j'ai compris, MacGregor, l'officier chargé de conseiller politiquement Monteah, aurait négocié un arrangement avec les tribus... Celles-ci récupéreraient leurs subsides et, en échange, lèveraient le blocus.

Kit fronça les sourcils.

— Vous pensez qu'ils honoreront ce contrat ?

— MacNaghten en est convaincu. Selon les dires de Sir William, les négociations les satisferaient pleinement.

Christopher se remémora les allégations d'Akbar Khan. Aucune concession ne serait accordée tant que l'envahisseur n'aurait pas évacué le pays. Puis il se souvint du *buzkashi*, de la conviction froide et pragmatique d'Ayesha. D'un geste résolu, il secoua la tête pour balayer ces sombres réminiscences.

— Vous êtes d'un pessimisme, Ralston !

— Je ne vois pas pourquoi mon refus de bâtir des châteaux en Espagne ferait de moi un rabat-joie. Merci pour le cognac, Burnes. (Sur ces mots, il se leva et rajusta sa veste.) Assisterez-vous à la petite fête de Lady Sale ce soir ?

De nouveau, l'homme jura comme un charretier.

— Epargnez-moi ces mièvreries ! Non, j'ai d'autres plans. (Il plissa les yeux d'un air goguenard.) Que diriez-vous de m'accompagner, Ralston ? On dénicherait deux mignonnes au bazar... Ciel ! C'est qu'elles ont plus d'un tour dans leur sac, les polissonnes !

— Non, j'ai donné ma promesse à Lady Sale.

— Cela ne vous ressemble pas de jouer le gentleman, Ralston. Que nous vaut cette subite pruderie ?

Kit s'esclaffa, d'un rire qui sonnait faux.

— On voit bien que vous ne me connaissez pas, Burnes.

— Peut-être.

Le lieutenant raccompagna son invité jusqu'au perron.

— Eh bien, lorsque vous aurez estimé avoir payé votre tribut à la société, n'hésitez pas à me rejoindre. La nuit s'annonce longue. Ainsi, vous m'offrirez la chance de pouvoir récupérer les gains que je vous ai laissés l'autre soir.

— Deux cents guinées, si ma mémoire est exacte, fit Kit, glissant sur la pente des habitudes sans grand enthousiasme. Une bagatelle ! Mais si vous vous risquez aux tables de macao, alors je serai volontiers des vôtres.

— A ce soir, alors.

Christopher retourna au cantonnement, songeant avec une certaine acrimonie qu'il n'avait pas attendu longtemps pour replonger dans l'univers du vice. Mais à quoi bon détenir la vérité quand on se heurte à un mur aveugle et sourd ? Ce n'était pas comme s'il avait le pouvoir de convaincre ceux qui dirigeaient les opérations. Cette sensation accablante d'inutilité le rongeait. Et comment diable parviendrait-il à arracher Annabel Spencer des mains des rebelles ? Quelle naïveté de sa part... ! Il n'était pas moins ridicule que ceux qu'il s'amusait à ridiculiser. Monter à l'assaut de la forteresse d'Akbar Khan et délivrer la princesse de ses rêves...

Si fidèle en amour, et si intrépide dans les batailles... Jamais on n'avait connu plus noble chevalier que le jeune Lochinvar.

Ce refrain parodiait ses élans romantiques, bien que Sir Walter Scott n'eût aucune intention de moquerie dans cette fable. Le vers célèbre paraissait bien illusoire dans ce piège étranglé par une chaîne de montagnes.

— Oh ! Lieutenant Ralston ! Je crois que je vous ai encore battu à plate couture !

Un gloussement enfantin accompagna cette remarque, et Kit jeta un coup d'œil absent aux cartes qu'il avait entre les mains et à celles posées sur la table. Ses pensées avaient dérivé si loin du salon de Lady Sale et du jeu de mouche, qu'il venait d'essuyer une défaite pour la troisième fois depuis le début de cette soirée interminable. Il secoua la tête avec irritation mais s'efforça de répondre à sa jeune adversaire.

— Que je suis sot, Miss Drayton ! Je ne comprends pas comment j'ai pu ne pas m'en apercevoir.

Il plaça une demi-couronne sur le tapis de jeu. Heureusement la maîtresse de maison n'autorisait que de petites mises chez elle... Sa distraction aurait pu lui être fatale. S'il continuait de cette manière, il serait ruiné avant la fin de la soirée.

— Moi qui vous croyais joueur accompli, Lieutenant, minauda Millie Drayton, en battant coquettement des cils. Votre réputation est pourtant légendaire.

Kit ne put se résoudre à supporter une seconde de plus les palabres de cette mijaurée. Il recula son siège et se remit sur ses pieds.

— J'ignore où vous avez pêché de telles sornettes, grinça-t-il, sans prendre la peine de déguiser sa lassitude. Si vous voulez bien me pardonner...

Il s'inclina à la hâte, faisant semblant de ne pas remarquer l'air outré de la jeune femme et se mit en quête de son hôtesse pour prendre congé. Il ne jetait pas le blâme sur la pauvre Millie Drayton. Elle se contentait d'être le produit d'une éducation guindée et sévère censée l'aider à accomplir le rêve de toute jeune fille : un mariage respectable. Et chaque célibataire était considéré comme du gibier potentiel. Pendant huit ans, il avait esquivé avec adresse ces poursuites assidues et tiré un plaisir malicieux de cette chasse, mais pour quelque raison inconnue, l'exercice, aujourd'hui, avait perdu toute sa saveur.

— Oh, Kit ! Vous n'allez pas nous fausser compagnie maintenant. Il est encore tôt, protesta Lady Sale en levant les yeux de sa broderie. Je pensais que vous, les jeunes, vous apprécieriez quelques danses. Mrs. Bennet sera enchantée de jouer un air ou deux.

La vieille dame se tourna vers l'épouse insipide d'un colonel décati qui s'empressa de déclarer qu'elle serait heureuse de divertir la jeunesse.

— Bien sûr, que vous êtes d'accord ! commenta la maîtresse de maison sèchement, comme s'il ne lui était jamais venu à l'esprit que quelqu'un puisse s'opposer à ses décisions. Je vais demander à Ghulam Naabi de rouler le tapis.

— J'aimerais pouvoir rester, mais les obligations militaires...

— A cette heure ! ?

— Il est à peine dix heures. Je dois recevoir mes ordres pour demain.

— Bon, s'il faut vraiment que vous nous quittiez, allez-y.

Vaincue, Lady Sale capitula et le congédia d'un geste irrité.

Sans attendre son reste, Christopher la remercia et sortit avec un vif soulagement. L'air glacial de la nuit le souffleta. Une myriade d'étoiles scintillantes illuminait le firmament, et le sol engourdi par la froidure gémissait sous ses pas. Il traversa le cantonnement endormi, toutes ses pensées tournées vers la perspective d'une bonne bouteille de cognac, d'une partie de macao et de la compagnie relaxante de ses amis.

Burnes l'accueillit avec un enthousiasme débordant, le visage rubicond, les yeux injectés de sang et une élocution difficile témoignant d'une soirée bien arrosée. Dans la bibliothèque, disparaissant sous d'épaisses volutes de fumée bleutée provenant des cigares, Christopher retrouva six de ses meilleurs amis, tous aussi enivrés que leur hôte, les chemises déboutonnées et les pieds nonchalamment croisés sur la table. Ils le reçurent avec des mines réjouies.

— Ça fait un sacré bout de temps qu'on ne vous a vu rôder dans le coin, remarqua le capitaine Markham, en saisissant un verre. Vous étiez censé rentrer de mission il y a déjà une semaine !

Il servit une grande rasade de cognac au lieutenant.

— J'étais... merci, Bob.

Kit but le verre d'une seule traite.

— Ah, ça va mieux. Lady Sale n'a pas la moindre goutte d'alcool chez elle, je n'en pouvais plus.

— Que fichiez-vous à cette soirée ? s'étonna un autre, en allumant un cigare. Ce n'est pas votre style, pourtant. Vous faisiez du plat aux vieilles matrones, peut-être ?

Un rire général salua la remarque. Kit défit un bouton de sa chemise et s'installa confortablement dans un fauteuil.

— Lady Sale est une amie de ma mère. Je n'ai pu me dédire.

Quelqu'un opina du chef. Les obligations familiales ne pouvaient être évitées.

— Alors, comment s'est déroulée votre mission, Kit ? s'enquit Bob. De charmantes rencontres ?

Les compagnons de Kit s'esclaffèrent de plus belle. Un tel divertissement ne survenait que rarement, sinon jamais, au cours d'une patrouille de routine, là-haut, dans la montagne.

Christopher renversa la tête en arrière et ferma les yeux, se laissant porter par le flot de souvenirs qui le submergeait tandis que l'alcool lénifiait son angoisse et réchauffait son cœur endolori.

— Non... non, pas tout à fait, mais j'ai une histoire à vous raconter, mes amis. Une histoire à dormir debout...

Il narra par le menu les péripéties de son voyage, omettant avec soin la nuit partagée avec Ayesha : ses impressions sur Akbar Khan, le *buz-kashi* et l'espoir qu'il nourrissait de pouvoir ramener la jeune captive anglaise aux siens. Sa voix s'enflammait tandis qu'il s'enfonçait dans le récit, galvanisé par les nombreux verres que son hôte prenait soin de remplir.

— Mon Dieu, quelle aventure ! souffla Bob Markham, brisant le silence attentif de chacun. Une Anglaise dans le zenana d'Akbar Khan ! Vous en êtes certain, Kit ? Vous n'auriez pas par hasard abusé du vin ?

— Et comment ? L'hospitalité d'un musulman ne connaît pas le démon de l'alcool. De plus, je n'aurais pas encouru le risque de m'embrumer l'esprit. Pas face à un tel homme.

— Que je sois damné ! marmonna un lieutenant noyé par le whisky, trébuchant sur ses mots. Mais nous n'avons pas le droit de rester insensibles au sort de cette jeune femme. Il nous faut agir.

— Je suis d'accord, Derek, mais que faire ? J'ai tourné et retourné la question maintes fois pour tenter de trouver une solution mais le fort est aussi solidement cousu que la traditionnelle dinde farcie de Noël.

Kit n'ajouta pas que la jeune fille en question avait refusé son aide. Il ne parvint pas à la leur décrire. Les adjectifs s'évanouissaient à chaque tentative. Aucun d'entre eux ne lui semblait suffisamment approprié pour la qualifier. Elle n'appartenait pas à leur monde, ni à aucun autre d'ailleurs. Une déesse, impalpable et éphémère... personnifiant l'amour.

— Akbar Khan finira bien par montrer le bout de son nez, avisa Alexander Burnes. Il ne peut continuer à vivre en reclus dans la montagne. Attendons.

— S'il quitte sa forteresse, nous pourrions nous y rendre et délivrer la jeune femme, proposa un jeune officier éméché sur le ton de quelqu'un qui vient d'avoir un trait de génie.

Personne ne prêta attention à cette suggestion irréaliste. William Troughton était réputé pour concevoir de tels plans, surtout à une heure bien avancée de la nuit. Ne recevant pas l'approbation de ses interlocuteurs, il se mura dans un mutisme boudeur.

— Eh bien, fit Burnes, si nous commencions une partie de macao ? Je sens que la chance est avec moi, ce soir.

Son invitation fut applaudie, et les ennuis d'une Anglaise dans les rets d'un chef rebelle furent relégués aux oubliettes, excepté pour Christopher qui eut grand-peine à se concentrer sur le jeu...

6

Le faucon prit son envol sur la main gantée d'Ayesha, et s'éleva jusqu'aux confins du ciel, devenant un point minuscule sur l'horizon hérissé de cimes enneigées.

La jeune femme suivait d'un regard soucieux la gracieuse et puissante évolution de l'oiseau. A ses côtés, tout aussi anxieux, le fauconnier scrutait les airs, la main en visière pour se protéger des rayons impitoyables de l'astre du jour, impatient de savoir si son élève se montrerait à la hauteur des longues heures de dressage reçues.

— Je l'ai perdu de vue, s'alarma soudain Ayesha. Vous le voyez encore, Shir Muhammed ?

L'homme secoua la tête.

— Il reviendra, assura-t-il sans pouvoir néanmoins déguiser ses craintes.

— Je l'espère bien, intervint Akbar Khan d'un ton qui se voulait désinvolte. Badar Khan m'en a soutiré une somme exorbitante.

Mal à l'aise, le fauconnier se tortilla sur sa selle, paniqué à l'idée que son seigneur puisse exiger réparation s'il égarait prématurément l'oiseau de proie. Il fallait toujours envisager le pire avec un personnage tel qu'Akbar Khan. C'était tout l'un ou tout l'autre. Il pouvait dédaigner l'incident comme punir sévèrement le coupable pour son incompétence. L'homme coula un regard discret en direction de la jeune femme voilée aux côtés du sirdar. La lueur amusée qu'il lut dans les prunelles de jade à travers la mousseline blanche le rassura tout à fait. Le faucon, certes présent d'Akbar Khan, appartenait à Ayesha et elle aurait son mot à dire en cas de perte.

— Regardez, le voilà, fit Ayesha en pointant du doigt une tache indistincte sur l'azur du ciel, qui grossissait à vue d'œil.

Elle tendit le poing et sourit lorsque le faucon fondit sur elle, un moineau dans son bec acéré, pour se poser délicatement sur le cuir de son gantelet.

— Dois-je lui laisser sa proie, Shir Muhammed ?

— Non, non, pas la première fois. Retirez-lui le moineau.

Le fauconnier dénoua les cordons de sa besace accrochée à la selle et la jeune femme, après s'être emparée avec précaution de la proie désarticulée, la jeta dans le sac. Puis elle félicita la majestueuse créature cependant qu'elle resserrait les lanières de cuir autour de sa patte.

— Il est beau, n'est-ce pas ?

Akbar Khan acquiesça, un léger sourire aux lèvres.

— Tu n'auras guère l'occasion de dresser le faucon à Kaboul, Ayesha. Il te faudra te contenter des trésors pittoresques des bazars.

La jeune femme ne s'étonna pas outre mesure de la nouvelle. Le sirdar maniait avec adresse l'effet de surprise.

— Je vous accompagne, alors ?

Elle prit soin de cacher sa joie sous un ton détaché tout en continuant à caresser l'oiseau.

— Pourquoi devrais-je me priver de ma douce colombe ? Si tu ne souhaites pas me suivre, je m'arrangerai.

Il étudia minutieusement sa compagne et une fois encore, elle remercia le Ciel de porter un voile.

— Non, l'idée me plaît assez. Cela fait presque deux ans que je n'ai pas mis les pieds dans une ville, j'en profiterai pour effectuer quelques emplettes.

— Nous partons demain matin, lâcha-t-il avant de reporter son attention sur le faucon.

L'oiseau d'Ayesha, nouvellement dressé, ne volerait qu'une fois pour cette première journée. Aussi le confia-t-elle aux bons soins de Shir Muhammed. Absorbée par le spectacle du rapace, elle parvenait sans trop de peine à contrôler son excitation mais son cœur n'en battait pas moins la chamade. Akbar Khan devait se rendre à Kaboul afin d'aiguillonner les insurgés au sein même du camp ennemi. L'absence des troupes de Sale ainsi que le traité négocié par MacGregor avaient fortement affaibli les Britanniques. Mais aucune trêve n'était encore en pourparlers et les concessions accordées par les Anglais n'étaient pas payées de retour. Si ces derniers n'en prenaient pas conscience suffisamment tôt, ils couraient à leur perte.

L'hiver approchait à grands pas et lorsqu'il s'abattrait sur le pays, Akbar Khan assènerait alors le coup de grâce.

A Kaboul, Christopher Ralston courait un grand danger. Peut-être qu'en gagnant cette ville, elle pourrait garder un œil sur lui et, le cas échéant, l'aider à se sauver. Mon Dieu ! Il fallait à tout prix qu'elle renonce à ce *ferenghi*... Si le sirdar l'apprenait... Mais, malgré ses fermes résolutions, l'Anglais continuait à hanter ses nuits et ses jours. Elle ne cessait de se répéter qu'elle parviendrait peut-être à convaincre Akbar Khan de renoncer à cette rébellion. D'ordinaire, il l'écoutait, bien qu'elle ne se fasse aucune illusion quant à l'étendue de son pouvoir de persuasion.

Le soleil dardait ses rais sur la nature tout entière, incendiant la silhouette accidentée des montagnes, sans pourtant diffuser la moindre once de chaleur. Ayesha frissonna lorsque le vent, s'engouffrant par rafales dans le ravin, lui mordit la nuque.

— Il est peut-être temps de rentrer, déclara Akbar Khan, comme s'il avait deviné les émotions tumultueuses qui habitaient sa compagne.

Le sirdar ignorait encore les raisons qui l'incitaient à emmener la jeune femme avec lui à Kaboul, à moins que ce ne fût pour étudier son comportement à proximité du *ferenghi*. Depuis la nuit qu'elle avait passée dans les bras de Christopher Ralston, elle était comme transfigurée. La différence était à peine palpable... mais son intuition le trompait rarement. Parfois il en prenait son parti. Après tout, que signifiait une simple nuit d'amour ? Cependant la jalousie le tenaillait et il se mettait alors à regretter l'impulsion qui l'avait conduit à soumettre sa favorite à une telle expérience. Il l'avait peut-être déjà perdue... Certes, il ne pouvait lui reprocher de manquer d'attentions à son endroit, mais si ce n'étaient plus que feintes et comédie ? Cette jeune femme n'avait pas reçu la même éducation que ses consœurs afghanes. Elle pouvait le trahir... Toutes ces hypothèses se bousculaient dans son esprit, le plongeant dans un abîme de suspicion et de perplexité.

Le chef rebelle fit soudain tourner bride à son cheval, son faucon soigneusement attaché au poignet.

— Viens, Ayesha.

Sur ces mots, il éperonna sa monture et s'éloigna. Ayesha lança à son tour son pur-sang au grand galop. Brusquement, sans raison apparente, le sirdar s'était assombri mais la jeune femme, habituée à ces changements d'humeur, ne s'en formalisa pas.

Dès qu'ils atteignirent le fort, elle glissa au bas de sa monture et attendit patiemment les sommations de son maître, mais ce dernier s'engouffra dans la demeure, sans daigner lui accorder un regard. Vexée, elle pivota sur ses talons et, à travers la galerie ouverte, regagna le zenana. Elle n'avait rien fait pour l'offenser, alors d'où lui venait cette soudaine froideur ?

L'esprit en déroute, elle repoussa la tenture du revers de la main et pénétra dans les appartements réservés aux femmes. Peut-être était-il préoccupé par le séjour à Kaboul et le *shura* qui devait réunir tous les sirdars de la région ? Seule cette explication lui paraissait probante. Balayant ses inquiétudes, elle se concentra sur les préparatifs du voyage, pour se rendre compte que quelqu'un s'en était déjà chargé en son absence.

Soraya avait revêtu sa mine revêche et pincée comme chaque fois que les choses ne se déroulaient pas selon ses désirs. Elle n'aimait pas spécialement les longs déplacements mais si Ayesha avait reçu l'ordre d'accompagner le khan, alors elle devait aussi suivre, en qualité de chaperon et de femme de chambre. Elle n'irait pas à l'encontre des exigences du seigneur mais ne manquerait pas d'afficher sa désapprobation devant ceux ou celles qui ne pouvaient rien y changer.

Ayesha se résigna à endurer encore quelques heures l'atmosphère tendue du harem. Elle s'efforça d'apaiser l'irritation de Soraya et, ainsi, de protéger les jeunes concubines des foudres de la vieille femme.

La petite troupe, composée de guerriers et de quatre représentantes de la gent féminine, prit la route le lendemain matin, aux premières lueurs de l'aurore. Les femmes, bien entendu, chevauchaient derrière les hommes. En général, Akbar Khan gardait Ayesha à ses côtés, dérogeant aux coutumes, mais aujourd'hui, il ne l'y avait pas conviée et ce détail inquiétait la jeune femme plus que tout. L'avait-elle froissé ? Et si tel était le cas, pourquoi aurait-il insisté pour qu'elle soit du voyage ? Un instant, elle imagina de le rejoindre en tête de convoi mais le courage lui manqua. Peut-être sourirait-il de son audace ? Mais s'il se fâchait ? Ravisée, elle laissa son esprit gambader et son destrier ambler à sa guise.

— Ayesha ? Ayesha !

La voix impérieuse d'Akbar Khan l'extirpa de

sa rêverie. Il s'était arrêté à quelques mètres devant elle. La jeune femme talonna sans plus tarder sa monture et franchit la distance qui les séparait.

— Veuillez me pardonner, je ne vous avais pas entendu.

— Je l'ai remarqué. Il a fallu que je crie ton nom deux fois avant que tu ne me répondes. Etais-tu endormie ?

— A l'allure où je dois me maintenir pour ne pas dépasser mes compagnes, remarqua-t-elle d'un ton acerbe, je pourrais dormir les poings fermés.

Les pupilles de l'homme se rétrécirent et son visage se rembrunit. Puis, contre toute attente, il se mit à rire.

— Viens, si tu veux galoper, tu n'as qu'à me suivre.

Avant qu'elle n'ait eu le temps de réagir, il avait déjà atteint le sentier étroit et semé d'embûches, à flanc de montagne.

Ils eurent tôt fait de semer le restant de la troupe et Ayesha dut faire appel à toute son intelligence et à son adresse pour ne pas perdre de vue son compagnon. De toute évidence, il cherchait à tester son courage et son endurance, et elle était bien déterminée à ne pas capituler et à le suivre jusqu'aux portes de l'enfer s'il le fallait. Il l'avait si souvent défiée par le passé, un peu comme s'il souhaitait s'assurer qu'elle différait des femmes afghanes. De telles créatures enduraient un état proche de l'esclavage, une brutalité sans limites et un labeur incessant, murées dans un silence comparable à celui des bêtes de somme à l'esprit bafoué et brisé. La bravoure était considérée comme une vertu exclusivement masculine et néanmoins, Akbar Khan aurait voulu que sa favorite en fasse montre. Lorsqu'elle passait le test avec succès, ce qui se produisait invariablement, une nuit d'ardeur passionnée s'ensuivait. Mais qu'adviendrait-il le jour où elle échouerait ? Se lasserait-il d'elle ? Quel avenir lui réserverait-il ? L'emprisonnement à vie au fin fond du zenana... ?

Le vent s'enroula autour d'elle, plaquant les pans du chadri contre sa poitrine, et elle s'abandonna à son étreinte grisante, oubliant ses soucis tandis qu'elle offrait son visage à la bise. Tout à coup, elle vit son compagnon tourner bride et lui faire face, là où le sentier s'élargissait et où le défi n'avait plus de raison d'être. Il se tenait immobile sur son destrier, observant la jeune femme qui venait à sa rencontre sans ralentir avant d'atteindre sa hauteur.

La monture d'Ayesha, épuisée par cette course infernale, renâclait bruyamment et, en dépit du froid, ses flancs ruisselaient de sueur. La jeune cavalière croisa le regard du sirdar, une lueur de triomphe dans les prunelles émeraude. Lentement, sans mot dire, un sourire apparut au coin de ses lèvres. Ils se firent face dans un silence contemplatif jusqu'à ce que les autres les rejoignent.

Ils trouvèrent un gîte pour la nuit dans un village à flanc de coteau, composé de misérables masures en torchis, et d'une tour de sentinelle à l'entrée. Le chef de la communauté, le villageois *aksakai*, les accueillit à bras ouverts, baissant humblement la tête devant le khan. Puis il conduisit les visiteurs jusqu'à sa demeure, composée d'une seule grande pièce réchauffée par les lingots de fiente de mouton séchée qui se consumaient dans l'âtre. Le *mullah* du village vint à son tour les saluer, et Ayesha se résigna aux longues cérémonies d'usage auxquelles les femmes ne prenaient jamais part. Tant que le rituel ne serait pas clos, le dîner attendrait et elle mourrait de faim. Son seul réconfort résidait dans le fait que les hommes avaient eux aussi l'estomac dans les talons et qu'avec un peu de chance, Akbar Khan écourterait les civilités.

Comme il fallait le prévoir dans un village d'une telle indigence, l'hospitalité se traduisait par une simplicité quelque peu primaire, mais qui exigeait un immense sacrifice de leur hôte. Heureusement une poignée de villageois apparurent sur le pas de la porte, porteurs d'offrandes appétissantes : *talkhan* — un gâteau de mûres et de noix —, petites galettes de froment pour déguster avec le *gaimac* — dépôt épais et doré formé à la surface de la crème —, filets de viande d'antilope séchée et du sel présenté sous la forme d'un énorme bloc poli. Une seule boisson accompagnait ces mets, le *bugh*. Ayesha eut le plus grand mal à dissimuler sa déception car ce lait bouilli coupé à l'eau représentait un piètre substitut du thé dont elle raffolait. Quelle ne fut pas sa joie lorsque Akbar Khan fit présent d'une branche de cette délicieuse plante enveloppée de piments rouges au chef du village ! Un tel luxe serait-il concédé aux femmes ? Elle attendit, se tordant les mains fébrilement, savourant à l'avance un breuvage qu'on lui refuserait peut-être.

On versa l'eau bouillante dans un samovar

après l'avoir briqué pour l'occasion. Le thé infusa quelques minutes, puis les bols passèrent entre les mains des hommes. Un flot de larmes noua la gorge d'Ayesha. Quelle sottise que de se sentir bouleversée parce que l'on se voit refuser le privilège des mâles ! Mais la journée avait été longue et harassante, et la tension qui l'avait maintenue sous pression tout au long de la course folle avec Akbar Khan avait mis ses nerfs à rude épreuve.

Le sirdar coula un regard en direction d'Ayesha. Elle s'était débarrassée de son chadri, mais par déférence envers l'assistance, son visage demeurait voilé. Il décela son désarroi nonobstant la distance qui les séparait. De nouveau, il se surprit de pouvoir appréhender et deviner aussi aisément les émotions de la jeune femme. Sans plus tarder, il demanda au aksakai de lui servir un deuxième thé qu'il apporta lui-même à Ayesha.

— Merci, souffla-t-elle, en levant les yeux sur lui, l'espace d'une seconde.

— Je sais combien tu l'apprécies. Et puis, après la chevauchée que nous venons d'effectuer, tu as besoin de quelque chose de revigorant.

Il promena un regard sur la pièce remplie de monde et un sourire malicieux étira ses lèvres minces.

— D'autres plaisirs nous seront interdits, je le crains… jusqu'à ce que nous gagnions Kaboul.

Elle hocha la tête en signe d'assentiment et huma avec délices les fragrances poivrées de l'infusion.

Au quartier général anglais, le ton montait.

— Je ne comprends pas ce qui a pu arriver au

général Sale, glapissait fébrilement Elphinstone, enfoui comme toujours sous ses couvertures. Il avait pourtant l'ordre de regagner Kaboul sans délai, si la sécurité des malades et des blessés n'en pâtissait pas.

La dernière semaine d'octobre venait à peine de débuter.

— Je suppose, Général, avança Kit, que les Ghilsai n'ont pas encore gagné la confiance de Sale.

Le lieutenant venait de lever les yeux. Il planta son regard dans celui de son supérieur.

— Il aura jugé plus sage de ne pas emprunter la route à travers le col de Purwan Durrah, afin de ne pas encourir le risque d'une éventuelle embûche. S'il a choisi de traverser la montagne jusqu'au sud du défilé, il mettra plus de temps à rejoindre la vallée de Jugdulluk, d'où il pourra alors vous envoyer un message.

— Pourquoi ne leur ferait-il pas confiance? s'insurgea Sir William. Ils sont à présent nos alliés. La trêve a été signée et les cols libérés.

Kit soupira mais ne tenta pas d'argumenter contre le point de vue du plénipotentiaire. C'eût été un exercice parfaitement stérile, risquant d'engendrer la fureur de ce dernier. Et le moment était certes mal choisi pour en venir à des propos venimeux.

— Général, puis-je vous faire une suggestion? Ne serait-il pas préférable de transférer le dépôt d'armes et les vivres à l'intérieur du cantonnement?

Cette question tenaillait Christopher et ses amis depuis plusieurs semaines. L'intendance était établie dans l'enceinte d'un fort sur la plaine et les vivres étaient acheminés jusqu'aux militaires et à leurs familles au fur et à mesure des besoins. Il était facile d'envisager ce qui adviendrait en cas de conflit.

— Oh ! mais nous avons pris les mesures qui s'imposaient, protesta faiblement Elphinstone. Nous avons creusé un fossé autour du cantonnement, n'est-ce pas, Sir William ? Sans oublier les fortifications...

« ... que même une vache pourrait franchir », songea Kit avec aigreur. Mais il se contenta de déclarer :

— Peut-être, mais le cantonnement est encerclé par des forts afghans occupés, Général. Pourquoi ne tenterions-nous pas une offensive ? A défaut de les détruire, nous pourrions au moins les neutraliser.

— Vous excédez vos fonctions, Lieutenant, cracha Sir William avec fiel. Les décisions ne sont pas du registre d'un simple lieutenant adjudant.

Christopher se demanda combien de temps encore il devrait conserver son calme tandis que le désastre se précisait à chaque instant. Qu'était la défense d'un tel cantonnement face aux fortifications afghanes érigées sur la plaine alentour ? Pourtant Elphinstone disposait de quatre régiments d'infanterie, de deux batteries d'artillerie, de trois compagnies de sapeurs et d'un régiment de cavalerie... sans compter qu'à Balla Hissar, le shah Soojah possédait un corps impressionnant de soldats et une importante cargaison de fusils. De tels atouts combinés auraient permis d'assiéger sans peine les forts ennemis, d'assurer la sécurité des vivres et de renforcer les défenses du camp anglais. Mais personne n'était disposé à tenter quoi que ce soit, ni à admettre le risque d'un péril.

— Je m'assurerai que ces dépêches parviennent au plus tôt au brigadier général Shelton, avisa-t-il, comme si de rien n'était. Et je transmettrai vos instructions au capitaine Johnson au Trésor.

Ce disant, il ramassa ses papiers, tira sur sa tunique pour effacer un mauvais pli, ajusta la position de son sabre, salua brièvement le général et quitta le bureau. Il dépêcha un messager jusqu'à Shelton, parti en expédition avec sa brigade sur les collines de Seah Sung à environ deux miles du cantonnement, puis rejoignit Kaboul à cheval.

Le capitaine Johnson le reçut d'un air lugubre.

— MacNaghten sait pourtant que les coffres sont tous vides, pesta-t-il, en lisant les consignes qui le sommaient de verser au shah quelques milliers de roupies. Et si nous devons restituer les subsides aux chefs des tribus, la situation risque d'empirer à vue d'œil. Où croit-il que je puisse dénicher une telle somme ?

Kit secoua les épaules d'un air impuissant.

— Désolé, mais je ne suis pas dans les confidences de Sir William, Capitaine. Mon rôle se limite à celui d'un simple adjudant chargé de délivrer les messages.

Johnson l'enveloppa d'un regard sagace.

— Dois-je détecter une note d'irritation dans votre bouche, Ralston ?

— Bien sûr que non, Capitaine. En aucun cas

je ne me permettrai de critiquer notre cher ambassadeur.

— Balivernes ! Nous savons tous que cet homme est le dernier des imbéciles. Il ne voit que ce qu'il veut voir. J'ignore ce qui se trame en ville aujourd'hui, mais rien que l'atmosphère me donne la chair de poule. Que diriez-vous d'un petit remontant ?

Christopher accepta la proposition avec gratitude. D'ordinaire, la première boisson alcoolisée de la journée lui faisait payer le tribut des excès de la nuit, et sa migraine s'aggravait minute après minute. Une demi-heure de complaintes partagées arrosées d'un second cognac s'écoula avant que le lieutenant ne prenne congé de son hôte et n'aille déambuler en ville, le cœur plus léger.

Il laissa son cheval au Trésor, préférant profiter des bienfaits d'une promenade à pied. Johnson avait vu juste. La cité semblait vibrer d'un malaise sous-jacent. Le jeune homme s'était habitué à l'hostilité des habitants, mais leurs œillades meurtrières avaient à présent quelque chose de terrifiant. L'insolence qu'ils posaient sur lui, le défi qui les écartait comme s'ils redoutaient de se voir contaminés par la gale de ce chien d'Anglais...

Il s'engouffra dans les bazars bruyants et animés, une main à portée de son arme. Autour de lui, une foule de vendeurs et d'acheteurs s'activaient dans un charivari de voix nasillardes, mais à son approche, le silence reprenait ses droits et les prunelles noires le dépeçaient sans merci.

Kit décida brusquement de rebrousser chemin.

Il pivota sur ses talons, désireux d'échapper au plus vite à cette oppression, quand il l'aperçut... Son sang ne fit qu'un tour et il manqua de s'étouffer. Le chadri de mousseline blanche se découpait sur la mer de tissus noirs, mais même sans ce détail vestimentaire, même si Ayesha avait endossé l'habit traditionnel de ses consœurs, il l'aurait reconnue entre toutes. Peut-être à cause de son port de tête, de l'attitude ou de la grâce naturelle qui émanait de sa silhouette... Elle était penchée au-dessus d'un étal, caressant les étoffes soyeuses les unes après les autres, méticuleusement, cependant que le marchand attendait le bon vouloir de sa cliente.

Si seulement elle pouvait tourner la tête! Ce besoin d'intercepter ne serait-ce qu'une brève vision de ces merveilleuses prunelles de jade dépassait l'entendement. Mû par une soudaine impulsion, il s'approcha, sourd aux murmures que sa progression déclenchait, à la menace qui l'enserrait en étau. Il avançait vers l'étal.

Ayesha écoutait attentivement Soraya négocier, bien que le protocole eût exigé qu'elle feigne une totale indifférence. Elle laissait son regard dériver sur les montagnes de soie et de satin entassées à l'intérieur de la petite boutique, lorsqu'un frémissement la parcourut. Elle fit volte-face... et rencontra les yeux scrutateurs et impérieux de Christopher Ralston.

Une sueur froide coula le long de son dos, et sa poitrine se souleva sous la tunique de cashmere tandis que, pétrifiée sur place, elle résistait de toutes les fibres de son être pour ne pas se jeter dans les bras de l'homme. Sa tête dodelinait légèrement… en signe de dénégation ou d'assentiment ? Elle ne pouvait détacher le regard de cette apparition inopinée. Elle le dévorait, sans pouvoir se rassasier, comme si elle souhaitait s'imprégner de chaque parcelle de ce corps qui la hantait.

Puis elle réalisa que Soraya lui parlait. Il ne fallait surtout pas que celle-ci décèle son trouble. Dans un instant, la domestique remarquerait le soldat anglais qui les fixait avec intensité et découvrirait le courant qui électrisait les deux jeunes gens. Le fluide était presque palpable, et l'air qui les enveloppait frissonnait. Akbar Khan devait ignorer… ce qu'on pourrait appeler une rencontre ? Il fallait absolument que le sirdar continue à croire en sa complète indifférence à l'endroit de Christopher Ralston, à penser que la nuit qu'elle avait passée avec l'Anglais avait disparu dans les brouillards de sa mémoire. S'il suspectait quelque chose, il cesserait de lui vouer sa confiance et elle ne pouvait prendre ce risque. Son existence deviendrait un véritable enfer.

Elle s'arracha à la contemplation de Kit et se concentra sur l'issue de la vente.

— As-tu conclu, Soraya ?

— Il a insisté pour que nous payions cent roupies, informa la vieille femme, agacée de ne pas avoir réussi à descendre le prix davantage.

— Cela suffit, dit Ayesha, en désignant le tissu et en tentant de calmer le tremblement de sa main. Je ne comptais pas l'acheter moins cher. Il fera une parfaite tunique et avec la laine qu'il contient, je n'aurai pas froid cet hiver.

Elles s'exprimaient en pushtu, ce qui rendait

leur conversation incompréhensible pour Kit, mais son attitude finit par convaincre le jeune homme qu'elle l'avait définitivement rayé de son esprit, comme après le *buzkashi*. Quelques minutes plus tôt, il avait senti l'ardeur de son désir et cette découverte l'avait comblé. Il s'éloigna, tourna au premier carrefour et se réfugia dans la pénombre d'une allée étroite, attendant tranquillement que la jeune femme et son chaperon quittent le bazar, une fois leurs emplettes achevées. Puis il les prit en filature, à distance pour ne pas se faire repérer.

La maison dans laquelle elles pénétrèrent ressemblait ni plus ni moins à toutes celles qui l'entouraient, de par son architecture. Mais les gardes postés devant l'huis inquiétèrent le lieutenant. Ils étaient armés jusqu'aux dents et leurs casques enturbannés le faisaient penser aux guerriers rencontrés dans la forteresse d'Akbar Khan dans les montagnes. Il ne fallait pas espérer franchir le seuil sans les alerter.

Il se recula sous une porte cochère, de l'autre côté de la rue, et scruta la façade de la demeure. Des arcades en stuc entouraient les fenêtres au deuxième étage. Rêva-t-il le mouvement d'étoffe blanche qui traversa comme un éclair l'une d'entre elles ? Il dut interrompre son observation lorsque l'obscurité tomba. Si son imagination ne lui avait pas joué de tours, la chambre à l'extrémité gauche de la maison devait être celle d'Ayesha. Mais qu'est-ce que cela changeait pour lui ? Certes, elle était dotée d'une véranda. Il pourrait éventuellement s'y hisser, ouvrir la fenêtre et se glisser à l'intérieur... Mais comment ressortir et emmener la jeune femme avec lui ? Elle était sans nul doute sous la surveillance de plusieurs domestiques attachés à son service. Dormait-elle ? Et s'il profitait de la complicité de la nuit pour la délivrer... ? Oh ! il devenait ridicule ! Il serait tout aussi aisé de l'enlever dans une des rues de Kaboul au vu et au su de toute la population réunie que d'entrer et ressortir de cette bâtisse.

Dans un ultime espoir, il contourna le pâté de maisons ; de hauts murs protégeaient la demeure des regards indiscrets et les grilles étaient infranchissables. Sans parler des gardes qui effectuaient leur ronde aux abords de la bâtisse... Ce n'est pas ici qu'il trouverait l'inspiration pour sauver la jeune femme !

Kit fit demi-tour et retourna au Trésor. Une nouvelle bouffée d'énergie et de détermination l'emplit, effaçant comme par miracle les soucis qui le minaient. Ayesha était à Kaboul... Et elle semblait tout autant que lui bouleversée par leur rencontre. Bardé de ces deux précieux atouts, comment pourrait-il échouer dans sa mission ?

— J'ai de grandes raisons de croire qu'Akbar Khan se trouve à Kaboul, déclara-t-il à l'adresse du capitaine Johnson de but en blanc.

Son interlocuteur laissa échapper un sifflement significatif.

— Voilà ce qui expliquerait l'ambiance électrisée ! Mais allez essayer de faire comprendre cela à MacNaghten. Il est convaincu que le chef rebelle se terre toujours dans l'Hindu-Kush.

— Il est ici.

— Bien évidemment, si vous l'avez rencontré.

J'ai eu vent de votre dernière expédition. La violence de ces insurgés vous a effrayé, n'est-ce pas ?

— Oui, accorda Kit d'une voix sèche. Il faut que j'aille prévenir le général et Sir William de l'arrivée d'Akbar Khan en ville.

— Je vous souhaite bonne chance.

Johnson accompagna le lieutenant jusqu'à sa monture. Il embrassa du regard la couronne de pics montagneux et poussa un profond soupir.

— Si nous sommes encore ici lorsque la neige s'abattra sur la région, nous n'aurons pas la moindre chance d'en réchapper. Les Afghans nous écraseront.

— Je n'avais pas compris que nous étions sur le point de quitter le pays. Est-ce que par hasard le shah Soojah n'aurait plus besoin des baïonnettes anglaises pour sauvegarder son trône ?

Johnson s'esclaffa, d'un rire satanique qui déchira l'air.

— Une fois que nous nous serons retirés, je ne donne pas cher de sa peau, à celui-là. La contrée entière est en train de se soulever contre l'envahisseur. Nott lutte comme un damné pour maintenir Kandahar sous son joug. Sale, quant à lui, se heurte à chaque pas à la résistance des rebelles. A mon avis, ils ont l'intention de nous prendre en tenaille. Les coffres du Trésor sont vides, l'intendance ne peut se targuer de se porter au mieux, et les chances pour que les vivres nous parviennent de Peshawar et de Quetta sont infimes. Il va falloir nous résoudre à battre en retraite… tôt ou tard. Alors, maintenant que vous me dites qu'Akbar Khan est en ville… (Il secoua la tête tristement.) Priez, Ralston, priez pour que je ne sois qu'un pauvre rabat-joie.

— Je suis heureux de savoir que je ne suis plus le seul.

Ils échangèrent un dernier signe de la main et le lieutenant Ralston s'en fut vers le cantonnement pour affronter une nouvelle fois la tâche peu enviable de convaincre ses supérieurs de l'imminence du danger.

Ayesha resserra les pans de son châle bordé de fourrure. Elle se tenait dans l'ombre de l'antichambre derrière la cloison où avait lieu le *shura*. Les lampes à huile projetaient des ombres terrifiantes sur les murs enduits de chaux. Le sol de pierre sous ses pieds nus était glacé. Les courants d'air gelés de la nuit s'introduisaient subrepticement par le carreau d'une fenêtre cassée, mordant la nuque de la jeune femme de leurs langues fourchues et cruelles. Les voix s'élevaient dans la salle de conseil pour mourir aussitôt. De temps à autre, une exclamation indignée supplantait le ton de la confidence, le grincement d'une chaise vrillait le silence quasi religieux de chacun, puis Akbar Khan reprenait la parole, d'une voix conciliante, et l'interlocuteur furieux s'amendait.

Mais Ayesha ne se laissait pas duper par le ton doucereux de son seigneur. Sous ses propos d'apparence pacifique pointait une menace d'autant plus sérieuse qu'elle n'était même pas dictée par la colère ou la déraison. Sans que personne s'en aperçoive, il était sur le point de pousser ses compatriotes à la révolte. Trop intelligent pour y faire allusion directement, il empruntait des chemins détournés pour parvenir à ses fins. Comment faire confiance aux *ferenghis* ? D'innombrables promesses et pourtant, l'ennemi maintenait ses forces en défense ! Bien sûr, ils étaient sérieusement affaiblis par la fermeture des cols. Bien entendu, ils ne paraissaient prendre aucune des précautions élémentaires en prévision d'une prochaine attaque. En outre, ils méprisaient ouvertement la puissance des Afghans sans qu'il leur vienne à l'esprit que ceux-ci puissent fomenter une rébellion...

Des sifflements rageurs saluèrent cette observation anodine, et l'agitation s'accrut parmi les membres du conseil. Cette fois-ci, Akbar Khan ne fit aucune tentative pour apaiser les esprits.

Ayesha se glissa hors de l'antichambre, les orteils gourds, mais ce n'était rien comparé au frisson d'effroi qui frigorifiait son âme tandis qu'elle considérait les conséquences d'une telle réunion... Si seulement elle réussissait à amadouer le sirdar et à le persuader d'arrêter la machine diabolique avant qu'il ne soit trop tard.

Le 30 octobre venait de tomber.

— Comment Sale a-t-il pu perdre cent vingt de ses hommes ? écumait de rage Sir William. Il y a à peine trois miles entre Jugdulluk et Gundamuk.

— Trois miles peut-être, mais trois miles de pistes montagneuses, avec des cols à traverser, expliqua le lieutenant Ralston avec sa précision coutumière. Le général confie dans la dépêche que les Ghilsai n'ont cessé d'attaquer la ligne arrière de son régiment et de leur tendre des embuscades.

— Je peux lire moi-même, je vous remercie, Lieutenant, coupa l'ambassadeur d'une voix glaciale. D'après moi, ces morts sont imputables à des erreurs de commandement.

— Oh, mais comment pourrions-nous le savoir ? s'énerva le général Elphinstone. Il est difficile d'en juger, nous n'étions pas là.

— La vérité, c'est que le général Sale doit maintenant se trouver à Gundamuk, attendant de nouveaux ordres. Que dois-je lui transmettre ?

— Mais qu'il doit réintégrer Kaboul immédiatement, bien sûr !

— Très bien, Général.

Kit salua cérémonieusement et referma la porte doucement derrière lui. A chaque nouveau désastre, son sentiment d'irréalité s'accentuait. Ce fiasco tout entier devenait une farce macabre.

— Il serait sage d'adopter le costume afghan durant ce voyage, conseilla Kit au subalterne chargé de transmettre le message. Le pays est en alerte.

Le conseil fut salué par un rictus stoïque et le messager partit rassembler son escorte. Quant à Kit, il rejoignit son bungalow, où, sous l'œil désapprobateur de son officier d'ordonnance, il revêtit des vêtements afghans après avoir noirci son visage avec du cirage. Puis, à cheval, il gagna la ville. Quoi de plus aisé que de se glisser dans la peau d'un natif ? Avec sa tunique colorée, son turban, son pantalon bouffant et ses hautes bottes de cavalier, il ne serait pas inquiété.

A Kaboul, il ne vit pas un seul Européen car rares étaient les occasions où ils se hasardaient dans les rues chaudes et dangereuses. Une menace redoutable pesait sur la ville déserte.

Laissant sa monture à la Résidence Officielle, il parcourut à pied le restant du chemin jusqu'à la villa d'Akbar Khan. Là, il s'effaça dans l'ombre complice d'une porte cochère, son esprit livrant une lutte terrible au problème qui le rongeait. Seule comptait la mission dans laquelle il s'était embarqué. Ayesha consumait chacun de ses instants la journée durant. Kit en avait longuement palabré avec ses amis, mais leur enthousiasme et leur imagination tendaient à diminuer au fur et à mesure que les bouteilles de cognac se vidaient et que l'heure passait. Il ne pouvait guère leur en tenir rigueur. Ce n'était pas comme s'ils avaient connu personnellement Ayesha... Annabel. En cet après-midi du 1er novembre, alors que le nœud coulant se resserrait lentement autour du cou des infidèles à Kaboul, sa détermination ne faisait que croître... tendait à devenir l'unique réalité dans cette existence dénuée de sens.

Ayesha se posta devant une des fenêtres et scruta la rue en contrebas. Elle distingua la silhouette du lieutenant Ralston tapie dans l'ombre d'un porche. Qu'espérait-il en observant la demeure ainsi ? Chaque fois qu'elle le voyait, la même question lui revenait à l'esprit. Elle aurait tant aimé qu'il parte, qu'il la laisse au cours paisible de sa vie, qu'il lui permette de recouvrer la sérénité qui l'habitait avant qu'il ne plonge dans les eaux calmes de son existence. De plus, elle craignait pour les jours de cet homme.

— Nous empêcherons les Anglais de pénétrer

en ville. (Les intonations impérieuses d'Akbar Khan résonnèrent brusquement dans le couloir.) En premier lieu, nous les isolerons sur le cantonnement.

— Mais vous oubliez Burnes à la Résidence et les soldats au Trésor ?

Ayesha reconnut la voix de Badar Khan. Les deux hommes se rendaient à la chambre des conseils où un shura était prévu. Sur la pointe des pieds, elle se glissa derrière la lourde tenture qui faisait office de porte.

— Nous obligerons ces hommes à rester en ville, les coupant du restant de la communauté, répliqua Akbar Khan. Nous commencerons par ponctionner lentement la confiance de ces sales envahisseurs et créer une ambiance hostile en leur montrant avec quelle aisance nous pouvons paralyser leurs mouvements.

— Mais peut-être que cela ne suffira pas, allégua Badar Khan.

— A quoi songez-vous ?

— Une démonstration de force.

— Une attaque ?

— Le peuple est en effervescence.

Ayesha frissonna. Elle savait que la sédition parmi les citoyens de Kaboul avait été soigneusement ourdie par Akbar Khan et ses amis. S'ils lâchaient la foule sur l'ennemi, la région serait plongée dans un bain de sang.

— Peut-être devriez-vous laisser ces gens libres de leurs agissements ? Rejoignez nos frères, je vous suivrai dans un instant.

Ayesha s'écartait prestement de la porte, au

moment où Akbar Khan entrait. Il lui décocha une œillade suspicieuse.

— Tu nous espionnais ?

Elle s'empourpra violemment.

— Je ne pouvais qu'entendre.

Le sirdar lissa sa barbe d'un air pensif.

— Je crois que parfois, tu t'arranges de manière à ne pouvoir faire autrement.

— Pourquoi encouragez-vous ce soulèvement ? s'écria-t-elle avec passion, songeant au lieutenant dehors, sous ses fenêtres. Quel bénéfice comptez-vous tirer d'une telle révolte ?

— Qu'est-ce qui te fait penser que j'en suis l'instigateur ? Ce que le peuple fait ne me regarde pas.

— Vous savez bien que ce n'est pas vrai ! (Dans un élan de rage, elle s'élança sur lui.) Vous pouvez prévenir l'insurrection si vous le choisissez. En quoi cela vous amuse-t-il de laisser ces pauvres gens accomplir vos méfaits à votre place ?

— Contrôle-toi, menaça-t-il doucement. Le *ferenghi* doit connaître la nature de l'Afghan, et celle de sa revanche lorsqu'il se sent insulté. Ils doivent apprendre à nous redouter.

« Comme on le lui avait enseigné », reconnut-elle d'une voix blanche. Ils la terrifiaient. Akbar Khan lui inspirait une terreur noire et ce n'était pas pour l'avoir traitée méchamment car il ne la menaçait jamais, comme il ne l'avait que très rarement punie pour ses offenses de fillette, mais la connaissance de son pouvoir infini était suffisamment intimidante. Elle leva les mains à son front dans un *salaam* gracieux.

— Je suis venu te dire qu'il te faut rester à

l'intérieur de la maison. Au moins jusqu'à ce que je me sois assuré qu'il n'y a plus de danger.

— Comme vous voudrez.

Il la planta là sans autre explication et elle retourna à la fenêtre. Ralston avait disparu. La nuit tombait, et le vent d'hiver s'engouffrait dans les rues désertes, faisant claquer les portes dans un hurlement sinistre...

7

— Cette satanée bande de sauvages ! explosa Burnes, plus tard cette nuit-là. Pour qui se prennent-ils donc ? Nous empêcher de pénétrer en ville !

Il considérait méchamment le messager cipaye qui venait à l'instant de rejoindre la Résidence, après avoir été repoussé par une foule hostile alors qu'il tentait de quitter la ville avec un message de Burnes pour MacNaghten.

Le cipaye jugea plus sage de ne pas répondre, supposant, à juste titre d'ailleurs, que cette tirade enflammée ne le visait pas personnellement. Burnes continua à déverser sa hargne jusqu'au moment où son secrétaire, William Broadfoot, embarrassé, toussa.

— N'accablez pas ce malheureux ! Il n'y est pour rien, Sir Alexander. Que pouvait-il tenter seul, contre une meute en délire ?

Burnes secoua la tête avec répugnance et renvoya le messager d'un geste impatient. Ce dernier prit ses jambes à son cou sans demander son reste.

— Je ne crois pas que toute cette agitation signifie grand-chose. Il s'agit certainement de quelques esprits échauffés. Demain matin, il n'y paraîtra plus. Et puis, si l'incident prenait des proportions plus grandes, Elphinstone enverrait une brigade à la rescousse, juste pour rappeler à ces mutins qui gouverne ici.

— Mais comment le ferait-il, Alexander, puisque nous ne sommes même pas en mesure de l'informer de la situation ? s'alarma le frère cadet de Burnes, se détournant de la fenêtre par laquelle il contemplait le jardin plongé dans l'obscurité.

— Ne t'inquiète pas, Charlie, le rassura son frère. Dès que le jour se lèvera, nous transmettrons le message. Il n'y a aucune raison de... (Il s'interrompit en distinguant un brouhaha de voix dans le couloir.) Diable ! Serait-ce là le lieutenant Ralston ? (Il se rua hors de la bibliothèque.) Kit, que diable fichez-vous ici ? Moi qui vous croyais déjà hors de la ville !

— Diantre ! Mais il fait un froid de canard ici ! grommela Christopher, littéralement transi. J'avais l'intention de me promener au bazar quelques instants, afin de glaner une ou deux nouvelles intéressantes : grâce à mon déguisement, j'ai pu traverser ces bas quartiers de long en large sans être remarqué.

— Mis à part la barbe, on s'y tromperait, déclara Burnes. Etes-vous au courant que ces impudents ont barré la route reliant le centre ville au cantonnement ?

D'un air grave, Kit opina du chef, tout en se débarrassant de son épais manteau de fourrure.

— C'est horrible, Burnes ! Une poignée d'insurgés a assailli la ville, cherchant par tous les moyens à provoquer le conflit.

— Oh, la barbe ! Heureusement, nos troupes mettront bien vite le holà à cette histoire insensée !

— Si vous voulez mon avis, vous devriez redoubler de prudence et augmenter le nombre de gardes aux portes de la Résidence, l'avisa Kit d'une voix blanche. Sans oublier le bâtiment du Trésor... Non merci ! (William Broadfoot lui offrit un cigare qu'il refusa.) Mais j'accepterai volontiers un cognac. Je suis gelé.

On lui apporta l'alcool sur-le-champ. Un silence gêné s'installa entre les hommes. Kit arpentait nerveusement la pièce, donnant au passage un coup de pied à une bûche rougeoyante qui menaçait de glisser hors de l'âtre, puis plongea le nez dans son verre, toutes ses pensées tournées vers Ayesha. Il aurait pu jurer l'avoir entrevue derrière une fenêtre cet après-midi. Elle avait dû le reconnaître. Mais une autre silhouette était apparue à côté de la jeune femme. Un gros effort d'imagination n'était pas nécessaire pour identifier la lourde stature d'Akbar Khan. Quelles intrigues tramait le sirdar ? D'un geste résolu, il balaya ses angoisses, revenant à la conversation.

— Croyez-vous qu'ils sachent au quartier général que nous sommes cloîtrés en ville ? interrogea Charlie Broadfoot, éclairé par un ultime espoir.

Kit haussa les épaules.

— Difficile à dire. Tout est survenu si vite.

Jusqu'à ce soir, rien ne laissait augurer de ce drame.

— Pourriez-vous regagner le cantonnement, Ralston ? demanda Broadfoot. Habillé comme vous l'êtes en ce moment ?

— Probablement, surtout si je prends soin de monter à cru. Ces Afghans reconnaîtraient une selle britannique entre mille.

Kit se dirigea vers la fenêtre, souleva discrètement les lourds rideaux et scruta anxieusement les ténèbres.

— Attendons de voir comment les choses iront dans la matinée. Peut-être Alexander a-t-il raison ? Le calme reviendra de lui-même. Les ombres de la nuit peuvent enhardir les hâbleurs, mais les premières lueurs de l'aube ne manqueront pas de les décourager.

— Ce satané Akbar Khan ! Il est l'instigateur de toute cette pagaille, j'en mettrais la main au feu ! vociféra Burnes sauvagement. Si seulement je pouvais le faire arrêter, je me ferais une joie de le pendre pour trahison.

Kit haussa les sourcils sans mot dire.

— Si cela ne vous dérange pas, je souhaiterais me retirer. Si, par hasard, la situation ne s'était pas améliorée au matin, je me glisserai jusqu'au cantonnement.

— Entendu, mon cher. Abdul vous montrera votre chambre.

Le lieutenant emboîta le pas du serviteur de Burnes jusqu'aux appartements confortables et spacieux réservés aux hôtes. Il déclina toute offre de rafraîchissement, ôta ses bottes et se glissa tout habillé sous les couvertures. Il décida de somnoler quelques heures, se préparant à lever le camp aux aurores.

Le deuxième jour de novembre se montra sous un ciel gris. Immobile dans la pénombre, Kit tentait d'identifier ce qui l'avait réveillé si brutalement. Au début, il ne parvint pas à isoler un détail sortant de l'ordinaire. Se glissant au bas de son lit, il se traîna jusqu'à la fenêtre et écarta le rideau. Une lumière blafarde éclairait faiblement l'horizon. Mû par son seul instinct, il déverrouilla le pêne et se pencha dans l'air glacial du petit matin. Et alors il entendit... Le bruit provenait des rues longeant les murs de la Résidence. Un martèlement de pas, un charivari de voix... un bourdonnement assourdi qui déferlait comme des vagues cinglées par la tempête sur une plage de galets.

Il enfila ses bottes en un tour de main, vérifia le chargeur de son revolver et dévala les escaliers. Dans le hall, il découvrit Broadfoot et les frères Burnes. Tiré à quatre épingles comme à l'accoutumée, Sir Alexander ne semblait pas le moins du monde perturbé. En revanche, Broadfoot et Charlie ressemblaient à deux épouvantails extirpés à contrecœur de leurs lits.

— On dirait une petite émeute, fit Sir Alexander, en dépoussiérant machinalement sa veste et réajustant son nœud de cravate. Je leur parlerai du perron... et les choses rentreront dans l'ordre tout naturellement.

— Avez-vous renforcé votre effectif de garde ? s'inquiéta Kit en se dirigeant vers l'huis barricadé. Ouvrez ! commanda-t-il à l'adresse du domestique paniqué.

— Je ne comprends plus rien, mon cher, fit Burnes. Je ne parviens pas à imaginer ce que ces idiots attendent de moi.

— L'attaque de la Résidence constituerait un puissant aiguillon pour les rebelles, un véritable point de ralliement, allégua Kit d'un ton cassant, en glissant un manteau sur ses épaules avant de descendre dans la cour.

La lumière grandissante chassait les ombres terrifiantes de la nuit, chatouillant les buissons et les plantes, illuminant les pavés. En quelques enjambées, il franchit la distance qui le séparait des grilles. Des gardes étaient farouchement enracinés de part et d'autre de l'entrée, les bras croisés. A travers les barreaux, il distingua la foule qui ne cessait d'enfler. Elle se pressait contre les vantaux, ne faisant, certes, aucun mouvement menaçant vers l'homme à la face tannée, enveloppé dans un long manteau de peau de mouton.

Kit se garda de prononcer la moindre parole, conscient qu'en ouvrant la bouche, il courrait à sa perte. Durant les prochaines heures, son costume lui épargnerait bien des déboires.

Il fit demi-tour et s'engouffra de nouveau chez Burnes.

— Je vais rejoindre MacNaghten.

— Laissez-moi d'abord discuter avec ces sauvages. Je ne voudrais surtout pas attiser leur haine.

D'un pas assuré, Burnes progressa vers l'extérieur. A la vue du *ferenghi*, engoncé dans son costume apprêté, avec ses guêtres en cuir et son chapeau plat en queue de castor, des beuglements furieux éclatèrent. Les mutins brandirent le poing, les bâtons fleurirent et les lames des cimeterres et couteaux étincelèrent dans la lumière blafarde du petit jour.

Kit frissonna en constatant la détermination sans faille de cette foule meurtrière et terrible. Les dernières réserves étaient en quelque sorte tombées et un besoin de vengeance dominait, monstrueux et insatiable. Ce peuple farouche et fier avait été trop longtemps assujetti au joug de l'impérialisme britannique et il était sur le point de venger cette injustice.

Burnes éleva la voix au-dessus de la meute engluée devant les grilles, et l'espace d'un instant, les natifs observèrent un silence, écoutant attentivement le discours prononcé en pushtu.

Christopher priait avec ferveur pour que le talent oratoire de Burnes pût apaiser les esprits, mais ses illusions s'effondrèrent bientôt. La harangue de ce politicien se voulut protectrice, exprimant la peine et l'irritation d'un père face à l'insubordination harassante d'un enfant.

Une pierre fendit soudain l'air et fracassa une vitre de la façade. Le bruit de bris de verre enflamma la foule qui, vociférante, fondit sur le portail. Certains montèrent à l'assaut du mur d'enceinte et un des cipayes déchargea son mousquet, un instant avant d'être happé par la meute hurlante, ses cris d'épouvante déchirant l'air.

Burnes ne tarda pas à rebrousser chemin, claquant la porte derrière lui. Il glissa la barre de sécurité avant de se tourner en direction du trio silencieux. Il avait perdu son assurance coutumière.

— Nous ferions mieux de nous armer, fit-il. Pensez-vous pouvoir atteindre le cantonnement, Kit ? Nous allons avoir besoin de renforts.

— Je vais tenter ma chance. Je crains qu'ils n'aient déjà envahi les écuries.

Sans attendre, il s'élança hors de la pièce, descendit les escaliers quatre à quatre et gagna l'arrière de la maison.

— Barricadez-vous après mon départ ! ordonna-t-il à l'intention de la sentinelle, anxieux à l'idée qu'une fois dehors, il serait seul, livré à lui-même.

Le portail se referma sur son passage et la barre retomba dans un claquement sinistre. Les hurlements de la foule allaient crescendo. Les gardes cipayes ripostaient par des décharges salvatrices. Les coups de feu provenaient à présent de la Résidence. Selon toute évidence, les compagnons de Kit commençaient à riposter. Le jour se levait à grands pas. Il se rua jusqu'aux écuries, où, dans sa hâte, il s'écorcha les doigts en tirant un verrou gelé. Son cheval salua son arrivée par un hennissement inquiet. Les autres bêtes s'agitaient dans leurs stalles, renâclant bruyamment, trahissant leur malaise. Kit s'empara du licol accroché à un clou dans le box, le glissa par-dessus la tête de sa monture. Puis il enfourcha l'animal qui s'ébroua dès qu'il sentit le poids de son cavalier et, d'un seul bloc, ils s'élancèrent dans la lumière du jour.

La plupart des gardes avaient déserté leur poste et le portail dans l'arrière-cour était à peine gardé. Heureusement, pour l'instant, la rue était encore déserte. Kit lança quelques encouragements à la tête des derniers cipayes et leur enjoignit d'aller quérir des renforts alors qu'ils fermaient la grille derrière lui. Au même instant, une marée humaine déchaînée s'engouffra dans l'avenue, en direction de la Résidence. Le lieutenant ne pouvait plus soutenir les soldats ou les supporter verbalement. Il avait pour tâche d'alerter le cantonnement. Il éperonna son destrier et s'éloigna au triple galop.

C'était comme si toute la population avait été drainée vers ce quartier pour se concentrer autour de la Résidence Officielle. Kit ne croisa pas âme qui vive dans les quartiers des natifs. Les sabots de son cheval résonnaient sur les pavés tandis qu'il atteignait la rue où résidait Akbar Khan.

La porte de la demeure du sirdar était grande ouverte et les gardes, postés d'ordinaire devant l'huis, avaient disparu. Ce furent les seuls détails dont Christopher se souvint plus tard, quand il eut rejoint le cantonnement. Sur l'heure, il se borna à agir.

Le lieutenant sauta au bas de sa monture avant de s'introduire dans le hall d'entrée carrelé de mosaïque, plongé dans la pénombre. Un silence oppressant enveloppait la demeure. Il gravit les escaliers précautionneusement et, néanmoins, sans la moindre hésitation. Comme s'il connaissait la maison... !

Mû par son seul instinct, il obliqua à gauche en atteignant le palier. La lourde tenture qui marquait l'entrée de la chambre se trouvait à l'endroit même où il l'avait imaginé. Il la franchit.

Ayesha se tenait au centre de la pièce, immobile. Elle était vêtue d'une tunique de laine marmoréenne et d'un pantalon ample. Ses yeux portaient encore les marques du sommeil. Elle blêmit en l'apercevant.

— Mon Dieu! Vous êtes fou? souffla-t-elle. Sortez vite.

— Pas sans vous. Je ne risque rien d'ailleurs, il n'y a pas un chat ici.

— Mais si! Toutes les femmes sont là. Je viens à peine de me lever et d'une minute à l'autre, Soraya va elle aussi se réveiller.

— Alors, dépêchons-nous! (Il fit un pas dans sa direction.) Les gardes se sont évanouis... partis en vadrouille certainement, si je peux me le permettre.

— Akbar Khan les fera décapiter pour avoir abandonné leur poste, chuchota-t-elle, une lueur de terreur dans ses grands yeux de jade, en songeant avec effroi à la réaction de son seigneur s'il découvrait Christopher Ralston ici.

— Je vous en prie, Kit. Il vous faut partir.

D'un air déterminé, le lieutenant se planta devant elle et croisa les bras.

— Je ne vous laisserai pas ici.

Ayesha n'avait aucune idée de ce qui se passait au-dehors. Seul un mauvais pressentiment la taraudait. On ne lui avait rien dit mais les cris des natifs l'avaient réveillée... puis le calme inhabituel de la demeure l'avait alertée. Et soudain, Christopher Ralston se matérialisait devant ses yeux. Comment? Pourquoi? Elle ne pouvait fournir une réponse à ces questions mais l'heure n'était certes pas aux explications. Ce qui l'inquiétait le plus était le fanatisme brûlant qu'elle lisait dans les yeux du lieutenant. Combien de fois, depuis le passage de Khyber, n'avait-elle pas surpris cette lueur dans les prunelles des Afghans ? Elle savait qu'il ne servait à rien de s'y opposer. Raisonner le lieutenant équivalait à parlementer avec un mur. Il avait placé son existence tout entière dans cette mission, la forçant à capituler. Car souhaitait-elle le voir tomber entre les mains du chef rebelle ? Elle frissonna à l'évocation de cette perspective cauchemardesque.

Ayesha passa devant le lieutenant et gagna la sortie d'un pas nerveux. Si seulement elle réussissait à le reconduire jusqu'à la rue, alors elle pourrait s'esquiver et refermer l'huis derrière lui. Ainsi habillé, il serait sauvé une fois dehors. Elle descendit l'escalier, son cœur battant la chamade à l'idée qu'un garde pouvait apparaître à tout instant... Akbar Khan pouvait surgir devant eux... Si les sentinelles la voyaient s'enfuir, à visage découvert, en compagnie d'un *ferenghi*, ils ne chercheraient même pas à comprendre. Elle subirait le même sort que Christopher.

— Votre manteau ? interrogea Kit en lui emboîtant le pas, comme si cette folie était tout à fait ordinaire, comme s'il ne mesurait pas l'ampleur du risque qu'ils encouraient tous deux. Vous risquez d'attraper froid.

Elle préféra ne pas répondre, n'ayant aucunement l'intention de s'aventurer au-dehors.

Une lourde cape bordée de fourrure pendait à un portemanteau dans le hall. Kit s'en saisit et sortit, sur les traces de la jeune femme, dans la rue déserte. Son cheval l'attendait. L'animal, fort agité, martelait les pavés avec nervosité.

Brusquement, Ayesha fit demi-tour, projetant de se réfugier à l'intérieur. Mais avant qu'elle n'ait pu mettre son projet à exécution, le lieutenant agrippa son bras et la plaqua contre lui. Une lutte farouche mais silencieuse s'ensuivit, tous deux craignant d'attirer l'attention en criant. Kit suivait son unique objectif. Depuis des jours... des semaines, il était en proie à cette obsession. Et là, tout à coup, la solution se présentait. Il étreignait la jeune femme, libre et quitte. Libre ? Quitte ? Dans quelle mesure ? La formule consacrée du *buzkashi* trottait dans sa tête sans l'éclairer ni l'apaiser. Tant pis, il lui fallait risquer le tout pour le tout. Il la retenait prisonnière, sa monture n'était qu'à quelques pas. L'ennemi n'était pas en vue. Que son trophée lui résistât ne le troublait pas outre mesure. Il aurait tout loisir de l'amadouer lorsque l'heure s'y prêterait. Pour l'instant, il agirait selon ses propres règles.

Encerclant la taille de sa compagne, il la souleva et l'installa sur son destrier. Profitant de la surprise momentanée de la jeune femme, il sauta derrière elle et la couvrit de la cape. Puis il se pencha en avant, plaquant solidement Ayesha contre la selle, et son cheval s'élança instantanément au galop.

Dans l'avenue voisine, les habitants couraient en tous sens, s'égosillant à qui mieux mieux. La présence d'un pur-sang arabe et de son cavalier enturbanné, à l'œil acéré et à la peau bistrée ne détonnait pas au milieu de cette horde gesticulante et fébrile. Le ballot devant le lieutenant passait totalement inaperçu. Mais Kit n'ignorait pas que s'il prenait à sa jeune captive l'idée de crier, il mourrait sur-le-champ. Si elle n'en fit rien, elle se mit à se débattre comme un beau diable.

Une fumée épaisse et âcre plongeait la ville dans un brouillard étouffant. Au loin, de hautes flammes léchaient les murs de la Résidence Officielle, et les glapissements sauvages résonnaient aux oreilles du lieutenant tandis qu'il menait sa monture à bride abattue vers la lisière de la cité. Vingt minutes à peine s'étaient écoulées depuis qu'il avait quitté Sir Alexander, mais il semblait à présent que les mutins avaient envahi la demeure de ce dernier. Soudain, un mauvais pressentiment l'alerta et il bifurqua sur la droite pour rejoindre la Résidence.

La scène qu'il y découvrit le mortifia. Un décor chaotique sorti tout droit de l'enfer… Les étables derrière la maison brûlaient, les grilles bâillaient tristement, forcées par la meute d'insurgés qui prenaient la bâtisse d'assaut. Les cadavres des gardes cipayes jonchaient le sol, tristes pantins désarticulés… Un hurlement provenant du jardin lui vrilla le cœur. L'exclamation de joie se transforma rapidement en un mugissement triomphant… Christopher se raidit, et sa main se crispa sur le dos d'Ayesha. Cette dernière riposta en se convulsant avec violence.

— Pour l'amour du Ciel, tenez-vous tranquille ! siffla-t-il entre ses dents, comme si elle n'avait pas le droit de se plaindre de l'inconfort de sa position.

En vérité, dans ce grave instant d'horreur et de violation, il associait sa prisonnière au carnage qui avait lieu sous ses yeux. Il accrut la pression de ses doigts sur la taille de sa compagne et fixa avec effarement ce spectacle infernal.

Une foule électrisée jaillit dans la cour derrière la Résidence dans un concert de cris. Un des meneurs brandissait fièrement une chose sanguinolente au bout de son sabre. L'estomac de Kit se révulsa. Sans plus attendre, il éperonna son destrier et fuit cette scène macabre, l'image de la tête décapitée d'Alexander Burnes écorchant sa rétine.

Epuisée, Ayesha cessa de se démener. Elle était ballottée sans merci, ses côtes gémissaient et les pans de sa cape l'étouffaient. La rage qui la consumait ne s'éteignait pas, bien au contraire, effaçant toute autre émotion, supplantant son attirance pour le *ferenghi*. Même son inconfort physique cédait le pas à l'outrage dévastateur. Elle devinait sans peine dans quel endroit il l'entraînait, et lorsque Kit freina sa monture à l'entrée du cantonnement, elle n'éprouva aucune surprise en l'entendant jeter des ordres à la sentinelle d'un ton impérieux.

Les vantaux s'ouvrirent, livrant passage au lieutenant qui se dirigea immédiatement vers son bungalow. Quelques badauds, en déshabillé ou en pyjama, se tenaient sur leur minuscule carré de pelouse, scrutant anxieusement la ville où s'élevaient des salves bruyantes. La fumée suspendue au-dessus de la Résidence Officielle se diffusait peu à peu sur l'azur du ciel. Ceux qui reconnurent le lieutenant Ralston, de la cavalerie de la Très Honorable Compagnie des Indes Orientales, en ce cavalier déguisé en natif, l'apostrophèrent quand il les dépassa mais il ne prit même pas la peine de se retourner ni de leur répondre. Il s'arrêta bientôt devant sa demeure.

Harley accourut, affolé.

— Oh, mon Dieu ! Vous êtes sain et sauf, Lieutenant ! Que diable se passe-t-il ?

— Une minute ! fit Kit en glissant à terre.

Il attrapa Ayesha et la remit sur ses pieds sans douceur. Elle avait à peine touché terre qu'elle fit volte-face et toisa son geôlier... Ses prunelles vertes flamboyaient, elle menaçait le jeune homme de ses poings fermés, en déversant un flot de paroles ignominieuses en pushtu comme si en cet instant la langue anglaise refusait de la servir.

Harley était pétrifié, fixant incrédule cette tornade sortie de nulle part. Soudain, quelqu'un les héla de l'autre côté de la rue. Bob Markham s'approcha en courant.

— Vous venez de la ville, Kit ? Le vieux vous cherche partout... (Il s'interrompit brutalement en apercevant la jeune femme aux côtés de Christopher.) Par tous les saints ! Vous l'avez délivrée !

Ayesha pivota lentement sur ses talons tandis que les paroles du nouvel arrivant pénétraient son esprit, puis, mue par un ressort, elle leva la main et assena une gifle monumentale à Christopher.

— Ainsi, vous avez parlé de moi à tout le monde, Ralston, *huzoor* ? Les commérages du mess, j'imagine !

Kit reprit ses esprits. La joue brûlante, les oreilles bourdonnant d'insultes, le cerveau encore hanté des images démoniaques de la mutinerie, il ramassa la cape qui venait de choir sur le sol et enveloppa les épaules frémissantes de sa compagne avant de la pousser à l'intérieur du bungalow, à l'abri des regards indiscrets. Bob et Harley le suivirent, les yeux écarquillés par l'étonnement et la curiosité.

— Annabel, je dois me rendre au quartier général, l'informa Kit, en la menant vers sa chambre et refermant la porte derrière eux d'un coup de pied. Lorsque je reviendrai, nous discuterons de tout cela... et nous parviendrons à un compromis.

— Je ne resterai pas un instant de plus ici! Otez-vous de mon passage!

Après les risques qu'il venait de prendre pour la conduire jusqu'ici, elle ne croyait pas sérieusement qu'il lui permettrait de s'en aller!

— Ne soyez pas ridicule, Annabel. Vous êtes dorénavant avec les vôtres. Tout va bien se passer, je vous le promets.

Cet homme avait complètement perdu la tête! Désemparée, Ayesha le considéra comme elle aurait regardé un animal en proie à la folie.

Dédaignant ce silence buté, il se dirigea vers la porte.

— Harley s'occupera de vous. Il veillera à ce que vous ne manquiez de rien. Je serai de retour dès que j'aurai fait mon rapport au général.

Une fois sorti, il s'appuya contre le battant et prit une profonde inspiration avant d'affronter les regards éberlués de ses camarades.

— Si vous aviez vu le carnage, déclara-t-il en se frottant les yeux comme pour effacer les visions cauchemardesques. Ils ont massacré Alexander et Charlie Burnes, Broadfoot, mis à feu et à sac le

Trésor. J'ignore ce qu'il est advenu de Johnson. La ville entière a pris les armes. Il faut envoyer les troupes sans tarder.

Bob désigna du doigt la chambre de Christopher et haussa un sourcil interrogateur.

— Cette jeune fille ne me semble pas ravie ! Que diantre allez-vous faire d'elle ?

— La garder ici quelque temps. Harley, vous vous occuperez d'elle. Je suis certain qu'elle ne refusera pas un thé et une légère collation. Oh, ciel ! Ce n'est pas le moment de se disperser ! Je dois obtenir une entrevue avec le général au plus vite. Bob, pouvez-vous demeurer ici jusqu'à mon retour ? Je ne serai pas long.

Sans attendre la réponse de son ami, Christopher se rua au-dehors, sauta en selle et fila au quartier général.

Ayesha examina la pièce dans laquelle elle était enfermée. Des barreaux ornaient l'unique fenêtre. Une précaution, nota-t-elle *in petto*, pour décourager une éventuelle intrusion mais qui s'avérait, aujourd'hui, à double tranchant. Discernant des voix masculines derrière la porte, elle s'approcha et tourna la poignée. A sa grande surprise, elle ne résista pas sous ses doigts.

Deux hommes étudièrent avec appréhension la jeune femme plantée sur le seuil.

— Puis-je vous préparer un petit déjeuner, Miss ? s'aventura Harley. Une bonne tasse de thé ?

— Non. Je vous demande de me laisser partir.

— Ce n'est pas faute de le vouloir, fit Bob d'un

air désolé. Mais nous avons promis à Kit. Il nous égorgerait si nous lui désobéissions.

Ayesha tapa du pied avec impatience.

— Je n'ai aucune envie de moisir ici, pauvre idiot!

Mais quand elle tenta de se frayer un passage entre les deux hommes, elle se heurta à Bob Markham qui se révéla un mur inébranlable.

La jeune femme dut se rendre à l'évidence, elle n'échapperait pas à ses geôliers. Si encore il n'y en avait eu qu'un, mais deux...? Elle laissa échapper un juron en persan et en tempêtant, se retira dans la chambre, claquant le battant derrière elle.

— Croyez-vous qu'une tasse de thé fasse l'affaire? s'enquit Harley, désarmé devant un tel éclat.

— A mon avis, ce n'est pas sa boisson favorite. Un peu trop virulente pour une infusion. (Bob haussa les épaules en désespoir de cause.) Mais cela ne coûte rien d'essayer. Allez lui en préparer un, je garde la porte.

Dix minutes plus tard, le domestique réapparaissait, portant un plateau avec une théière, une tasse et des toasts beurrés.

— Peut-être a-t-elle faim? En général, manger calme les esprits.

Bob parut en douter mais ne fit aucun commentaire, se bornant à ouvrir la porte.

— Si vous entrez, menaça Ayesha, je vous jure que je me déshabille.

Médusé, Harley faillit en lâcher le plateau.

— Je... je... vous apportais juste de quoi vous restaurer, bredouilla-t-il sans avancer plus avant.

Pour seule réponse, la jeune femme commença à dégrafer sa tunique. Les deux hommes retinrent leur souffle et battirent en retraite sans insister.

— Seigneur... murmura Bob, en s'essuyant le front perlé de sueur.

— Que s'est-il passé dans la tête du lieutenant ? s'inquiéta Harley en posant le plateau sur le guéridon. Il a quelquefois d'étranges lubies, mais là... ça dépasse l'entendement. Il est complètement fou, ma parole !

Bob était au fait de l'obsession qui taraudait son ami. Depuis cette fameuse expédition, Kit ne pensait plus qu'à cette mystérieuse Anglaise enfermée dans le zenana d'Akbar Khan. Kit venait d'agir sans songer aux conséquences de son impulsivité. Qu'allait-il advenir de cette jeune femme ? Il semblait même n'avoir cure des réticences de cette dernière.

D'un air absent, Bob se servit une tasse de thé et grignota un toast.

— Ne soyez pas alarmiste, Lieutenant, protesta MacNaghten en sirotant placidement son café. Qu'est-ce qu'une poignée de satanés rebelles !

— Sir William ! Ils ont assassiné les Anglais à la Résidence ainsi que les cipayes, s'insurgea Kit en se maîtrisant pour ne pas exploser. La demeure de Burnes et le Trésor ont été incendiés. Des renforts militaires sont indispensables pour enrayer la révolte.

— Nous déplorons la mort de ce malheureux Burnes et la destruction du Trésor, chevrota

Elphinstone. Peut-être devrions-nous intervenir, Sir William ?

Kit ne pouvait en croire ses oreilles. Il avait décrit avec précision les événements et ses supérieurs l'avaient tranquillement écouté, tout d'abord d'un air dubitatif puis en l'accusant d'exagérer quelque peu les faits.

Sir William alla se poster à la fenêtre et, penchant la tête à l'extérieur, prêta l'oreille aux bruits provenant de la cité. On ne distinguait plus qu'un vague brouhaha. Seule, la fumée répandait encore une odeur pestilentielle sur la région.

— Je suggère, avisa-t-il sans se retourner, que nous donnions l'ordre à Shelton de marcher jusqu'à Balla Hissar en longeant les hauteurs de Seah Sung, Général. De là-bas, il lui sera aisé de rétablir l'ordre en ville. La simple présence de sa brigade dissuadera les rebelles de récidiver.

Au moins, un pas venait d'être accompli. Kit se rendit chez Shelton pour lui transmettre la mission, mais lorsqu'il revint au bureau du général dans l'espoir d'être congédié et de pouvoir réintégrer son domicile, le général Elphinstone le renvoya à Shelton pour annuler le premier ordre.

— Je pense que nous devrions attendre un peu avant de riposter, déclara le général d'une voix tremblante. Juste pour voir si les choses ne rentrent pas dans l'ordre d'elles-mêmes.

— Akbar Khan est en ville, insista Kit. Il n'autorisera jamais la reddition.

— Lieutenant, ne vous a-t-on jamais appris à ne pas discuter les ordres ?

Désespéré, Christopher salua ses supérieurs et retourna prévenir Shelton. Il décida de se cantonner dorénavant au rôle du bon et gentil soldat, et d'exécuter les commandements même les plus insensés, sans rechigner le moins du monde. Il n'allait tout de même pas se ronger les sangs pour des gens qui n'en valaient pas la peine et puis, un autre problème, bien plus important, l'attendait chez lui : Annabel...

8

Une heure s'écoula avant que Kit n'obtienne la permission de retourner à son domicile. Pendant ce temps, Shelton reçut l'ordre à deux fois de marcher jusqu'à Balla Hissar, mais lorsque, enfin, le lieutenant quitta le quartier général, Elphinstone tergiversait encore de manière pitoyable : n'avait-il pas pris une décision trop hâtive ?

Sans demander son reste, Kit s'enfuit, laissant l'adjudant de faction patauger au milieu de cet imbroglio. Quelle ne fut pas sa surprise en atteignant son bungalow, de découvrir Bob et Harley, assis devant la porte de la chambre, l'air lugubre !

Le capitaine Markham bondit sur ses pieds lorsqu'il aperçut Christopher.

— Ah... ! Grâce à Dieu ! Vous voilà !

— Pourquoi ? Que s'est-il passé ? s'alarma Kit en jetant un coup d'œil en direction de la chambre. Annabel va bien ?

— Autant que je sache, oui, fit Bob, en réajustant sa tunique. Elle a refusé que nous pénétrions dans la pièce.

— J'ai voulu lui porter un petit déjeuner, ajouta Harley, mais elle a exigé que je la laisse en paix. (Ses joues devinrent cramoisies.) Elle m'a menacé de se déshabiller si j'approchais. Vous comprenez que je...

— Oui, bien sûr! coupa Kit avec impatience, en riant sous cape.

Il se dirigea vers le buffet et se servit une grande rasade de cognac qu'il avala d'un trait. Le capitaine l'observait, perplexe.

— Mon vieil ami, êtes-vous certain de savoir où vous mettez les pieds?

Kit secoua la tête et s'essuya la bouche du revers de la main.

— Non, pas le moins du monde. Mais une chose est sûre, je veux qu'elle reste ici. Jamais je ne la laisserai s'échapper.

— Mais qu'allez-vous faire d'elle? s'inquiéta Bob.

— Cela va vous sembler ridicule, ricana Kit, mais je pensais la placer sous la coupe de Lady Sale... Une orpheline, jeune fille de bonne famille, élevée par ses ravisseurs, retourne vivre auprès des siens après une expérience traumatisante. Je suis certain que le dragon assumera cette charge avec plaisir.

— Je serais volontiers de votre avis, déclara Bob, mais vu le caractère fougueux de la jeune lady, je crains que cette solution ne soit pas idéale.

— Oui, vous avez raison. (Kit se donna des forces supplémentaires en se servant un deuxième cognac. Puis il se tourna résolument vers la chambre.) Je ferais mieux de régler le problème tout de suite.

— C'est la meilleure chose que vous ayez à faire. Il faut que je vous quitte à présent. Je dois me présenter au rapport. Quelle est la décision d'Elphinstone au sujet de l'insurrection ?

Le lieutenant raccompagna son ami jusqu'à la sortie.

— Mon Dieu, grommela Kit, en s'arrêtant sur le pas de la porte. Il ne sait même pas ce qu'il doit faire. Il nous a submergés d'ordres et de contrordres. On ne peut pas dire que MacNaghten soit mieux. Il est aussi indécis que le général, à une seule différence près pourtant, c'est qu'il prend au moins la peine de cacher ses hésitations. Je commence à croire ce que racontait Ayesha : aucun d'entre nous ne quittera l'Afghanistan vivant.

— Ayesha ?

— Oui, c'est ainsi qu'elle se prénommait dans le zenana d'Akbar Khan. Et pour être tout à fait honnête, Bob, j'ignore à qui je dois m'adresser… Annabel ou Ayesha ?

— Ayesha, assura son ami. Les ladies telles qu'Annabel Spencer ne menacent pas de parader nues devant de parfaits inconnus. Remarquez, je suis prêt à mettre la main au feu que les habitantes d'un harem n'agissent pas non plus ainsi.

— J'ai l'impression que cette jeune femme ne ressemble à aucune autre.

Christopher se remémora leur première rencontre et ce souvenir corrobora ses craintes. Il devait s'attendre à essuyer plusieurs confrontations avant qu'elle ne se résolve à regarder la réalité en face et à accepter la situation. Dès qu'elle consentirait à discuter, il pourrait enfin envisager l'avenir.

— Je suis de repos jusqu'à ce soir. Gardez-moi informé de la manière dont les choses se déroulent, s'il vous plaît, Bob.

— Si vous voulez. Je vous souhaite bonne chance, Kit.

Il allait devoir s'armer de courage car la chance ne suffirait pas. Il verrouilla l'huis après le départ de son ami avant de s'engager sur la voie des conflits. Comment la convaincre qu'il ne l'avait pas kidnappée mais bien délivrée ?

Lorsque le lieutenant tourna la poignée, Ayesha cria :

— Un pas de plus et je mets ma menace à exécution. J'enlève mes vêtements jusqu'au dernier.

Kit referma la porte derrière lui.

— Une perspective qui n'est pas pour me déplaire, Annabel.

— Oh, c'est vous ! (Elle sauta au bas du lit où elle était demeurée allongée un long moment à contempler le plafond.) J'ai cru qu'il s'agissait encore de l'une de vos escortes. Et si nous cessions cette comédie à présent ?

— Je n'ai jamais été aussi sérieux qu'aujourd'hui. (Il franchit la distance qui les séparait, le sourire aux lèvres.) Je ne pouvais vous laisser repartir.

— De quel droit vous immiscez-vous dans ma vie ? Je n'ai que faire de vos états d'âme. Jamais je ne vivrai selon vos traditions absurdes, et je ne supporte pas vos étiquettes. Combien de fois devrais-je vous le répéter pour que vous compreniez ?

— Annabel...

— Ce n'est pas mon nom !

Kit prit une profonde inspiration et s'approcha.

— Ayesha, écoutez-moi.

Elle se tint immobile, ne se débattant pas lorsque le jeune homme saisit ses mains. Ses narines palpitaient imperceptiblement, et l'espace d'un instant, elle ferma les paupières. Ce parfum qui émanait de l'Anglais la ramenait dans un tout autre univers... celui où son père la soulevait dans ses bras pour lui souhaiter une bonne nuit ou se penchait sur elle et la bordait tendrement.

— Mon père disait toujours qu'on ne peut pas faire confiance à un homme qui boit avant midi, l'avisa-t-elle avec froideur, avant de se dégager.

Kit ressentit un léger embarras et rougit. Il recula d'un pas.

— J'ai pris un cognac... Après les heures que je viens de traverser, ce n'est pas un crime, loin de là.

— Je l'ignore, fit-elle en haussant les épaules. En tout cas, vos ennemis afghans n'affronteraient pas un homme noyé dans l'alcool.

— Pour qui vous prenez-vous ? Une puritaine ? gronda-t-il, sentant le sol se dérober sous ses pieds, embarqué bien malgré lui dans un conflit sans issue.

— Vous oubliez l'endroit d'où je viens, Ralston, *huzoor*. Je suis soumise aux lois de l'islam, et je n'en suis pas fâchée.

— Ne parlez pas ainsi !

— Je parlerai comme bon me semble, Christopher Ralston! Si vous croyez que je vais vous obéir au doigt et à l'œil, vous vous leurrez!

— Pourtant votre religion exige que vous vous pliiez aux volontés et aux caprices de la gent masculine. Le Coran, n'est-ce pas?

Une colère noire enflamma la jeune femme, celle même qui sommeillait en elle depuis la chevauchée mortifiante et pénible à laquelle le lieutenant l'avait assujettie. Elle lui assena une gifle et, profitant de la stupeur de son compagnon, une seconde. Mais lorsqu'elle leva la main pour lui flanquer la troisième, Kit réagit promptement et attrapa son poignet au vol. Il avait rejoint la jeune femme dans la bataille, à la merci lui aussi de son instinct primaire, d'ordinaire soigneusement enfoui sous le vernis des conventions aristocratiques.

— Non! Pas une de plus, Ayesha! Frappez-moi encore une fois, et je n'hésiterai pas à vous botter l'arrière-train!

Sa déclaration cingla l'air comme un coup de fouet. Kit resserra l'étreinte de ses doigts autour du poignet de la jeune femme. Ils s'affrontèrent quelques minutes durant, haletants, englués dans leur fureur. Puis leurs pouls s'apaisèrent et Annabel se détendit tout en reprenant le contrôle sur elle-même.

— Votre attitude ne me surprend pas le moins du monde, Christopher Ralston, cracha-t-elle d'une voix fielleuse. Que pouvais-je espérer d'un homme comme vous? Vous ne pouvez vous targuer d'être un gentleman. La brutalité et l'enlèvement ne sont pas à proprement parler des actes de chevalerie.

— La brutalité ?

Cette accusation le blessait dans son amour-propre. Comment osait-elle ?

— Comment sinon définiriez-vous la manière dont vous m'avez arrachée de mon domicile pour me traîner jusqu'ici ?

Les prunelles de jade trahissaient maintenant un mépris incommensurable. Il ne discuterait pas ce point. Elle avait raison, entièrement raison.

— Vous ne m'avez pas donné le choix. Pour rien au monde je n'ai souhaité vous faire du mal, Annabel, mais c'était la seule manière de vous conduire ici. Vous auriez refusé de m'accompagner si je vous l'avais demandé.

— Et je suppose qu'en accord avec les lois de l'islam que vous prétendez pourtant dédaigner, vous avez décidé que j'irais où le cœur vous en dirait. (Elle semblait simplement abattue à présent.) Cessons ces inepties, Christopher. Je rentre à Kaboul. Après tout, mon absence n'aura duré que deux petites heures. La curiosité m'aura poussée dans la rue en dépit des recommandations d'Akbar Khan. Puis, prisonnière du flot humain qui déferlait en ville, je n'ai pu regagner la maison tout de suite.

Même ce disant, elle avait conscience que ce mensonge ne tromperait pas son seigneur. Jamais il n'avalerait une telle énormité. Jamais elle n'aurait désobéi aux ordres de son plein gré, connaissant les représailles qu'elle encourait…

Kit secoua la tête tristement.

— Vous n'auriez pas quitté la maison à visage

découvert, Ayesha. Comment vous justifierez-vous ?

Elle haussa les épaules, invoquant le premier mensonge qui lui venait à l'esprit, mais elle en reconnut aussitôt la futilité.

— Je dirai que j'ai perdu mon voile dans la débâcle.

Non, Akbar Khan saurait la vérité. Elle ne pouvait la lui taire. Et quand il apprendrait ce qui s'était réellement passé, il n'aurait de cesse de retrouver Christopher Ralston pour lui faire payer son acte inqualifiable.

— Pourquoi m'avez-vous entraînée dans une telle histoire ? souffla-t-elle, les épaules affaissées par le découragement. Je vous ai pourtant dit que je ne désirais pas prendre part à ce désastre. Je n'appartiens plus à votre peuple. Et jamais je ne le pourrai...

— Pourquoi pas ? Je vous y aiderai.

— Quelle arrogance ! explosa-t-elle, en sortant de ses gonds. *Ferenghi* de malheur ! Avez-vous vu ce qui se passait à Kaboul ? Croyez-vous que ce ne soit qu'un incident mineur ? Détrompez-vous ! Pour l'amour du Ciel ! Descendez au moins une fois de votre piédestal ! C'est le début de la fin... Demain, ils vous réduiront en poussière.

Les traits de Kit se crispèrent avec une détermination butée.

— Vous êtes anglaise, Annabel Spencer ! C'est la seule chose que je sache. Lorsque vous aurez ancré cela dans votre tête, nous pourrons discuter de l'avenir.

Il rejoignit la porte à grandes enjambées et

appela Harley. Le domestique apparut sur-le-champ.

— Oui, Lieutenant ?

L'homme embrassa du regard la silhouette gracile qui fulminait devant la fenêtre.

— Je souhaiterais prendre un bain, Harley, et me débarbouiller le visage. Pourriez-vous me préparer un petit déjeuner ? Annabel ? Vous devez être affamée ?

— Je ne mangerai pas de votre pain, Ralston, jeta-t-elle d'un ton cassant.

— Comme il vous siéra. Faites chauffer de l'eau pour moi, Harley.

— Oui, Lieutenant.

Le domestique traîna la baignoire-sabot jusqu'à la cheminée. Il parvenait à grand-peine à dissimuler son étonnement et sa désapprobation. Il sortit et revint quelques minutes plus tard, portant deux cruches d'eau bouillante qu'il déversa dans le bac. Puis son regard scrutateur navigua entre son supérieur et la jeune femme qui n'avait pas bougé d'un centimètre depuis un quart d'heure. Il s'éclaircit la voix.

— Dois-je conduire Miss au salon, Lieutenant ?

— Mon Dieu ! Non ! fit Kit, en s'asseyant sur le lit pour ôter ses bottes. Je ne veux pas la perdre de vue un seul instant.

Ayesha siffla entre ses dents. Les hostilités étaient déclarées. Si le lieutenant imaginait qu'elle allait s'intéresser à sa toilette, il se trompait. Néanmoins, malgré ses fermes résolutions, elle ne put s'empêcher de tourner la tête en direction de la baignoire et la vision de ce corps musclé, de ces épaules larges et de cette taille étroite éveilla ses sens.

Kit surprit le regard qu'elle avait glissé vers lui lorsqu'il était entré dans son bain et n'eut aucune difficulté à interpréter la hâte avec laquelle elle avait détourné les yeux. Cette découverte lui réchauffa le cœur. Le courant de passion coulait toujours entre eux. Il en avait pris conscience au bazar. Leurs chemins s'étaient de nouveau croisés. Le jeune homme devait la persuader de le rejoindre dans son propre univers puisqu'il lui était interdit de pénétrer dans le sien.

Mais il fallait au préalable qu'elle exprime tout haut ses sentiments, et elle s'y refuserait tant qu'ils s'enfonceraient dans les querelles. Il la regarda à travers ses paupières mi-closes.

— Annabel ?

Un frisson ébranla la silhouette immobile, mais elle ne répondit pas.

Kit soupira et se frotta énergiquement le visage pour effacer les dernières traces de cirage. Le retour de Harley, apportant l'uniforme fraîchement repassé du lieutenant, brisa le silence et Christopher, ignorant délibérément Annabel, engagea une conversation avec l'officier d'ordonnance cependant qu'il se rasait et s'habillait. Le domestique, qui avait grand-peine à oublier la jeune femme, donnait un ton artificiel à son discours. Il informa son supérieur qu'un messager était venu de Balla Hissar pour confier que le shah, de sa propre initiative, avait ordonné la levée de ses troupes, sous le commandement du colonel Campbell, pour engager le combat avec les factions rebelles en ville.

— Qu'est-ce que cela a donné? interrogea Kit en boutonnant sa tunique.

— Il est trop tôt pour statuer, Lieutenant. Le serviteur du capitaine Markham vient de me transmettre la nouvelle. Ce dernier pensait que vous seriez heureux de l'apprendre. (Il plongea le broc dans l'eau pour vider la baignoire et lança un coup d'œil gêné à la jeune femme.) Dois-je vous servir le petit déjeuner dans votre chambre ou dans le salon, Lieutenant?

— Dans le salon, s'il vous plaît. Deux couverts.

— Je ne mangerai pas de votre pain, répéta Ayesha d'un ton borné.

— Cessez de jouer l'enfant.

— Vous osez m'accuser d'enfantillages! (Elle fondit sur lui dans un accès de rage.) Vous qui vous comportez tel un petit garçon inconscient et gâté, comme d'ailleurs vous tous ici! Vous refusez de regarder la réalité en face, convaincus que vous êtes d'être invincibles…

— Annabel, cela suffit! interrompit-il. Taisez-vous! (Il l'encercla de ses bras.) Je vous en prie, ne nous disputons plus comme des chiffonniers. Songez à notre chance. Seuls Bob et Harley sont au courant de votre présence chez moi. Vous ne serez pas obligée de vivre tout de suite sous le toit de Lady Sale. Jusque-là, nous pourrions profiter de moments d'intimité…

— Vous ne pensez qu'à cela? s'insurgea-t-elle, incrédule. Vous m'avez enlevée et cloîtrée dans cette pièce! J'imagine que le viol sera votre prochaine étape!

— Ne soyez pas ridicule, murmura-t-il doucement. (Il caressa le menton de sa compagne, relevant son visage déformé par la fureur, et plongea son regard dans les prunelles vertes.) Oui, je vous désire… oui, ce désir ne m'a pas quitté depuis le premier instant de notre rencontre, il m'a hanté nuit et jour à tel point que je ne songeais plus qu'à vous subtiliser à Akbar Khan. Je peux vous offrir une nouvelle vie, Annabel, et tout ce dont vous rêvez, si seulement vous arrêtez de crier pour y réfléchir. Lorsque nous fuirons ce satané pays…

— Vous ne quitterez jamais l'Afghanistan vivant, coupa-t-elle avec véhémence, mais la hargne avait disparu de sa voix et il décelait une lueur d'incertitude au fond des deux lacs de jade.

— Vous brûlez de vous abandonner à l'amour, n'est-ce pas, Annabel ?

— Le petit déjeuner est servi, Lieutenant.

Kit jura entre ses dents et relâcha la jeune femme à contrecœur.

— Venez manger.

Elle secoua vigoureusement la tête.

— Je vous répète que…

— … que vous ne mangerez pas de mon pain, acheva-t-il à sa place. Très bien, comme vous voudrez. Quand vous serez prête à affronter une conversation sérieuse, faites-moi signe.

Sur ces mots, il planta là une Annabel fulminante, refermant la porte derrière lui.

— Harley, assurez-vous que toutes les issues de la maison soient verrouillées, et que les clefs demeurent en votre possession. Miss Spencer aura tout loisir de se promener dans cette demeure lorsqu'elle le choisira.

— Oui, Lieutenant.

Annabel promena un regard autour de sa cellule. Une carafe d'eau avait été posée sur la commode et un pot de chambre glissé sous le lit : des objets de première nécessité. Combien de temps pourrait-elle résister ?

Elle s'allongea de nouveau sur le lit et leva les yeux au plafond. Bientôt elle devrait céder. Une évasion n'était même pas envisageable. Si Akbar Khan ne pouvait la punir pour avoir été kidnappée, il n'épargnerait pas Christopher. Et elle n'avait pas la moindre envie d'exposer le lieutenant à ce péril. Toute furieuse qu'elle était contre lui, jamais elle ne pourrait supporter de le voir souffrir.

Elle s'était tourmentée des semaines durant, craignant pour la vie de Kit depuis qu'il avait quitté le fort d'Akbar Khan, après le *buzkashi*, rongée par la crainte qu'il ne puisse sortir sain et sauf du territoire afghan. Pourquoi réagir ainsi ? Elle préférait ne pas s'attarder sur les raisons qui motivaient son acte. La question et sa réponse risquaient de la conduire sur une route pavée d'incertitudes et de craintes. Cette même route que Kit semblait déterminé coûte que coûte à explorer... Menait-elle à l'univers de la passion ? Oui, indéniablement... Et elle ne se sentait pas prête à lui emboîter le pas sur cette voie. Les années passées au sein du zenana lui avaient appris à contenir ses émotions, l'aidant à garder l'esprit clair pour déjouer les desseins d'un personnage aussi complexe et dangereux qu'Akbar Khan. Et toute attirance envers un homme autre que le sirdar créerait définitivement une interférence.

Cependant, le désir n'amoindrissait pas l'outrage de sa captivité. Et Christopher Ralston allait payer la rançon de son impulsivité. Comme elle ne croyait pas que les Afghans autoriseraient les Anglais à émigrer du pays, elle serait jugée au même titre que les envahisseurs et essuierait les mêmes représailles. Mais elle ne condescendrait pas à la nouvelle vie que lui imposait le lieutenant. Après tout, il n'était pas un khan. Elle s'endormit sur cette pensée.

Kit grignota son repas sans grand appétit. Certes il avait l'estomac dans les talons, mais le fait de savoir qu'Annabel avait faim elle aussi gâchait son plaisir. Il s'apprêtait à se servir un verre de cognac lorsque les paroles méprisantes de la jeune femme lui revinrent en mémoire et il se ravisa. Il était grand temps qu'il modère sa consommation d'alcool. A défaut d'un remontant, il se versa un deuxième thé.

Le petit déjeuner achevé, Christopher arpenta le salon comme un lion en cage. Il s'était promis de ne pas déranger Annabel tant qu'elle n'en éprouverait pas l'envie. Mais malgré lui, il revint dans la chambre. Il n'eut pas besoin de s'approcher du lit pour vérifier si le sommeil de la jeune femme était feint ou non. Le corps d'Annabel était totalement détendu et sa respiration régulière. Sur la pointe des pieds, il recula, quelque peu désappointé, tira le battant et s'en fut à la cuisine retrouver son officier d'ordonnance.

— Harley, je vais au quartier général, voir où en est la situation. Si Miss Spencer réclame quelque chose, arrangez-vous pour qu'elle l'obtienne et... verrouillez bien la porte d'entrée derrière moi.

Le domestique, affichant ses grands airs de martyr incompris, l'accompagna jusqu'au seuil. Il tourna la clef dans la serrure après le départ du lieutenant et l'enfouit au fond de sa poche avant de retourner vaquer à ses occupations.

Un voile de tristesse flottait sur l'état-major. Kit salua la sentinelle et pénétra dans le bureau de l'adjudant. D'un geste distrait, le lieutenant Watson leva la tête de la pile de papiers qui encombrait la table lorsque le nouvel arrivant entra.

— Oh, Ralston ! Je croyais que vous ne repreniez le service que ce soir.

— Je suis en repos, mais je ne supportais plus de me tourner les pouces. Comment les choses évoluent-elles ?

— Mal... très mal, lâcha Watson d'un air renfrogné, en désignant les dépêches. Le général ne cesse pas de tergiverser au sujet de Shelton depuis ce matin, et Sir William vient finalement de sommer ce dernier de gagner Balla Hissar avec l'instruction d'agir selon son propre jugement, en accord avec le shah.

— Et Campbell ? grimaça Kit.

— Aux dernières nouvelles, il tentait de se frayer un chemin jusqu'à la Résidence Officielle, rencontrant une résistance féroce dans les rues.

— Il essaie de mater la rébellion par l'intérieur !?! s'écria Kit. Pourquoi diable ne ceint-il pas la ville ? Au moins, il ouvrirait quelques brèches pour nous permettre de manœuvrer.

— Ne me demandez pas pourquoi. Je n'ai pas mon mot à dire. (Une voix geignarde coupa court à leur discussion et Watson poussa un soupir résigné.) Notre général m'appelle.

Christopher se mit en quête de Bob Markham et le découvrit dans le bureau de cartographie, penché sur la table des cartes.

— Kit! Venez voir. On m'a demandé de rappeler le major Griffiths de Kubbar-i-Jubbar. Croyez-vous qu'il puisse traverser la région?

— Griffiths est un homme de qualité, confia Kit en toute honnêteté, en examinant minutieusement la carte.

— Suffisamment talentueux pour traverser les cols sans encombre? Les Afghans les tiennent. Il devra se battre à chaque pas.

— Et Sale?

— Il a rebroussé chemin vers Jalalabad. Jamais il ne pourra réintégrer Kaboul! D'autre part, Elphinstone a dépêché un courrier vers Nott à Kandahar, lui enjoignant de lancer une brigade sur Kaboul.

— Je ne lui donne pas la moindre chance. Ciel! Bob, nous sommes dans le pétrin.

— Et nous nous enlisons chaque minute un peu plus.

— Est-ce que quelqu'un sait ce qui est arrivé à Colin Mackenzie? Il a la charge de l'intendance.

— Sacredieu! s'exclama Bob. Je suis sûr que personne n'a eu la plus petite pensée pour lui. Et pourtant, qui plus que lui est exposé à un grave danger? En bordure de ville, sans défense... D'après ce que j'ai compris, il y a un bon nombre de femmes et d'enfants à l'intérieur de ce fort.

Les deux hommes échangèrent un regard paniqué, imaginant les hordes de Ghilsai et de Ghazi attaquant Mackenzie, sa ridicule garnison, et ses habitants vulnérables.

— J'en glisserai un mot à Elphinstone et à MacNaghten. Avec un peu de chance, ils lui feront parvenir des renforts.

Bob s'éloigna au pas de course et Kit étudia les cartes. Kaboul était un minuscule point coupé du monde : Jalalabad, si proche et pourtant si éloignée par les cols aux mains des Ghilsai, Kandahar et Quetta à une distance franchissable uniquement par une troupe en parfaite condition... Avec les femmes, les enfants, les aides de camp et les bagagistes en sus, un exode en masse n'était pas envisageable, surtout pas au cœur de l'hiver, et sous le harcèlement incessant des guerriers des collines.

Akbar Khan leur laisserait-il la vie sauve, à supposer qu'Elphinstone et MacNaghten fassent aboutir les négociations ? Annabel ne se faisait aucune illusion à ce propos. Et ce que Christopher avait appris sur le fils du Dost n'était pas pour le rassurer.

— Dieu tout-puissant, Kit ! Ces satanés fils de p... ne lèveront pas le petit doigt pour Colin ! rugit Bob en faisant irruption dans la pièce, les yeux étincelants de rage. Le capitaine Mackenzie devra se débrouiller seul. (Il offrit à son ami une imitation hors pair du discours pompeux de Sir William.) Nous ignorons s'il est réellement menacé.

Christopher ne put réprimer un rire malgré la gravité de l'instant.

— Vous avez raté votre carrière, Bob. Vous auriez pu tenter votre chance sur les planches.

— Que voulez-vous, j'ai fait le mauvais choix ! Il est trop tard maintenant pour faire marche arrière. Et puis que fichez-vous là ? Vous n'êtes pas en service, que je sache ? Vous avez peut-être d'autres soucis en tête, n'est-ce pas ?

— Elle dort. Une vraie tête de mule, cette Annabel Spencer ! Presque aussi bornée que MacNaghten. (Il alla se poster à la fenêtre.) Je préfère demeurer ici plutôt que de tourner en rond chez moi et me ronger les sangs.

— Vous avez été frappé d'un accès de démence, Kit. Mais vu la conjoncture, ce n'est peut-être pas une si mauvaise chose. Comment répondre à la folie sinon par la folie ?

Un fumet appétissant vint chatouiller les narines d'Annabel qui s'éveilla en sursaut. Cette odeur lui était familière, mais elle appartenait à une autre vie et il lui était difficile de l'identifier. Elle salivait à la perspective d'un bon repas, ce à quoi son estomac répliquait par de légers borborygmes. Se laisser mourir d'inanition était ridicule. Elle devrait trouver d'autres manières d'exprimer sa colère.

Sautant au bas de son lit, elle brossa ses vêtements froissés qui avaient souffert de la chevauchée endiablée à travers Kaboul, et observa son reflet dans le miroir. Elle réajusta sa coiffure avant de suivre son odorat qui la mena tout droit à l'office.

— Que cuisinez-vous ? Cela sent rudement bon.

Harley qui se tenait face aux fourneaux, emmailloté dans un immense tablier, sursauta.

— Ciel ! Vous m'avez fait peur, Miss.

— Oh, je suis désolée ! J'ai l'habitude de me déplacer sans le moindre bruit. Puis-je entrer ?

— Comme vous voudrez, Miss.

Harley considéra la cuisine exiguë d'un œil embarrassé. Il supportait mal que quelqu'un envahisse son domaine privé.

— Désirez-vous une tranche de bacon ?

— Ah... ! Voilà l'odeur qui m'a réveillée. Le bacon ! commenta-t-elle en se juchant sur un tabouret près de la table. Cela faisait au moins huit ans que je n'avais pas senti ce parfum et je ne parvenais pas à me souvenir de quoi il s'agissait... Oui, je souhaiterais y goûter. Je suis littéralement affamée.

— Vous prendrez un œuf avec le bacon ? Et une tranche de pain frit ?

Le ton du domestique était à peine aimable, mais au moins, il ne la regardait plus comme si elle débarquait d'une autre planète.

— Mmmm ! s'enthousiasma Annabel avec gourmandise. Une tasse de thé, s'il vous plaît. (Elle sourit à l'adresse du serviteur impassible, maniant sa spatule avec dextérité.) Veuillez me pardonner mon manque de courtoisie tout à l'heure. Mais le lieutenant m'avait mise hors de moi et je ne pouvais réfléchir calmement. C'était gentil de votre part de vous soucier de moi.

Harley s'empourpra violemment et s'éclaircit la voix.

— Je ne suis pas responsable, Miss, de l'attitude du lieutenant. Je ne veux pas m'immiscer dans les affaires d'autrui. Le thé est prêt, si vous voulez bien vous servir.

Il pointa du doigt la théière ventrue coiffée

d'un chapeau de toile matelassée. De toute évidence, ce domestique anglais était fâché avec les samovars. Dans un tout autre registre, il ne semblait pas approuver la conduite de son supérieur, même s'il ne souhaitait pas se mêler des histoires d'autrui.

La jeune femme dénicha une tasse sur l'étagère et se versa un thé qu'elle but lentement.

— Savez-vous où est le lieutenant en ce moment ?

— Il est parti au quartier général, Miss. Si j'ai bien compris, il ne sera de faction que ce soir, mais les événements se précipitant... (D'un coup de poignet exercé, il cassa l'œuf au-dessus du jambon, l'étala en prenant soin de ne pas crever le jaune et le fit glisser précautionneusement sur une assiette.) Voilà, Miss. Veuillez vous installer dans la salle à manger !

Annabel fut sur le point de protester, préférant les lieux informels tels que cette cuisine, mais elle se ravisa, en réalisant que sa compagnie pouvait importuner le serviteur et aller à l'encontre des conventions. D'un air résigné, elle emboîta le pas de l'officier d'ordonnance, emportant sa tasse de thé.

— Depuis combien de temps êtes-vous au service du lieutenant Ralston, Harley ?

Le domestique posa l'assiette sur la table et prit des couverts et une serviette dans le buffet.

— Cinq ans, Miss. Je suis devenu son officier d'ordonnance lorsqu'il a rejoint les rangs de la Seventh Light. (Il esquissa une grimace de désapprobation.) Je n'aurais jamais cru que nous nous enterrerions dans ce trou perdu. Mais vu la manière dont se comportait le lieutenant, cela devait arriver un jour ou l'autre. Nous sommes bien loin de la Horse-Guards Parade aujourd'hui. (Sa face rubiconde s'assombrit tout à coup.) Loin de moi l'idée de vous offenser, Miss. Vous êtes habillée comme eux, mais il est évident que vous ne leur ressemblez pas.

— Non, au sens strict du terme, je suis anglaise. Seulement, je me sens étrangère à votre peuple. Je vis avec les Afghans depuis l'âge de douze ans.

La mâchoire du serviteur se contracta involontairement.

— Je n'aurais jamais pu.

— Le lieutenant réagit comme vous. C'est comme si cela blessait le cœur même de son patriotisme.

— Je crains qu'il n'y ait pas que cela, observa Harley d'un air sombre, en mettant les épices à la disposition de la jeune femme. S'il n'avait pas l'œil égrillard, il ne serait pas toujours fourré dans la panade.

Sur cette remarque osée, il abandonna Annabel à son déjeuner solitaire.

Ainsi, le lieutenant avait l'œil égrillard. « Ma foi, songea la jeune femme, cette nouvelle ne me surprend pas outre mesure. Que s'est-il passé à Londres pour qu'il soit ainsi banni, comme le sous-entendait Harley ? »

Faute d'une réponse pour le moment, elle reporta son attention sur les délicieuses sensations que lui fournissait ce repas et caressa la perspective de prendre un bain bien chaud, une fois le déjeuner terminé. Mais la planification de sa journée dans ce cadre étranger la renvoya à des questions plus graves.

Que faisait Akbar Khan dans leur demeure de Kaboul ? Comment avait-il réagi en découvrant sa disparition ? Avait-il engagé des recherches ? Ou était-il trop occupé par la rébellion contre l'envahisseur pour se soucier du sort d'une simple femelle ?

Ce serait tellement plus simple si tel était le cas. Plus simple... et surtout plus réconfortant.

9

Akbar Khan semblait mué en un roc. Son regard inquisiteur transperça Soraya en pleurs, prostrée à ses pieds, avant de s'évader jusqu'au cercle de soldats et de domestiques qui ceinturait la pièce.

— Etes-vous certaine qu'il ne manque qu'un manteau dans le hall ? s'enquit-il à l'adresse de la servante, d'une voix dénuée de toute expression.

Le calme qu'il affichait ne trompait personne. Les spectateurs se sentaient tous plus ou moins fautifs, et le sirdar, redoutable dans sa tunique vert émeraude, ouverte sur un torse large et impressionnant, ne manquerait pas de punir les coupables comme il se devait.

— Oui, Khan, bredouilla Soraya. Tous ses effets sont encore dans la chambre. Elle devait être habillée car sa chemise de nuit est sur le lit...

Ah, si seulement je n'avais pas dormi si longtemps!

Les sanglots de la malheureuse redoublèrent tandis qu'elle implorait le Prophète de la châtier pour sa paresse et son manque de vigilance envers Ayesha.

— La faute ne vous incombe pas, statua Akbar Khan, interrompant les pleurs déchirants de la domestique. Vous ne vous êtes pas réveillée plus tard qu'à l'ordinaire. Les gardes ont commis une grossière erreur en abandonnant leur poste et les serviteurs auraient dû verrouiller soigneusement les portes. Ayesha n'a pas quitté cette demeure de son plein gré. (Les prunelles saphir balayèrent la pièce et chacun retint son souffle sous ce regard meurtrier.) Quelqu'un a pénétré ici à notre insu et l'a enlevée.

— Il n'y a pas trace de lutte, Sirdar. Et si Ayesha avait crié, nous l'aurions entendue, argua le chambellan.

— La remarque est juste, accorda le sirdar en fronçant les sourcils. Soraya aurait certainement été réveillée par les cris de la jeune femme.

Pourquoi n'avait-elle pas appelé à l'aide? Il lissa sa barbe soigneusement taillée d'un air pensif. Ayesha n'aurait pas pris le risque de s'évader sur un caprice. Ce point était indiscutable. Il ne servait à rien d'y revenir. Mais elle avait disparu... Le fait qu'elle n'ait pas protesté impliquait qu'elle connaissait son ravisseur et ne le craignait pas... ou alors qu'elle avait peur pour lui...

Le sirdar hocha lentement la tête. Si elle n'avait pas alerté la maisonnée, redoutant que l'intrus soit puni pour son crime, alors cela expliquait beaucoup de choses. Pourtant les seuls Anglais à Kaboul qui ne s'étaient pas réfugiés à Balla Hissar cette nuit-là avaient été massacrés par la foule. La circulation entre le cantonnement et le centre-ville avait été coupée dans les heures précédant l'attaque de la Résidence Officielle. Ou du moins l'avait-il cru...

Il crispa imperceptiblement les mâchoires. Si Ayesha se trouvait maintenant parmi la communauté britannique, elle était tout autant en sécurité que sous son propre toit. Il pourrait sans peine la reprendre lorsque le temps viendrait de contraindre le *ferenghi* à battre en retraite. Cette date avançait à grands pas, et le plaisir de venger cet affront personnel s'ajoutait à celui de bouter l'ennemi hors des frontières. Mais à présent, il se devait d'exercer des représailles contre ceux qui avaient négligemment déserté la demeure. Les yeux coururent de nouveau à travers la salle, aussi durs que de l'agate.

« Campbell a été repoussé vers Balla Hissar ! » Watson sortit du cabinet privé du général, porteur de ce sombre message.

— Le shah nous a dépêché un courrier. Shelton a bien tenté de couvrir leur retraite, mais ils ont abandonné leurs fusils à l'extérieur du fort.

— Les laissant à cette bande de sauvages ! ? jura Bob Markham entre ses dents.

— Apparemment la ville est en pleine effervescence, poursuivit Watson. Le peuple se livre à des actes de violence, pillant, violant et assassinant.

— Ainsi Kaboul est totalement aux mains des

Afghans, murmura Kit d'un ton rêveur, en se vautrant sur un fauteuil, une jambe négligemment jetée sur l'accoudoir. Et personne ne peut rien pour enrayer cette rébellion.

— Croyez-vous que vous puissiez faire mieux que le brigadier Shelton et le colonel Campbell, Lieutenant Ralston ? gronda Sir William sur le seuil du bureau.

Christopher bondit sur ses pieds instantanément.

— Pas le moins du monde, Sir William. Aux aurores, nous aurions pu y remédier mais dorénavant la cité est sous la botte des rebelles.

— Le plus extraordinaire, Lieutenant, c'est que vos brillantes analyses et conseils judicieux ne vous aient pas permis d'obtenir la promotion que vous méritiez pleinement, fit le plénipotentiaire d'un ton sarcastique. Le général Elphinstone ne se sentait pas bien. Il gardera le lit toute la journée. Il n'y a plus rien à faire ici, je vous conseille donc de rejoindre vos domiciles et de vous tenir prêts à répondre à l'appel du clairon.

Sur ce, il tourna les talons et s'éloigna.

— Ai-je bien entendu, Kit ? s'extasia Bob Markham. On vient de nous accorder une journée de repos.

— Il semblerait bien... Les rebelles afghans s'amusent comme des petits fous dans les rues de Kaboul, violentant et tuant à l'occasion, et nous haussons les épaules avec négligence et rentrons à la maison.

— Et pendant ce temps, Colin Mackenzie est coincé en plein feu de l'action. Morbleu ! J'ai besoin d'un verre. (Bob rabattit les pans de sa cape avec irritation.) Je regagne ma demeure pour noyer mes soucis.

Il sortit telle une bourrasque et Kit lui emboîta le pas dans la froidure implacable de cet après-midi de novembre.

Le cantonnement semblait en état de choc. Les bungalows étaient soigneusement barricadés et il n'y avait pas âme qui vive dans les ruelles. Qu'étaient devenus les enfants et leurs nurses ? Seuls les panaches de fumée qui s'échappaient des cheminées rappelaient que ces demeures étaient occupées.

Kit gagna son pavillon. La poignée de la porte d'entrée résista sous ses doigts. Subitement, il se souvint des instructions laissées à Harley et frappa au battant. Comment serait Annabel ? Fâchée et réticente ? Ou avait-elle pris son mal en patience et décidé d'accepter la situation ? Une impatience gourmande s'empara de tout son être, trahie par les intonations de sa voix lorsque l'officier d'ordonnance apparut sur le seuil.

— Comment va Miss Spencer ?

— Elle prend un bain, Lieutenant.

Kit franchit le pas de la porte et se débarrassa de son manteau.

— A-t-elle mangé un peu ?

Harley prit le vêtement de son supérieur et l'accrocha à la patère.

— Un petit déjeuner pantagruélique.

La nouvelle rasséréna le lieutenant.

— Et les rebelles ?

Kit prit le temps de narrer par le menu les derniers incidents survenus en ville, et puis se dirigea vers sa chambre. Il s'annonça par un léger coup à la porte mais n'attendit pas d'y être invité pour entrer.

La jeune femme était confortablement allongée dans son bain devant le feu, ses longs cheveux cuivrés ramassés sur le dessus de la tête en un chignon, sa peau laiteuse scintillant dans la lumière des flammes.

— Ne pouvez-vous consentir à me laisser quelques instants d'intimité ?

Elle le foudroya du regard.

— Je suis désolé, fit-il d'une voix qu'il voulait d'une candeur désarmante. Mais je brûlais de vous retrouver. Dois-je m'en aller ?

La jeune femme haussa les épaules dans un mouvement presque imperceptible, comme si la présence du lieutenant la laissait complètement indifférente. D'un air absorbé, elle dressa une jambe merveilleusement fuselée hors de l'eau et s'employa à la savonner.

Kit sentit un frisson de désir le parcourir et les battements de son cœur s'accélérèrent.

— Puis-je vous aider ?

— Non ! lança-t-elle d'un ton sans réplique.

Il s'installa sur le lit, d'où il pouvait la contempler à loisir.

— Les nouvelles de la ville vous intéresseraient-elles ?

— Le sublime Empire britannique aurait-il par hasard réussi à étouffer la révolte ? Et à venger le meurtre de ses sujets ?

— Non, bien au contraire.

Elle replongea les jambes dans la baignoire et considéra son vis-à-vis avec un intérêt non dissimulé.

— Ils n'ont pas riposté, n'est-ce pas ?

Kit lui raconta les événements de la journée et elle secoua la tête d'un air abasourdi.

— Aucun Afghan digne de ce nom ne croira que vous ayez renoncé à vous venger. Ils vous en mépriseraient d'autant plus.

Le lieutenant ne put trouver les mots adéquats pour défendre la passivité de ses compatriotes. De plus, il perdait le fil de la conversation, tout aux pensées les plus intimes qu'Annabel ravivait en lui. Pour être honnête, il n'avait abordé le sujet que dans l'espoir de briser la glace entre eux. Elle rejetait maintenant la tête en arrière, et ses seins émergeaient à la surface de l'eau, galbes parfaits surmontés de délicieuses pointes rosées. A cet instant, ses sens eurent raison de son esprit et il s'approcha du baquet.

— Annabel... ?

— Non ! En tout cas, tant que je n'y serai pas forcée !

Kit poussa un soupir résigné et recula.

— Veuillez m'excuser une fois encore. Je vous laisse.

Il s'apprêtait à quitter la jeune femme lorsqu'un coup retentit à la porte d'entrée.

— Qui diable est là ?

Il s'engouffra dans le couloir, prenant soin de refermer le battant derrière lui. Harley ouvrait la porte d'entrée.

— Bonjour, Capitaine Markham... Lieutenant Graham... Lieutenant Troughton.

Christopher s'écarta pour livrer passage à Bob Markham, Derek Graham et William Troughton.

— Nous pensions que peut-être nous pourrions

oublier cette chienne de vie ensemble, expliqua Bob, en brandissant une bouteille de bordeaux.

Au son de sa voix et à ses pupilles dilatées, il n'en était de toute évidence pas à son premier verre, et ses compagnons ne semblaient pas plus sobres.

Kit se renfrogna. Bob n'avait pu oublier la présence de l'invitée.

— Le moment est mal choisi, commença-t-il, mais il changea promptement d'avis.

Annabel ne souhaitait pas sa compagnie, alors pourquoi aurait-il dû se morfondre seul devant l'âtre ?

— Entrez, Harley, apportez-nous deux bouteilles, je vous prie.

Il entraîna ses convives au salon, ajouta quelques bûches supplémentaires dans la cheminée et tira les rideaux sur la nuit qui tombait peu à peu.

— Un whist ?

Ses compagnons acclamèrent joyeusement sa proposition et il fouilla les tiroirs du buffet pour retrouver le jeu de cartes.

Dans la pièce voisine, Annabel percevait des murmures étouffés à travers la mince cloison. S'extirpant à contrecœur du bain, elle se sécha, tout en prêtant une oreille attentive aux quelques mots qui lui parvenaient. Combien de visiteurs se trouvaient là ? Elle crut reconnaître la voix de l'homme qu'elle avait rencontré le matin même. Kit avait-il régalé tous ses compagnons des détails de l'enlèvement ? Certainement. Il n'avait pas dû faire preuve de beaucoup de discrétion à son égard en relatant ses aventures chevaleresques. Etrangement, cette idée la blessait et provoquait en elle un besoin irrépressible de prendre une revanche.

Elle enfila ses pantalons bouffants puis sa tunique, et chaussa ses babouches au bout incurvé. Après quoi, elle délia ses cheveux et la masse soyeuse cascada dans son dos. Il ne lui manquait qu'un voile pour parachever sa tenue.

Les armoires de Christopher regorgeaient de chemises immaculées. Elle s'empara de l'une d'elles, la secoua pour défaire les plis et sourit. Elle ferait office de voile à défaut d'autre chose. Une fois accrochée, seuls ses yeux seraient découverts. Elle découvrit dans une boîte émaillée sur la commode une épingle à cravate à tête d'argent. Comme Kit l'avait arrachée à sa paisible existence sans la moindre considération, il était normal qu'il subvienne à ses besoins. Elle utilisa l'épingle pour attacher le voile derrière l'oreille.

La psyché lui renvoya l'image d'Ayesha.

Lentement elle quitta sa geôle, fit une halte devant la porte du salon, écouta les rires gras qui en provenaient et, prenant une profonde inspiration, entra.

Les quatre hommes levèrent les yeux, pensant qu'il s'agissait de Harley. Quelle ne fut pas leur surprise quand ils aperçurent une femme afghane sur le seuil ! Elle porta les mains à son front pour les saluer avant de traverser la pièce comme un malicieux rayon de soleil et s'assit en tailleur devant le feu. Elle baissa la tête en signe de soumission.

Kit fut le premier à réagir.

— Annabel, à quoi jouez-vous ?

— Puis-je m'exprimer devant ces messieurs,

Ralston, *huzoor*? Je pensais que peut-être vous souhaiteriez que je les divertisse. Je possède quelques talents.

L'insolence qui pointait sous ces paroles le laissa sans voix un instant, jusqu'à ce qu'il réalise ce qu'elle voulait dire.

Kit bouscula sa chaise en se levant brusquement.

— Vous oseriez suggérer…

Bob déglutit avec peine tandis que son ami, écumant de rage, fondait sur la jeune femme.

— Reprenez vos esprits, Kit. Gardez votre calme.

— Garder mon calme? Vous avez saisi le sens de ses propos?

— Pourquoi cela vous troublerait-il, Ralston, *huzoor*? interrogea Ayesha, avec une tranquillité qu'elle était loin de ressentir.

Elle n'aurait jamais imaginé que Kit atteindrait ce degré de furie, croyant naïvement qu'il s'enfoncerait dans un mutisme honteux et embarrassé.

— Je suis certaine que vos amis connaissent les plaisirs offerts par un hôte à ses convives… ou tout du moins en ont déjà entendu parler. Vous avez pris possession de ma personne, à la manière d'un khan. La coutume veut que le seigneur partage ses trésors. Je présume que vous aimerez suivre ces lois de l'hospitalité.

Un silence outré tomba sur l'assistance, puis Bob Markham toussa pour masquer sa gêne et se leva.

— Désolé, Kit, mais cette histoire m'était entièrement sortie de l'esprit. Nous n'aurions pas dû venir... Nous partons.

Christopher l'obligea à se rasseoir, sans quitter des yeux Ayesha. Une vague de colère aveugle le submergeait. Il ne parvenait pas à cerner les motivations d'une telle mise en scène, mais le geste de la jeune femme n'était indéniablement pas gratuit.

— Non, restez. Il n'y a aucune raison pour que vous rentriez chez vous tout de suite. Permettez-moi de faire les présentations. (Se baissant, il contraignit la jeune femme à se remettre sur ses pieds.) Miss Spencer, puis-je vous présenter Bob Markham, Derek Graham et William Troughton ?

D'une main exercée, il ôta l'épingle qui retenait le voile de fortune.

— Ingénieux, commenta-t-il d'un ton acide. Messieurs, Miss Spencer.

— Diantre, Kit ! Vous avez réussi à la délivrer, observa William Troughton aussi stupéfait que Bob le matin même.

— Quelle brillante déduction, intervint Annabel avec ironie. Je devrais me sentir flattée d'être le sujet de vos conversations. Aviez-vous lancé des paris ?

Christopher ferma les yeux l'espace d'une seconde pour réprimer son envie d'étrangler la jeune femme.

— D'accord. Vous marquez un point... Maintenant, si vous le permettez, suivez-moi dans la pièce voisine. Je voudrais vous entretenir quelques minutes.

— M'entretenir, mais je me demande bien de quoi ?

— Je me charge de vous l'expliquer. Mes amis, veuillez nous pardonner un petit instant. Servez-vous. Il y a du vin sur la table.

Il désigna le guéridon et, sans plus attendre, poussa Ayesha jusqu'à la porte. Elle n'offrit aucune résistance, comme si elle suspectait qu'un seul mouvement d'humeur de sa part aboutirait à la catastrophe.

Une fois dans la chambre, Kit claqua la porte derrière eux.

— Que cherchez-vous, Annabel ?

— Je ne vois pas à quoi vous faites allusion. Une chose est claire, j'ai alimenté les ragots du mess. Quel triomphe de pouvoir vous afficher en compagnie d'une femme tout juste extirpée du zenana d'Akbar Khan !

— Vous n'avez pas le droit d'affirmer de tels mensonges. (Il s'empourpra violemment sous son hâle.) Comme si vous n'étiez qu'une vulgaire hétaïre ! Comment osez-vous m'insulter ainsi ?

— Vous insulter !?! C'est moi qui devrais me plaindre. Vos amis ont l'air bien renseignés sur mon compte. Niez les faits, si vous le pouvez.

— Quel genre d'homme pensez-vous que je sois ?

Il empoigna rudement sa compagne et ses doigts meurtrirent le bras sous la fine étoffe.

— Oui, effectivement, je les ai avertis qu'une femme était retenue prisonnière dans le harem d'Akbar Khan depuis son enfance... Oui, je leur ai dit que je ne pouvais vous laisser moisir dans un tel endroit... qu'aucune Anglaise, digne de ce nom, ne pouvait endurer cette vie de réclusion. Ils m'ont tous approuvé. Mais si vous vous imaginez que je leur ai dévoilé les détails de notre nuit d'amour, ou les sentiments que vous m'inspiriez, vous commettez une grave injustice.

Annabel se tenait devant lui, croisant les bras sur sa poitrine palpitante. Brusquement, elle esquissa un léger sourire.

— Si vous ne mentez pas, veuillez accepter mes humbles excuses, Christopher Ralston.

— Evidemment, je ne mens pas... ! Que connaissez-vous des gentlemen anglais ? De leur code de l'honneur ?

— Comment le saurais-je ?

— Vous aviez douze ans lors de votre enlèvement. Cessez vos inepties. Pour l'amour du Ciel, Annabel, ne nous chamaillons plus !

Christopher murmura cette prière contre la chevelure d'or, humant les effluves envoûtants de son parfum, suivant du bout des doigts le contour velouté de sa joue.

— Déclarons la paix.

Un instant, elle sentit ses résistances fondre, mais elle se reprit et le repoussa sans ménagement.

— Vous n'aviez pas le droit de me kidnapper. Je me plaisais dans ma vie.

— Si vous le dites, soupira-t-il. Mais puisque vous êtes ici à présent, pourriez-vous rejoindre mes invités dans le salon, sans créer d'esclandre cette fois-ci ?

— En tant qu'Annabel ou Ayesha ?

— Comme il vous siéra.

Les trois convives avaient interrompu le jeu en l'absence de leur hôte et de sa — pour le moins inhabituelle — compagne, et se tenaient devant l'âtre, un verre à la main. Le silence qui tomba abruptement quand la porte s'ouvrit indiqua d'une manière claire la polémique qui venait d'avoir lieu.

— Nous sommes obligés de vous laisser, Kit, déclara Bob avec contrition. Ravi d'avoir fait votre connaissance, Miss Spencer.

Il reposa son verre sur le guéridon et s'inclina cérémonieusement, imité par ses deux compères.

— Enchantés, Miss.

— Ne fuyez pas à cause de moi, avisa Annabel, le sourire aux lèvres. Finissez la partie. J'aimerais assister au jeu.

Elle s'installa à la table d'un air déterminé. Christopher invita ses compagnons à reprendre leurs cartes.

— Venez, il serait fort impoli de décliner l'offre d'une lady.

— Le whist n'est certainement pas aussi exaltant qu'une épreuve de *buzkashi*. Mais j'en apprendrais volontiers les règles.

— Goûtez ceci, fit Kit en tendant à Ayesha un verre de vin.

La jeune femme obtempéra et, avalant la première gorgée, ne put s'empêcher de grimacer.

— Quelle étrange boisson ! Je ne sais si je pourrais m'y accoutumer.

— Ce n'est qu'une question d'habitude, assura Kit d'un air pincé. Si vous vous en donnez la peine.

— Pourquoi m'en donnerais-je la peine ? J'ai suffisamment de désagréments pour devoir en sus m'accommoder de nouveaux.

— Quelle sorte de désagréments ? plaisanta

William Troughton en s'arrachant à la contemplation de son jeu.

— Ceux que votre position réserve.

— Notre position ?

— C'est sans importance, William, le rappela à l'ordre Bob Markham.

Ce dernier considérait Annabel avec des yeux qui ne montraient pas le moindre signe d'ébriété.

— Vous parlez de notre position en Afghanistan, si je vous suis bien, Miss Spencer ?

Elle acquiesça.

— Les tribus des collines se réuniront à Kaboul autour d'Akbar Khan, maintenant que... maintenant que vous avez essuyé la première défaite sans riposter. Si vous étiez assiégés dans ce cantonnement, comment réussiriez-vous à échapper à l'ennemi ? Libres et quittes... ?

— Libres et quittes ?

— Vous devriez leur expliquer les règles du *buzkashi*, Kit. Pendant ce temps, j'en profiterai pour charger Harley de nous préparer un thé.

— Quelle femme extraordinaire ! s'exclama Bob lorsqu'elle eut tourné les talons. Comment avez-vous envisagé, ne serait-ce qu'une seconde, de la confier aux bons soins de Lady Sale, mon cher ? Idée saugrenue !

— Lady Sale ? intervint Derek. Miss Spencer devenant sa protégée ? Vous n'y songez pas.

— Plus à présent, bredouilla Kit. Serait-ce trop vous demander que de me laisser seul avec Annabel pour ce soir ? Bob, restez un peu, nous devons discuter.

William et Derek s'empressèrent de prendre

congé. Kit les regarda s'éloigner d'une démarche titubante dans la nuit puis referma l'huis.

— Diable ! Annabel a parfaitement raison ! s'insurgea-t-il. Comment pourrions-nous cerner les événements avec lucidité et échafauder des plans de contre-attaque en buvant ?

— Qu'est-ce que cela change ? Ivres ou sobres, nous sommes condamnés à brève échéance.

— Peut-être, Capitaine Markham, mais tout n'est pas encore perdu, avisa Annabel en faisant irruption dans la pièce, suivie de Harley portant un plateau à thé. J'ajouterai une chose. Akbar Khan est rusé. Si vous ne vous ressaisissez pas, il ne fera qu'une bouchée de vous tous.

— Désirez-vous souper, Lieutenant ? interrompit Harley. Je vous ai cuisiné une soupe aux choux et des galettes de pommes de terre. La nourriture est rare dans les magasins aujourd'hui.

— Un véritable festin en perspective ! s'exclama Kit avec humour. Il y a une pénurie de denrées à l'intérieur du cantonnement peut-être, mais l'intendance est bien gardée, Dieu merci.

— On ne peut pas en dire autant de celle du shah, ajouta Bob, en pensant à Colin Mackenzie cerné par les rebelles.

— Je n'en mettrais pas la main au feu, répliqua Annabel, en servant le thé. Certes, les Afghans sont trop occupés à investir les forteresses de Mahmood Khan et Mahomed Shereef pour menacer les approvisionnements. Mais leurs armes pourraient tout aussi bien être pointées sur votre poste de ravitaillement.

— Quel pessimisme !

— J'ai des oreilles et je sais les utiliser.

— Vous êtes sérieuse, Miss Spencer ? s'alarma Bob d'un ton dubitatif.

— Je préférerais que vous m'appeliez Annabel ou Ayesha. Non, je ne plaisante pas. Vous n'allez quand même pas croire qu'Akbar et les autres sirdars vont se retirer ? Vous permettre de vous ravitailler sans être inquiétés ? (Elle secoua la tête d'un geste exaspéré.) Vous ne semblez pas comprendre. Je me tue à le répéter à Kit, mais il n'a cure de mes conseils. Il est plus têtu qu'une mule.

— Pas têtu, Annabel. Je recherche juste un rayon d'espoir.

— Je dresserai la table dans la salle à manger, Lieutenant, informa Harley, écoutant la conversation d'un air indéchiffrable.

Le repas se déroula dans le plus complet silence. Annabel, qui possédait la faculté de se couper du monde entier quand elle le désirait, mangeait avec appétit, apparemment satisfaite par le menu.

— C'est une sensation singulière, annonça-t-elle en reposant ses couverts. Je connais ce goût et cette texture, mais il y a si longtemps que je ne les ai pas expérimentés, qu'ils ne me sont plus du tout familiers.

— Vous vous y habituerez tôt ou tard, nota Kit d'un ton distrait, incapable de se soustraire aux mauvais pressentiments qui le tenaillaient.

— Sur ce, je vais vous souhaiter une bonne nuit, fit Bob en repoussant sa chaise. Il se fait tard et j'ai déjà suffisamment abusé de votre hospitalité.

Kit ne fit aucun geste pour le retenir. La jeune

femme le salua et se rendit dans le salon où, face à la cheminée, elle attendit.

— Où vais-je dormir ? interrogea-t-elle, lorsqu'il la rejoignit. Vous n'avez qu'une seule chambre.

Une pointe de déception aiguillonna le lieutenant. Jusqu'ici, il considérait la froideur d'Annabel comme un simple mouvement passager, animé par un ressentiment tout à fait compréhensible.

De peur qu'elle ne surprenne sa tristesse, il se pencha vers le feu, l'attisa plus par dépit que par nécessité, avant de répliquer avec la même insouciance :

— Prenez mon lit. Je m'allongerai dans le canapé.

— C'est hors de question. Vous avez une bonne dizaine de centimètres de plus que moi. Ce lit d'appoint me convient tout à fait. Harley me dénichera quelques couvertures et un drap.

— Si vous insistez.

— Oui.

Elle sortit, laissant la porte entrouverte, et Kit maudit entre ses dents l'opiniâtreté de la jeune femme. Se rappelant qu'elle aurait certainement besoin d'une chemise de nuit, il alla jusqu'à son armoire et en extirpa un de ses pyjamas, qu'il ne portait que rarement.

D'autre part, il faudrait songer à lui procurer quelques vêtements décents. Et combien de temps parviendrait-il à taire sa présence sous son toit ? Une fois que le secret serait découvert, comment préserverait-il la réputation de la jeune femme et son innocence dont elle devait se targuer pour réintégrer les rangs d'une société à laquelle elle appartenait de droit? Et pourquoi diantre n'avait-il pas étudié sérieusement ces problèmes épineux avant de céder à ses impulsions? Il n'y avait pas pensé, tout hanté qu'il était par le désir impérieux de retrouver la jeune femme, désir qu'il avait voulu combler à tout prix, au mépris des conséquences. A présent, le résultat était là, sans la moindre récompense. Une punition justifiée...

— Tenez! lança-t-il à l'adresse de la jeune femme en jetant d'un geste négligent le vêtement sur une chaise, tandis que Harley mettait les draps sur le sofa.

— Merci. Vous êtes bien aimable.

Elle le gratifia d'un sourire poli et le cœur du lieutenant se serra douloureusement. Aucune autre femme qu'elle n'avait eu un tel pouvoir sur lui, n'avait éveillé en lui de telles émotions. Combien de fois avait-il pris le plaisir comme il venait, se comportant tel un véritable mufle, payant le prix imposé, que ce soit en argent ou en attentions, pour prendre la poudre d'escampette dès que les conquêtes se montraient trop possessives? Même les démêlés ridicules avec Lucy ne résultaient que de la colère d'un ivrogne envers ses soi-disant amis.

— Bonne nuit.

Kit tourna les talons et se réfugia dans sa chambre pour apaiser ses tourments.

— Dormez bien, Miss, avisa Harley avant de disparaître à son tour.

— Bonsoir, murmura la jeune femme en direction de la porte close.

Elle se déshabilla et enfila le pyjama de Christopher. Puis elle se posta à la fenêtre, souleva le rideau et scruta les ténèbres.

Que se passait-il en ville ? Que fomentait Akbar Khan ? Un frisson de frayeur lui hérissa les cheveux dans la nuque. Elle savait depuis longtemps que les Anglais étaient vulnérables, que leur mainmise sur ce pays ne tenait qu'à un fil, mais auparavant, cette réalité ne la touchait pas, là-haut dans l'aire d'Akbar Khan. Tel un faucon, ce dernier planait au-dessus de sa proie, observant avec un dédain amusé les singeries d'une minuscule créature pathétique, aveugle au danger qui pesait sur elle. Dorénavant, la jeune femme était, elle aussi, prisonnière des hautes herbes, et lorsque l'oiseau de proie fondrait sur eux, elle serait assujettie au même sort que ses compagnons de déroute…

Elle retourna vers sa couche, souffla les bougies du candélabre posé sur la table, et s'allongea dans la lumière vacillante des flammes de la cheminée. Le lit était non seulement étroit mais inconfortable. Froid et solitaire. Son corps réclamait la chaleur et l'ineffable bonheur de se lover contre Christopher, rongé sans nul doute d'un même désir, seul dans son lit, de l'autre côté de la cloison.

« Pourquoi se refuser des joies, éphémères certes, lorsque le monde s'écroule tout autour de soi ? » Mue par un ressort, elle bondit hors du sofa.

Kit fixait l'obscurité, les muscles crispés par le brasier de ses sens et la culpabilité qui dévorait son esprit en pleine effervescence, lorsque tout à coup… le battant grinça et une silhouette tout de blanc vêtue se faufila dans la pièce.

— *Salaam*, Ralston, *huzoor*.

En un mouvement, elle se débarrassa de son vêtement et s'approcha de Kit.

— Bonsoir, Ayesha, souffla-t-il en rabattant les couvertures dans un geste d'invitation.

Il ne tenta pas de savoir ce qui motivait cette visite inattendue, se contentant de l'accepter comme il avait accueilli Ayesha cette première nuit… tel un merveilleux et miraculeux présent des dieux de l'amour.

Transie, elle se blottit avec gratitude contre lui.

— Laissez-moi vous réchauffer, murmura-t-il. Si je vous racontais les nuits cauchemardesques que j'ai passées, assailli par le souvenir délicieux de votre peau ! Votre parfum…

Il l'enlaça tendrement, et la jeune femme se lova contre son torse, mêlant ses jambes à celles de son compagnon tandis que son corps se convulsait de plaisir sous les caresses audacieuses de Kit.

— Oh, ciel ! chuchota-t-il d'une voix rauque. Je voudrais passer toute la nuit à vous toucher, sentir votre peau danser sous mes doigts. Jamais je ne m'en lasserai…

— Moi non plus, répondit-elle dans un souffle, tout son être s'épanouissant entre ces mains qui l'exploraient langoureusement.

— Je veux rendre hommage à votre beauté, déclara-t-il, en promenant les lèvres sur sa gorge palpitante. Je souhaite tant vous aimer.

Du bout de la langue, il traça des arabesques de

feu sur sa poitrine nacrée, remonta le long de sa nuque et taquina sa bouche.

— Vous appréciez, mon Anna ? Dites-moi ce que vous désirez, et j'exaucerai vos vœux.

Dans la chaude et intime pénombre, elle lui confia ses pensées les plus coquines, et il sourit tandis qu'il lui obéissait avec zèle, lui arrachant de longs soupirs. Ils cherchèrent la perfection dans les bras l'un de l'autre, en une étreinte dévastatrice où ils se fondirent corps et âme pour ne plus faire qu'un. Epuisée, alanguie, Annabel sombra aussitôt dans l'univers des songes. Ne parvenant pas à assouvir sa soif d'amour, Kit ne retrouva jamais le chemin pour la rejoindre.

Lorsque la jeune femme s'éveilla quelques heures plus tard, l'aurore venant à peine de poindre, Kit se cala confortablement contre les oreillers avant de l'embrasser avec une infinie tendresse.

— Bonjour, Annabel.

Celle-ci écarta les mèches rebelles qui lui barraient la vue et s'étonna.

— Vous n'avez pas dormi ?

— Trop tendu, je le crains.

— Pourquoi ne m'avez-vous pas réveillée ?

— Vous étiez profondément endormie, commenta-t-il en s'esclaffant.

— Venez, enjoignit-elle, en s'asseyant près de lui. Je voudrais vous dévoiler quelques-uns de mes talents. A mon tour de vous aimer…

Il se renversa sur les draps tandis que la jeune femme tissait les entrelacs de la passion sur son corps. Après un massage relaxant, elle se hasarda vers les secrets de sa virilité et attisa le feu qui couvait au tréfonds de ses entrailles. Sous les doigts experts de la jeune femme, il atteignit bientôt les cimes du plaisir. Délivré et comblé, il bascula dans l'obscurité, suivi de près par Annabel. Et tous deux commencèrent le voyage sur les routes des songes cependant que le monde s'éveillait...

10

Le crépitement des armes, le charivari des voix paniquées, le martèlement des bottes sur les pavés au-dehors réveillèrent Kit en sursaut.

Il se dressait sur son séant quand la porte s'ouvrit à grand fracas, livrant passage à Harley.

— Lieutenant, ces satanés sauvages sont en train d'incendier le cantonnement, déclara-t-il avant d'apercevoir Annabel dans le lit.

— Je vous demande pardon, Lieutenant. Je vous croyais seul.

— Merci, Harley, fit Kit en feignant de ne pas remarquer la déconfiture du serviteur. Donnez-moi mes vêtements.

Il bondit hors du lit, s'étira dans l'air frais du petit matin, puis s'habilla. Annabel s'éveilla à son tour et cligna des yeux.

— Vous disiez qu'ils vous attaquaient ?

— Oui, Miss.

Harley évitait avec soin de regarder en direction d'Annabel, assise, le drap remonté avec pudeur sur sa poitrine.

Les coups frappés à l'huis précipitèrent Harley dans le hall. Christopher retourna vers le lit.

— Je vais voir ce qui se passe, mais je serai aussi rapide que possible.

— Je viens aussi.

— Non ! réprimanda Kit. Vous ne pouvez parader ainsi à travers le camp !

— Et pourquoi pas ?

Elle récupéra sa chemise de nuit roulée dans un coin juste au moment où le ton urgent de Bob Markham s'élevait dans le couloir.

— Restez ici jusqu'à ce que je revienne, commanda Christopher avant de rejoindre son ami. Bob ! Pour l'amour du Ciel, qu'y a-t-il ?

— C'est difficile à dire. L'attaque a été si soudaine. Tout le monde panique...

— Ce n'est certainement pas une offensive, intervint Annabel qui approchait, boutonnant le col de sa chemise de nuit. (Elle rejeta la cascade de cheveux dans son dos d'un geste impatient.) Ils ne sont pas assez fous pour agir aussi inconsidérément... ou tout du moins pas Akbar Khan. Cela ne lui ressemble pas...

Bob nota avec stupéfaction qu'elle sortait de la chambre du lieutenant, mais il ne fit aucun commentaire.

— Bonjour, Miss Spencer.

— Annabel, corrigea-t-elle instinctivement. Je crois qu'ils cherchent simplement à vous intimider, comme durant l'assaut de la Résidence Officielle.

— Comment osez-vous appeler cette boucherie un exercice d'intimidation ? s'insurgea Kit.

Annabel haussa les épaules avec négligence.

— Je vous répète qu'au départ, ils n'avaient d'autre objectif que de vous effrayer, mais les choses se sont rapidement dégradées et ils n'ont pas pu juguler cette frénésie. (Elle se dirigea vers le salon.) Je me demande si mes vêtements sont toujours là. Je m'habillerai et...

— Par tous les saints, Annabel, vous ne devez pas quitter le bungalow. Vous devez comprendre cela.

— Pourquoi ? Qui s'inquiéterait de savoir qui je suis et ce que je fais ici ?

— Kit a raison, Miss... Annabel, allégua Bob, en venant à la rescousse de son ami. Les règles demeurent les règles.

— Néanmoins, elles ne s'appliquent pas à une femme afghane. Et comme je ne suis plus cloîtrée dans un zenana, je n'ai aucune raison d'obéir à ses lois. Ne feriez-vous pas mieux d'y aller, au lieu de palabrer inutilement ? Vous devez certainement vous mettre au rapport.

Sur ces entrefaites, elle s'enferma dans le salon. Kit s'apprêtait à la rejoindre mais était-ce le moment de s'attarder et de chercher querelle à une femme furieusement intransigeante ?

— Qu'elle aille au diable ! tempêta-t-il en sortant dans la rue, Bob sur les talons.

— Vous avez eu les yeux plus grands que le ventre, observa Bob, en emboîtant le pas de Kit.

— Non, pas du tout. Tout ce dont j'ai besoin, c'est un peu de temps pour lui inculquer le règlement de notre communauté. Je ne peux la blâmer, elle ne connaît pas notre manière de vivre. Il ne faut pas la brusquer. Elle vient de changer radicalement d'existence.

— Je vous crois. Quand vous lui aurez expliqué que Lady Sale ne verrait pas d'un bon œil qu'une femme s'installe sous le toit d'un célibataire, je suis persuadé qu'elle se rendra à la raison et acceptera de se comporter avec circonspection.

— Oh, taisez-vous ! aboya Kit, irrité qu'on lui rappelle la part de responsabilité qui lui incombait dans cette histoire.

Il s'engouffra comme un ouragan dans les bureaux du quartier général.

Pendant ce temps, Annabel s'était vêtue, sans oublier de voiler son visage, et de s'envelopper dans l'immense cape bordée de fourrure que Kit avait subtilisée dans la demeure d'Akbar Khan. Ainsi couverte, elle ne se ferait pas remarquer. Les serviteurs afghans étaient nombreux dans le cantonnement, ainsi que de nombreux soldats vouant leur loyauté à l'Empire britannique, elle passerait donc inaperçue.

Harley n'ayant reçu aucune instruction concernant la jeune femme, il ne fit rien pour la retenir lorsqu'elle se dirigea vers la porte d'entrée demeurée ouverte.

— Je vais faire un tour, Harley. Jeter un coup d'œil à la situation. Dites au lieutenant, s'il s'inquiète de mon sort, que je ne serai pas longue.

— Très bien, Miss.

Harley referma l'huis après le passage de la jeune femme, songeant que les exploits amoureux du lieutenant avaient pris un tour nouveau avec cette dernière conquête. Non seulement elle ne correspondait en rien aux critères habituels de Christopher Ralston, mais le domestique la soupçonnait de pouvoir attirer les pires ennuis. Rejetant d'un mouvement de tête cette ténébreuse prophétie, il retourna à l'office vaquer à ses occupations quotidiennes.

Annabel traversa les rues rapidement, guidée par les sinistres détonations. Elle était la seule civile en vue. Un officier menant ses hommes la somma en pushtu de dégager la place. Elle se contenta de se reculer dans un jardin jusqu'à ce qu'ils aient disparu et continua sa route.

Les grilles étaient fermées. Rangées devant des fortifications en terre, structures de défense précaires, les troupes ripostaient farouchement aux attaques des rebelles. Une fusillade nourrie éclata. Les pierres fusaient tout autant que les balles, accompagnées d'un concert d'insultes et de menaces. Les soldats en poste sur les remparts ne prêtèrent pas attention à la jeune femme qui se faufila jusqu'à la muraille et se pencha à un créneau.

En contrebas, une horde hurlante de Ghazi avait cerné l'enceinte. Malgré l'impétuosité des insurgés, il ne s'agissait là que d'une foule confuse galvanisée par la haine et non d'une manœuvre sérieuse. Le tir s'intensifia, les balles sifflaient autour de la jeune femme. Les cris guerriers qui vrillaient l'air alourdi par les panaches de fumée paniquèrent les soldats autour de la jeune femme qui se mirent à murmurer des prières et imprécations dans un instinct de survie superstitieux. Toutefois, leurs vies n'étaient pas menacées, du moins cette fois-ci.

Elle observa le tumulte quelques minutes encore, mais, confortée dans l'idée que cette démonstration de force n'était destinée qu'à effrayer les Britanniques, elle s'éclipsa. Dans la rue, elle brossa ses vêtements, ôtant les brindilles et la poussière qui les salissaient.

— Que diable fichez-vous ici ? rugit un caporal, à la tête d'une équipe de sapeurs chargée de réparer les fortifications endommagées. Il considérait avec incrédulité la femme voilée plantée devant lui.

— Je regardais, répliqua-t-elle à brûle-pourpoint en anglais. Je crois qu'il serait avisé d'ordonner à votre commandant de cesser le feu. Les Ghazi se lasseront rapidement s'ils n'ont pas de répondant, et...

— Je vous demande pardon ?

Une voix métallique s'éleva dans son dos et elle fit volte-face pour découvrir un colonel en uniforme immaculé, doté de longues moustaches et à la peau tannée par des expositions prolongées au soleil.

— Oh, j'étais juste en train d'expliquer que les Ghazi cherchent seulement à vous provoquer ! fit-elle en toute honnêteté. Un jeu terrifiant, je le concède, mais néanmoins, si vous les ignorez, ils battront en retraite. Leurs glapissements le prouvent. D'après ce que j'ai entendu, ce ne sont que des brocards gratuits, et ils ne vont pas tarder à s'essouffler. Il est inutile de vous tracasser...

— Femme, j'ignore qui vous êtes ou ce que vous croyez être, interrompit le colonel, retrouvant l'usage de la parole. Mais je peux vous assurer que je n'ai nul besoin de vos conseils.

Annabel leva les bras dans un mouvement de frustration.

— Sale *ferenghi* !

Le mépris qui teintait son interjection ne passa pas inaperçu et le colonel s'empourpra de rage avant de la saisir par le bras sans douceur.

— Pour quoi vous prenez-vous, misérable ? Je vais vous jeter hors du camp !

— Ayesha !

Le visage livide, les yeux flamboyants de colère, Kit arrivait en courant.

— Pour l'amour du Ciel, que faites-vous là ?

— Lieutenant, vous connaissez cette femme ? s'étonna le colonel, sans lâcher sa jeune prisonnière.

— D'une certaine manière, oui. Je suis désolé si elle vous a...

— Oh, Dieu soit loué ! Kit ! J'étais justement en train de confier à ce monsieur que les Ghazi n'ont aucunement l'intention d'assiéger le cantonnement, et que si vous ne répliquez pas à leurs provocations, ils ne manqueront pas de rentrer chez eux. Mais son orgueil typiquement *ferenghī* l'empêche de m'écouter.

— Sacrebleu ! Veuillez vous taire ! fulmina Kit, tandis que le colonel se démêlait avec son apoplexie. Je vais la ramener chez elle, offrit-il, espérant ainsi épargner à Annabel les foudres de son supérieur.

— Comment se fait-il qu'une petite ordure afghane parle l'anglais aussi bien que nous ? l'interrogea le colonel sans quitter du regard la frêle silhouette, qui, endossant maintenant la docilité propre à son sexe, baissa les yeux.

Kit dut ravaler la rage qui écumait en lui de voir sa bien-aimée ainsi insultée, craignant qu'une rebuffade de sa part n'exposât la jeune femme à un danger encore plus grand.

— Elle a appris notre langue à notre contact.

— Ah bon ? Je crois que cela a dû monter à la tête de cette pauvre folle. Je n'ai jamais rencontré quelqu'un d'aussi insolent. Par tous les saints, Lieutenant ! Ce que vous fabriquez avec cette catin ne me regarde pas, mais je vous prierai de l'enfermer. Si par malheur je la croise de nouveau, je la renvoie à ses petits amis Ghazi ! Et nous savons ce qu'ils infligent à leurs femmes qui s'acoquinent avec l'ennemi.

Sur cette dernière flèche, le colonel les abandonna.

— Venez, fit Kit, les lèvres pincées en lui tendant la main. Jamais je n'ai essuyé une telle humiliation ! Vous avez dû perdre la tête pour cracher ainsi votre fiel sur cet homme ! Je voudrais vous rappeler que vous n'êtes plus dans la forteresse d'Akbar Khan, mais au cœur du camp anglais.

— Je tentais seulement de lui donner un conseil, mais il n'en a même pas tenu compte, protesta la jeune femme, butant avec irritation dans un caillou devant elle et déversant un flot de jurons bien choisis en pushtu.

Kit encercla la taille de sa compagne, l'exhortant au calme, cependant qu'elle se frottait l'orteil endolori à travers la fine étoffe de sa babouche.

— Comment avez-vous pu imaginer qu'un colonel britannique prendrait au sérieux les admonestations d'une servante afghane ?

— Mais je suis moi aussi anglaise... enfin c'est

ça que vous vous tuez à me dire ! (Avec précaution, elle posa son pied meurtri à terre.) Simplement, je suis au courant de choses dont il ignore jusqu'à l'existence. Il serait ridicule de gaspiller des munitions aujourd'hui. Ce n'est qu'une meute de fanatiques, sans la moindre organisation. Je ne parviens pas à comprendre pourquoi vos chefs suprêmes n'interviennent pas pour mettre fin aux rébellions qui font rage en ville, au lieu de perdre un temps précieux à jouer cette mascarade aux grilles.

Ils parvinrent bientôt au domicile de Kit. Ce dernier poussa la jeune femme à l'intérieur d'un geste brusque.

— Dans quel camp vous rangez-vous ? Celui des Afghans ou le nôtre ? Parce que tant que vous serez ici, vous devrez choisir l'un ou l'autre et vous y cantonner.

— Je ne vous suis pas, fit-elle en humant le délicieux fumet qui chatouillait ses narines. Harley a préparé le repas et je meurs littéralement de faim.

— Alors, laissez-moi vous expliquer quelque chose. Nous mangerons plus tard.

— Je serais certainement plus encline aux confidences avec l'estomac rempli, déclara-t-elle en prenant la direction de la salle à manger.

— Vous allez m'obéir ! (Il s'empara de son bras et la traîna jusqu'au salon.) C'est important, Annabel !

— J'aimerais que vous cessiez de me brutaliser. Cela devient une habitude.

Elle se dégagea d'un mouvement d'humeur, et pénétra dans la pièce, dégrafant son voile. Kit soupira, et se massa les tempes pour repousser la migraine qui s'emparait de lui.

— Je n'en avais pas l'intention. Mais vous passez votre temps à me défier. Depuis le premier instant où j'ai posé les yeux sur vous, lorsque vous me menaciez de votre stylet.

Ce souvenir arracha un sourire à Annabel qui jeta avec négligence son voile et sa cape sur le sofa.

— Je ne vous ai pas toujours frondé.

— Non, je vous l'accorde. Mais je ne peux vous garder au lit en permanence.

— Pourquoi pas? Vu votre performance de la nuit dernière, je m'y résoudrais sans trop de difficultés.

Kit sentit sa colère fondre. Il agrippa le bras du fauteuil jusqu'à ce qu'il reprenne ses esprits.

— Ecoutez-moi!

— Je suis tout ouïe, dit Annabel en s'asseyant et jouant distraitement avec l'épingle à cravate.

— Vous devez décider une bonne fois pour toutes si vous endossez l'identité d'Ayesha ou d'Annabel. La décence veut qu'Annabel ne puisse vivre sous mon toit, et Ayesha ne peut impunément parader à travers le cantonnement et déverser son mépris dans un anglais impeccable.

— Pour quelle raison Annabel ne pourrait s'installer ici?

— Vous deviendrez rapidement une paria. Vous ne pouvez être naïve au point de ne pas comprendre cela. Vous avez vu le jour dans cette société, il vous faudra vous souvenir de ses règles de bienséance. Si vous vous affichez comme ma maîtresse, vous serez reléguée au rang des bannis. La communauté ici vous frappera d'ostracisme, et cette situation ira de mal en pis quand vous rejoindrez l'Angleterre.

— Et vous pensez que j'en ai cure?

— Cela ne vous gêne peut-être pas, mais moi si.

Ce disant, Christopher réalisa que pour la première fois, il s'inquiétait du regard des autres. Auparavant, il n'avait que faire de défrayer la chronique, et d'être la cible des mauvaises langues. Mais aujourd'hui, il ne supporterait pas que la jeune femme subisse ces commérages.

— Si vous le désirez, je vous présenterai à Lady Sale, poursuivit-il. Nous inventerons une histoire plausible. Je suis sûr qu'elle acceptera de vous prendre sous son aile. Elle raffole de ces missions de réhabilitation.

Soudain embarrassé par ses sermons, il se tut. La jeune femme était secouée par un rire convulsif et les larmes roulaient sur ses joues.

— Vous ne pouvez être sérieux! Après m'avoir délivrée du harem d'Akbar Khan, vous n'hésiteriez pas à remettre mon sort entre les mains d'une de vos matrones. Oh, non! Kit, vous êtes trop drôle!

— Je ne plaisantais pas, gronda-t-il d'un air outré. Comment sinon réussirez-vous à retrouver une place dans la société?

Elle bondit sur ses pieds et son hilarité disparut comme par enchantement.

— Comment pouvez-vous déraisonner à ce point? Même en admettant l'hypothèse que vous quittiez l'Afghanistan sains et saufs et atteigniez l'Inde sans être inquiétés, la rigueur du climat et les dangers d'un tel voyage à travers les cols au beau milieu de l'hiver déchireraient en lambeaux les ultimes vestiges de vos satanées conventions sociales. Vous ne songeriez qu'à survivre, purement et simplement. Et ce que je suis ou ce que je représente se révélerait d'une suprême futilité face à cette survie.

Devant cette diatribe, Kit se trouvait à court d'arguments.

— Peut-être mais les souvenirs ne disparaissent pas aisément et si un jour vous souhaitiez vivre en Angleterre ou en Inde, vous devriez vous armer de maintes précautions. (Ses prunelles s'illuminèrent malicieusement.) Pour être honnête, je ne tiens pas à vous envoyer chez Lady Sale et à me séparer de vous, mais il était de mon devoir de vous prévenir des éventuelles conséquences de nos actes. Restez auprès de moi, Ayesha.

Kit ouvrit les bras et la jeune femme courut s'y blottir.

— Sachez une chose, Christopher Ralston. Jamais je ne pourrai embrasser les coutumes de votre peuple. J'ai trop longtemps appris à le mépriser pour concevoir quelque lien avec lui. Alors si ma réhabilitation constitue l'un de vos projets, vous risquez de déchanter. Mais sans les entraves d'une Ayesha sous le joug d'Akbar Khan ou d'une Annabel aux prises avec les Anglais, je demeurerai à vos côtés pour le moment.

— Pour le moment ?

Elle lui offrit son plus beau sourire et secoua la tête.

— Jusqu'à ce que les événements en décident

autrement. C'est ce que je voulais dire. (Brusquement, elle se haussa sur la pointe des pieds et son visage revêtit un air grave.) Les Afghans croient que la destinée d'un être humain est inscrite sur les lignes de son front, mais je ne peux déchiffrer ce qui est écrit sur le vôtre. Seul le temps nous éclairera... Vivons au jour le jour.

— Mais vous me promettez d'agir avec prudence et discrétion dans le cantonnement ? insista-t-il, en la relâchant.

— Avec la modestie et la soumission d'une véritable musulmane. Pouvons-nous passer à table, maintenant ?

Ils n'étaient parvenus à aucun véritable accord, songea Kit avec amertume. Mais peu importe le côté éphémère et tacite de cette situation, il s'en contenterait pour l'heure. Elle vivrait auprès de lui de son plein gré, jusqu'à ce que l'avenir l'en déloge. Il lui coula un regard à la dérobée. Il admira et envia sa sérénité cependant qu'elle se jetait sur le petit déjeuner avec un appétit d'ogresse. Elle se comportait comme si leur discussion n'avait jamais eu lieu.

Harley fit à cet instant son entrée dans la salle à manger.

— Veuillez pardonner mon intrusion mais un message vient d'arriver du quartier général. Vous devez vous présenter devant le général Elphinstone sur-le-champ.

Kit lança sa serviette à travers la table.

— Que diantre le vieux peut-il bien me vouloir ? J'ai déjà reçu les ordres pour la journée.

— Pour faire quoi ? s'enquit Annabel entre deux bouchées.

— Superviser l'inventaire des approvisionnements sur le camp. Une tâche relativement aisée puisque les entrepôts sont presque vides. Les ravitailler sera une autre paire de manches, avec cette foule en délire au-dehors. (Il contourna la table et se pencha sur la jeune femme pour la gratifier d'un tendre baiser.)

— Pourquoi n'essaieriez-vous pas de vous reposer un peu ? La nuit a été brève.

— Je ne suis pas fatiguée. Mais j'ai besoin de faire un peu d'exercice.

Elle accompagna sa remarque d'une insinuation espiègle et Kit s'esclaffa.

— Allons voir ce que le maître me veut ! Peut-être qu'ensuite je pourrai satisfaire vos désirs.

— Que diriez-vous d'un cheval ? proposa-t-elle comme il s'éloignait. Sérieusement. Je ne peux passer mes journées à me morfondre à l'intérieur.

— Où monteriez-vous ? Dans les rues ?

— Cela me paraît impossible.

— Je suppose que je peux m'arranger pour vous consacrer un peu de temps au haras. Vous pourriez prendre quelques leçons de dressage, si vous le souhaitez. Le *rissaldar* qui dirige l'école est un homme accommodant, même s'il n'est pas un professeur très conciliant. Il insistera pour vous superviser, si je ne peux pas le faire moi-même.

— Comment justifierez-vous ma présence ?

— Je n'en ai pas la moindre idée. Mais laissez-moi le temps d'y réfléchir.

Il la quitta et se hâta vers le quartier général, se sentant l'âme d'un adolescent. Le cantonnement était englué dans un épais brouillard de découragement, même si les fusillades s'étaient tues. Etrangement, Kit n'éprouvait pas le moindre frisson de peur ou de désespoir. Si peu de civils avaient osé s'aventurer au-dehors, un nombre impressionnant, lui, d'hommes en uniforme fourmillait dans les rues, s'agitant fébrilement avec un air d'urgence fort peu réaliste. Des ordres contradictoires circulaient à tort et à travers sans que personne sache ce qu'il était supposé faire.

Christopher découvrit rapidement ce que l'on escomptait de lui, lorsqu'il se présenta devant le général Elphinstone.

— Ah ! Ralston ! J'ai un travail pour vous, s'exclama le vieil homme d'un ton résolu inhabituel. Un travail qui servira tout à fait vos talents particuliers. Sir William va vous l'expliquer.

Kit se tourna vers le plénipotentiaire, planté devant l'âtre, les mains derrière le dos.

— Sir William ?

— Nous avons reçu un message d'Akbar Khan, annonça ce dernier. Son héraut et une escorte vous attendront devant les grilles dans une demi-heure. (L'ambassadeur s'autorisa un léger sourire.) Apparemment, ce rebelle a recouvré ses esprits. Il nous exprime tous ses regrets pour l'insurrection de Kaboul et la perte de nos hommes, et requiert une entrevue pour que nous nous concertions et entrions en pourparlers.

— Vraiment, Sir ?

Le lieutenant ne se départit pas de son calme.

— Oui, Ralston. Il confie dans sa missive qu'il craint de ne plus pouvoir imposer son autorité sur les autres sirdars et garantir leurs réactions, mais il désirerait discuter un plan d'action par lequel sa puissance, celle du fils du Dost destitué et celle des forces britanniques s'allieraient pour venir à bout des khans insurgés.

Le souvenir d'Akbar Khan revint à Kit : ces yeux d'un bleu métallique qui vous fouillaient jusqu'à l'âme, cette bouche incisive, le caractère imprévisible et passionné, la suprématie irréfutable d'un homme habitué à être obéi au doigt et à l'œil, à diriger la vie de chacun dans son fief, sa féroce ambition : bouter hors du pays l'envahisseur et tirer vengeance de cette invasion...

Serait-ce ce même personnage que MacNaghten et Elphinstone se plaisaient à croire intéressé par une conciliation ?

Kit ne proféra aucune objection.

— Puisque vous connaissez déjà ce chef rebelle et que vous avez conversé avec lui, le général et moi-même vous choisissons comme étant le négociateur rêvé. Akbar Khan demande à ce que la réunion ait lieu à Kaboul. Son messager vous conduira jusqu'à lui sous la garde de son escorte. Vous pouvez emmener trois hommes avec vous. Nous vous laissons le soin de les sélectionner vous-même.

— Et quel message suis-je censé rendre à Akbar Khan ?

— A ce stade, Lieutenant, fit MacNaghten, vous vous bornerez à écouter les suggestions du sirdar, et rappeler notre souhait sincère de cesser les hostilités. Ensuite vous nous ferez un rapport détaillé de ce qui a été dit.

— Très bien, fit Kit en saluant sèchement ses supérieurs, dissimulant avec soin son scepticisme. Je quitterai le camp dans moins d'une heure.

Sans attendre, il se mit en quête du havildar Abdul Ali, supputant que la compagnie d'un soldat qui s'était tenu à ses côtés lors de sa visite au fort d'Akbar Khan lui serait réconfortante.

Le havildar le laissa parler, acquiesçant à l'occasion, et consentit à enrôler dans cette mission deux des cipayes qui faisaient partie de l'expédition précédente.

— Cela m'a tout l'air d'un piège, Lieutenant.

— Pour l'immédiat, je ne pense pas que nous soyons en danger, mais je ne me fais aucune illusion sur une telle invitation. Akbar Khan n'a nullement l'intention de négocier.

Ses pressentiments furent corroborés par Annabel quand il retourna au bungalow revêtir son uniforme. Une autre préoccupation tenaillait la jeune femme, à laquelle Kit n'avait pas réfléchi.

— Avez-vous songé à ce qui se produirait s'il vous suspectait de m'avoir enlevée ?

Elle arpentait la chambre nerveusement tandis que le lieutenant se rasait. Harley avait sorti de l'armoire une tunique bleue ornée de brandebourgs dorés et de boutons étincelants, un caleçon assorti, une large ceinture, des épaulettes et des bottes de cavalier soigneusement lustrées.

— Comment l'aurait-il appris ? s'étonna Kit en interrompant la course de son rasoir, les yeux rivés sur le miroir.

— Il n'est pas idiot, Christopher Ralston.

— J'en suis conscient. Mais pourquoi me tiendrait-il en suspicion ? Il ignorait que je me trouvais en ville et personne ne nous a vus nous enfuir. Dans le chaos de cette nuit-là, n'importe quoi aurait pu vous arriver.

— Il devinera la vérité. Et il se vengera.

Elle savait qu'Akbar Khan l'avait soupçonnée de penser à l'Anglais durant les semaines qui avaient suivi la nuit d'amour, même s'il n'y avait jamais fait allusion. Mais il la connaissait suffisamment pour déceler le changement imperceptible qui s'était opéré en elle.

Kit plongea la tête dans une serviette humide et chaude, tendue par le domestique silencieusement attentif.

— Il ne pourrait en mettre la main au feu, Annabel. De plus, il a d'autres chats à fouetter pour le moment. Croyez-vous qu'il s'octroiera le temps de m'arracher une confession ? plaisanta-t-il.

Mais c'est avec le plus grand sérieux qu'Annabel lui répondit.

— Je n'en ai pas la moindre idée. Peut-être pas, mais il est si imprévisible. Vous le savez tout autant que moi. Si votre seule vision éveille en lui quelque colère furieuse, il vous tranchera la gorge sur-le-champ.

— Ciel, Miss ! Vous ne pouvez parler sérieusement ? s'inquiéta Harley, incitant la jeune femme à confier ses craintes. Il prêtait une oreille attentive à la conversation, trouvant ainsi les réponses aux questions qu'il n'osait pas poser.

— Si, Harley. Ne pourriez-vous pas demander au général de choisir un autre soldat pour cette mission, Kit ?

— Qu'invoquerais-je comme motif ? Ne soyez pas ridicule. (Il enfila sa chemise d'un blanc éclatant.) Seriez-vous en train de me suggérer d'aller dévoiler à Elphinstone et MacNaghten que j'ai kidnappé la favorite d'Akbar Khan dans son harem et que, pour cette raison, il serait imprudent d'aller me jeter dans ses griffes ?

— J'ai une autre proposition à vous soumettre. Si je venais avec vous…

— Si vous faisiez quoi ? rugit Kit.

— Si je me présentais devant le général Elphinstone et l'ambassadeur, et leur avouais les véritables desseins d'Akbar Khan, peut-être…

— Miss ! réprimanda Harley avant même que Kit n'ait eu le temps de reprendre son souffle. Le lieutenant ne renoncera jamais à une mission qui lui a été confiée ! C'est une question d'honneur.

— Oh ! lâcha Annabel en s'asseyant sur le lit. Dans ce cas, je n'ai rien à ajouter.

Un lourd silence les enveloppa jusqu'au moment où, parvenu sur le seuil, Kit fit volte-face.

— Annabel, ma douce colombe, n'avez-vous pas confiance en moi ?

En quelques enjambées, il franchit la distance qui le séparait de la jeune femme pétrifiée sur le lit. Elle leva la tête à contrecœur, une lueur triste dans les yeux.

— La foi n'a rien à voir avec tout cela. Vous avez face à vous un adversaire redoutable qui n'hésitera pas à vous pourfendre. L'honneur vous empêche de vous dédire. Je comprends parfaitement. Mais vous ne pouvez vous rendre chez Akbar Khan en espérant qu'il jouera selon vos lois. Jouez avec les siennes.

— Vous vous souvenez du *buzkashi* ? Je n'ai

pas dérogé à ses règles mais j'ai finalement réussi à imposer les miennes. Fus-je vaincu ?

— Non, concéda-t-elle en secouant la tête. Faites attention. Et revenez-moi sain et sauf.

Elle l'accompagna jusqu'à l'huis et le regarda s'éloigner. Lorsqu'elle referma la porte, une sensation de sécurité confortable et douillette s'empara d'elle, et elle sut que jamais elle ne pourrait abandonner Kit, lui qui s'apprêtait à partir en campagne contre un monde complexe et semé d'embûches dont elle connaissait la plupart des ficelles. Elle devait néanmoins le laisser y aller, pendant qu'elle tromperait son ennui en prenant le thé en compagnie de Harley.

Comment Kit pouvait-il la forcer à demeurer dans ce lieu aseptisé et artificiel, quand lui, moins bien paré qu'elle, allait braver le fils de Dost Mohammed qu'elle connaissait mieux que personne ?

Pour l'instant, elle n'avait guère d'alternative. Bientôt le temps de l'action surviendrait et les engouffrerait tous. Alors elle se tiendrait prête à emprunter la route que la Destinée lui dicterait...

11

A la lisière du cantonnement, attendaient six guerriers des collines montés sur leurs chevaux de combat. De longs cheveux noirs bouclés s'échappaient de leurs casques flamboyants, et leurs visages demeuraient impassibles cependant que le lieutenant anglais, escorté par des cipayes, avançait au petit trot vers eux.

— *Salaamat bashi*, fit Kit d'un ton formel.

— *Mandeh nabashi*, rétorqua l'un des rebelles avant de tirer les rênes de son animal en direction de la ville.

Les deux miles qui les séparaient de la cité furent couverts dans un silence quasi religieux. Les fanatiques Ghazi qui avaient attaqué le fort quelque temps plus tôt s'étaient dispersés, bien que certains continuassent à lancer des pierres d'une manière décousue sur les fortifications, en braillant comme des forcenés. Ils considérèrent un instant le groupe de cavaliers et hélèrent dans un beuglement les hommes des collines. Kit distingua la réponse de ces derniers : « Akbar Khan ». De toute évidence rassurés, les insurgés se remirent à l'œuvre, harcelant l'ennemi de plus belle.

Les rues de Kaboul étaient un spectacle de désolation, le témoignage poignant de jours et de nuits de sauvages pillages, de combats acharnés et de meurtres sanglants dans les recoins sombres et isolés. Les rues submergées par les décombres étaient jonchées de cadavres que personne n'avait pris la peine d'enlever. Les quelques personnes qui s'étaient aventurées au-dehors dévisagèrent avec crainte et défi le *ferenghi* et les cipayes lorsque ceux-ci les dépassèrent mais ne tentèrent aucun mouvement de violence envers eux.

La demeure d'Akbar Khan n'avait pas souffert des hostilités. Elle se tenait intacte comme au temps où Kit la veillait, tentant désespérément d'apercevoir Ayesha. Il feignit de ne pas la reconnaître lorsqu'ils sautèrent au bas de leurs montures et s'engouffrèrent à l'intérieur.

— Ah! Ralston, *huzoor,* je n'osais pas espérer vous revoir un jour, l'apostropha le sirdar en apparaissant sur le palier. (Son pantalon bouffant était glissé dans des bottes de cavalier scrupuleusement cirées, les boutons dorés tranchaient sur le tissu vert bronze de son manteau et sa tête était nue comme lors de leur dernière rencontre.) Je suis bien heureux qu'ils vous aient désigné pour discuter de cette triste affaire.

Il descendit les marches lentement, un sourire figé sur les lèvres, mais Kit ne put lire le moindre signe de cordialité dans ces yeux inquisiteurs qui le fouillaient jusqu'à l'âme. Lorsque, enfin, le sirdar eut découvert ce qu'il recherchait, il hocha la tête d'un air entendu qui fit frissonner Kit.

— Je vous en prie... enjoignit Akbar Khan en désignant la porte à l'autre extrémité du couloir. Nous prendrons un verre de jus de fruit ensemble. Vos hommes n'ont qu'à demeurer ici.

— Est-ce sage? souffla Abdul Ali.

— Vous êtes mon invité, Ralston, *huzoor,* avisa le sirdar d'une voix mielleuse. Vous n'oseriez pas insulter mon hospitalité en vous défiant de moi.

— Bien sûr que non, répliqua Kit sur le même ton. Restez ici, Havildar!

— Comme il vous siéra, Lieutenant.

Abdul Ali se tenait sur ses gardes, caressant d'une main la crosse de son pistolet, aiguillonné par un mauvais pressentiment tandis que le lieutenant et Akbar Khan disparaissaient.

Lorsqu'ils se retrouvèrent seuls dans une pièce,

le sirdar offrit un verre de sherbet à son convive avant de se servir lui-même.

— Bienvenue dans ma demeure, Ralston, *huzoor*, s'exclama-t-il en levant sa coupe d'un geste courtois.

Kit s'inclina cérémonieusement et but à son tour.

— J'ai compris que vous aviez quelques suggestions à me soumettre, Akbar Khan.

— Quel carnage inutile ! commenta celui-ci d'un air faussement affligé. Je souhaitais vous présenter mes sincères condoléances pour Burnes, *huzoor*, et les autres victimes. Vous transmettrez ce message à vos supérieurs. Mais à présent, nous devons nous assurer que de tels incidents ne se reproduiront plus. Vous devez prendre conscience que mon peuple souffre. Et lorsqu'il est malheureux, il ne contrôle plus son… impulsivité, si nous pouvons la qualifier ainsi ?

— J'utiliserais un terme plus fort pour décrire leur attitude, observa Kit avec un calme olympien. Pouvez-vous nous garantir que ces événements ne seront pas réitérés ?

— Hélas, non ! Cela m'est impossible. L'autorité et l'influence dont je jouis sur mes compatriotes sont négligeables, Lieutenant. Ils nourrissent des griefs contre l'envahisseur depuis trop longtemps. Si je peux faire entendre raison à certains, d'autres…

Il haussa les épaules d'un air résigné.

— Alors que proposez-vous ? interrogea Kit, trop prudent pour se laisser duper par son adversaire.

— MacNaghten aurait tout intérêt à encourager le caractère individualiste des chefs. Diviser pour mieux régner... (Il lissa sa barbe avec la main, d'un mouvement qui aurait mis instantanément Ayesha sur le qui-vive.) Je suis certain que le plénipotentiaire possède quelques contacts parmi les sirdars. Il devrait semer la dissension entre eux.

— Et comment comptez-vous qu'il procède?

— Ce sera à lui d'en décider. Une récompense alléchante, peut-être, ou un peu d'intimidation... Par ailleurs, soyez assuré que je ferai tout ce qui est en mon pouvoir pour mettre fin aux hostilités, et soutenir le shah Soojah. Il est grand temps d'agir.

Kit acquiesça, dissimulant avec soin son scepticisme. Quel conseil! Autant se jeter tout de suite dans la gueule du loup... Suborner ces sirdars ne servirait à rien sinon à plonger le pays dans un chaos indescriptible, mais ce plan séduirait sans nul doute MacNaghten. Pourquoi Akbar Khan se proposerait-il subitement d'aider les infidèles? Lui qui avait clamé haut et fort qu'il ne s'abaisserait jamais à la moindre concession tant que les Anglais n'auraient pas quitté le territoire... Kit ne le croyait pas capable de tourner casaque et de changer si promptement de camp. Mais il se garda bien de révéler ses réflexions.

— Si vous avez terminé... s'enquit-il poliment, en pivotant sur ses talons.

— Ralston, *huzoor*?

— Oui?

Christopher se retourna et son sang se glaça quand il décrypta une menace terrifiante dans le regard saphir.

— Vous souvenez-vous du *buzkashi* ?

— Parfaitement.

— Parfois, lorsqu'un homme a été trahi par son adversaire, les règles du jeu peuvent être modifiées. Dans ce cas, on n'utilise plus une carcasse d'animal.

Il s'interrompit un instant. Le rictus qui se peignit sur ses traits dévoilait la férocité redoutable de ce personnage.

— L'offenseur devient le prix, acheva-t-il d'un ton dénué d'expression.

Kit s'efforça de soutenir le regard de son vis-à-vis et de cacher son émoi. Il ne put cependant feindre l'incompréhension car celle-ci n'affecterait en rien l'attitude du sirdar. Akbar Khan savait...

— Bien sûr, si le vexateur s'engage à restituer en temps et en heure, l'offensé peut alors faire montre de générosité et épargner le protagoniste. (Il planta son regard dans celui du lieutenant.) Nous tenons à nos propriétés comme à la prunelle de nos yeux et nous ne pouvons supporter qu'un étranger nous subtilise l'une d'entre elles. Le châtiment est capital. Vous m'avez saisi, n'est-ce pas ?

— Vous parlez par devinettes, Akbar Khan, riposta Kit, surpris lui-même par la sérénité et l'assurance de sa voix.

Le sirdar esquissa un sourire et hocha la tête pensivement.

— Vous pourriez prendre plaisir à résoudre cette énigme, Ralston, *huzoor*. Ce serait certainement très profitable pour vous... et d'autres.

Sur ces paroles de mauvais aloi, il frappa dans

les mains en un claquement qui retentit sinistrement aux oreilles de Christopher. Un des guerriers des collines, armé jusqu'aux dents, apparut sur-le-champ.

— Escortez le *ferenghi* jusqu'au cantonnement ! ordonna Akbar Khan sèchement. Et sans les salutations d'usage, il planta là son invité.

Ils rentrèrent au bercail, tous murés dans un mutisme obstiné. Kit ne se sentait pas disposé à renseigner ses compagnons sur le déroulement de l'entrevue. Les propos d'Akbar Khan se bousculaient encore dans son esprit. Le sirdar l'avait non seulement admonesté mais il s'en était pris à Annabel d'une façon détournée. Si Ayesha ne lui revenait pas, il estimait qu'elle n'en éprouvait pas le désir. En faisant un tel choix, elle s'exposait aux punitions requises pour les traîtres. Kit ignorait la peine qu'elle encourait, mais l'évocation du trophée du *buzkashi* en disait long sur les horreurs infligées aux coupables de déloyauté et de perfidie.

Aux portes du camp, les guerriers les abandonnèrent sans mot dire et repartirent comme ils étaient venus. Devant le quartier général, Kit renvoya le havildar et sa troupe et se hâta d'aller remettre son rapport.

Comme il l'avait craint, la proposition d'Akbar Khan fut chaleureusement accueillie. L'ambassadeur se frotta les mains avec délectation.

— Oui, oui, je crois qu'il a totalement raison. Si nous sommes en mesure de semer la zizanie parmi les diverses factions, nous affaiblirons l'ennemi. Tant que les sirdars s'entre-tueront, ils nous laisseront en paix.

— Mais comment y parvenir, Sir William ? s'inquiéta Elphinstone des profondeurs de son fauteuil.

— Nous ferons appel à Mohun Lal. Il est le confident attitré de la majeure partie des chefs rebelles, mais il a juré de nous servir. Il saura qui soudoyer et qui mettre en garde. En nous débarrassant des sirdars les plus malveillants, nous réduirons sans peine l'opposition à néant.

— Vous avez un plan ? s'informa le général, dépassé par les événements.

— L'assassinat, bien entendu. Nous mettrons leurs têtes à prix. Les chasseurs de prime vont accourir en quatrième vitesse.

Kit ne put réprimer une protestation indignée ; en retour le plénipotentiaire le fusilla du regard.

— Vous disiez quelque chose, Lieutenant ?

— Pensez-vous que la duperie soit la meilleure réponse, Sir William ?

— Nous prendrons ces fourbes à leur propre jeu. Après tout, cette suggestion nous a été soufflée par l'un d'entre eux.

— Et vous avez pleinement confiance dans les conseils d'Akbar Khan ? Pourquoi nous aiderait-il ?

La contrariété de MacNaghten allait grandissant. Il s'interposa.

— Cet homme sait qu'il n'est pas de force contre nous. Il préfère se retirer avant que les factions belligérantes ne soient définitivement écrasées. Sa conduite est dictée par la sagesse.

— S'il en est ainsi... souffla Kit, renonçant à relancer le débat. Si vous voulez bien m'excuser,

Général... Sir William, je dois m'occuper de l'inventaire.

— Allez-y... Allez-y, Lieutenant, fit Elphinstone, ponctuant sa phrase d'un geste agacé, et Kit se pressa vers la sortie, accablé par tant de crédulité.

Depuis quand l'armée britannique s'avilissait-elle jusqu'à ces méthodes repoussantes ? Certes, MacNaghten n'était pas à proprement parler un soldat, mais un fonctionnaire civil s'accommodant d'intrigues, un homme que les meurtres commandités et la trahison n'effrayaient pas.

— Comment allez-vous, Kit ? l'apostropha Bob Markham sur le chemin des magasins.

Kit lui raconta en détail la conversation avec Akbar Khan et celle qui avait suivi à l'état-major. Bob fut tout aussi scandalisé que son compagnon.

— Diable ! Ils ont perdu la raison ? L'intervention militaire est l'unique manière d'éviter un désastre et ils nous parlent d'assassinats ! Mohun Lal est un judas de la pire espèce. Cette tâche lui conviendra tout à fait. (Ecumant de rage, il fit voler un amas de feuilles mortes avec la pointe de sa canne.) Comment se porte Miss Spencer ?

— Nerveuse. D'ailleurs, il va falloir que je rentre m'assurer qu'elle n'a pas encore fait des siennes en mon absence. Elle m'a promis de se tenir coite, mais j'ignore si elle connaît la signification du mot prudence.

Il haussa les sourcils d'un air las et Bob se moqua de lui gentiment.

— Je vous trouve bien sérieux depuis quelque temps, mon cher ami.

— J'ai endossé une lourde responsabilité, Bob. Comment puis-je être certain qu'elle ne souffrira pas de la situation ? Si par malheur Lady Sale et les autres matrones avaient vent de l'histoire, Annabel serait tout simplement exclue de notre communauté. Elle me répète qu'elle n'en a cure, mais j'en doute. Elle n'a pas conscience de ce qu'elle affirme car elle est totalement étrangère à nos coutumes.

— Imaginez-vous que nous puissions sortir sains et saufs de ce pays ?

— Difficile à envisager...

Kit se rembrunit et considéra le cercle montagneux qui les entourait, austère et froid, surmonté d'une chape oppressante de nuages gris. Et il songea à Akbar Khan.

— J'aurais dû la laisser là où elle vivait, Bob.

— Je ne vous reconnais plus, commenta son ami devant la porte des magasins. Vous avez changé du tout au tout. Je ne crois pas vous avoir déjà entendu formuler un quelconque regret. Qu'est-il advenu du Kit Ralston que nous connaissions tous ?

— J'ai vieilli sans doute. Bob, pourriez-vous me faire une faveur ? Voulez-vous me remplacer quelques instants à l'intendance ? Je dois discuter un peu avec Annabel.

— Avec plaisir. Et la prochaine fois que je tirerai à la courte paille pour une garde, vous prendrez mon tour.

— D'accord. Je vous remercie.

D'un pas allongé, Kit rejoignit son bungalow. Annabel rongeait son frein, le nez écrasé contre la vitre du salon, attendant le retour du lieutenant. Dès qu'elle l'aperçut au coin de la rue, elle s'élança à sa rencontre.

— Où étiez-vous ? gronda-t-elle en se jetant dans ses bras. Je commençais à m'inquiéter sérieusement. Vous arrivez maintenant de Kaboul ?

— Non, il y a environ une heure et demie. Annabel, Seigneur Dieu ! Ne restez pas là ! Vous ne pouvez pas vous promener dans le camp sans voile.

— Goujat ! rugit-elle, les mains plantées sur les hanches, les yeux étincelants, sa longue tresse rutilante se balançant farouchement dans le dos. Comment avez-vous osé ? Vous n'avez même pas daigné me prévenir de votre retour. Et moi qui me tourmentais... !

— Il fallait que je soumette mon rapport au quartier général, expliqua-t-il en balayant la rue d'un œil soucieux. Je vous en prie, venez. Ici, tout le monde peut nous observer de sa fenêtre.

— Et alors ? Vous auriez pu me transmettre un message. Ou peut-être avez-vous pensé que je n'en valais pas la peine ?

— Pour ma part, je rentre, coupa-t-il, désireux de mettre fin à cette querelle sur le trottoir.

Il gagna son bungalow, Annabel dans son sillage critiquant sévèrement son manque de prévenance.

— A présent, cessez de me crier dans les oreilles, lynx aux yeux verts ! avisa-t-il lorsqu'il eut refermé l'huis derrière eux. J'ai si peu l'habitude que des gens m'attendent et se soucient de moi que je n'ai pas songé à vous prévenir. Pardonnez-moi, je ne recommencerai pas. Satisfaite ?

— Oh, souffla-t-elle, brusquement apaisée. Je suppose que je devrais l'être. Dites-moi ce qui s'est passé.

— Tout d'abord, un remontant, fit-il en se dirigeant vers le salon. A moins que la puritaine que vous êtes ne me l'interdise ?

Elle ne répondit pas, se contentant de le regarder se servir un verre de cognac, l'avaler d'un trait et s'emparer derechef de la carafe. Mais il se ravisa.

— Un, c'est suffisant, annonça-t-il en se tournant vers la jeune femme immobile sur le seuil. Annabel, il vous faut retourner auprès d'Akbar Khan.

— Quoi ?

— Vous devez rejoindre Kaboul. Il sait que vous êtes là.

— Je vous l'avais dit. Que vous a-t-il raconté ?

— Est-ce qu'ils ont coutume de remplacer la carcasse d'un animal par celle d'un homme pour le *buzkashi* ?

— Parfois, oui.

— Ils le tuent d'abord ? interrogea-t-il, fasciné bien malgré lui par les détails sanguinaires de ce jeu.

— Non. Au début, la victime est vivante. Malheureusement, elle ne le demeure pas longtemps. Vous a-t-il menacé d'une telle fin ?

— D'une certaine manière, oui. Mais ce n'est pas pour cela que je veux que vous partiez.

— Je ne blâme pas votre peur, Kit. Akbar Khan est un homme terrifiant.

— Vous êtes bien plus en danger que moi, Annabel, déclara-t-il en se baissant pour ranimer le feu. Il a exprimé clairement ses desseins. Si vous renoncez à moi, il saura faire montre de magnanimité. Mais si vous défiez ses ordres, il étendra la punition jusqu'à vous.

— Je n'en espérais pas moins. Mais a-t-il déclaré qu'il vous épargnerait si je remettais mon sort entre ses mains ?

— Hmmm… il pardonnerait mes erreurs.

— Quelle générosité ! s'écria-t-elle, en fronçant le nez d'un air dubitatif. J'ai toujours cru que si je le rejoignais, il me laisserait la vie sauve, mais qu'il ne se priverait pas pour prendre sa revanche sur vous, ce pour quoi je refusais de vous abandonner. Mais les événements ne se déroulent pas selon mes prévisions.

— Agissez au mieux pour vous, conseilla-t-il après un temps de réflexion. Jamais je n'aurais dû vous entraîner dans une telle aventure. C'était de la folie pure… Vous m'obsédiez, Annabel-Ayesha. Et je ne sais pas contrôler mes impulsions. J'ai toujours pris ce qui me plaisait sans me poser de questions. Mais je vous ai exposée à un grave péril, et je le regrette vivement.

Elle secoua la tête en signe de dénégation.

— Je suis ici parce que je l'ai choisi, Christopher Ralston. Je vous l'ai déjà affirmé ce matin. Je déciderai seule si je dois vous quitter, et quand, puisque c'est mon sort qui est en jeu. Mais si nous évoquions le vôtre ?

— Seriez-vous en train de suggérer que je redoute tant Akbar Khan que je serais prêt à sacrifier notre relation pour lui ? s'étonna-t-il.

Sous la surprise du lieutenant, perçait la

colère. Annabel leva les mains d'un geste conciliant.

— Je ne suggère rien. Je cherche juste à examiner toutes les facettes du problème.

— Oh, non ! Vous ne pouvez vous borner à examiner le problème ! Je vous ai demandé à maintes reprises de prendre conscience de votre appartenance au peuple anglais.

Il soutint le regard de jade d'un œil implacable et la jeune fille capitula devant cette féroce détermination.

— Arrêtez votre choix, Kit.

— Vous savez que j'ai d'ores et déjà choisi. (Il remplit deux verres de cognac.) Buvons à cette décision, fit-il en tendant un verre à sa compagne.

— Un toast à vos résolutions ? s'enquit-elle en acceptant son offre. Ou à un acte de répudiation ? (Un sourire amer s'inscrivit sur ses lèvres.) En buvant cet alcool, je renonce aux lois de l'islam et j'embrasse vos traditions ?

— Celle de votre race. A nous, Annabel-Ayesha !

— A nous.

Elle ferma les yeux et prit une gorgée qui l'embrasa tout entière.

— Pouah…

Sa grimace arracha un sourire à son interlocuteur. Kit s'allongea sur le sofa et se mit à rire à gorge déployée.

— Ma chérie, je ne vous forcerai pas à le boire, promit-il en lui ouvrant les bras.

La jeune femme vint s'agenouiller devant lui.

— Merci. Il y a certains sacrifices que je ne me

sens pas capable de subir. Voulez-vous terminer mon verre ?

— Non.

Il la débarrassa de son verre et le posa sur le guéridon avant de glisser une main sous la tunique de sa compagne pour effleurer la peau soyeuse de son dos.

— Vous ne portez jamais de sous-vêtements ?

— Des corsets, des jupons et des culottes, vous voulez dire ? Non, Ralston, *huzoor*. Les Afghanes ne s'embarrassent jamais de ce genre de choses.

De sa belle voix grave, Kit lui susurra des mots tendres et posa ses lèvres sur les siennes. Pour mieux goûter le miel de sa bouche, Annabel se pencha et agrippa les épaules de son compagnon, fiévreuse et offerte. Comme aimantés l'un par l'autre, ils s'embrassèrent longuement, unis par le désir qui les habitait tous deux avec une force impérieuse.

— Les manières afghanes ont elles aussi leurs avantages, remarqua Kit d'un ton enflammé.

— Etes-vous tenu de reprendre le service tout de suite ? Ou pourrions-nous visiter votre lit ?

— Cette idée me séduit, plaisanta-t-il en se remettant sur ses pieds. Bob se charge de dresser l'inventaire à ma place.

— Oh ! Je n'oublierai pas de le remercier la prochaine fois que je le croiserai ! Il doit bien exister un moyen de le payer de retour.

— Je m'en chargerai.

— Mais je pourrais lui...

— J'en suis certain ! interrompit Kit d'un air faussement indigné. Je trouve les plaisanteries d'Ayesha plutôt déplacées, Miss Spencer.

— Quelle pruderie ! Moi qui vous imaginais doté d'humour...

— Pas lorsque mes compagnes sont concernées.

— Oh ! Parce que vous en possédez plusieurs ?

— Il semblerait.

— Combien de conquêtes totalisez-vous ?

— Elles sont trop nombreuses pour que je puisse m'en souvenir. Et maintenant, pouvons-nous gagner la chambre ?

— Pourquoi perdriez-vous donc le sens de l'humour ?

— Tout simplement parce qu'une vilaine blague m'a jeté jadis dans cette foutue galère, conclut-il en refermant la porte derrière eux.

Annabel fondit sur le lit.

— Racontez-moi tout.

— Plus tard.

— Non, tout de suite.

— Cette histoire est particulièrement ennuyeuse, et je connais des moyens plus intéressants de passer le temps.

— Ne me faites pas languir, Kit. Dites-moi ce qui s'est passé.

— Je ne crois pas que ce soit la manière dont les femmes afghanes doivent agir avec leur khan. Ne devriez-vous point vous soumettre à la volonté de votre seigneur ?

— Je redeviendrai Ayesha dès que vous aurez satisfait la curiosité d'Annabel.

Christopher dut céder aux supplications de la jeune femme et de ses prunelles charmeuses.

— Faisons un compromis. Vous vous déshabillez pour que je puisse me repaître de votre merveilleux corps pendant que je vous dévoilerai mes secrets.

— Vous ne pourrez vous concentrer, objecta-t-elle, un sourire coquin au coin des lèvres. Ni sur l'histoire ni sur moi...

— Vous aimez jouer avec le feu, n'est-ce pas ? commenta-t-il en la basculant sur les oreillers.

S'aventurant sous la fine étoffe de la tunique, il rencontra l'agrafe qui retenait le chalvar. La jeune femme pouffa et tenta de repousser l'avancée de son compagnon en se tordant comme un beau diable. Mais Kit eut tôt fait de riposter et la maîtrisa en encerclant sa taille d'une jambe.

— Levez votre postérieur, Miss Spencer !

— Sale butor ! vitupéra-t-elle en s'arquant néanmoins vers lui, lui permettant de faire glisser le pantalon jusqu'à ses pieds.

Il s'inclina lentement vers le buste gracieux et se fraya un chemin dans l'échancrure de sa tunique.

— Vous êtes la plus excitante des créatures que j'ai eu le plaisir de rencontrer. Un mélange savoureux de promesses et de défi...

— Non... protesta-t-elle faiblement, toute frémissante.

Ses mots se perdirent sous les lèvres avides de Kit, toute résistance envolée. Seule comptait son étreinte passionnée. Son pouls s'accéléra quand les mains de l'homme descendirent le long de son dos et dessinèrent la courbe parfaite de ses hanches avant de s'égarer au creux de ses reins.

Un désir éperdu se lisait sur leurs visages et leurs souffles s'accéléraient. Kit se pencha à nouveau pour croquer le fruit de sa bouche couleur grenade. Un feu étrange brûlait dans le cœur de la jeune femme. La passion, souveraine, coulait dans ses veines.

La prenant par la taille, il lui embrassa alors le ventre, l'intérieur soyeux de ses cuisses et plongea enfin pour goûter la fleur douce amère et palpitante de sa féminité. Haletante, elle crispait les mains dans sa chevelure blonde, tout entière tendue vers lui…

Se faisant violence, il se redressa et la souleva légèrement pour lui enlever sa tunique. Puis ils retombèrent enlacés sur le lit.

Comme il posait ses lèvres sur la gorge de nacre, Annabel sentit la pointe de ses seins se durcir. La bouche du lieutenant dessinait des cercles de feu sur sa chair palpitante. Le sens des réalités lui échappait. Tout son corps s'embrasait et ses reins se courbèrent pour venir à la rencontre de l'homme. Elle s'accrochait à lui en gémissant de plaisir. Ses plaintes ne firent que fouetter le désir de son compagnon qui enfouit la tête entre ses jambes ouvertes et chercha de sa bouche tendre et chaude le cœur mystérieux de son intimité. Après avoir agacé fébrilement le joyau d'Annabel, il glissa la langue en elle avec une lenteur infinie et lui infligea la plus délicieuse des tortures. Sans lui laisser le moindre répit, il l'entraîna dans un merveilleux tourbillon hors du temps, la guidant vers les cimes de l'amour…

— Je suis désolé, lui murmura-t-il à l'oreille mais je ne peux contenir plus longtemps la faim que j'ai de vous.

— Avec joie, répondit-elle en lui tendant les

bras cependant qu'il se dévêtait à la hâte. Je ne saurais me rassasier des plaisirs de votre corps. Que c'est bon de vous sentir contre moi, de vous appartenir... Vous êtes magnifique, Christopher Ralston.

— Je suis le plus heureux des hommes, adorable lynx aux yeux de jade.

Il s'étendit sur elle, faisant aller et venir sa virilité palpitante contre le ventre de la jeune femme.

Le contact de son membre rigide raviva le feu qui couvait en elle. Il la pénétra enfin, et elle alla au-devant de son compagnon, exhalant une longue plainte rauque et le serrant contre son corps.

Il resta un moment immobile, savourant cette sensation, puis se mut languissamment en lui susurrant mille secrets à l'oreille. Annabel l'entendait à peine, emportée par les vagues successives d'un plaisir extatique. En harmonie, et d'un même élan, ils se jetèrent ensemble dans une course folle à travers les méandres du bonheur. Soudain, Kit poussa un cri étouffé et la jeune femme lui fit écho.

— Ciel! chuchota Kit lorsqu'il put enfin se détacher d'elle. Vous êtes une véritable sorcière, Annabel-Ayesha. En tout cas, pas une femme ordinaire...

Longtemps, leurs deux corps demeurèrent enchevêtrés. Cette union parfaite les avait miraculeusement rapprochés. La jeune femme voulut que cette communion fût totale et ressentit le besoin qu'il lui ouvre son cœur.

— Et si vous me racontiez enfin cette «vilaine blague»?

Dans un effort suprême, Kit s'écarta et roula sur le côté. Il s'appuya sur son coude et considéra sa compagne.

— J'ai un sévère penchant pour la dive bouteille.

— Je m'en suis aperçue. Mais je n'ai pu me rendre compte à quel point.

— Au point de commettre d'irréparables bévues. Malheureusement, c'est un vice que beaucoup d'entre nous cultivent. Depuis l'école, nous n'avons jamais abandonné la boisson.

— Pourquoi ?

— L'ennui, certainement. Peu de personnes peuvent, comme vous, briser la monotonie.

— Mais vous vous êtes enrôlé dans l'armée. Vous ne pouvez vous y morfondre ?

— Oh, Annabel ! Si vous saviez... Il n'y a rien de plus mortel que cela.

— Pourquoi avez-vous gonflé ses rangs ?

— Tous les fils et héritiers de la lignée Ralston se sont engagés dans la Seventh Light Dragoons depuis un siècle et demi. J'aurais préféré rester à Oxford, mais à cause d'une ridicule dispute d'ivrognes, j'ai décidé de quitter la tour d'ivoire et de rejoindre le chemin familial avec un enthousiasme inconscient.

— Mais vous n'appartenez plus à cette compagnie, n'est-ce pas ?

— Non. J'ai dû résilier mon contrat et accepter un transfert dans la cavalerie de la Très Honorable Compagnie des Indes Orientales.

— Ainsi, voilà à quoi Harley faisait allusion l'autre jour en remarquant que vous étiez bien loin de la Horse-Guards Parade à présent, dans ce trou perdu.

— A-t-il vraiment dit cela ?

— Oui. Il a ajouté que vous aviez l'œil égrillard et qu'il n'était pas le moins du monde surpris de vous voir croupir ici.

— Qu'il aille au diable ! Si je mets la main sur lui, il...

— Vous ne pouvez sérieusement le blâmer alors que vous êtes seul responsable de cette mutation.

— Il n'était pas obligé de me suivre. Il a choisi son camp. Dieu seul sait pourquoi !

— Peut-être parce qu'il éprouve de l'affection pour vous.

Il coula un regard en sa direction et sourit tendrement.

— Vous avez raison. Pour être honnête, je suis bien heureux qu'il ait accepté de venir ici avec moi.

— Vous ne m'avez toujours pas dévoilé les motifs qui vous ont amené à Kaboul ?

— Si vous insistez. Mais ce n'est pas une belle histoire. (Il se carra confortablement contre les coussins.) Blottissez votre tête sur mon épaule. Voilà qui est mieux, déclara-t-il lorsque la jeune fille obtempéra. Un verre de cognac, et tout serait parfait.

Elle lui décocha une œillade meurtrière mais s'aperçut bien vite qu'il plaisantait.

— Cela suffit ! Plus d'alcool.

— Il était une fois une jeune fille prénommée Lucy qui travaillait chez une modiste. Elle était belle comme le jour, ronde et appétissante. Peut-être un peu trop potelée mais si gentille... Et puis elle croyait voir en moi un dieu.

— Cela n'a pas dû arranger les choses, nota Annabel judicieusement.

— Gardez vos réflexions désobligeantes pour vous. En tout cas, j'ai installé Lucy dans une maison sur Hampstead, où, mois après mois, elle s'épanouit. Elle prenait plaisir à vaquer aux occupations domestiques, à réchauffer mes pantoufles...

— Et d'autres choses, intervint Annabel.

— On peut le dire. Mais voudriez-vous vous taire ? Vous ne me facilitez pas la tâche.

— Pardonnez-moi.

— Donc, comme je vous le disais, cette existence convenait à Lucy, comme à moi d'ailleurs. Je lui rendais visite de temps à autre, lorsque les exigences de la vie militaire me le permettaient... Un tourbillon de parties de cartes, de bals et de réceptions... Classique... !

La moquerie perçait dans sa voix et il fixait le vide comme s'il contemplait un univers totalement inconnu.

— J'étais rarement sobre, mais qui l'était vraiment ? Nous n'avions que peu de besoins et aucun souci. Par malchance, le cognac n'éveille pas le meilleur côté d'une personnalité. Trois de mes amis officiers décidèrent une nuit qu'une maîtresse d'un caractère aussi accommodant et naïvement enchanteur que la mienne ne pouvait être la propriété exclusive d'un seul homme.

Il repoussa une boucle rousse qui lui chatouillait le menton. Toute trace de raillerie avait déserté sa voix à présent plate et dénuée de toute expression.

— Nous étions complètement ivres, et je ne pensais pas qu'ils feraient du mal à Lucy. Mais à leurs yeux, elle ne représentait rien de plus qu'une simple vendeuse, et pour ces fils de l'aristocratie, une proie facile, sans compter qu'elle avait prouvé de manière éclatante sa petite vertu.

Annabel s'écarta et dévisagea d'un air horrifié son vis-à-vis.

— L'ont-ils violée ?

Kit secoua vigoureusement la tête.

— Non, je suis arrivé à temps. Ils étaient en train... de l'amadouer. Elle était terrifiée, mais je ne pense pas que dans leur état d'ébriété avancée, ils auraient pu la violenter. Je ne pourrais certes pas l'assurer car je ne pouvais raisonner. Une lutte sans merci s'ensuivit, qui s'acheva par la promesse d'un duel. (Son rire amer et nerveux vrilla le silence de la pièce.) A l'aube, le lendemain...

Annabel écarquilla les yeux.

— Vous vous êtes réellement battu ?

— Oui, avec les trois. Je les ai pris un par un. (Il bascula son corps en arrière, les paupières closes.) De la démence... Un moment d'égarement.

— Les avez-vous tués ?

— Non, bien sûr. Je les ai juste blessés. Mais ce duel a provoqué un immense scandale. On ne se bat pas pour les beaux yeux d'une modiste, vous comprenez ? D'ailleurs de tels combats ne devraient pas exister. En général, les autorités ferment les yeux sur ces questions d'honneur. Mais ce ne fut pas le cas, loin de là...

— Que s'est-il passé ensuite ?

Kit se rembrunit brusquement.

— J'ai dû donner ma démission. Mon attitude n'avait rien de chevaleresque.

— Au contraire, s'insurgea-t-elle d'un ton passionné. A votre place, un Afghan aurait découpé l'offensant en mille morceaux, sans se presser, avec un plaisir non dissimulé.

— Mais il s'agissait de la Horse-Guards Parade.

— Alors pourquoi avez-vous rejoint la cavalerie des Indes Orientales ? Vous auriez dû être guéri de l'existence militaire pour le restant de vos jours.

— Je l'étais mais mon père ne voulait plus entendre parler de moi ! Il avait fait montre de patience à mon égard, mais la dernière opprobre fut plus qu'il ne pouvait en supporter. Et comme mon train de vie dépendait entièrement de son bon vouloir, je n'ai eu d'autre issue que de porter de nouveau les armes et fuir le pays. Et voilà...

— Oui, vous êtes là, souffla Annabel d'un ton badin, assise en tailleur, enveloppant son compagnon d'un regard énamouré. Et songez que si tous ces événements ne s'étaient pas produits, nous ne serions pas réunis dans cette chambre. La Destinée... inéluctable Destinée... Et pourtant je n'aimerais pas qu'il en soit autrement.

— Moi non plus, murmura-t-il d'une voix enrouée. Je vous le jure. Je suis même prêt à embrasser cette Destinée...

— Capitaine Mackenzie, les barils d'eau sont à peine suffisants maintenant pour secourir les blessés. Et si nous continuons ce tir nourri pendant encore quelques heures, il ne nous restera plus une seule munition.

Colin Mackenzie jeta un coup d'œil fatigué en direction du lieutenant qui venait de lui soumettre ce lugubre mais prévisible rapport. Des panaches de fumée âcre obscurcissaient l'air, l'écho incessant des fusillades et les plaintes agonisantes des soldats accompagnaient sa mélancolie et ses angoisses. Il se pencha au parapet et à travers le brouillard opaque, discerna les rebelles qui se pressaient en hurlant contre les grilles du fort du shah Soojah. Depuis deux jours, le capitaine réussissait à tenir ferme devant les insurgés même si leurs assauts s'intensifiaient.

— Je ne comprends pas pourquoi on ne nous a toujours pas envoyé des renforts, remarqua-t-il en frottant d'un geste las ses yeux agressés par la poudre. Ignorent-ils que nous sommes attaqués ?

Le lieutenant à ses côtés considéra cette question comme un simple effet de rhétorique et se garda bien d'y répondre.

— Comment vont les hommes, Bill ?

— Découragés, Capitaine, répliqua le lieutenant avec franchise. Nos pertes sont inestimables et les blessés, privés de soins, meurent les uns après les autres.

— Diantre ! Mais que fiche donc Elphinstone ?

Mackenzie dévala l'escalier abrupt creusé dans la muraille et se heurta à un soldat qui, visiblement paniqué, grimpait quatre à quatre les marches.

— Ils ont envahi l'aile sud du fort, Capitaine !

L'officier se pétrifia sur place un instant, affrontant la réalité brutale. S'il existait une chance minime d'épargner la vie des familles et des blessés, il se devait d'abandonner la forteresse.

— Très bien. Préparez-vous à évacuer les lieux. Nous allons tenter de gagner le cantonnement.

Il affichait une sérénité qu'il était loin d'éprouver, et ses compagnons devinèrent ce qu'une telle décision lui coûtait.

Une poignée de soldats défendit avec acharnement l'avant-poste au sud, repoussant la horde gesticulante, pendant que les civils, sur des litières ou à cheval, s'éclipsaient subrepticement par la porte au nord, escortés par la cavalerie, véritable rempart mouvant. Puis l'infanterie battit en retraite, couvrant son repli par des salves féroces.

La nuit avait enveloppé la plaine de son lourd manteau sombre, et cette obscurité entravait les mouvements des assaillants, qui semblaient perdre en vigueur au profit de la défense qui, galvanisée par la soudaine faiblesse de l'ennemi, déchargeait inlassablement ses mousquets dans sa direction.

— Sonnez l'appel aux armes ! enjoignit Mackenzie à l'adresse du clairon.

Les notes de musique s'égrenèrent dans l'air, distribuant à chacun des encouragements. Le porte-étendard chevauchait en avant-garde derrière le capitaine qui remarqua avec satisfaction que, même dans la défaite, sa minuscule garnison savait se comporter selon les règles de l'art.

Kit et Bob Markham se tenaient au poste de commandement à l'entrée du cantonnement lorsque la première sonnerie de clairon retentit dans le lointain.

— Ce doit être Colin Mackenzie, fit Bob.

— Ouvrons-lui les portes, s'écria Kit, en courant vers les vantaux. Allumez les feux de signal ! ordonna-t-il aux sentinelles qui scrutaient l'horizon. Et dépêchez-vous !

Tandis que Bob aboyait des ordres alentour, Christopher rassembla une troupe de cipayes à la porte. Une myriade de torches déchira bientôt le voile de la nuit. Kit monta en selle et rejoignit l'escadron qui s'élançait vers la sortie sous le commandement de Bob.

— J'espère que cela ne vous dérange pas que je vous accompagne, déclara-t-il au capitaine dans un éclat de rire homérique qui vrilla l'atmosphère tendue.

— Soyez mon invité, retourna Bob en s'esclaffant à son tour. Par tous les saints, nous devons bien cela à Mackenzie.

Les hommes chargèrent à travers la plaine, guidés par le bruit reconnaissable entre tous des fusillades. Le clairon sonnait joyeusement, supplantant les cris de l'ennemi et les détonations lugubres. Les explosions de barils de poudre projetaient des bouquets d'étoiles colorées sur la voûte céleste.

Avec un désir sauvage de violence trop longtemps réprimé, les deux officiers menèrent leurs hommes à bride abattue vers le cœur du conflit. La soudaineté de leur apparition ajoutée à la férocité de leur attaque prit les rebelles par surprise, insufflant une nouvelle vigueur aux troupes de Mackenzie.

Moins d'une demi-heure plus tard, ces dernières pénétraient dans le camp. Les vantaux se refermèrent dans un grincement réconfortant, et les soldats postés sur les remparts tirèrent au jugé, refoulant les insurgés, qui pour la première fois venaient de rencontrer une résistance effective.

Les habitants se ruèrent hors de leurs bungalows pour proposer leur assistance aux civils bouleversés et morts d'épuisement.

— Vous en avez mis du temps ! commenta Colin d'un ton corrosif, sur sa selle, aussi droit et fringant que s'il venait de se réveiller après une bonne nuit de sommeil.

— Ce n'est pas faute d'avoir essayé, fit remarquer Kit sans la moindre acrimonie. Bob a harcelé Elphinstone sans relâche mais le vieux n'a rien voulu entendre...

Il haussa les épaules avec résignation et remonta en selle.

— Hmmm. J'imagine, avisa Mackenzie en se frottant les lèvres du bout des doigts. Merci à vous deux, en tout cas. Je suppose qu'il me faut maintenant faire un rapport.

Ce disant, il fit tourner bride à sa monture et observa le quartier général éclairé *a giorno* par des lampes à pétrole accrochées aux fenêtres. Devant les portes s'agitait une foule de domestiques tandis que les chirurgiens se déplaçaient entre les civières, examinant les blessés et établissant leurs diagnostics.

— Au moins, ces malheureux pourront être soignés, murmura-t-il pour lui-même.

— Vous me semblez à bout de forces, Capitaine Mackenzie, commenta Bob en le rejoignant. Si vous voulez profiter de mon hospitalité…

Une exclamation horrifiée de Kit coupa court à cette invitation. Ils tournèrent la tête et découvrirent le motif de son cri. Annabel accourait dans leur direction, les yeux étincelants de rage, sa longue crinière déferlant en cascade sur une cape enfilée à la hâte.

— Vous étiez sorti ! tempêta-t-elle au bord de l'hystérie. Sans me prévenir, vous partez vous battre contre les Ghazi. Il me semblait pourtant que vous m'aviez promis de me tenir au courant de vos faits et gestes…

— Pour l'amour du Ciel, taisez-vous ! s'insurgea Kit, livide.

Devant cette tornade inattendue, ses compagnons perdirent l'usage de la parole. Bob, qui connaissait le caractère fougueux de la jeune femme, ne s'en demanda pas moins comment Christopher allait régler cette scène sans esclandre.

— Il ne vous est même pas venu à l'esprit que je puisse m'inquiéter de votre sort, continua-t-elle, dédaignant l'injonction du lieutenant. Vous m'avez raconté que vous ne resteriez absent que quelques minutes… et cela fait des heures et des heures que je me ronge les sangs, sans un signe de votre part… pour apprendre finalement que vous étiez en danger.

Sa tirade enflammée fut interrompue par Kit qui la saisit au bras et la secoua comme un prunier, le visage cramoisi par la colère.

— Calmez-vous!

La jeune femme revint peu à peu à la réalité et remarqua tout à coup l'assistance qui, bouche bée, les fixait avec incrédulité.

— Pardon, souffla-t-elle à voix basse, le regard contrit. Mais je m'inquiétais pour vous. La peur m'a fait tout oublier.

— Qui est donc cette jeune femme? somma une matrone à l'air revêche en fondant sur l'attroupement. Je ne crois pas l'avoir déjà croisée. Et que signifient ces vêtements?

— Retournez au bungalow et attendez-moi, avisa Kit en se maîtrisant tant bien que mal. On réglera cela plus tard.

Annabel ne se le fit pas dire deux fois et se fraya un passage parmi la foule éberluée, dissimulant sa chevelure sous l'épais tissu de sa capuche, gardant les yeux rivés sur le sol comme si la modestie inhérente à Ayesha pouvait effacer le scandale.

— Mon Dieu! siffla Colin doucement en recouvrant ses esprits. Quelle tigresse! Qui est-elle?

— La femme que j'envisage d'épouser si nous parvenons à sortir indemnes de ce satané traquenard. Et si je ne lui ai pas tordu le cou avant, bien sûr.

— Vraiment? s'étonna Bob, une lueur amusée dans les yeux. J'ignorais que c'était une coutume.

— Moi de même, dit Kit, les lèvres pincées. Mais j'aurais dû. Et si nous allions rendre visite au général... Plus vite nous nous serons débarrassés de cette corvée, plus vite Colin pourra se reposer.

— Il n'est peut-être pas nécessaire que nous allions tous nous présenter, suggéra Bob. Kit? Vous ne feriez pas mieux de... ?

— Non, coupa ce dernier sèchement. Je lui laisse tout le temps de se morfondre et de réfléchir à la punition que je vais lui infliger! Elle a besoin d'une bonne leçon, ajouta-t-il, en se dirigeant au pas de course vers l'état-major, et peut-être que si je la menaçais de l'envoyer chez Lady Sale et de l'y abandonner, elle...

— Diable! s'exclama Colin. Je ne reconnais plus Kit. Si j'avais imaginé qu'un jour quelqu'un réussirait à percer la carapace de ce désillusionné...

— Cette femme ne ressemble pas aux autres, expliqua Bob.

— Je m'en suis rendu compte. Lorsque nous en aurons terminé avec Elphinstone et MacNaghten, vous n'oublierez pas de tout me raconter. J'en ai déjà l'eau à la bouche.

Le général et l'ambassadeur reçurent Mackenzie avec un air pour le moins renfrogné. Ils ne lui offrirent ni justifications ni excuses pour l'avoir si lâchement abandonné, mais ils eurent la décence de remercier le capitaine Markham et le lieutenant Ralston pour leur acte de bravoure.

— Si seulement je savais ce que nous pourrions tenter à présent, marmonna le général d'un ton geignard. Le général Nott a tenté de nous envoyer une de ses brigades mais ils ont dû rebrousser chemin à cause du mauvais temps. La neige a commencé à tomber. Je me demande, Sir

William, si nous ne devrions pas engager des négociations.

— Tant que nos provisions ne seront pas entamées, Général, nous pourrons résister jusqu'à la fin de l'hiver, décréta le plénipotentiaire. J'ai écrit à Mohun Lal en lui donnant l'instruction de semer le trouble entre les différents sirdars. Les choses rentreront dans l'ordre d'elles-mêmes.

Elphinstone ne paraissait pas convaincu par les paroles de son subordonné mais il n'essaya même pas d'argumenter. Au lieu de cela, il dévisagea Ralston.

— Lieutenant, vous occupiez le poste de capitaine dans la Seventh Light Dragoons, n'est-ce pas ?

— Oui, Général.

Qu'il ait régressé d'un rang dans la hiérarchie militaire semblait à Kit peu de chose comparé à cet exil au bout du monde. Il répondit donc distraitement, l'esprit préoccupé par Annabel.

— Mmmm. Eh bien, je pense qu'il serait plus juste de vous nommer capitaine dans la cavalerie de la Compagnie des Indes Orientales. Vous nous avez rendu un immense service en menant les négociations avec Akbar Khan. De plus, vous avez su servir votre pays en volant au secours de vos compatriotes.

— Je vous remercie, fit Kit sans plus de conviction.

— Messieurs, je crois que cet entretien est clos, avisa le général en s'extirpant à grand-peine de son fauteuil. Je ferai valoir votre promotion au plus vite, Ralston.

— Enfin, il n'était pas trop tôt, commenta Bob

une fois qu'ils furent dans la rue. Après toutes ces années de service, rien que de plus normal que vous preniez du galon.

— Service n'est peut-être pas le mot approprié pour définir cinq ans de galère dans la Dragoons Parade, Bob, s'esclaffa Kit d'un rire sans joie. Si vous voulez bien m'excuser, j'ai une affaire pressante à régler. Venez vous joindre à ma table pour le dîner. Annabel aura quelque chose à se faire pardonner.

— Au moins Kit a d'autres chats à fouetter que cette folie suicidaire, allégua Colin alors que Bob et lui faisaient chemin, quelque temps plus tard, vers la demeure du lieutenant. Et lesquels ? poursuivit-il sur le ton de la confidence. Je vous fais confiance pour éclaircir certains détails de cette histoire.

Annabel était sur des charbons ardents depuis l'altercation avec Kit au vu et au su de tous. Plus elle songeait à cet esclandre, plus elle éprouvait de honte. Elle qui, durant huit ans, n'avait jamais levé les yeux sur un homme sans permission, s'était, avec effronterie, répandue en invectives contre Christopher devant des étrangers. Et comme elle ne pouvait dans son esprit justifier ni excuser son geste, les chances de produire une défense convaincante devant un homme furieux, à juste titre, s'annihilaient.

Lorsque l'huis grinça, elle bondit sur ses pieds et fixa la porte du salon d'un regard anxieux.

— *Salaam*, Ralston, *huzoor*, salua-t-elle humblement en levant les mains à son front tandis qu'il s'approchait.

— Laissez tomber vos simagrées ! (Le battant se referma dans un claquement violent.) Comment avez-vous osé me harponner devant mes amis, comme un vulgaire chaland ?

— Mais vous m'aviez promis de...

— Non, vous m'avez promis, coupa-t-il. Vous m'avez juré de vous conduire discrètement dans le cantonnement. Au lieu de cela, vous vous abattez sur moi, me réprimandez avec toute l'intimité d'une personne qui partage mon lit, sans vous soucier de l'assistance. Cette histoire sera sur toutes les lèvres demain matin, et comment diable l'expliquerai-je ?

— Dites la vérité. Cela m'est égal.

— Peut-être vous, mais moi je n'aime pas les ragots. Par ailleurs, je n'ai jamais été aussi humilié que ce soir, jamais.

— Je suis désolée. Ma conduite était inqualifiable. Mais j'avais si peur pour vous.

— Je respecte vos sentiments, mais comment avez-vous pu oublier notre contrat ? (Il lança sa cape sur le dossier du fauteuil et fourragea nerveusement ses cheveux aux reflets d'or.) Comment, Annabel ?

— Je n'en sais rien. J'ignore ce qui m'a traversé l'esprit. On me reprochait, enfant, d'avoir un tempérament fougueux, mais les années passées au contact des Ghazi avaient réussi à dompter mon caractère impétueux. (Elle lui tourna le dos et contempla le feu, les mots glissant de ses lèvres tandis qu'elle tentait désespérément d'analyser ses mouvements d'humeur.) C'est un peu comme si, tout à coup, la hargne qui couvait au fond de moi s'éveillait, comme si les sentiments refoulés trop longtemps réapparaissaient à la surface. Un défoulement après une trop longue abstinence...

— Vous ne pouvez agir d'une manière inconsidérée. Les conséquences ne sont peut-être pas aussi graves ici qu'au fort d'Akbar Khan mais elles n'en demeurent pas moins importantes. (L'agrippant par l'épaule, il l'obligea à lui faire face.) Et laissez-moi vous donner un conseil, Annabel Spencer! Si par malheur vous recommenciez, je vous promets de vous rendre la monnaie de votre pièce publiquement.

Un lourd silence s'installa entre eux cependant qu'ils soupesaient leurs propos.

— Prenez un cognac, suggéra soudain Annabel. L'alcool vous aidera à vous détendre.

— Je croyais qu'il fallait que je renonce à ce genre de remontants.

— Si vous ne faites pas d'excès... déclara-t-elle en l'observant à la dérobée. Me raconterez-vous ce qui s'est produit ce soir?

Il lui narra toute l'histoire par le menu, sans omettre sa promotion inattendue, et les choses rentrèrent petit à petit dans l'ordre. Ils avaient tourné la page...

Un coup fut soudain frappé à la porte d'entrée.

— Qui est-ce? s'enquit la jeune femme, mécontente de cette interruption en ce moment d'équilibre précaire.

— Je présume qu'il s'agit de Colin et de Bob, grimaça Kit. Je les ai invités pour le dîner. Et si vous désirez vous joindre à nous, il vous faudra d'abord présenter vos excuses. Votre démonstration les a plutôt décontenancés.

Il s'en fut vers la porte.

— Entrez. Colin, vous ne connaissez pas Miss Spencer, n'est-ce pas ?

— Je n'ai pas ce plaisir, fit le capitaine Mackenzie en s'inclinant cérémonieusement.

Annabel fit un pas en leur direction, un air déterminé dans le regard.

— Je vous dois mes excuses. Je me suis conduite comme une parfaite idiote tout à l'heure, et j'aimerais me faire pardonner pour l'embarras que j'ai dû vous causer. (Elle jeta un coup d'œil dans la direction de Kit et haussa les sourcils.) Cela suffira ? (Il opina du chef et elle poussa un soupir de soulagement.) Nous pouvons donc tirer un trait sur ce malencontreux incident, n'est-ce pas ?

— Oui, nous pouvons, répliqua-t-il d'un ton résigné. Mais je ne sais si tout le monde en sera capable. Chacun est au courant de votre présence chez moi, et Dieu seul sait quel mensonge je vais bien pouvoir inventer.

— Je ne m'inquiète pas pour cela, précisa Annabel joyeusement, en se dirigeant vers l'office. Je vais voir si Harley a besoin de mon aide pour le repas.

— Miss Spencer a raison. Je ne m'inquiéterais pas à votre place, intervint Bob, confiant. Il y a suffisamment de problèmes en ce moment pour ne pas en rajouter d'autres. Qui aurait envie de se soucier de la vie privée de son voisin ?

— Espérons-le.

Cependant le lendemain matin, de mauvaises nouvelles les attendaient. Lady Sale fit convoquer le capitaine Ralston à l'heure qui lui agréerait.

Kit reçut cette sommation d'un air sombre, et Annabel le considéra avec alarme, redoutant qu'il se fâche derechef.

— Peut-être n'est-ce pas à cause...

— Si, bien sûr, mordit-il. Elle passe son temps à s'immiscer dans la vie des autres. (Il repoussa sa chaise d'un geste brusque.) L'ennui, c'est qu'elle occupe une place d'honneur dans cette communauté, et que le général Elphinstone a une confiance aveugle en ses jugements... Nous aurions pu éviter une telle confrontation, si vous n'aviez pas failli à votre promesse.

— Je vous ai déjà prié de me pardonner.

— Mais vos pardons ne changeront rien à la situation, n'est-ce pas ?

— Je suppose que non, bredouilla-t-elle en jouant avec les miettes sur son assiette. Si vous ne souhaitez pas la mettre au courant de mon passé, pourquoi ne pas tout simplement mentir et lui dire que je ne suis qu'une vulgaire fille de joie que vous avez ramassée au bazar ? Elle n'y verra que du feu. Les métisses qui parlent votre langue, ce n'est pas ça qui manque sur le trottoir. Les femmes afghanes colorent souvent leurs cheveux avec du henné, la teinte acajou étant considérée comme le symbole de la séduction. (Elle leva les yeux sur son interlocuteur.) Il n'existe pas de lois qui interdisent à un homme célibataire de louer les services d'une prostituée afin de réchauffer son lit, si je ne m'abuse ?

Kit soupira. Même s'il le souhaitait ardemment, il était trop tard pour faire marche arrière et revenir à son plan initial. Il lui serait désormais impossible de placer la malheureuse et innocente orpheline sous la bonne garde de Lady Sale. Annabel avait prouvé d'une manière indéniable la nature de leurs relations. Il l'épouserait, mais dans les règles de l'art, c'est-à-dire à la cathédrale St George, dans Hanover Square, avec un avis de fiançailles publié dans le *Times*, les bans qui se devaient et les congratulations requises. Annabel ignorait tout de ses projets bien entendu, et il préférait pour l'instant n'en rien dévoiler, mais ceci signifiait qu'il devrait défendre la cause de la jeune femme auprès de la terrible matrone pour que cette dernière accepte de fermer les yeux sur leur aventure.

— L'idée est judicieuse, mais Lady Sale ne manquera pas de me sonner les cloches, invoquant un laxisme moral impardonnable et une indiscrétion condamnable, péchés grandissimes selon elle. Si vous aviez fait montre de retenue, chacun ici aurait toléré cette situation irrégulière.

— Vous allez me garder rancune encore longtemps ? le défia Annabel. Cela ne servirait à rien. J'essayais juste de vous soumettre des solutions constructives, et tout ce que vous trouvez à faire est de vous morfondre sur le passé.

Cette remarque arracha un pauvre sourire à Christopher.

— Combien de fois n'ai-je point avancé ces arguments quand mon père s'insurgeait contre mes peccadilles ? Il ne cessait de me gourmander et pourtant, invariablement, je réitérais mes bêtises. (Dérouté, il secoua la tête.) Que diable vais-je devenir avec un poison comme vous ?

— Je ne m'opposerai jamais à vos désirs, assura-t-elle avec une pointe de malice, en se carrant dans son fauteuil, amusée par l'expression désorientée de son compagnon. Que puis-je faire pour votre service ? (Elle se redressa, une invitation muette dans ses yeux pétillants.) Dois-je innover ?

— Je vais de ce pas affronter le dragon du camp, proclama-t-il, faisant fi des propositions de la jeune femme, et s'éloignant à la hâte. Soyez gentille, Annabel.

Ses protestations s'évanouirent lorsqu'elle le rejoignit, lovant amoureusement son corps contre lui, encerclant la nuque puissante de ses bras, effleurant de ses lèvres la bouche réticente. Elle portait une veste de pyjama qui, lorsqu'elle leva les bras, s'ouvrit, révélant des formes voluptueuses et ensorcelantes.

Il essaya de résister mais la chaleur de cette peau soyeuse et agréablement parfumée l'en dissuada et il glissa les mains sur la taille étroite jusqu'au contour parfait de ses hanches, et sentit les battements de son cœur s'emballer et son désir s'éveiller.

— Voilà, murmura-t-elle contre la joue fraîchement rasée. Maintenant filez chez cette chère Lady Sale lui déclarer que ce que vous faites avec la fille de joie du bazar ne la concerne pas. Vous vous montrerez certainement plus convaincant à présent, n'est-ce pas ?

Elle caressa du bout des doigts le sexe douloureusement érigé sous l'étoffe du pantalon et eut un sourire espiègle. Il plongea son regard dans les merveilleuses prunelles de jade où la passion, aussi acérée que celle qui l'aiguillonnait, donnait le change à la taquinerie.

— Vous êtes le suppôt de Satan, dénonça-t-il sans se départir de sa bonne humeur, resserrant l'étreinte de ses doigts sur les courbes appétissantes de ses fesses. Magicienne, déesse... Qui êtes-vous donc, belle inconnue ?

— C'est un secret. Veuillez me lâcher, Lady Sale risque de s'impatienter.

— Je ne sais si je dois vous libérer, allégua-t-il d'un ton mi-sérieux, mi-facétieux. J'hésite quant à vous infliger ou non la punition que vous méritez grandement.

— Quelle serait-elle ?

Annabel frémit de tout son être et Kit devina les émotions qui l'assaillaient, reconnut la flamme ardente qui éclairait les prunelles vertes.

— Comme ceci. (Il s'écarta brusquement.) Je vous rends la pareille, mon cœur. Je vous laisse contempler la frustration de commencer quelque chose sans avoir l'intention de conclure.

Il la planta là, au beau milieu de la pièce. D'un geste faussement offensé, elle couvrit sa poitrine avec les mains. Puis, avec un sourire aux lèvres, elle réajusta sa veste, songeant qu'elle ne récoltait que ce qu'elle avait semé.

Kit, résolu à prendre les devants avec Lady Sale, offrit à la vieille dame un sourire narquois lorsqu'elle le conduisit au salon et lui fit signe de s'asseoir, l'outrage peint sur son visage ridé.

— Certains bruits scandaleux circulent sur votre compte à travers le cantonnement, Christopher, accusa-t-elle sans préambule. Je suis certaine que vous devinez à quoi je me réfère.

Kit secoua la tête, feignant de tomber des nues.

— Non, je vous assure, je ne vois pas de quoi vous voulez parler. Vous aurais-je froissée ?

— Je veille depuis des années à la bonne moralité de ce camp, répliqua-t-elle d'un ton acerbe. Permettez-moi de juger inqualifiable le fait que vous vous affichiez publiquement en compagnie de votre maîtresse. Auriez-vous perdu l'esprit ? Ternir ainsi votre réputation ! Comment osez-vous ? Avez-vous songé à votre pauvre mère ?

— Ma réputation ne craint plus grand-chose aujourd'hui. Mais sauf le respect que je vous dois, j'ai passé l'âge de recevoir des remontrances. Qui ai-je offensé ?

L'espace d'un instant, la vieille dame parut décontenancée par la verte réplique du capitaine. Mais elle recouvra rapidement ses esprits.

— J'ai cru comprendre que vous hébergiez... cette jeune femme sous votre toit.

— Et alors ? Vous devriez savoir que les hommes célibataires, que ce soit en Inde ou ailleurs, ont eux aussi des besoins et qu'il est tout à fait naturel qu'ils les comblent.

Lady Sale s'empourpra violemment.

— Je préfère ne pas m'y entendre. Que vous alliez satisfaire votre concupiscence avec les prostituées des bas quartiers ne me regarde en rien mais s'exhiber en compagnie de l'une d'entre elles sous le nez de nos chastes et vertueuses compatriotes est totalement inconcevable. Comment voudriez-vous qu'une jeune fille comme Millie Drayton ne s'en offusque point ?

Kit se renfrogna et affecta la contrition.

— Bien, Madame. Loin de moi le désir de parader au bras d'une catin au risque de bouleverser les demoiselles délicates... Ce serait une faute inexcusable de ma part. Veuillez me pardonner, mais les ragots qui ont écorché vos oreilles se révèlent sans fondement. Qui pensiez-vous que je gardais chez moi ? (Il lui décocha une œillade ahurie.) Une Anglaise ? Ici ? Vous ne pouvez croire de tels boniments. Et une femme du pays, comme vous le dites si bien, cela ne compte pas.

Lady Sale avait perdu sa faconde coutumière.

— Eh bien, on m'a raconté que... bredouilla-t-elle, troublée.

— On ne devrait pas porter crédit aux médisances, interrompit-il d'un ton corrosif.

Il réalisa tout à coup qu'il ne serait pas obligé d'élaborer une histoire scabreuse, et cette découverte lui mit du baume au cœur.

— Une véritable panique régnait hier soir sur la place de ralliement. Dans ces conditions, il était difficile pour chacun de se forger une opinion à propos de ce qui se passait. (Il se remit sur ses pieds.) La tâche m'attend... si vous voulez bien m'excuser...

Il salua son hôtesse.

— Bien sûr, déclara-t-elle avec raideur. Si je me suis trompée, veuillez ne pas m'en tenir rigueur. Mais quelqu'un doit se soucier du bien-être des habitants sur le cantonnement...

— Oui, coupa Kit en s'inclinant de nouveau. Je vous souhaite une bonne journée, Madame.

Il sortit dans la fraîcheur vivifiante du matin, un rictus satisfait accroché aux lèvres. Mais son plaisir fut de courte durée, il ne dépassa pas le seuil du quartier général.

— Ralston ! Je viens juste d'envoyer un message à votre bungalow, l'avisa le lieutenant Watson en agitant la main distraitement, mais brusquement, il revint à la réalité et salua courtoisement le nouvel arrivant. Oh, pardonnez-moi, Capitaine ! J'avais complètement oublié votre promotion. Mes sincères félicitations.

Kit haussa les épaules d'un geste négligent.

— Pas tant de cérémonie, voyons ! Comment vont les choses ? Rien de nouveau ?

— Les rebelles ont, semblerait-il, investi les forts de Mahmood Khan et de Mahomed Shereef. Ils menaceraient l'aile ouest des cantonnements, et bloqueraient notre route jusqu'à la forteresse où est stocké notre ravitaillement.

— Comme quelqu'un l'avait à juste titre parié, fit Bob en pénétrant dans le bureau de l'adjudant, levant un sourcil à l'adresse de Kit.

— Nous allons devoir prendre en considération ces hypothèses, commenta-t-il. Alors que fait-on ?

— Warren nous a transmis un message du fort de l'intendance, nous informant qu'il risquait à tout moment d'être pris d'assaut. Le général a ordonné son repli, en abandonnant provisions et munitions. Un détachement a été dépêché pour couvrir sa retraite.

Kit regardait avec effroi le lieutenant.

— Vous n'êtes pas sérieux. Si nous pouvons prévoir deux jours de répit en matière d'approvisionnement sur le camp, c'est un grand maximum. Comment ferons-nous ensuite pour nous ravitailler ?

— Je suppose que notre cher général a décrété qu'il ne réitérerait plus l'erreur qu'il a commise en négligeant l'appel au secours de Colin.

— Mais cela n'a rien à voir ! Si Colin réclamait des renforts, c'était uniquement pour résister aux assaillants. Ignorer une garnison en danger et abandonner un poste ne sont pas comparables. Et par tous les saints, si nous ripostions ?

— Parlez-en au général. L'officier de l'intendance tente de le raisonner depuis plus d'une demi-heure.

— Et MacNaghten ?

— De toute évidence, ourdissant de petits complots détestables avec Mohun Lal.

Kit grimaça.

— J'en ai la chair de poule rien qu'à y songer.

Il fit volte-face en percevant un bruit de pas dans le couloir. La porte s'ouvrit bientôt, livrant passage à un enseigne essoufflé et écarlate.

— Oh, Capitaine...! Capitaine...! J'ai une dépêche urgente pour le général.

— Eh bien, donnez-la au lieutenant, fit Christopher en désignant Watson. Et diable, reprenez votre souffle.

Le jeune soldat s'exécuta et poursuivit :

— Le détachement envoyé à la rescousse du lieutenant Warren et de ses hommes a subi des pertes énormes sous le feu nourri des rebelles. Ils ont dû se résoudre à faire demi-tour.

— Je transmettrai le message au général, Watson.

Kit alla frapper à la porte du bureau d'Elphinstone et, lorsqu'on l'y convia, entra. Le général écouta la nouvelle et soupira.

— Je ne sais plus que faire.

— Général, nous ne pouvons nous permettre de déserter les magasins de ravitaillement, avisa-t-il, en jetant un coup d'œil furtif aux deux officiers présents dans la pièce.

— Je suis entièrement de votre avis, intervint l'officier d'intendance. Avec moins de deux jours de provisions pour le cantonnement, et aucun espoir de s'en procurer d'autres, ce serait un suicide de céder le fort.

— Il serait sans doute plus sage d'ordonner à des détachements de prendre d'assaut les forts de Mahmood Khan et de Mahomed Shereef, suggéra Kit. Si nous parvenions à assiéger ces forts, les rebelles cesseraient de harceler l'intendance.

— Oh, ciel...! Ciel...! se lamenta Elphinstone. Peut-être devrions-nous avertir Warren de maintenir sa position jusqu'à la dernière extrémité. Vous vous en chargerez, Capitaine Ralston, n'est-ce pas ?

— Comme il vous plaira, Général.

Kit lui adressa son salut et pivota sur ses talons.

— C'est bon, Warren reste en place, assura-t-il à l'adresse de ses compagnons dans le bureau de l'adjudant. Avec un peu de chance, nous réussirons à persuader le vieux d'attaquer les forts assiégés.

— J'envoie immédiatement un courrier au lieutenant Warren, fit Watson.

— Je vous quitte, je dois me rendre à l'école d'équitation, déclara Kit en lorgnant sur le tableau accroché au mur. Dieu seul sait combien il est important d'inculquer à nos hommes les rudiments du dressage! Ils auraient tout intérêt à apprendre rapidement les règles du *buzkashi* étant donné les circonstances.

— La vie ne peut s'arrêter, mon cher ami, ironisa Bob. Les coutumes et les rites demeurent importants, n'est-ce pas?

— A ce sujet...

Kit s'octroya quelques minutes pour régaler son compagnon des dernières facéties de Lady Sale. Ils en oublièrent un instant leurs tourments, mais ce répit fut de courte durée car déjà les fondrières s'affaissaient sous leurs pieds et l'irrémédiable les entraînait vers les fonds...

13

Si Annabel avait espéré une floraison de petits mots doux lorsque Kit rentrerait au bungalow, elle comprit son erreur en découvrant le visage bouleversé du capitaine.

— Que s'est-il passé? s'alarma-t-elle. Lady Sale...?

— Non. (Il secoua la tête.) Etrangement, l'entrevue avec elle s'est déroulée sans accroc, mais vous aviez raison quant aux attaques du fort de l'intendance.

— Bien sûr, je vous l'avais dit. Alors, c'est ce qui est arrivé?

— Oui. Le commandant en chef a reçu l'ordre

de maintenir sa position jusqu'à la dernière extrémité, mais il faut espérer qu'il recevra les renforts suffisamment tôt. (Il faisait les cent pas dans le salon, le front barré d'un pli soucieux.) Peut-être serons-nous contraints d'ouvrir les portes à l'ennemi ?

Annabel s'assit et croisa les bras, hochant lentement la tête, tout à sa méditation.

— D'accord, concéda Kit. Je ne vous apprends rien. Mais j'essaie d'envisager toutes les hypothèses.

— Expliquez-vous, Ralston, *huzoor*.

— Vous allez avoir besoin d'une monture, Ayesha.

— Pas n'importe laquelle. La mienne est demeurée à Kaboul.

— Un pur-sang arabe, si je ne me trompe ?

— Vos souvenirs sont bons.

Elle le regardait d'un air inquisiteur.

— Si vous pouviez mener une pouliche aussi fougueuse, je présume que vous n'aurez aucune difficulté à vous faire à un animal habitué à porter des hommes de mon gabarit.

Elle acquiesça.

— Je vous disais vouloir faire un peu d'exercice… ailleurs que dans une chambre à coucher, bien sûr.

— Je ne peux vous offrir une telle chose, commenta-t-il, un sourire aux lèvres. Mais je suis chargé des leçons d'équitation pour le restant de la matinée, de l'instruction d'une troupe de cavalerie. Si vous les rejoigniez sur le terrain ?

— Sous quel déguisement ?

— Celui d'une Afghane. Je me charge des explications.

— Comment vais-je monter sans bottes ?

— Pardonnez-moi cette intrusion, Capitaine, mais je crois que je peux arranger cela. (Harley se tenait sur le seuil.) Je connais une fille qui travaille aux cuisines du mess. Elle se vante de pouvoir fournir toutes sortes de choses... à condition qu'on y mette le prix, bien entendu.

— Alors, occupe-toi de compléter la garde-robe de Miss Spencer, Harley, commanda Kit.

— Comme vous voudrez, Capitaine. Pourrais-je emprunter l'une de vos chaussures, Miss Spencer ? Pour la pointure, ajouta-t-il en découvrant une lueur d'étonnement dans le regard de ses vis-à-vis.

— Une filière organisée de marché noir, je présume, réfléchit Annabel à haute voix, en massant son pied nu d'un air pensif. Cette domestique doit posséder une véritable échoppe dans l'arrière-cuisine.

— Eh bien, si elle est capable de nous ravitailler, je ne cherche pas à en connaître la source, avisa Christopher. Vous devriez peut-être accompagner Harley et vous acheter ce dont vous manquez. Vous saurez mieux que lui.

— Je suis certaine surtout de pouvoir marchander mieux que lui. Je vais avoir grand besoin de vêtements de laine et de fourrure pour endurer le froid du dehors. Et un chadri me faciliterait la vie. Une cape, c'est bien, mais cela ne tient pas suffisamment chaud. Et il me faudrait aussi...

— Assez ! intervint Kit en riant, interrompant la jeune femme. Achetez tout ce que vous désirez.

Je ne crois pas que vous me mettrez sur la paille. Pendant ce temps-là, je vais aller jusqu'aux écuries vous choisir un cheval. Plus vite vous apprendrez à vous accoutumer à l'un d'entre eux, mieux cela vaudra.

Il revint une dizaine de minutes plus tard, monté sur un énorme et laid cheval pie. Annabel, n'ayant toujours pas récupéré sa babouche, sautilla à cloche-pied jusqu'à la porte et s'écria en s'esclaffant :

— Je préférais de loin mon ancienne jument.

— Peut-être, mais Charlie fera parfaitement l'affaire. Venez le saluer.

— Il me manque une chaussure.

Kit descendit au bas de sa monture et tira le cheval jusqu'à la porte d'entrée, où Annabel et Charlie purent s'examiner à loisir. La jeune femme frotta gentiment le larmier de l'animal avec le poing.

— Il est immense, Kit.

— Mais très bien élevé. Et surtout doté d'une extraordinaire résistance.

— Hmmm.

Annabel et sa nouvelle monture s'observèrent un long instant, solennels tous deux. Puis la jeune femme se dressa sur la pointe des pieds et souffla doucement dans les naseaux de Charlie. En retour, il fronça son museau velouté et retroussa les babines.

Kit prit un air satisfait. Annabel savait s'y prendre avec les chevaux.

— J'espère qu'elles vous iront, Miss, s'exclama Harley en remontant l'allée vers le bungalow, brandissant à bout de bras une paire de bottes afghanes en cuir. La servante est une fichue roublarde. Elle m'a extorqué une petite fortune.

Le capitaine haussa les épaules avec négligence, s'empara des bottes et les examina scrupuleusement.

— Elles sont suffisamment solides. Essayez-les, Annabel. Si elles vous vont, nous pourrons nous rendre aux écuries tout de suite.

La jeune femme les prit et tourna les talons. Quelques minutes plus tard, elle réapparaissait sous les traits d'Ayesha, voilée, emmitouflée dans son épais manteau. Kit l'aida à monter en selle. Charlie afficha une certaine surprise, comme si une mouche s'était posée sur son flanc, mais d'un pas majestueux, il suivit le capitaine jusqu'au haras.

A l'intérieur du bâtiment dont la structure rappelait celle d'une grange, vingt cavaliers attendaient, les montures piaffant d'impatience à leurs côtés. Un officier indien mince au visage tanné supervisait d'un œil vigilant le lad qui balayait la piste, faisant voler la poussière grise tout autour de lui.

— Bonjour, Capitaine! salua l'Indien. Nous sommes presque prêts. Encore quelques minutes.

— Bonjour, Rissaldar.

Kit se planta alors devant les soldats de la cavalerie.

— Otez vos selles, je vous prie, Messieurs, intima-t-il d'un ton plaisant avant de se diriger au beau milieu du manège, ajoutant par-dessus l'épaule à l'adresse de la jeune femme :

— Ayesha, approchez!

Les cavaliers n'osèrent pas rechigner contre

l'ordre mais leurs faces en disaient long sur leur mécontentement. Ils dessellèrent leurs chevaux, risquant à plusieurs reprises un coup d'œil inquisiteur vers la silhouette enrubannée, immobile, juchée sur l'imposant cheval pie qu'ils reconnurent comme étant l'une des bêtes de l'écurie du capitaine.

Le rissaldar, quant à lui, ne chercha même pas à cacher sa curiosité.

— Une nouvelle recrue aujourd'hui, Capitaine ?

— Une... une amie, vous pouvez dire, déclara Kit avec une grimace conspiratrice. J'ai parié que je parviendrais à lui enseigner à manœuvrer ce cheval sur la piste aussi bien que n'importe quel soldat. Alors à chaque fois que je dispenserai une leçon de dressage, elle sera présente. Et si vous n'y voyez pas d'objection, je vous l'enverrai de temps à autre afin qu'elle s'entraîne.

Le rissaldar avait trop souvent expérimenté les amusements dissolus des officiers aristocratiques pour s'étonner d'une telle explication.

— Parle-t-elle l'anglais ?

— Un peu, avança prudemment le capitaine. Mais elle le comprend bien.

L'écuyer se borna à hocher la tête et enchaîna :

— Je ne sais même pas si Charlie a réalisé qu'il la portait sur son dos, nota-t-il en scrutant la monture et sa cavalière d'un œil expert. Elle devra le persuader autrement que par la force que ses paroles ne sont pas des plaisanteries. Mais Charlie est une brute douce et patiente.

Kit acquiesça et reporta son attention sur les soldats, montés à cru.

— Pouvons-nous commencer, Messieurs ? Alors, une demi-volte à droite !

Annabel fixait sans bouger l'évolution des cavaliers. Elle comprenait pourquoi ces derniers avaient affiché un air désolé à la perspective de devoir accomplir ces difficiles manœuvres sans selle, encombrés par leurs longues épées plus cérémoniales qu'utiles, selon la jeune femme, et les lances qu'il leur fallait brandir à bout de bras cependant que leurs montures caracolaient gracieusement sous l'œil critique du capitaine Ralston et du rissaldar.

Charlie se mit à piaffer, comme s'il brûlait de rejoindre ses compagnons de stalle, et Annabel dut l'exhorter au calme en tirant d'un coup sec sur les rênes.

— Laisse-moi le temps de voir ce qu'on attend de nous, murmura-t-elle d'une voix apaisante, une fois qu'il fut immobilisé. Peut-être sais-tu comment faire, mais moi pas.

Elle continua à contempler le spectacle, fascinée par ce nouvel aspect de Kit ainsi que par la dextérité des élèves. La voix du capitaine, posée et respectueuse, même lors de ses fréquentes remontrances et corrections, emplissait la bâtisse tout entière tandis qu'il menait les cavaliers à travers un rituel élaboré qui ressemblait plus à une danse qu'à un exercice purement militaire. Mais elle ne se faisait aucun doute quant au degré d'adresse équestre requis pour accomplir ces pirouettes. Si elle et Charlie atteignaient cette entente presque parfaite, il ne leur resterait plus grand-chose à apprendre.

Au bout d'un moment, Kit chuchota quelques

mots à l'oreille du rissaldar qui prit en main la direction de l'exercice, et il rejoignit Ayesha, avec la démarche féline et puissante d'un athlète, ses longues jambes musclées moulées dans des jodhpurs et sa tunique entrouverte sur un torse large et hâlé.

— Tentons une virevolte. A moins bien sûr que vous ne préfériez jouer la statue toute la matinée.

— Non, bien sûr que non, protesta-t-elle avec une touche d'indignation, mais elle vit bientôt qu'il se moquait d'elle. Je ne souhaite pas me couvrir de ridicule.

— Pourquoi voulez-vous être ridiculisée? Charlie connaît la leçon. Vous risquez juste de le dérouter si vous ne le guidez pas.

Kit lui donna des instructions d'un ton tout aussi plaisant — et néanmoins autoritaire — que celui qu'il employait avec ses hommes. La jeune femme n'eut aucune peine à suivre ses directives et ne se vexa point quand il la reprenait après une erreur.

— Vous faites un excellent professeur, commenta-t-elle. C'est un véritable régal que de travailler avec vous.

— Merci pour le compliment. Vous sentez-vous en mesure de vous joindre aux autres à présent? Je ne peux me permettre de dispenser des cours particuliers.

— Que vont-ils penser? s'alarma-t-elle, en jetant un coup d'œil hésitant en direction des cavaliers.

— Ils sont ici pour monter, non pour penser. Vous êtes prête?

— Oui.

— Allons-y.

Sans plus attendre, elle éperonna Charlie qui s'élança vers le milieu du terrain où, tout naturellement, il se fraya une place parmi les soldats.

— Je vous l'avais dit ! nota Kit en riant. Il sait ce qu'il doit faire.

Deux heures plus tard, Annabel était épuisée, la sueur ruisselant le long de son dos malgré le froid piquant qui régnait dans le manège. Elle imagina sans peine ce que ressentaient les cavaliers, croulant sous le fardeau de leurs armes, sans le soutien d'une selle et des étriers.

Enfin, Christopher jeta un regard à sa montre.

— Très bien, Messieurs. Cela suffira pour aujourd'hui. Je vous remercie d'avoir bien voulu me consacrer un peu de votre temps.

Le compliment fut perçu comme pure politesse. Les soldats saluèrent le capitaine brièvement et se hâtèrent de disparaître. Le rissaldar fila à son tour, et Kit leva les yeux vers Annabel, un sourire aux lèvres.

— Assez d'exercice pour vous ?

— Cela n'a rien d'amusant, riposta-t-elle avec une grimace. J'aimais encore mieux défier Akbar Khan à la course dans le défilé que...

— Qu'aimiez-vous mieux ?

— Il s'amusait parfois à ce jeu. (Elle souleva gracieusement une jambe par-dessus la selle et se laissa glisser dans les bras de Kit.) Plus un test qu'un jeu d'ailleurs, ajouta-t-elle, en se collant étroitement contre son compagnon tandis qu'elle s'expliquait. Je me suis souvent interrogée sur ce qui surviendrait si j'échouais à cette épreuve.

M'aurait-il reléguée au même plan que ses autres concubines ? Se serait-il lassé de moi ?

Un frisson d'effroi la parcourut alors qu'elle réalisait pour la première fois combien cette éventualité avait dominé ses craintes inconscientes.

Elle planta son regard dans celui de son vis-à-vis et alors... quel ne fut pas son désarroi ! Les prunelles anthracite la jaugeaient avec intransigeance.

— *Ferenghi* de malheur ! accusa-t-elle doucement, lisant ses pensées comme dans un livre ouvert. Je me tue à vous répéter qu'il ne faut pas juger ce peuple d'après vos principes et leur coller une de vos étiquettes.

— Je les hais pour ce qu'ils vous ont infligé.

— Mais que m'ont-ils infligé ? se moqua-t-elle gentiment. Allez, Ralston, *huzoor*, jamais personne n'a tenté quelque violence sur moi durant ces années passées auprès d'Akbar Khan.

— Personne ?

Il la transperça du regard, fouillant son âme avec minutie.

— Personne, Annabel Spencer ? insista-t-il. Vous ne songez tout de même pas à me faire avaler ces couleuvres ? Me faire croire qu'une enfant issue d'un milieu social tel que le vôtre, enlevée, jetée dans un zenana musulman, à qui on a inculqué des choses qu'une fillette ne devrait pas apprendre, peut sortir indemne de telles expériences ?

— J'ai simplement changé. Différente ne signifie pas nécessairement traumatisée. A moins, bien entendu, que vous ne considériez qu'une impossibilité à revenir à son existence initiale soit une blessure ineffaçable. Effectivement, cette transformation m'empêchera d'opérer un retour vers le passé.

Cette déclaration tomba comme un couperet. Pourtant, elle se contentait de répéter ce que si souvent elle avait affirmé. Mais Kit avait farouchement refusé d'ajouter foi à ses dires, tout préoccupé qu'il était à tracer le chemin de l'avenir, imputant ses résistances à un bouleversement passager.

— Oui, allégua Kit. J'estime que ce changement est une des plus graves injures qu'on ait pu vous imposer.

Un silence embarrassé les enveloppa cependant qu'ils se tenaient seuls dans l'air réfrigérant du haras, tous deux conscients du gouffre qui se creusait entre eux.

— Le destin, lâcha Annabel finalement. Nous sommes entre les mains du destin, Christopher Ralston. « Sur ce grand échiquier des jours et des nuits, où la Destinée et l'homme s'affrontent, grand roque, petit roque, échec et mat, pièces une à une condamnées et abattues. » Ce sont les célèbres vers d'un poète persan, un des favoris d'Akbar Khan, s'empressa-t-elle de préciser en constatant l'air dérouté de son compagnon. XIe siècle. Il s'agit d'Omar Khayyam.

— Et vous embrassez cette philosophie ?

— Oh, je n'en sais rien, bredouilla-t-elle en se dégageant brusquement. De quoi discutions-nous au fait ?

— Si vous l'ignorez, je vais vous rafraîchir les idées, gronda-t-il, laissant libre cours à sa colère pour masquer sa déception. Vous feriez mieux de rentrer au bungalow. J'ai du travail.

La jeune femme le salua d'un geste moqueur. Avec un juron étouffé, il lui saisit les mains, les écartant de son front.

— Quand cesserez-vous de me provoquer, Annabel ? Je pourrais vous en faire passer l'envie rapidement.

— Vous êtes furieux dès que j'exprime mon point de vue. Mais si je me taisais, vous continueriez à voir le monde avec vos yeux en vous leurrant.

Il poussa un soupir et la relâcha.

— Accompagnez Harley jusqu'aux cuisines du mess cet après-midi. Je ne serai soulagé que lorsque je vous saurai convenablement vêtue pour braver toute éventualité à laquelle votre précieuse Destinée souhaiterait nous confronter.

Il la regarda s'éloigner de ce pas lent et gracieux qui la distinguait des jeunes femmes qu'il avait naguère rencontrées. Il ne connaissait personne qui puisse se déplacer, se muer en statue et afficher la sérénité aussi bien qu'elle. Mais elle n'était pas toujours ainsi... Combien de fois n'avait-elle pas laissé exploser sa furie, digne d'un garnement...? Des lambeaux du passé, comme elle l'admettait elle-même, ressuscités par la situation dans laquelle elle se retrouvait plongée...

Sur cette pensée réconfortante, il sauta en selle et reconduisit Charlie jusqu'à sa stalle.

Il revint chez lui en début de soirée, après avoir échafaudé mille plans de contre-offensive pour délivrer les forts assiégés par l'ennemi. Harley sortit de sa cuisine quand Kit pénétra dans le hall.

— Ah, vous voilà, Capitaine! Si vous saviez l'après-midi que je viens de passer...! s'écria le domestique en le suivant au salon.

— Vous avez fait des emplettes avec Miss Spencer?

Estimant que l'heure tardive se prêtait à la première boisson de la soirée, Kit se servit un verre de cognac.

— Oui, Capitaine. Que le Ciel en soit témoin, je n'avais jamais vu ça. Elles se querellaient pour des peccadilles, prêtes à se crêper le chignon pour obtenir gain de cause. Comme elles ergotaient dans leur satané langage, je ne comprenais rien, mais Miss Spencer a finalement réussi à baisser les prix de six cents à deux cents roupies.

L'expression abasourdie peinte sur les traits de Harley, lui qui à l'accoutumée ne se départait jamais de son impassibilité, ajoutée à une jubilation gourmande à décrire cette expérience extraordinaire, offrait le tableau d'un homme à la fois intimidé et ravi par les étranges traditions de marchandage des femmes de ce pays.

Le visage de Kit s'éclaira.

— A-t-elle acheté beaucoup de choses?

— Je ne pourrais en jurer, mais j'en ai bien l'impression. La servante apportera les effets demain matin. D'après Miss Spencer, la fille devait se rendre en ville pour les lui procurer.

Le capitaine se renfrogna tout à coup.

— Les gardes ne la laisseront jamais aller et venir à sa guise. Ou, du moins, il vaudrait mieux pour eux qu'ils n'en fassent rien.

Le domestique hocha la tête en signe d'assentiment.

— Miss m'a confié que la fille avait un moyen de sortir et d'entrer en déjouant la vigilance des sentinelles.

Kit se rembrunit, tout en sirotant son cognac. Cette nouvelle ne le surprenait pas outre mesure. Le cantonnement était ouvert aux quatre vents et même une surveillance étroite ne parvenait pas à y remédier.

— Où est Miss Spencer, Harley ?

— Elle fait un brin de sieste. Fatiguée certainement, après le cours d'équitation et les achats. (Il fronça les sourcils.) Cela aurait tué n'importe qui.

— Je suppose. Qu'y a-t-il pour le dîner ? Je suis affamé. Je n'ai rien avalé depuis le petit déjeuner.

— Je n'ai rien trouvé dans les magasins aujourd'hui. Même pas une vieille poule à se mettre sous la dent. Les provisions s'épuisent, ajouta-t-il d'un ton de mauvais aloi. Il nous reste un malheureux sac de farine, quelques pommes de terre et une botte de poireaux. Peut-être encore une ou deux tranches de bacon...

— D'accord, coupa le capitaine, l'eau à la bouche, mais que mangeons-nous ce soir ?

Un instant, Harley parut offensé.

— J'ai accommodé les pommes de terre et les poireaux avec la graisse de bacon. Je garderai le reste pour demain matin, si cela vous convient.

— Vous êtes le roi des officiers d'ordonnance. Je ne voulais pas vous vexer.

Il accompagna sa remarque d'un sourire désarmant, ce sourire qui lui valait la loyauté de Harley depuis bientôt cinq ans.

Le domestique se dérida et glissa un doigt dans l'encolure empesée de sa chemise comme si soudain elle l'oppressait.

— Eh bien, en avant pour ce festin ! conclut-il avant de retourner à ses fourneaux.

Kit gagna sa chambre plongée dans l'obscurité, son verre à la main.

Annabel se dressa sur son séant lorsqu'il dépassa le pas de la porte, s'étira langoureusement et bâilla.

— Je me suis assoupie.

— Rien d'étonnant à cela. Harley m'a raconté votre après-midi, s'esclaffa-t-il en s'approchant du lit. Que diriez-vous d'un baiser ?

Les yeux de la jeune femme brillèrent dans la pénombre.

— Vous avez renoncé à me flanquer une correction ?

— Pour le moment seulement, répliqua-t-il sèchement. Mais je n'hésiterai pas à mettre ma menace à exécution si vous le méritez. (Il posa son verre vide sur le guéridon et se pencha au-dessus d'Annabel.) Embrassez-moi, exaspérante créature !

Elle accéda à sa volonté non sans une certaine raideur et se cala contre les oreillers.

— Nous avons fait des achats. Harley vous en a parlé ?

— Il m'a tout révélé. (Kit défit sa ceinture et s'étira.) Il paraîtrait que la fille des cuisines peut se glisser hors du cantonnement sans être inquiétée ?

— Bien sûr, dit-elle comme si cela coulait de

source. Vous ne pouviez quand même pas imaginer qu'il n'y avait pas le moindre espion ici.

— Si. (Il déboutonna sa tunique.) J'aurais dû pourtant m'en douter. MacNaghten a bien ses propres indicateurs à Kaboul, et ne se gêne pas pour conspirer avec eux.

— Contre Akbar Khan ? (Annabel sauta au bas du lit et alluma la lampe à huile sur la table.) Je ne suis pas persuadée qu'il soit très sage de s'en prendre à cet homme.

— Et pourquoi ? (Il s'assit sur la couche et ôta ses bottes.) Œil pour œil, dent pour dent.

— Peut-être. Que complotent-ils au juste ?

— Oh ! MacNaghten a chargé un de ses agents, un Afghan du nom de Mohun Lal, qui vit dans la résidence d'un chef kuzzilbah, d'offrir une récompense généreuse contre les têtes des plus virulents de nos ennemis !

Sidérée, Annabel écarquilla les yeux.

— Mais MacNaghten se devait de ne pas tomber dans ce panneau ! Akbar Khan souhaitait juste le mettre à l'épreuve afin de voir à quel homme il avait affaire. Vous savez combien le sirdar est un personnage vicieux. Il offrira la pomme, mais déclinera toute responsabilité si elle est mangée.

— Que proposez-vous ? interrogea Kit en nouant la ceinture de son peignoir d'un geste rageur.

Annabel décela derrière le visage fermé du capitaine une frustration exacerbée et une extrême lassitude. Franchissant la distance qui les séparait, elle glissa les bras autour de sa taille et blottit le visage contre son torse large.

— Rien en particulier. Tirons un trait sur cette

discussion au moins ce soir. Nous disputer n'arrangera pas les choses. Vous êtes éreinté et je ferais mieux de vous soulager plutôt que de vous chercher querelle.

Il caressa les longues boucles auburn tandis qu'elle se serrait contre lui.

— J'espère que vous avez faim, fit-elle avec gentillesse. Harley n'a pas quitté les fourneaux depuis notre retour. Venez dans la salle à manger, je me charge de vous servir.

Kit céda avec complaisance à la douceur séduisante d'Ayesha, sentant l'anxiété et la tension s'évanouir cependant qu'elle prenait soin de lui, lui versant un verre de vin, attisant le feu dans la cheminée, parlant de choses et d'autres, sans une seule fois aborder les problèmes mortifiants de l'avenir. Il eut bientôt l'impression merveilleuse d'être le centre de l'univers de la jeune femme, qu'elle ne vivait que pour lui insuffler paix et réconfort, et cette sensation magique s'empara de tout son être. Quelques heures plus tard, il sombrait dans un sommeil bienheureux.

Annabel repoussa les mèches qui barraient le visage endormi de son compagnon. Quand il dormait, le pli cynique de son front disparaissait, l'expression d'amère désillusion n'avait plus prise sur ses traits. Elle tenta de se représenter cet homme enfant, et eut grand-peine à réprimer un éclat de rire. Adorable chérubin... avec ses boucles d'or couronnant un sourire enchanteur qu'il savait retrouver aujourd'hui, lorsqu'il oubliait de se montrer pessimiste et désabusé. Comment avait-on pu résister aux cajoleries d'un tel ange ?

Sans se départir de son sourire, elle se leva pour éteindre la lampe et se pelotonna sous les couvertures auprès de Kit. « Partager un lit... Quoi de plus agréable ? » songea-t-elle, avant d'être happée elle aussi par l'univers des ténèbres. Jamais elle n'avait connu une expérience aussi plaisante que de sentir la présence d'un être contre elle, surtout quand cette personne était l'homme de sa vie. Bien-être et bonheur chanteraient aussi longtemps que la Destinée n'abattrait pas les pièces sur l'échiquier. Pourquoi d'ailleurs croire que la Destinée était une femme... ?

Le bruit du dehors ne les extirpa pas aussitôt du monde douillet des rêves, mais tout à coup, lui succéda un énorme vacarme, et Annabel s'éveilla en sursaut tandis que Kit reprenait ses esprits.

— Que diable... ?

Il bondit hors de la couche et, dans son plus simple appareil, courut jusqu'à la fenêtre.

— Sacredieu ! On ne voit rien !

A la hâte, il enfila tunique et caleçon.

— Je n'ai pas entendu de coups de feu. Ce ne peut être une attaque ! Quelle heure est-il ?

— Trois heures, balbutia Annabel, hébétée, qui fondit à son tour sur ses vêtements. Ciel ! Où est mon voile ?

Kit ouvrit la bouche pour l'assigner à la maison, mais se ravisa.

— Promettez-moi de ne pas adresser la parole à quiconque, ni d'exprimer quelque objection à l'encontre des *ferenghis*.

— Je les garderai pour plus tard, promit-elle en agrafant son voile de fortune et en s'emparant de sa cape. Prêt ?

Kit acquiesça et se dirigea à grandes enjambées vers la porte. Harley se tenait déjà dans le hall et, en voyant accourir le capitaine et sa compagne, s'empressa d'ouvrir.

— Alors ? s'informa le serviteur d'un air lugubre, scrutant anxieusement la rue éclairée par les lumières vacillantes des bungalows, myriades d'étoiles éphémères dans un écrin de velours noir.

— Il nous faut envisager le pire, Harley, avisa Kit, avant de sortir, la jeune femme sur les talons. Ayesha ! Ne me quittez pas d'une semelle. C'est compris ?

— A vos ordres, Ralston, *huzoor*, ironisa-t-elle en baissant la tête avec humilité. Je marcherai deux pas derrière vous comme il se doit.

En dépit de la gravité du moment et de sa conviction qu'un nouveau clou avait été enfoncé dans le cercueil britannique, Kit s'esclaffa et répondit du tac au tac.

— Voyons ce dont vous êtes capable.

Ils se précipitèrent vers la place principale où se déroulait une scène d'une confusion extrême. Soudain, Kit s'arrêta.

— Mon Dieu ! Warren et sa garnison ! Il a abandonné son poste !

— Quel poste ? s'alarma Annabel en le rejoignant et fixant incrédule la place envahie par les soldats et leurs montures.

Des voix s'élevèrent tout à coup, couvrant la cacophonie générale. Des ordres furent distribués.

— Je ne le crois pas, Kit ! cria Bob Markham en se frayant un passage dans leur direction. Warren prétend n'avoir jamais reçu le moindre message l'exhortant à maintenir la position. Par tous les saints! Le major Griffiths était sur le point de lever l'ancre avec ses troupes pour donner l'assaut aux factions rebelles. Warren aurait pu se replier à l'aube. (Il n'avait pas meilleure apparence que Kit avec ses cheveux ébouriffés et ses vêtements boutonnés à la hâte.) Oh, Annabel! Pardonnez-moi, je ne vous avais pas vue, fit-il d'une voix distraite avant de reporter son attention sur le capitaine. D'après Warren, l'ennemi aurait incendié le vantail nord du fort. Il ne s'attendait pas à une telle offensive. (Un certain dégoût teintait les paroles de Bob.) Apparemment, il aurait creusé une brèche dans le mur à l'ouest et évacué ses hommes par cette issue.

— Quel bande de poltrons! jura Kit en fourrageant dans ses cheveux en bataille d'un geste nerveux.

— Vous êtes trop gentil! vitupéra Bob. Je les qualifierais plutôt de crétins.

— A présent, il ne nous reste plus qu'à contre-attaquer ou négocier. A moins qu'Elphinstone se résolve à se retrancher et à mourir de faim.

Les deux hommes avaient totalement oublié la présence d'Annabel et elle ne fit rien pour la leur rappeler, se tenant immobile derrière Kit, écoutant et réfléchissant. D'autres soldats survinrent et une discussion à bâtons rompus s'engagea, tandis que la jeune femme se morfondait de ne pouvoir intervenir dans une conversation strictement masculine comme au temps où elle résidait au zenana. Il n'y avait que quatre hommes sur le camp, mis à part Christopher et Harley, à connaître sa véritable identité, et tant que Kit ne souhaiterait pas propager la nouvelle, elle n'avait guère d'autre recours que d'endosser le rôle d'Ayesha.

Muée en statue comme elle l'était, absorbée par les paroles enflammées des soldats, elle ne s'aperçut même pas que Christopher avait tourné les talons et s'éloignait, entouré par ses compagnons. Il l'avait oubliée... Se demandant combien de temps il faudrait au capitaine pour se souvenir d'elle, elle ne broncha point, les observant tandis qu'ils tournaient au coin de la rue.

Trois minutes plus tard, Kit réapparut, le visage sombre. Lorsqu'il la vit au beau milieu de la place, seule et désolée, l'incrédulité succéda à son inquiétude. Il courut vers elle.

— Que se passe-t-il ?

— Je voulais juste mesurer le temps qu'il vous faudrait pour vous apercevoir que vous m'aviez plantée là.

Kit tenta désespérément de se justifier, mais en vain. Atterré par son geste, il ne trouvait pas les mots pour se disculper. Son expression était telle qu'Annabel ne put s'empêcher de rire.

— Ne vous tracassez pas. Vous ne m'avez pas le moins du monde vexée ni bouleversée. Je présume que tous les hommes, sans aucune distinction de race ou d'âge, se ressemblent. Qu'ils résident sur les hauteurs d'une montagne afghane ou dans un bungalow anglais ne change rien. Vous leur donnez un sujet de conversation qui les passionne et ils en oublient le monde qui les entoure.

— Ce n'est pas vrai, nia-t-il sans réelle conviction. La vie sans les femmes serait insupportable.

— Tant qu'elles demeurent à leur place.

— Allons-y. Je n'ai nulle intention de me chamailler avec vous. Votre place est dans un lit et je vous y ramène.

— L'offre me paraît bien plus alléchante que la perspective d'un petit déjeuner. Je suppose que l'amour calmera notre faim.

Ce badinage léger supplanta leurs angoisses, recouvrant le tour désastreux que prenaient les événements, mais la réalité était là, même si pour quelques heures elle se retirait...

14

— Miss, la fille des cuisines est là avec vos vêtements, avertit Harley en pénétrant dans la salle à manger où Kit et Annabel prenaient tranquillement leur petit déjeuner.

— Oh, je vous remercie, fit la jeune femme en repoussant sa chaise. Je vais la voir. Kit, j'aurai besoin de deux cents roupies si elle a apporté tout ce qu'elle m'a promis.

— Je m'en charge, avisa-t-il d'un ton léger, en reposant sa tasse à thé.

La servante attendait dans le hall. Elle était voilée mais ne portait pas de chadri. Dans les mains, elle tenait un volumineux baluchon. Annabel la salua en pushtu, mais la domestique se contenta de lui tendre le paquet sans mot dire... Elle affichait l'air terrifié de quelqu'un qui n'a qu'une hâte, déguerpir, comme si elle avait le diable à ses trousses.

Annabel jeta un coup d'œil aux effets et comprit sur-le-champ l'attitude de la fille.

— Vous n'avez rien à payer, balbutia-t-elle quand Kit s'approcha avec l'argent.

Son visage avait revêtu une étrange expression et le capitaine la considéra, surpris.

— Et pourquoi pas ?

Au lieu de lui répondre, Annabel lança quelques mots en pushtu à l'intention de la fille des cuisines qui, terrorisée, tremblait de tout son être. Cette dernière consentit néanmoins à s'expliquer et, après un salut à peine ébauché, elle prit ses jambes à son cou et détala sans demander son reste.

— Qu'y a-t-il ? Pourquoi n'a-t-elle pas voulu qu'on la paie ?

— Tout simplement parce que ce sont mes vêtements, lâcha Annabel d'une voix blanche. Pourquoi paierais-je pour quelque chose qui m'appartient déjà ?

— Cessez de parler par devinettes, s'irrita-t-il avec une impatience qui dissimulait mal son anxiété.

Annabel regagna la salle à manger et déposa le baluchon sur la table après avoir repoussé les restes du repas.

— Akbar Khan m'a envoyé mes propres effets.

— Quoi ! ? ! (Il la regarda d'un air abasourdi.) Je ne comprends rien.

— Nous évoquions des espions hier soir, n'est-ce pas ? (Elle s'exprimait d'un ton neutre, comme si elle ne se sentait pas concernée.) Nous aurions dû songer à Akbar Khan. Logique, non ? Il a certainement sommé ses indicateurs de lui rapporter tous mes faits et gestes. Au moins à présent, c'est clair. Il sait que je suis ici. (Elle sortit un à un les vêtements. Cashmere, soies, fourrures glissèrent entre ses doigts.) Regardez ! Il a même pensé à ma tenue d'amazone et à mes bottes. (Elle brandit des jodhpurs en daim, une tunique de cuir bordée de fourrure et des bottes faites sur mesure.) Et... le chadri.

— Pourquoi ?

Ce fut le seul mot qui dépassa les lèvres de Kit, chaviré devant ces luxueuses tenues qui s'empilaient sur la table.

Elle esquissa un sourire sans joie.

— Juste une manière détournée de me rappeler que je lui appartiens. Que, par définition, je suis liée à cet homme et dépends de sa seule générosité. (Elle croisa les bras.) Et que cette générosité peut à tout moment cesser. (Une note de lasse résignation s'empara de sa voix.) Le faucon fondra sur sa proie dès qu'il jugera le moment opportun.

Kit aurait voulu refouler la vague d'impuissance qui déferlait en lui, mais comment nier l'évidence ? Il brûlait de balayer l'horrible sensation de n'être qu'un malheureux jouet entre les mains d'Akbar Khan !

— Je ne le laisserai pas vous blesser, s'entendit-il murmurer, conscient du ridicule de sa remarque.

Annabel secoua la tête, mais la moquerie qu'il craignait n'accompagna pas ses paroles.

— Vous souffrirez tout autant que moi, Kit, et je ne suis pas capable de vous protéger comme il vous est impossible, même avec la meilleure volonté du monde, de me défendre.

— Alors, retournez à Kaboul, la pressa-t-il d'une voix douloureuse. De toute manière, je suis condamné à mourir ici. Mais vous… vous pouvez encore échapper à sa cruelle revanche.

— Encore faudrait-il que je le désire. Je vous ai dit que j'avais fait un choix. Rien n'a changé. Et qui sait ? (Elle haussa les épaules avec négligence.) La Destinée nous réserve peut-être encore de bonnes surprises. Attendons, nous verrons bien ce qu'il adviendra.

— Vous et votre satanée Destinée !

— Au moins, je n'aurai pas froid, plaisanta-t-elle, comme si les nuages de la peur pouvaient être chassés par sa seule volonté. Et j'apprécierai de pouvoir changer de tenue. Je vais demander à Harley de me préparer un bain. (Elle se mit sur la pointe des pieds pour l'embrasser.) Ne devriez-vous pas vous présenter au rapport ? Il serait utile de savoir combien de temps dureront les provisions, et comment ils comptent se débrouiller pour se réapprovisionner. Dommage que je n'aie pas mon faucon ici, remarqua-t-elle d'un ton moqueur. Peut-être pourrais-je demander à Akbar Khan de me le rapporter. Il nous fournirait en moineaux et souris des champs.

— Je doute fort que les dons culinaires de Harley s'étendent jusqu'à accommoder de telles créatures, répondit Kit sur le même ton. Mais l'idée est intéressante. Je prendrai mon fusil dans la soirée et j'essaierai de remplir ma besace. (Malgré son ton badin, ses prunelles grises étaient sérieuses lorsqu'il scruta le visage de la jeune femme.) Je ferais mieux de partir maintenant, mais je vous retrouverai au haras en fin d'après-midi. Profitez de la journée pour travailler sous la tutelle du rissaldar.

— Je meurs d'impatience, fit-elle avec un gémissement moqueur. Je suis sûre qu'il est bien plus courtois que vous.

— Détrompez-vous. Il ne va pas cesser de vous réprimander. Mais vous apprendrez, je vous le promets.

Kit s'en fut au quartier général, notant en chemin combien l'atmosphère du cantonnement semblait plus déprimée qu'à l'ordinaire. Un petit garçon traversa la rue déserte, courant derrière son ballon. Qu'allait-il advenir de ces pauvres petits diables ? Cette question lui glaça le sang, et il se hâta de la chasser avant de pénétrer dans les bureaux de l'état-major.

— Rien de nouveau ? interrogea-t-il d'emblée.

— Bonjour, Ralston, salua un officier imbibé de whisky en tournant le dos à la carte accrochée au mur. Je vous attendais. Vous rêvez d'une escarmouche ?

Kit n'en était pas totalement persuadé, mais que répondre ?

— Certainement, Major. Où ?

— Le fort de Mahomed Shereef. Si nous réussissons à les déloger de cette forteresse, alors peut-être pourrons-nous réclamer l'intendance, expliqua Griffiths. Quelqu'un doit aller à la charge. Pourquoi n'emmèneriez-vous pas une douzaine d'hommes avec vous ? Rassemblez-les sur la grande place à la tombée de la nuit.

— D'accord, lâcha Kit avant de saluer et de se mettre en quête du havildar Abdul Ali.

Ce sergent, de nature flegmatique, était son meilleur homme.

— Enfin je vais pouvoir étrangler ces misérables de mes propres mains ! s'exclama-t-il lorsque Kit lui confia l'objet de leur mission. Je trouverai les soldats qu'il vous faut.

— Merci, Havildar.

Kit réintégra le quartier général, où régnait pour une fois une ambiance enthousiaste, inspirée par le dynamisme du major Griffiths et l'idée qu'une résistance était encore possible.

— Veinard ! commenta Bob Markham. J'aurais bien aimé être de la partie.

Christopher le gratifia d'une grimace contrite.

— Si un malheur survenait, promettez-moi de vous occuper d'Annabel.

Bob acquiesça d'un air compréhensif.

— J'espère que vous n'oublierez pas de la prévenir de votre départ, cette fois-ci.

— Non, je m'en charge.

Kit rentra au bungalow à midi et trouva Annabel en pleine conversation avec Harley. Ils faisaient allusion à la précieuse poule qu'ils élevaient dans le jardinet derrière la maison.

— On dit qu'il faut leur parler pour que leur chair soit plus tendre lorsque, ensuite, on la cuisine, déclara-t-elle en se redressant. Mais je crains que Harley n'ait raison. Ce vieil oiseau décharné ne fera qu'une acceptable poule au pot.

— Je ne suis pas certain que Harley veuille dire une telle chose, intervint Kit, accoté contre le mur, contemplant la jeune fille avec désir, chassant pour l'instant ses soucis. Priscilla a fait le voyage avec lui de l'Inde. Cette couleur vous sied à merveille, ajouta-t-il en changeant de sujet.

N'étant pas habituée aux compliments, la jeune femme s'empourpra tandis qu'elle brossait sa tunique vert émeraude dans un geste de coquetterie.

— C'est l'une de mes préférées.

— Les femmes savent toujours ce qui leur convient le mieux, observa-t-il, et sur le même ton, il enchaîna : Je dois rejoindre un détachement avec ordre d'attaquer le fort de Mahomed Shereef.

Annabel acquiesça en silence.

— Quand ?

— Au crépuscule.

— Enfin un geste sage. Non pas qu'ils ne s'attendent pas à une riposte, mais les ténèbres sont les meilleures alliées de l'offenseur.

— Moi qui croyais que la nouvelle vous consternerait... vous fâcherait même.

Il lui offrit un sourire lugubre et elle fronça les sourcils d'un air indigné.

— Quelle bêtise de votre part ! Je ne me fâche que lorsque j'ignore où vous êtes. Mais je conçois tout à fait que vous deviez vous battre. Vous oubliez que j'ai vécu en compagnie d'hommes qui n'ont d'autre objectif dans l'existence que la guerre.

— Bob veillera sur vous si par malheur je ne revenais pas, avoua-t-il avec franchise, conscient que les mensonges n'auraient pas de prise sur une femme telle qu'Annabel.

— Je n'ai nul besoin de quiconque, Kit, répliqua-t-elle sans détour. Je suis dans mon pays et je saurais parfaitement me débrouiller si vous étiez tué.

Kit ouvrit les mains dans un geste impuissant. Comment décrire ce qu'on ressent pour une femme qui refuse d'être épaulée, qui possède plus d'un tour dans son sac, qui offre réconfort et assurance et qui vous sourit gentiment ? Et il lui fallait la quitter sans la certitude apaisante de la revoir un jour.

La jeune femme fit un pas en sa direction, devinant la torture de son compagnon.

— Le destin, mon amour, fit-elle en lui prenant les mains. Acceptez-le. Vous reviendrez, je le sais.

— Comment pouvez-vous... ?

— C'est inscrit sur votre front. (Elle retraça la ligne de ses sourcils du bout des doigts.) Faites ce qu'on attend de vous.

— Je dois assister à une réunion extraordinaire pour décider de la meilleure stratégie possible. (Il serra très fort les mains de la jeune femme.) Moi qui pensais vous accompagner au centre d'équitation... Je suis désolé, je n'aurai pas le temps.

— Je me sens capable d'endurer un après-midi en compagnie d'un instructeur qui m'assommera de critiques. A présent, je vais rendre visite à Priscilla et voir si je ne peux pas lui soutirer quelques œufs pour le repas.

— Ma chérie... ?

— Allez-y, Kit. Je serai ici lorsque vous rentrerez.

Le capitaine garda un moment les mains de la

jeune femme dans les siennes, puis se pencha pour l'embrasser, effleurant à peine ses lèvres avant de pivoter sur les talons et de s'éloigner. Annabel porta ses doigts à la bouche dans un adieu émouvant comme il lui jetait un dernier regard par-dessus l'épaule.

Seule dans le jardin, la jeune femme essuya une larme récalcitrante sur sa joue et fixa Priscilla d'un œil interrogateur.

— Que dirais-tu de deux petits œufs, Prissy? Ralston, *huzoor*, sera affamé lorsqu'il rentrera au bercail.

— Nous ne progressons pas d'un poil! brailla le major Griffiths, couvrant les coups sourds de la canonnade. Ces bâtards tiennent ferme. Regardez-les!

Kit s'exécuta sur-le-champ. L'ennemi était massé derrière le parapet, déchargeant ses jezzails sur les carrés de troupes anglaises qui en contrebas ripostaient rageusement. Griffiths avait raison. Dès qu'ils décimaient une rangée de Ghilsai, d'autres rebelles prenaient aussitôt la place.

— Nous aurions besoin d'un second canon... commença Kit, mais une balle le toucha à la main, coupant court à sa remarque. Incrédule, il considéra le sang qui jaillissait entre ses doigts. Diable! vociféra-t-il hors de lui. Comment est-ce possible?

— Tenez, Capitaine, intervint Abdul Ali en tendant un mouchoir. Faites un garrot pour empêcher le sang de couler. Il doit s'agir d'une balle perdue.

Kit enroula le morceau de tissu autour de sa

main, serra aussi fort que possible et noua le bandage de fortune avec les dents. Alentour, les hommes tombaient comme des mouches, et une vague de découragement envahit les artilleurs. L'aube venait de poindre à l'horizon. Ils avaient combattu la nuit durant, sans succès. Les heures s'égrenaient et rien ne semblait pouvoir déloger les mutins.

— Sonnons la retraite ! ordonna le major Griffiths, en poussant un soupir de fatigue. Puis il ajouta avec un regain de vigueur : Mais que le Ciel soit témoin, je prendrai ma revanche. Ralston, rassemblez les fantassins ! Nous vous couvrons.

La plainte lugubre du clairon s'éleva au-dessus de la fusillade nourrie cependant que Kit galopait ventre à terre vers les soldats en première ligne. Il s'efforça de les encourager, tandis que les tirs ennemis redoublaient d'intensité, crépitant d'autant plus furieusement maintenant que le canon anglais s'était tu. La poignée de fantassins défendirent du mieux qu'ils purent leurs compagnons mais leurs mousquets ne faisaient pas le poids face aux jezzails enragés. Enfin, au soulagement de tous, le canon fut démonté, les chevaux harnachés et la retraite put être organisée.

Ce fut une force sérieusement amoindrie et harassée qui franchit les portes du cantonnement aux premières lueurs de l'aurore. Elle fut poursuivie à travers la plaine par un contingent triomphant de fanatiques Ghazi, dans un concert d'insultes et de salves féroces. La horde déchaînée tourna bride juste avant le pont gardé par une troupe de la cavalerie.

— Il vaut mieux battre le fer quand il est chaud, Kit, avisa le major Griffiths, en sautant à bas de sa monture devant l'état-major. On remet ça ce soir ?

— Avec plaisir, répliqua Kit à brûle-pourpoint, ne parvenant pas à accepter les pertes humaines de la nuit passée comme une contribution normale aux événements. Mais il nous faudra un deuxième canon.

Tout en parlant, il embrassait la place d'un regard inquiet. L'ordre revenait peu à peu. Les blessés étaient rapidement transportés vers l'hôpital, les chevaux reconduits aux écuries. Soudain, il aperçut Annabel tapie dans l'ombre au coin de la rue, enturbannée dans un chadri blanc, et il sentit les prunelles de jade le dévorer à travers la mousseline brodée du voile. Il agita la main et elle le salua en retour avant de tourner le dos et de s'éclipser.

De toute évidence, elle avait retenu la leçon, songea-t-il avec un sourire satisfait qui apaisa son corps et son esprit fourbus par ces dernières heures éreintantes. Le mouchoir noué autour de sa main était couvert de sang. Cependant, une visite à l'hôpital pouvait attendre.

— D'autres ordres, Major ? s'informa-t-il par pure politesse, en glissant au bas de son cheval, gêné dans ses mouvements par sa main ankylosée.

Griffiths secoua la tête en signe de dénégation.

— Nous reverrons le problème ce soir. En attendant, allez vous reposer un peu. N'oubliez pas de soigner votre blessure.

— J'essaierai.

Kit salua le major et s'en retourna chez lui, débordant d'une énergie dont il se serait cru incapable après une telle nuit.

Annabel se tenait sur le seuil quand il tourna au coin de la rue.

— Je commençais à m'impatienter, protesta-t-elle en courant à sa rencontre, mais son ton enjoué démentait les paroles réprobatrices et l'éclat de ses yeux réchauffa le cœur du lieutenant.

— Je ne peux vous prendre dans mes bras au vu et au su de tous, se défendit-il comme elle s'approchait. Vous avez fait montre de discrétion tout à l'heure et je vous en remercie. Ne gâchez pas tout, à présent.

Il glissa discrètement la main blessée dans son dos et poussa gentiment la jeune femme vers le bungalow.

— Avez-vous livré l'assaut au fort ?

— Non. Ce fut un carnage sanglant ! Mais nous retournons à la charge ce soir. Avec un deuxième canon, nous devrions être en mesure d'écraser l'ennemi.

— Oh ! Vous avez subi de grosses pertes ?

L'espace d'une seconde, une ombre voila les prunelles anthracite. Kit se crispa.

— Ces damnés jezzails crachaient sans relâche.

— J'imagine, souffla-t-elle en s'écartant pour livrer passage au capitaine.

— Kit ! Il y a du sang dans le chemin. Vous êtes blessé ?

Si elle était paniquée, elle n'en laissa rien voir.

Lui qui craignait qu'elle ne s'évanouisse ou frôle l'hystérie… C'était bien mal la connaître !

— Juste une égratignure à la main. Rien de grave.

— Laissez-moi regarder.

Sans attendre plus avant, elle lui saisit la main et grimaça en constatant l'importance de la blessure.

— Vous n'avez pas pris la peine de consulter un médecin, je présume ? le gourmanda-t-elle d'un ton maternel.

— Non, avoua-t-il, penaud, en se laissant guider à l'intérieur. Mais ce n'était pas nécessaire.

— Oh, mon Dieu, Capitaine ! s'alarma Harley d'un air bouleversé.

— Faites chauffer de l'eau ! lui enjoignit Annabel d'un ton sans réplique. Et apportez-moi des serviettes pour nettoyer tout ce sang.

Elle assit Kit dans un fauteuil et se hâta de lui servir un verre de cognac.

— Buvez ! Cela vous fera du bien.

— Vous êtes une infirmière hors pair, la taquina-t-il, en prenant une gorgée d'alcool tandis qu'elle dénouait le mouchoir d'Abdul.

— Seriez-vous surpris ?

— Non, je ne pense pas. Avec vous, je ne m'étonne plus de rien.

La jeune femme leva les yeux vers son compagnon et le gratifia d'un sourire fugace avant d'ordonner au domestique, qui venait de s'engouffrer dans la pièce, de déposer le broc d'eau chaude et les serviettes sur le sol à ses pieds.

— C'est sérieux ? demanda le domestique visiblement dans tous ses états.

— Il est difficile de savoir, avec tout ce sang.

Délicatement, elle nettoya la plaie et l'examina en silence pendant que Kit buvait lentement son cognac et que Harley s'agitait autour d'eux.

— On dirait un picot de bois, statua-t-elle enfin.

— Un picot ! (Kit s'extirpa de sa léthargie.) Quelle humiliation, Annabel ! Vous devez vous tromper. Ce doit être une balle de mousquet ou tout au moins un éclat d'obus.

— Kit ! Vous êtes blessé ? s'alarma Bob Markham qui venait d'apparaître sur le seuil. La porte d'entrée était grande ouverte, je n'ai pas jugé utile de frapper, se justifia-t-il en traversant le salon en deux enjambées nerveuses. Est-ce grave ?

— Non, juste une écharde, fit Annabel sans redresser la tête.

— Aïe ! Ça me brûle ! gémit Kit, crispé sur le bord du fauteuil.

— Elle est de taille, annonça Annabel d'un ton égal. Et profondément enfoncée. Harley, pourriez-vous nous préparer un thé ?

— Oui, Miss.

D'un air offensé, le domestique s'éloigna. Kit se contracta tout à coup et retint sa respiration.

— Sacredieu !

— Désolée, mais si je ne vous enlève pas ce picot, la plaie risque de s'infecter. Prenez un autre verre de cognac.

— Non, je prendrai un thé, maugréa-t-il en serrant les dents. Mais diable, dépêchez-vous.

— Je fais au mieux, rétorqua-t-elle sans se départir de son calme olympien. Voilà.

D'un air triomphant, elle exhiba le long et fin morceau de bois.

— Vous avez eu de la chance. Vous receviez une écharde comme celle-ci dans la gorge, vous mouriez. Elle est aussi acérée que la pointe d'une épée.

— Cela me rassure, commenta Kit sèchement. Comment a-t-elle pu se planter dans ma paume?

Annabel haussa les épaules, étanchant consciencieusement le sang qui s'écoulait de nouveau.

— Une balle aura atteint un arbre, projetant des éclats aux quatre vents. (Elle banda avec douceur la main de Christopher.) La blessure est peut-être superficielle, mais vous risquez de saigner comme un bœuf.

— Annabel! Surveillez votre langage! réprimanda Kit, mi-sérieux, mi-facétieux.

— Pardonnez-moi. J'ignorais que j'avais affaire à des oreilles chastes.

Bob pouffa de rire.

Avant que Kit n'ait pu riposter, Harley entra, un plateau à la main.

— Dois-je servir, Miss?

— Vous seriez bien aimable, répondit-elle d'un air absent, concentrée sur le bandage.

Kit haussa les sourcils. Des changements évidents s'étaient opérés entre Harley et Annabel. Le serviteur se référait directement à la jeune femme pour les détails domestiques.

— Etes-vous obligé de sortir ce soir? s'enquit Annabel en s'agenouillant et fixant le capitaine gravement. Le moindre cahot rouvrira la plaie et si vous saignez, vous ne serez pas d'une grande utilité.

— Ma chérie, vous me voyez invoquer une misérable écharde pour échapper au devoir? s'étonna-t-il en prenant la tasse que lui tendait le domestique. Même si je le désirais, je ne le pourrais pas.

— Je vais tenter de me dénicher une place dans cette prochaine mission, intervint Bob d'un air déterminé. Non, merci, pas de thé pour moi, Harley. Je vais de ce pas offrir mes services au major Griffiths. Reposez-vous, Kit, vous l'avez bien mérité.

— Je vois qu'il est inutile de discuter avec vous, grommela Kit en plongeant son nez dans sa tasse. Mais écoutez-moi, Bob. Faites-moi une faveur, je vous prie. Accompagnez Annabel jusqu'au centre d'équitation et assurez-vous qu'elle prenne une heure de dressage avec Charlie.

— Oh, Kit...! commença-t-elle, mais le capitaine la fit taire d'un geste impérieux.

— Charlie donnera le meilleur de lui-même lorsqu'il vous connaîtra, et vous avez tout intérêt à l'y inciter.

Bob parut dubitatif.

— J'en serai ravi, bien entendu. J'ai enseigné les règles de l'art à mes sœurs, mais... mais, eh bien...

Gêné, il leva les mains en signe d'impuissance, ne sachant comment décliner une telle requête.

Annabel esquissa un sourire.

— N'ayez aucune crainte, Bob. Je ne vous causerai pas le moindre ennui. Je saurai me montrer aussi docile que vos sœurs. Je porterai un chadri, je ne m'aviserai pas de vous parler et suivrai vos instructions à la lettre.

— Vous vous moquez de moi ? s'enquit-il d'une voix suspicieuse.

— Pas le moins du monde. Dès que vous serez libre, venez me prendre. Je vous attendrai.

— A midi, alors.

Bob tourna les talons et s'en fut convaincre ses supérieurs de le laisser participer à l'offensive de la prochaine nuit.

— Venez, enjoignit Annabel à l'adresse du capitaine, en se remettant sur ses pieds avec grâce. Harley va vous faire couler un bain chaud. Vous êtes noir comme un charbonnier.

— La fumée de poudre à canon certainement, déclara Kit en se redressant péniblement. Dois-je voir là une nouvelle facette d'Ayesha ?

— Vous y êtes. Vous apprendrez que la femme afghane se couperait en quatre pour le guerrier qui revient d'une bataille.

— Oh ! si seulement je n'étais pas si las.

— Je peux vous assurer que le plaisir n'en sera que plus grand, fit-elle avec un brin de malice, l'œil coquin. Remettez votre sort entre mes mains, Ralston, *huzoor*.

— Avec joie. Et vous ?

Il la suivit jusqu'à la chambre.

— Ne vous souciez pas de moi, répliqua-t-elle en dégrafant avec dextérité la ceinture du capitaine. Asseyez-vous maintenant et laissez-moi vous ôter vos bottes.

— Cette fois-ci, vous allez devoir accomplir tout le travail, murmura Kit en se calant confortablement dans le fauteuil, allongeant les jambes devant lui tandis qu'Annabel se baissait. Mais je me réserve pour plus tard et là, je vous promets, mon cœur, de vous faire perdre toute notion du temps.

— Je n'oublierai pas.

Ils échangèrent un tendre regard plein de promesses sensuelles. A contrecœur, Annabel s'arracha à ces précieuses minutes d'intimité et vaqua à ses devoirs, dorlotant Christopher avec autant d'empressement qu'une nourrice, si ce n'étaient ses caresses beaucoup plus amoureuses que maternelles.

— Allongez-vous un instant près de moi, chuchota-t-il, en se glissant sous les draps.

Elle s'inclina cérémonieusement.

— Comme il siéra à mon seigneur.

— Oui, obéissez, murmura-t-il d'une voix ensommeillée, épiant à la dérobée la jeune femme qui se déshabillait et, nue, se faufilait dans le lit.

— Mettez-vous sur le côté que je puisse me lover contre vous.

Il se coula contre elle, enroulant ses jambes autour des siennes, une main glissée sous sa taille, la bouche contre la peau nacrée de son dos. Peu à peu, la respiration de Kit s'apaisa, son corps se détendit, ses doigts s'alourdirent. Il sombra dans le sommeil.

Deux heures durant, Annabel demeura sans bouger, consciente de lui insuffler paix et sérénité même dans les sentiers de l'inconscience. Lorsque, doucement, elle se dégagea, il protesta en grognant et l'attira de nouveau contre lui. Riant sous cape, elle le repoussa et se glissa hors du lit.

— Où êtes-vous ? s'inquiéta Kit, les paupières

closes, cherchant à tâtons le corps de la jeune femme.

— Je m'habille. N'ai-je point rendez-vous avec Charlie aux écuries ?

— C'est vrai. (Il roula à l'extrémité de la couche.) Travaillez sans selle aujourd'hui.

— Oui, Ralston, *huzoor*.

Bob se présenta à midi tapant, mal à l'aise, tirant derrière lui Charlie. L'accueil chaleureux d'Annabel dissipa instantanément sa nervosité. Le cheval pie tomba lui aussi sous le charme de la jeune femme et s'ébroua pour marquer sa joie cependant que la cavalière s'installait en selle, aidée par le capitaine Markham.

— Kit n'exige-t-il pas de vous que vous montiez à cru ?

A travers son voile, Annabel considéra son interlocuteur avec une surprise feinte.

— Je ne suis pas un soldat, Bob, argua-t-elle avec un sourire équivoque. Je ne pense pas qu'il me soit nécessaire d'agir comme si j'en étais un.

— Non… je suppose que non, bredouilla Bob. Mais cet exercice requiert de l'élève énormément de concentration, ce qui n'est pas toujours le cas quand il dispose d'une selle.

Annabel hocha la tête dans un signe d'assentiment, et néanmoins ajouta :

— Pour un soldat, peut-être. Mais Charlie et moi avons encore besoin de progresser.

Bob ne semblait toujours pas convaincu. Cependant il était bien trop timide pour argumenter. L'école était déserte, le grondement des fusillades au loin sur les remparts justifiant l'absence des cavaliers. S'attachait-on à perfectionner ses talents équestres lorsqu'on était harcelé sporadiquement ?

Bob avait une tout autre manière d'enseigner que Kit. Il se comportait avec tant de circonspection qu'Annabel avait grand-peine à différencier les critiques des compliments. Finalement, après un commentaire particulièrement confus, elle n'y tint plus et s'écria :

— Bob, par pitié, parlez-moi comme à l'un de vos soldats !

Abasourdi, il la regarda, puis soudain se mit à rire.

— Veuillez m'excuser, je ne voulais pas paraître discourtois.

— Je ne vais pas m'effondrer à la première de vos critiques. Je sais quand je commets une erreur. Charlie se charge de me la rappeler.

Après cette mise au point, l'ambiance s'en ressentit et lorsque Kit, revigoré par une bonne sieste, pénétra dans le manège une demi-heure plus tard, il observa d'un air approbateur les dernières caracoles de Charlie et de sa cavalière avant de rejoindre Bob au milieu de la piste.

— Quelle tête de mule ! s'exclama Kit, stupéfait. Je lui ai pourtant demandé de monter à cru aujourd'hui. Apparemment elle n'a pas jugé utile de suivre mes conseils.

— Kit ! héla joyeusement Annabel en l'apercevant et s'approchant au trot. Vous vous sentez mieux ?

— Absolument. Descendez maintenant. Je vais vous débarrasser de cette selle.

— Oh, Kit ! Pourquoi ?

— Vous allez comprendre. Descendez, je vous prie.

— Pourquoi faut-il que vous soyez un tel perfectionniste ?

Tout en maugréant, elle sauta au bas de son cheval et se tint immobile tandis que les deux hommes ôtaient la selle.

— Dans une minute, vous allez me forcer à porter une épée et une lance.

— Cessez de geindre. (Sourd à ses vitupérations, Kit l'aida à se hisser sur le dos de Charlie.) A présent, pour avoir fait preuve d'insubordination, Miss, vous allez m'exécuter une série de voltes. A gauche.

— Monstre sans cœur !

Kit s'esclaffa et Bob, le sourire aux lèvres, récupéra son shako.

— Si vous pouvez vous débrouiller sans moi, je vous laisse.

— Ils envoient des éclaireurs au village de Behmaroo, l'informa Kit, sans quitter des yeux son élève. J'ai rencontré Colin sur le chemin du haras. Il semblerait que nous puissions nous approvisionner dans ce village. C'est à peine à un mile du cantonnement... Annabel ! Charlie doit être en mesure de combiner un pas en avant, un pas en arrière. Vous allez embrouiller cette pauvre bête.

— Désolée. Mais ce n'est pas facile de le diriger sans point d'appui. Je n'ai pas suffisamment de force dans les genoux.

— On ne vous demande pas de la force mais de l'adresse, répliqua Kit d'un ton amène, recevant en retour un flot d'injures virulentes en persan.

Bob gloussa devant le comique de la situation.

— Je vais au quartier général voir s'il y a du nouveau dans l'air. Si nous résolvons le problème du ravitaillement, nous pourrons envisager l'avenir sous un meilleur jour.

— Je vous envie cette confiance. (Les yeux de Kit s'assombrirent.) Serez-vous des nôtres, ce soir ?

— Oui. Griffiths était trop content d'accueillir un volontaire enthousiaste. Le moral est au plus bas parmi les hommes, sans compter Elphinstone qui se décatit chaque jour un peu plus et MacNaghten qui broie constamment du noir.

— Eh bien, à ce soir, Bob... Excellent, mon cœur. Essayez à droite maintenant.

Le capitaine Markham abandonna Kit et son extraordinaire élève à leur leçon, une leçon qu'Annabel se hâta d'écourter lorsque l'officier fut parti.

— Kit, je n'en peux plus, annonça-t-elle, en tirant sur les rênes après une élégante caracole.

— Ciel ! Vous alliez l'insubordination à la mutinerie ? Le châtiment sera sévère, je vous préviens.

— J'en prends le risque, défia-t-elle en passant le chadri au-dessus de sa tête pour le jeter aux pieds du capitaine. Comme je suis prête à subir les conséquences d'un visage sans voile.

De son perchoir, elle lui rit au nez.

Il eut le souffle coupé en la contemplant. Sa longue chevelure ruisselait en une pluie d'or rouge sur ses épaules, ses formes voluptueuses étaient étroitement soulignées par ses vêtements de cuir. Ses prunelles de jade le dévoraient dans une invite silencieuse.

— Je me souviens de vous avoir promis quelque chose ce matin, prononça-t-il d'une voix traînante, en ramassant le chadri sur le sol. Vous feriez mieux de descendre de votre cheval tout de suite.

— Mieux pour qui ? répliqua-t-elle sans bouger.

Pour toute réponse, il lui fit un signe du doigt et elle obtempéra, arborant un sourire satanique, qui trahissait toute son impatience et sa volonté quant à la promesse à honorer.

— Par tous les saints, vous êtes une créature miraculeuse, murmura-t-il tandis qu'elle se précipitait d'un pas souple et léger dans ses bras.

— Je reconduis Charlie jusqu'à sa stalle. Rentrez à la maison, déshabillez-vous, je vous rejoins.

L'ordre ressemblait plus à une plainte rauque et Kit sentit sous ses doigts Annabel s'enflammer. Elle s'arqua vers lui, langoureuse et offerte, la tête renversée, les lèvres entrouvertes. Il l'étreignit avec fougue, la pressant contre lui, et pencha la tête pour l'embrasser. Son baiser fut impérieux et tendre à la fois. Emporté dans le tourbillon du plaisir, il explora le miel délicieux de cette bouche. L'image des troupes de cavalerie défila comme un éclair dans son esprit et s'évanouit, anéantie par la passion qui menait la danse. Il devait tenir parole.

Et Annabel l'y incita. Elle répondit à ses baisers avec la même ardeur. Quand enfin il la relâcha, la respiration haletante, elle souriait aux anges.

— Je ne serai pas long. Je vous rejoins dans moins d'une demi-heure.

Elle acquiesça rêveusement. A son corps défendant, il ramena la jeune femme à la réalité d'une voix douce :

— Anna, vous devriez remettre votre chadri.

L'emploi de ce diminutif présageait un bonheur proche. Les pupilles vertes se rétrécirent, mais Annabel demeura muette, se contentant de se voiler avant de s'éloigner.

Kit ramena Charlie aux écuries, priant avec ferveur pour ne pas être dérangé, ne pas croiser quelqu'un qui l'obligerait à échanger quelques mots alors que le souvenir envoûtant de cette peau satinée, de cette silhouette merveilleusement féminine auréolée d'une crinière de feu, flottait devant ses yeux.

Les détonations faisaient désormais partie du quotidien dans le camp, et il n'y prêta pas attention, se bornant à tendre la bride du cheval à un soldat et à s'en retourner au bungalow.

Il n'y avait nulle trace de Harley alentour. Certainement l'instinct de discrétion... Le capitaine se dirigea sans aucune hésitation vers la chambre.

Annabel était assise en tailleur sur le lit, avec pour seul atour un torrent de cuivre déferlant jusqu'à sa taille.

— *Salaam,* Ralston, *huzoor,* souffla-t-elle en levant les mains à son front, ses prunelles étincelant comme deux joyaux dans la lumière des flammes.

— Bonsoir, Ayesha. (Il déboutonna sa tunique.) Vous souvenez-vous de nos engagements ?

— Oui. Me faire oublier toute notion du temps. Je devrais ne plus pouvoir discerner le jour de la nuit.

Elle l'embrassa du regard tandis qu'il se dévêtait en un tour de main. Puis il vint vers elle, véritable Adonis dans toute sa magnificence.

— Je respecte toujours mes promesses, déclara-t-il en s'allongeant sur le lit et prenant le menton de la jeune femme entre ses doigts. Cette fois, je mène la danse.

— J'en serai enchantée.

15

Akbar Khan lissait sa barbe d'un air pensif.

— Dix mille roupies pour la tête de chaque chef. Voilà ce que ces *ferenghis* nous offrent.

Les assistants demeuraient impassibles sous leurs turbans, fumant tranquillement le *hookah* dans la tiède ambiance de cette salle des conseils envahie par d'immenses volutes bleuâtres.

— Le représentant du plénipotentiaire a transmis cette missive à Mohun Lal, poursuivit Akbar Khan d'un ton égal. Il suggère de corrompre Hadji Ali afin de décapiter tous les sirdars. (Les prunelles saphir balayèrent la pièce, rencontrant des visages fermés et des regards indéchiffrables.) Lorsqu'un homme n'hésite pas à employer des assassins pour parvenir à ses fins, il est difficile de croire qu'il honorera ses contrats, avisa-t-il calmement.

Sa tirade fut saluée par un concert d'assentiments.

— Lorsque MacNaghten, *huzoor*, prétend vouloir négocier en toute confiance, permettez-moi d'en douter, poursuivit Akbar Khan avec un sourire de dérision.

— Il semblerait qu'Elphinstone, *huzoor*, s'affaiblisse de jour en jour, gronda l'un des sirdars présents. Et c'est pour cette raison que Shelton et sa brigade ont reçu l'ordre de quitter Balla Hissar et de réintégrer le cantonnement.

— D'après les dernières informations qui nous proviennent du camp anglais, tout ceci est exact, avisa Akbar Khan. Je crois qu'il est grand temps d'employer la manière forte et de durcir la rébellion. En dépit du succès des troupes britanniques au fort de Mahomed Shereef l'autre nuit, nos hommes occupent à présent la majeure partie des forteresses sur la plaine entre Seah Sung et le cantonnement. Je propose que nous dirigions les tirs sur le fort de Rikabashee.

— Et le village de Behmaroo ? s'enquit Uktar Khan en sirotant son sherbet. Combien de temps allons-nous les autoriser à s'approvisionner là-bas ?

— Nous mettrons un terme à cela au plus vite, affirma Akbar Khan. Bien qu'ils ne puissent se fournir en quantités suffisantes dans ce village, c'est encore trop et il nous faut y remédier. Ainsi acculés, ces *ferenghis* n'auront d'autre alternative que de négocier une retraite ou mourir de faim.

— Les neiges ne vont pas tarder.

— Oui, elles seront bientôt là et ils se trouveront rapidement à court de combustible.

Le shura s'acheva sur ces mots et Akbar Khan resta seul, fixant le vide dans une complète immobilité méditative.

Ayesha devinerait indéniablement ses projets. Comment parvenait-elle à vivre dans ce cantonnement, parmi ces faibles et ces idiots irrésolus qu'il lui avait appris à mépriser, attendant la fin qu'elle savait inéluctable ? Devait-il la récupérer ? Rien de plus aisé à cela grâce à tous les hommes qu'il avait introduits sur le camp ! Devait-il l'abandonner là-bas pour qu'elle goûte aux affres de l'inanition, cependant que le nœud se resserrait autour de leurs gorges ? Qu'elle tremble à cette seule pensée ? Qu'elle se torture en imaginant le destin que son seigneur réserverait à celle qui l'avait trahi ?

La jeune femme lui manquait. Aussi loin qu'Akbar Khan permettait aux sentiments d'importuner son unique objectif, la douceur d'Ayesha lui manquait, cette douceur qui érodait les contours accidentés de son existence. Et puis sa manière de répondre à brûle-pourpoint aux défis qu'il lui lançait et ses talents en matière d'amour… Que ressentait-elle ? Hypothèses, que des hypothèses ! Il devait savoir. Elle avait choisi de rester aux côtés du *ferenghi*, mais avait-elle essayé ce peuple d'oppresseurs tout entier ? Ou se contentait-elle de filer le parfait amour avec l'un d'entre eux ? Cela encore, il le pardonnerait. Peut-être punirait-il l'infidélité, mais il la pardonnerait, du fait que cette responsabilité lui incombait quelque peu. Mais la trahison était une tout autre paire de manches.

Le sirdar se crispa imperceptiblement quand il

émergea de ses pensées. Il laisserait Ayesha sur le camp quelque temps encore. Exploiter la stupide félonie de MacNaghten allait requérir toute sa concentration.

— Mon Dieu ! s'écria Kit en passant distraitement une main dans ses cheveux. Le régiment de Kurdurrah a été mis en pièces. Et maintenant voilà que...

— Voilà quoi ? coupa Colin Mackenzie en pénétrant dans le bureau, l'air éreinté.

— Les cantonnements ont baissé le pavillon à Charikar, expliqua Kit. Le régiment Gurkha sous le commandement de Codrington a bien tenté de leur prêter main-forte, mais ces satanés Ghazi ont massacré la garnison entière.

— Les familles aussi ?

Tristement, Kit opina du bonnet.

— Pottinger et Haughton ont réussi à se traîner jusqu'ici. Ce sont les seuls survivants. Et encore, Haughton oscille entre la vie et la mort.

— Doux Jésus !

Mackenzie se posta devant la fenêtre et regarda au-dehors. Des rafales de vent s'engouffraient en tourbillon dans la rue déserte, entraînant les feuilles mortes dans leur danse macabre et cinglant avec virulence les vitres du quartier général. A travers le pays tout entier, les garnisons britanniques tombaient sous les jezzails afghans et les cimeterres. Sur la plaine, aux lisières de Kaboul, s'étaient amassés les hommes des tribus qui déversaient leur feu sur le cantonnement avec une aisance presque risible.

— Nous devrions évacuer ce camp et gagner

Balla Hissar. Pour une fois, je rends hommage au jugement de notre plénipotentiaire bien-aimé. C'est notre seule chance d'en sortir indemnes. Le fort résiste courageusement aux assauts des rebelles. Ici nous sommes faits comme des rats.

— Shelton n'y consentira pas, remarqua Kit. J'ai assisté aux délibérations ce matin. Il est favorable à un repli sur Jalalabad que Sale tient sous sa coupe. Le brigadier général craint que si nous nous rendions à Balla Hissar, cela ne retarde la retraite.

— Comment diable compte-t-il s'y prendre pour sortir d'ici... les aides de camp, les femmes et les enfants, et couvrir les soixante-dix miles qui nous séparent de Jalalabad sous le feu des Afghans ? explosa Mackenzie avec dégoût. Seuls l'accord et le soutien d'Akbar Khan et des autres sirdars nous permettront de quitter ces lieux.

— Dites cela à MacNaghten, lâcha Kit découragé. Il est fermement convaincu que son projet de semer la discorde parmi les sirdars marchera, et que si nous pouvons passer l'hiver à Balla Hissar, tout rentrera dans l'ordre.

— Capitaine Ralston ?

— Oui, Lieutenant.

Christopher retourna le salut d'un air distrait.

— Des forces afghanes stationnées à Kaboul ont été vues se dirigeant vers Behmaroo.

Kit laissa échapper une bordée de jurons bien choisis, imité par Colin tandis que tous deux mesuraient les implications de cette nouvelle désastreuse.

— Vous feriez mieux d'aller transmettre ce

message au brigadier général Shelton, Lieutenant, avisa Kit.

— Si seulement Shelton avait l'étoffe d'un véritable dirigeant, maugréa Colin lorsque le lieutenant s'éloigna. Quelqu'un se doit de montrer de la vigueur et de l'initiative ici. Les troupes sont plus que déprimées, combattant sans relâche alors que les rations diminuent à vue d'œil. C'est à peine si je peux leur arracher un salut crispé, et je ne suis plus certain de pouvoir leur faire confiance. Combien de temps encore avant qu'ils ne s'effondrent ?

Malheureusement c'était la vérité. Le moral des hommes était si bas qu'il devenait difficile de rallier les troupes sur le champ de bataille.

— Shelton n'est pas fautif, allégua Kit. Il faut reconnaître qu'Elphinstone ne rend pas la vie facile à son second. Il tient aux prérogatives de son titre même s'il est bien incapable de prendre une décision et peut difficilement s'extirper de son lit.

— Vous n'avez pas tort, concéda Colin d'un ton lugubre.

— Kit, j'aurais besoin que la cavalerie fasse diversion avec un canon, intervint une voix pressée sur le seuil. J'ai appris que vous étiez un maître dans ce domaine. Tenez-vous prêt dans une demi-heure.

— Oui, Major, fit Kit à l'adresse de Swayne. Depuis quand les diversions et le canon sont-ils de mon ressort ?

— Depuis l'offensive de Mahomed Shereef, ironisa Colin, avec un sourire forcé. Quelle réputation vous avez acquise là, mon ami !

— Une réputation que je ne dois qu'aux bons conseils du havildar Abdul Ali, confessa Kit. Sa troupe de cipayes qu'il mène au doigt et à l'œil le suivraient jusqu'au bout de l'enfer. Pour une raison qui m'échappe, Abdul a accepté de m'accompagner.

— Eh bien, faites attention cette fois-ci. Et gardez le havildar à vos côtés.

Christopher acquiesça.

— Il me faut prévenir Annabel. Je redoute moins d'affronter un cimeterre Ghazi que mon lynx aux yeux verts dans un éclat passionné.

Colin ne put s'empêcher de rire.

— Quel veinard vous faites, Ralston ! J'aimerais pouvoir moi aussi songer à autre chose qu'à ce désespérant imbroglio.

Etrangement, cette remarque que Colin voulait badine tomba comme un couperet. Kit secoua la tête, le regard soudain assombri.

— Vous ne pouvez imaginer l'enfer que je vis, Colin. Les mains liées par le destin d'une autre personne ! Si j'ai toujours envisagé ma mort sans peur… peut-être pas dans ce fiasco complet, mais en d'autres temps… je ne peux supporter la perspective de perdre Annabel. Savoir qu'à cause de mon arrogance aveugle, j'ai bousculé son existence paisible, et que sans mon intervention stupide, elle ne serait pas aujourd'hui en danger ! Ces pensées me tourmentent sans cesse.

— Vous en tient-elle rigueur ?

Kit secoua la tête en signe de dénégation.

— J'ai bien essayé de la persuader de retourner vers Akbar Khan, mais elle refuse. Elle croit dur comme fer en la Destinée. Pour les Afghans, la vie est un chemin déjà tracé et nos comportements sont guidés par cet ordre préétabli. Les choix qui nous conduisent au bonheur ou à la souffrance ne nous appartiennent pas.

— Quelles sont ces inepties !?! C'est totalement ridicule.

— Je sais, mais qu'y puis-je ? Excusez-moi, Colin, mais le devoir m'appelle.

— Que Dieu vous protège.

Kit le remercia d'un vague signe de la main et s'éclipsa. Au détour des écuries, il distingua un chadri blanc au loin et accéléra l'allure. Harley poussait une brouette derrière Annabel. Que manigançaient-ils donc ?

Il n'osa pas les apostropher en pleine rue. La présence d'une femme afghane sous le toit du capitaine Ralston n'était certes plus un secret sur le cantonnement, mais il valait mieux demeurer discret. Les arbitres de la bienséance morale, telle Lady Sale, fermaient les yeux hypocritement.

Allongeant le pas, il rejoignit la jeune femme et son domestique.

— Que diable complotez-vous ? les pressa-t-il en jetant un coup d'œil au contenu de la brouette.

Harley regardait droit devant lui d'un air détaché, comme s'il ne se sentait pas le moins du monde concerné.

— Miss m'a assuré que les hommes des collines utilisaient le crottin de cheval en guise de combustible, et comme nous en étions réduits à brûler les meubles, Capitaine, elle a...

— Du crottin ? s'exclama Kit, fronçant le nez devant ce tas fumant et malodorant. Annabel, soyez sérieuse !

— Je le suis, répliqua-t-elle tout de go. Evidemment, vous ne pouvez le brûler mouillé. Il faut le laisser sécher quelques jours. Il n'y a pas de soleil, mais le vent devrait suffire. Les nomades préfèrent la fiente de mouton au crottin, mais ce n'est pas le moment de faire la fine bouche.

— Non, bien sûr, accorda Kit faiblement. Cela doit sentir mauvais !

— Pas tant que cela. Et puis, au moins, nous aurons chaud.

« Un détail d'importance », songea Kit. Coulant un regard à la dérobée en direction de Harley, il sut que le serviteur partageait cet avis, même s'il affichait une mine rebutée.

— Les Afghans sont en train de cerner Behmaroo.

Il lui sembla plus simple d'en venir directement aux faits et de ne pas s'appesantir sur un problème aussi futile que le crottin.

— Allez-vous les intercepter ? s'enquit Annabel.

— On m'a donné l'ordre de créer une diversion pour l'infanterie de Swayne.

— Christopher ?

Une voix impérieuse retentit derrière eux. Kit fit volte-face. Lady Sale fondait sur eux.

— Que transporte votre domestique dans cette brouette ?

La vieille dame considérait l'amas d'excréments d'un air ahuri.

— De quoi faire une bonne flambée, Madame, déclara Harley d'une voix ferme, en se rangeant aux côtés d'Ayesha qui venait de reculer et se tenait, tête baissée, dans la parfaite attitude de modestie et d'humilité requise par l'islam.

La matrone ignora avec superbe la jeune femme voilée.

— J'en suis contrainte à brûler mes fauteuils. Vous n'avez peut-être pas eu une mauvaise idée, après tout. J'enverrai Ghulam Naabi aux écuries. Christopher, est-il vrai que ces sauvages essaient d'attaquer Behmaroo ?

— Oui, Madame. Mais le major Swayne s'apprête à envoyer un détachement pour les repousser, et j'ai reçu l'ordre de produire une diversion avec la cavalerie et l'artillerie. Nous protégerons le village, soyez-en certaine.

— Je l'espère. Les denrées se font rares. Tout le monde a oublié le temps où nous mangions à notre faim.

Sur cette dernière affirmation, elle pivota sur ses talons et s'en retourna comme elle était venue.

— Je ne doute pas que vous puissiez protéger le village, murmura Annabel sous son voile.

— Dois-je détecter une pointe de scepticisme dans vos propos ?

— Possible. Prenez garde, Kit.

— Promis. Et pour l'amour du Ciel, vérifiez que ce fumier soit assez sec avant de commencer le feu.

La journée durant, ils s'affrontèrent à la garnison de Kohistanee qui occupait Behmaroo. Le capitaine Ralston regardait impuissant ses soldats et les artilleurs tomber sous le feu des ennemis. Abdul Ali avait été blessé pendant la première demi-heure de l'offensive et, sur les ordres de Kit, emmené loin de la zone des combats par ses cipayes. Bizarrement, le capitaine se sentit démuni et vulnérable sans son sergent flegmatique et ses fidèles compagnons. L'arrivée des renforts conduits par Shelton lui offrit un regain d'espoir, mais en dépit de leur hargne, ils furent repoussés par les rebelles et, au crépuscule, le clairon sonna la retraite.

Ce furent des soldats harassés, moralement abattus, le regard voilé par un sentiment ressemblant fort au désespoir, qui passèrent ce soir-là l'entrée du cantonnement. Nombre de leurs compagnons avaient été fauchés par la mort devant leurs yeux, et ils n'avaient pas avancé d'un pouce vers le village : leur dernière chance de se réapprovisionner et de ne pas dépérir pendant l'hiver, qui ne tarderait plus à présent.

Kit se rendit tout d'abord à l'hôpital où Abdul Ali avait été transporté parmi les morts et les agonisants. Les gémissements désemparés des blessés torturés par la douleur vrillaient l'air, plus effroyables encore que sur le champ de bataille. Par chance, le havildar flottait dans un état second provoqué par une dose massive de morphine, un bandage ensanglanté autour de sa jambe amputée. Kit ressentit une bouffée de colère, une colère dirigée vers tous ceux impliqués dans cette aventure inutile, meurtrière et suicidaire.

Il quitta bientôt l'hôpital et regagna son bungalow, d'un pas lourd et fatigué, les épaules affaissées. Des voix s'élevaient du salon, et la porte s'ouvrit quand il posa la main sur la poignée.

— Je vous ai aperçu à travers la grille, je savais donc que vous étiez sain et sauf.

Annabel demeura distante un instant, comme pour leur donner le temps de s'habituer à leur triomphe sur la peur, de savourer une fois encore l'intensité du soulagement. Puis elle se jeta dans ses bras, laissant libre cours à l'émotion qu'elle avait refoulée lors de son départ quelques heures plus tôt.

Le capitaine l'étreignit longuement tandis qu'elle lui insufflait à nouveau vie et énergie, puis leva les yeux pour découvrir Colin et Bob debout devant la cheminée, les yeux rivés avec discrétion sur le feu qui couvait, dégageant une odeur extrêmement âcre.

— Je constate que vous avez fait brûler le crottin, observa Kit d'un ton qui se voulait joyeux.

Annabel le soumit à un examen minutieux et compatissant.

— Mauvaises nouvelles ?

Il soupira et acquiesça.

— Pire que les autres fois, je crois. A moins que ce ne soit qu'une défaite de plus, un jour supplémentaire de vies gâchées.

— Asseyez-vous.

Annabel le poussa gentiment vers une chaise et lui tendit un verre de cognac.

— C'est la dernière bouteille mais je pense que ce soir vous en avez fort besoin.

— Je ne discute pas. Servez nos invités.

— Non... non, mon cher, nous ne toucherions quand même pas à votre dernière bouteille, bredouilla Colin.

— Ne soyez pas stupides. Quand il n'y en aura

plus, il n'y en aura plus, c'est tout, avisa Kit en repoussant l'objection polie de l'officier d'un geste négligent de la main. Que mangeons-nous au dîner, Annabel ?

La jeune femme sourit mystérieusement.

— Un festin. J'ai convié Colin et Bob à partager notre table. Nous avons donc au menu des œufs, des galettes de froment, de la viande d'antilope et des pâtes… et pour couronner le tout, du thé.

Kit écarquilla les yeux.

— C'est une plaisanterie ?

— Absolument pas. Je suis sérieuse. Je me suis rendue au bazar à Kaboul…

— Vous avez fait quoi ?

Comme mû par un ressort, Kit bondit sur ses pieds, le visage livide et les mâchoires crispées.

— Rien de plus aisé, poursuivit-elle, apparemment inconsciente de l'effet de sa révélation sur le capitaine. J'ai acheté de quoi tenir quelques jours, et j'y retournerai dès que nous serons à court de provisions. Je ne comprends pas comment j'ai pu ne pas y songer plus tôt.

— Peut-être parce que vous avez perdu l'esprit, fit Kit avec un calme inaccoutumé. J'ai voulu vous botter les fesses plus souvent que je ne pourrais le compter, mais je crois que cette fois, je vais mettre ma menace à exécution.

— Nous allons vous laisser, balbutia Bob, en toussotant avec embarras.

— Oui… oui, surenchérit Colin en faisant un pas vers la sortie.

— Non, ne partez pas ! s'écria Annabel, alors que Christopher ne faisait aucun geste pour les retenir. Restez pour le dîner ! Ne prêtez surtout pas attention à la mauvaise humeur de Kit. Il est juste éreinté et fourbu…

— Pas autant que vous risquez de l'être bientôt, menaça Kit d'une voix doucereuse. Mais cela attendra. (Il rappela ses amis.) Vous n'avez aucune raison de partir maintenant. Joignez-vous à nous ce soir, puisque je présume que c'est la seule demeure dans le cantonnement où on peut se mettre quelque chose de correct sous la dent.

— Si vous êtes sûr…

— Bien entendu, coupa Annabel brusquement, pas le moins du monde affectée par l'attitude agressive de Kit. Je vais voir si Harley a préparé l'antilope comme je le lui avais recommandé. Prenez un deuxième cognac, Kit, cela vous détendra.

La porte se referma sur elle et le capitaine prit une profonde inspiration.

— Aidez-moi, sinon je vais la… Etiez-vous au courant de sa promenade à Kaboul ?

— A son retour, seulement, avisa Colin. Quand elle nous a invités pour le repas. Mais elle sait parfaitement se glisser dans la peau d'une Afghane quand elle le souhaite et ressemble vraiment à l'une d'entre elles lorsqu'elle porte un chadri. La chose ne m'a pas inquiété, pour être tout à fait franc. Et puis, mon cher ami, Annabel n'est pas ce qu'on pourrait appeler une femme ordinaire.

— Non, effectivement, dit Kit, les lèvres pincées. Mais Akbar Khan est avide de mettre la main sur elle. Et Akbar Khan est à Kaboul. Et l'Ayesha d'Akbar Khan est connue en ville. Je ne peux croire qu'elle ait pu agir aussi stupidement !

— Cela n'avait rien de stupide, protesta Annabel en faisant son apparition sur le seuil. Vous risquez votre vie à chaque fois que vous sortez du cantonnement pour l'un de ces exercices futiles et dangereux. Ma mission n'était pas plus futile que les vôtres et je ne vois pas pourquoi vous attendez de moi que je me tourne les pouces et que je meure de faim lorsqu'un petit effort et un brin d'ingéniosité pourraient mettre de la nourriture dans nos assiettes. La situation est désespérée et exige des mesures désespérées, alors si j'étais vous, je cesserais sur-le-champ d'avoir ce comportement collet-monté, sinon, le dîner risque de vous rester sur l'estomac et j'aurai l'impression d'avoir perdu mon temps.

— Ne recommencez jamais.

— Je regrette mais je le ferai dès que je le jugerai nécessaire, Christopher Ralston. Le souper est prêt.

— Je vous ai déjà dit, Kit, que vous aviez eu les yeux plus gros que le ventre, commenta Bob avec une certaine compassion.

— Hmmm, maugréa Kit.

Il se mura dans un mutisme boudeur pendant une dizaine de minutes, puis capitula devant la gaieté d'Annabel et les effets bénéfiques de ce repas de choix, premier du genre depuis de longues semaines. Mais il ne put se résoudre à abandonner la partie et se promit de reprendre la discussion une fois que ses amis auraient pris congé et que Harley se serait retiré.

Quand enfin ils se retrouvèrent seuls, il poussa

la jeune femme sans ménagement jusqu'à la chambre.

— Ce n'est pas la peine de vous fâcher, avisa-t-elle, en essayant de se dégager.

— Au contraire.

Il s'assombrit et resserra l'étreinte de ses doigts autour du bras de sa compagne.

— Kit, je n'étais qu'une femme effectuant quelques emplettes parmi tant d'autres au bazar.

— Dans un chadri blanc reconnaissable entre tous, l'insigne de la favorite d'Akbar Khan ! Comment avez-vous pu manquer de jugement à ce point ?

— Manquer de jugement ? Moi ? (Les prunelles de jade jetaient des éclairs.) Je ne portais pas le chadri blanc. Harley s'est débrouillé pour me procurer celui d'une servante de Lady Sale. Je me suis faufilée subrepticement par une brèche dans l'enceinte comme la fille des cuisines du mess et une fois dehors, personne ne pouvait plus m'identifier.

— Vous avez parcouru deux miles jusqu'à la ville, et deux autres pour le retour et, de surcroît, en plein jour.

— C'est exact. (Elle exhala un soupir las.) En compagnie d'une douzaine de femmes qui habitent le long du canal. Et je recommencerai lorsqu'il le faudra.

— Non.

Un long silence haineux suivit cette injonction. Annabel, à travers sa colère, nota combien Kit semblait épuisé. Une chose était certaine, il s'inquiétait pour elle. Mais qu'elle le comprenne ou non, elle ne pouvait l'autoriser.

— Qu'est-ce qui vous donne le droit de dicter ma conduite, Kit ? (Elle prit enfin la parole d'un ton qu'elle voulait raisonnable et tranquille.) Je vis sous votre toit parce que nous l'avons tous deux choisi. Je vous ai dit que je resterais à vos côtés tant que le destin en déciderait ainsi. Je ne me permettrais pas de dire ce que vous devez faire, alors ayez la courtoisie d'agir de même avec moi.

— Je veux que vous soyez ma femme, s'entendit-il murmurer du plus profond de lui-même, avouant au moment le moins indiqué ce qu'il taisait depuis longtemps, ce qu'il n'avait jamais osé déclarer même dans l'égarement de leurs ébats passionnés.

La réaction d'Annabel fut instantanée.

— Ne soyez pas absurde !

— Qu'y a-t-il d'absurde à cela ?

Il la tenait toujours par le bras et la dévisageait avec émotion.

La jeune femme riposta d'un air moqueur comme aux premiers jours de leur rencontre.

— Vous agiteriez votre baguette de *ferenghi*, n'est-ce pas, Ralston, *huzoor*, et vous transformeriez l'ancienne habitante d'un zenana afghan en un pilier de la courtoisie britannique ? (Elle se libéra d'un mouvement brusque.) Plutôt mourir !

— Vous préféreriez mourir que de m'épouser ?

Il ignorait que cette déclaration le blesserait au tréfonds de son être. Elle venait de lui briser le cœur. Annabel devina la blessure sous les intonations de sa voix.

— Non, je n'ai pas voulu dire cela. Je désirais juste vous répéter ce que je vous ai maintes fois expliqué. Je n'aurai jamais ma place dans votre univers, Christopher Ralston, et je n'en ai aucune envie. Je suis heureuse ici avec vous, dans ce monde que nous avons construit à deux, mais il n'a d'autres racines que celles dans nos esprits. Tant que nous pourrons y vivre, je m'en satisferai.

— Mais il n'a aucun avenir, protesta-t-il, sa douleur cédant place à un torrent de rage face à l'obstination de sa compagne.

— Non, attesta-t-elle fermement. Seul existe le présent pour nous. Nous n'avons aucune alternative.

— Je ne peux pas l'accepter.

Il l'attira contre lui et lui releva le menton. Toute trace de fatigue et de déception avait disparu du visage du capitaine, chassée par la flamme de la conviction.

— Vous me direz s'il y a un futur à cela, gronda-t-il sourdement en l'embrassant.

Elle ne répondit pas à son étreinte, subissant sans protester la hargne de son compagnon. Ignorant la passivité de la jeune femme, Kit la bascula sur le lit, les lèvres impérieusement scellées sur sa bouche. Il s'allongea sur elle, l'immobilisant sous son poids, et enroula les jambes autour des siennes pour prévenir toute rebuffade de sa part. Glissant une main sous la tunique, il referma les doigts sur la rondeur satinée et chaude de ses seins. Sous cet attouchement, elle crut abandonner toute velléité de résistance, submergée par le désir foudroyant de vivre jusqu'au bout la passion qu'il suscitait en elle.

Néanmoins, dans un effort dérisoire, elle tenta de se libérer, de repousser l'invasion qui la rendait vulnérable. Mais son compagnon se contenta de l'enlacer plus étroitement, explorant sa bouche avec une ardeur brûlante, la soumettant au feu de ses sens et l'asservissant à tout jamais. Non! Surtout ne pas céder! Le cœur battant la chamade, elle resserra les jambes lorsque, d'un genou, il la força à les écarter. Les doigts quittèrent alors sa poitrine palpitante, glissant le long de son ventre plat, pour s'aventurer sous le chalvar et écarter délicatement les pétales de sa fleur, l'atteignant au plus profond d'elle-même. Avec un gémissement, Annabel comprit qu'elle était perdue. Elle sentit le sang battre à ses tempes avec tant de violence que, défaillante, elle s'accrocha à lui, emportée par des torrents tumultueux tandis que leurs langues se mêlaient dans un furieux combat. Soudain, il la relâcha.

Les prunelles anthracite fouillèrent sans merci son âme, dérobant ses secrets les plus intimes cependant que ses mains imprimaient leur sceau sur sa chair frissonnante, lui arrachant les mystères de son corps.

— Pas de futur, Anna? chuchota-t-il. Comment osez-vous affirmer une telle chose quand je vous sens vibrer tout entière sous mes doigts, quand je devine un flot de promesses palpitantes sous votre peau, quand je lis dans vos yeux l'amour et le désir?

La jeune femme ferma les paupières, mais elle savait qu'il était trop tard pour nier la vérité. Elle secoua faiblement la tête sans espoir de le convaincre. Personne jusqu'ici ne l'avait appelée Anna, et Kit utilisait rarement ce diminutif comme s'il craignait de ternir la place par trop précieuse qu'il lui réservait dans son univers.

— Vous finirez par l'admettre, affirma-t-il d'un ton confiant, en dégrafant le chalvar pour le jeter ensuite en boule sur le sol. S'il me faut une nuit pour vous convaincre, tant pis. Je vous l'entendrai dire.

L'homme retraça les contours fuselés de ses cuisses, arquant la jeune femme contre lui.

Comment résister plus avant aux flammes qui la dévoraient ? Annabel renonça et suivit son compagnon sur les méandres d'un plaisir vertigineux, acceptant enfin l'inévitable. Elle lui appartenait corps et âme et s'en défendre ne servirait qu'à exacerber la soif qu'elle avait de cet homme. Kit se débarrassa fébrilement de ses caleçons et la pénétra sauvagement, portant un cri de bonheur intense sur les lèvres d'Annabel.

— Pas de futur, Anna ?

La jeune femme consentit à ouvrir les paupières.

— Peut-être.

Kit sourit.

— Je n'insisterai pas plus... pour l'instant en tout cas.

Et il l'entraîna vers les profondeurs de leur désir, s'unissant à elle pour l'éternité.

Les minutes s'égrenèrent lentement avant qu'ils ne reviennent à la réalité. Annabel remarqua alors sa tunique détrempée par l'ardeur de leurs ébats, sentit Kit en elle, le souffle de cet homme caressant longuement sa nuque, le parfum de leur amour les enveloppant de ses effluves envoûtants. Elle tendit la main vers le visage tant adoré et l'effleura d'un geste de bénédiction. Il leva aussitôt la tête et la contempla.

— Vous êtes merveilleusement belle, Anna. Je ne saurai me rassasier de vous.

Elle le gratifia d'un sourire sensuel teinté d'une certaine espièglerie.

— Il n'y a pas longtemps, vous avez proféré à mon endroit des menaces terrifiantes. Si vous songiez à une telle punition, je dois me souvenir de vous provoquer plus souvent.

Vaincu, Kit grogna et roula sur le côté.

— Je vous interdis de retourner à Kaboul. C'est trop dangereux.

— Je verrai. (Elle se redressa sur son séant et ôta sa tunique.) Je vous promets de mesurer les risques avec soin avant de me lancer dans une prochaine expédition. Cette réponse vous satisfait-elle ?

Il garda les yeux rivés sur la jeune femme tandis qu'elle s'épongeait le corps sans pudeur, inconsciente de la grâce de ses mouvements quand elle levait un bras, pliait une jambe, jouant de son corps avec adresse. « Inutile de parlementer avec elle », songea-t-il avec résignation, en s'extirpant de la couche à son tour. Pourquoi reporter le plaisir présent à un lendemain qu'ils ne connaîtraient peut-être jamais ?

Néanmoins, il garderait cette réflexion soigneusement cachée dans les sombres recoins de son esprit. Si seulement il pouvait la démentir…

16

— Dieu tout-puissant ! Ce n'est pas possible ! s'écria Colin Mackenzie, les yeux agrandis par l'horreur devant la scène qui se déroulait en contrebas, derrière l'enceinte du cantonnement. Nos hommes sont en train de détaler comme des lapins.

— Il vaut mieux les couvrir, avisa Bob sèchement avant de lancer des ordres à l'adresse d'un sergent. Ciel ! On ne distingue plus les rebelles des nôtres.

Une journée s'était écoulée depuis la première offensive. Shelton tentait de nouveau de reprendre Behmaroo aux mains des hommes des tribus. Tout au long de ces dernières heures, les nouvelles avaient afflué au cantonnement : Shelton comptait d'innombrables pertes parmi ses troupes tandis que, face à lui, la garnison des Afghans était renforcée, l'infanterie avait refusé de charger à la baïonnette et la cavalerie n'avait pas bougé d'un pouce lorsque l'attaque avait été sonnée. Même les plus pessimistes des officiers du camp n'auraient pas envisagé une telle débandade.

A travers la plaine, les forces britanniques couraient en tous sens. Les hommes tombaient, abandonnés à leur destin par leurs compagnons en déroute, pour être hachés sur place par des sauvages sans pitié.

La sonnerie impérieuse de la trompette s'éleva au-dessus du charivari qui régnait sur le champ de bataille. Les portes du cantonnement furent rapidement ouvertes et une troupe de cavaliers, épées et lances à la main, galopa bride abattue vers la mêlée sanguinaire.

— N'est-ce point Kit qui mène l'offensive? s'enquit Bob en louchant dans sa longue-vue. Il ne rate pas une seule occasion de quitter le camp ces jours-ci.

— C'est vrai, accorda Colin, les jumelles rivées sur la ligne d'affrontement. On dirait qu'il dirige sa propre vendetta.

— Vendetta est le mot juste, fit Bob sérieusement. C'est incroyable comme l'amour peut transformer une personne.

Colin embrassa le paysage du regard avant de repartir :

— L'amour! Quel sentiment puissant!

— Certainement. Si on nous avait prédit qu'un jour Christopher Ralston, le roi de l'indifférence, serait la victime des flèches de Cupidon, prêt à trucider le peuple afghan tout entier pour sortir Annabel Spencer des frontières du pays, nous aurions ri.

Colin siffla doucement.

— Moi qui croyais qu'il ne s'agissait que d'une foucade. Un moment de passion dans une folie générale! Je ne sais même pas si Kit en a conscience.

Bob secoua la tête en signe de dénégation, mais ils durent couper court à leur conversation car les troupes anglaises regagnaient le camp.

— Ah, vous voilà! Enfin des visages familiers! intervint Annabel d'une voix haletante en se glissant entre les deux officiers. Je présume que Kit est au front.

La jeune femme portait une longue jupe en daim et une cape bordée de fourrure sur sa tunique émeraude. Elle avait sagement attaché ses longues boucles rutilantes en un chignon.

— Ne devriez-vous pas sortir voilée ? fit remarquer Bob sans réfléchir.

Annabel considéra le spectacle de désolation, enregistrant le désordre indescriptible avant de répliquer d'un air sombre :

— Je ne pense pas que ce genre de détail ait aujourd'hui beaucoup d'importance. J'ai comme l'impression que vous ne parviendrez pas à repousser ces assaillants. Et une fois qu'ils auront franchi les vantaux...

Elle laissa sa phrase en suspens. Ils avaient tous le sentiment de vivre un cauchemar les yeux ouverts. Les Afghans, tel un raz-de-marée, menaçaient d'envahir le cantonnement, apparemment dédaigneux des balles qui sifflaient autour d'eux, narguant l'offensive pourtant acharnée de Christopher et de sa troupe.

— Capitaine ! L'ennemi se replie ! s'écria tout à coup une sentinelle avec excitation.

— Par tous les saints ! Vous avez raison ! s'exclama Colin en lorgnant dans sa longue-vue. Ils reculent.

Juste au moment où les rebelles semblaient prêts à déferler sur le cantonnement, ils ralentirent et rebroussèrent chemin d'une manière totalement inexplicable.

— Puis-je vous emprunter vos jumelles ? pressa Annabel qui scrutait anxieusement les alentours. Merci. (Colin les lui tendit.) Osman Khan ! Lui ?!? Il vient de rappeler ses hommes.

Je me demande bien pourquoi. Parmi les sirdars, je ne connais pas plus cruel que lui.

— Vous le connaissez ? s'étonna Bob avec une note d'intérêt dans la voix.

La jeune femme haussa les épaules avec négligence.

— Lui comme tous les autres. Je sais différencier les plus indécis des plus dangereux. Et cet Osman Khan fait partie de cette dernière catégorie, ainsi qu'Akbar Khan d'ailleurs. (Elle restitua les jumelles à leur propriétaire.) Je crois qu'il est grand temps de mettre mon expérience à contribution, n'est-ce pas ?

— De quelle manière ?

— Le temps des affrontements est terminé. Vous allez devoir songer aux négociations à présent. Et là je vous serai utile. Je peux vous dévoiler tous les rouages d'un esprit afghan. Un tel atout n'est pas négligeable.

— Je ne suis pas certain que Kit soit d'accord, nota Bob. D'ailleurs, le voilà !

Annabel s'accouda au parapet, et regarda la foule anarchique se bousculer aux portes du camp. Hiérarchie et devoir avaient disparu pour céder place à une panique indescriptible. Seuls les cavaliers sous le commandement de Kit se tenaient la tête haute tandis qu'ils fermaient la marche. Ils n'avaient pas courbé l'échine sous la fusillade nourrie des rebelles.

Le brigadier général Shelton dépassa les grilles, le dos droit, le visage crispé, les yeux fixant un point loin devant lui comme s'il refusait cette scène de tumulte et de déshonneur. Sans mot dire, il glissa au bas de sa monture et s'engouffra à l'intérieur de l'état-major.

— Je ne peux m'empêcher de ressentir de la pitié pour cet homme, murmura Bob. C'est un sacré bon soldat, seulement trop têtu et peut-être pas suffisamment inspiré. Mais il ne méritait pas d'être impliqué dans une affaire aussi humiliante.

— La complaisance du *ferenghi* ! ironisa Annabel. Sans elle, vous n'en seriez pas là aujourd'hui. Je vais chercher Kit.

— J'aimerais autant qu'elle ne profère pas de telles accusations, déclara Bob, mal à son aise, lorsque la jeune femme eut disparu. Je me sens tenu d'argumenter, alors que cela ne sert à rien sinon à envenimer les choses. Mais quand vous y songez sérieusement…

Colin fronça les sourcils et acheva :

— Ce n'est pas ce qu'elle dit, mais la manière dont elle le formule qui est fort agaçante. Personne n'aime s'entendre prononcer ses quatre vérités, surtout de la bouche d'un ennemi, ce qu'elle donne l'impression d'être parfois. Bob, je vous laisse. Je vais jusqu'au quartier général pour assister au rapport de Shelton.

— Je vous accompagne.

Les deux officiers quittèrent leur poste d'observation, laissant derrière eux la cacophonie des tirs intermittents qui déchiraient le voile du crépuscule.

En atteignant la place, Annabel se dirigea subrepticement vers l'endroit où Kit donnait congé à ses hommes. Elle demeura dans l'ombre jusqu'à ce que le dernier soldat ait disparu, avant de rejoindre le capitaine.

— Vous allez bien ?

La voix douce et apaisante fit sursauter le capitaine.

— Que faites-vous ici ?

— J'étais sur les remparts avec Colin et Bob.

— Pourquoi ne portez-vous pas de voile ?

La jeune femme leva les yeux vers son compagnon et, d'un air serein, répondit :

— Je crois que le temps des charades est révolu, Ralston, *huzoor*.

Le capitaine garda le silence un instant, puis leva les épaules en signe d'assentiment.

— Vous n'avez peut-être pas tout à fait tort. Nous touchons le fond. (Il jeta un coup d'œil autour de lui et secoua la tête dans un geste de dégoût et de désillusion.) Shelton n'a pas cessé de répéter que les troupes étaient incapables de surmonter une telle épreuve. Les hommes sont non seulement démobilisés, mais affaiblis par un jeûne forcé et épuisés par ces luttes incessantes. Nous ne pouvons décemment blâmer ces pauvres bougres. Mais diantre ! Je n'aurais jamais imaginé qu'un jour l'armée anglaise ferait demi-tour, l'oreille basse.

— Il aurait mieux valu négocier le retrait de l'armée britannique plutôt que d'abandonner lâchement Behmaroo aux mains des Kohistanee, commenta Annabel.

— De toute manière, il est trop tard pour les regrets maintenant, avisa Kit, soudain rembruni.

— J'aimerais obtenir une entrevue avec le général et le plénipotentiaire, déclara la jeune femme sans ambages.

— Non !

— Je peux leur révéler certaines choses qu'ils ignorent.

— Non !

— Pourquoi pas ?

— Je ne souhaite pas vous exposer aux commérages du mess et apporter de l'eau au moulin des mauvaises langues.

— Je croyais que le temps des charades était terminé.

— Mais pas celui de la discrétion.

— Kit... !

— Non, n'insistez pas !

Le capitaine pivota sur ses talons et planta là Annabel. Le front barré d'un pli soucieux, elle le regarda s'éloigner. Puis, à son tour, elle quitta les lieux, sa cape flottant dans son dos tandis qu'elle foulait les pavés d'un pas allongé et nerveux.

— Jeune femme !

A cette injonction impérieuse, Annabel ralentit l'allure, jetant un coup d'œil dans la direction de la voix haut perchée. Elle reconnut Lady Sale.

— Madame ?

Ce mot avait à peine franchi ses lèvres que déjà elle prenait conscience d'avoir commis un impair. Eût-elle continué sa route comme si de rien n'était que la comédie aurait été préservée. Il faisait trop sombre dans la rue pour que la matrone puisse distinguer autre chose qu'un costume afghan et une chevelure de feu.

— Venez ici ! intima la vieille dame d'un ton sans réplique.

Annabel obtempéra. Lady Sale leva son face-à-main et détailla minutieusement la nouvelle arrivante qui se découpait contre l'obscurité, notant pour la première fois le teint de magnolia de la jeune femme au visage découvert.

— Je m'en doutais! Je savais bien qu'on me cachait des choses.

Sous ces propos pointait néanmoins l'incrédulité, comme si une telle découverte la surprenait.

— Les soldats ont été mis en déroute, Madame, annonça Annabel, en feignant de ne pas comprendre le sens des paroles de son interlocutrice. L'ennemi a poursuivi vos troupes à travers la plaine...

— Je ne vous parlais pas de cela. Et puis, pourquoi dites-vous «vos» troupes? Vous êtes tout autant anglaise que moi, n'est-ce pas? Et de toute évidence, de bonne famille, à en juger par votre élocution. Mais si je peux me permettre, ces vêtements sont une insulte à notre peuple.

— Malheureusement, Madame, ce sont les seuls que je possède.

L'espace d'un instant, la jeune femme se revit dans le salon de sa propre mère à Peshawar, où, fillette en robe de mousseline et culottes à dentelles, elle faisait des courbettes et écoutait poliment les catéchismes des invités, dissimulant sa répulsion lorsqu'un gentleman affublé de favoris, empestant le brandy et le cigare, l'embrassait.

— Je savais que Christopher me mentait, souffla la matrone en fronçant les sourcils d'un air indigné. Je connais ce garçon depuis trop longtemps pour qu'il puisse me rouler ainsi dans la farine. D'où venez-vous?

— Peshawar.

— Ne vous moquez pas de moi, insolente! Je connais toutes les familles de Peshawar.

— Madame, loin de moi le désir de me montrer discourtoise, mais je ne suis pas convaincue qu'il me faille répondre à vos questions. Alors soyez assurée que je ne dis que la pure vérité.

Lady Sale resserra les pans de son manteau pour repousser le vent glacial, avant de poursuivre son interrogatoire.

— Vous vivez sous le toit de Christopher Ralston ?

— Oui, Madame.

— Alors vous ne valez pas mieux qu'une aide de camp.

— Si vous le pensez, Madame !

D'un air ahuri, la vieille dame fixa la jeune femme au sourire narquois, dont le discours trahissait le sceau de l'aristocratie, dont les prunelles vertes insondables rehaussaient l'éclat ivoirin de sa peau dans un défi éclatant.

— Je ne comprends pas de tels agissements. Et j'en référerai à qui de droit.

Sur cette dernière menace, elle tourna le dos à Annabel et regagna son bungalow.

— Je vous demande pardon, Lady Sale, mais je crois que le moment n'est pas indiqué pour soumettre vos doléances. Des choses bien plus importantes doivent requérir votre attention sur l'heure.

La vieille dame s'arrêta, comme frappée par la foudre. Quelques secondes s'égrenèrent avant qu'elle ne lance un coup d'œil par-dessus l'épaule en direction de la jeune fille campée devant le carré de pelouse. Elle se renfrogna tandis qu'une question lui venait aux lèvres.

— Croyez-vous que nous en réchapperons ?

— Je n'en sais rien, avoua Annabel. Mais quelles que soient nos forces, nous aurons fort besoin de courage. Et ceux qui dirigent, d'autant plus.

Lady Sale digéra lentement cette déclaration puis, avec raideur certes, acquiesça.

— Toute coquine que vous êtes, vous n'en avez pas moins la tête sur les épaules. Je vous souhaite une bonne nuit.

— A vous aussi, Madame.

Annabel se demandait si elle devait raconter ou non les détails de cette entrevue à Kit. De toute façon, il l'apprendrait de la bouche même de la matrone. Il en serait froissé sinon fâché mais, bizarrement, elle n'en avait cure. Un sentiment se cristallisait en elle et elle n'était pas certaine de vouloir l'affronter. Annabel commençait bien malgré elle à s'intégrer dans la petite communauté anglaise. Son destin était désormais irrémédiablement lié à celui des habitants du cantonnement, mais pas uniquement en raison de sa présence physique entre ces remparts.

« Ce n'était pas uniquement en raison de sa présence physique entre ces remparts. »

Elle consentit à franchir le pas qui la séparait de telles implications. Tout son être vibrait de cette découverte. Comment cela avait-il pu se produire ? D'où lui venait ce subtil glissement vers un alignement sur les rangs de l'ennemi si longtemps dédaigné ? L'amour que lui inspirait Kit... ? L'amitié qu'elle nourrissait pour Colin et Bob... ? La complicité avec Harley... ? Ou était-ce quelque chose de plus profond ? Le legs de son enfance aurait rejailli, plus fort, plus vigoureux encore, submergeant les idées inculquées par

Akbar Khan ? Le personnage d'Ayesha s'écroulait peu à peu et Annabel renaissait sur ces nouvelles bases.

Voilà pourquoi elle souhaitait venir en aide aux *ferenghis*. Si elle faisait partie de leur vie, elle leur vouerait fidélité et loyauté. Elle se devait d'éclairer ces gens et à la lumière du désastre de la journée, ils ne pourraient refuser ce qu'elle était prête à leur offrir sur un plateau d'argent.

Aux prises avec ses pensées, elle rentra au bungalow. Harley l'extirpa brutalement de sa rêverie.

— Le capitaine va bien ?

— Oui, Harley. Etes-vous au courant de ce qui s'est passé ?

Le domestique afficha une mine revêche.

— Oui, Miss. Notre honneur est bafoué, si je peux me permettre.

— Je ne jugerais pas ces soldats aussi durement que vous. Nous pourrions tous devoir braver les cimeterres des Ghazi.

— Ils ne m'atteindront jamais, allégua-t-il avant de se réfugier dans l'antre de sa cuisine.

Il était déjà tard lorsque Kit revint chez lui ce soir-là.

— J'ai eu vent de votre altercation avec Lady Sale, accusa-t-il sans préambule, humant avec gourmandise la viande d'antilope mijotée qu'Annabel glissa sous son nez.

— Comment avez-vous découvert cela ? s'étonna-t-elle.

— Son serviteur m'a intercepté sur le chemin du retour. Le dragon me sommait de lui rendre visite sur-le-champ. (Il prit une bouchée de ragoût.) Ce mets devrait me rester en travers de la gorge, sachant où vous êtes allée dénicher les ingrédients, mais je le confesse, j'ai trop faim.

— Vous seriez bien idiot de permettre à ces considérations de vous couper l'appétit. Surtout quand chacun ici, sur le camp, se couche le ventre vide. Que vous a raconté Lady Sale ?

— Elle voulait savoir qui vous étiez. J'espère que vous n'avez pas été trop franche avec elle.

Il leva un sourcil en signe d'interrogation.

— Je me suis montrée polie. Mais elle a refusé de croire que je venais de Peshawar. Néanmoins, elle m'a dit qu'elle vous connaissait depuis bien trop longtemps pour que vous puissiez la duper et qu'elle ne vous avait pas cru lorsque vous lui aviez juré ne pas héberger une jeune femme anglaise sous votre toit.

Kit haussa les épaules avec impuissance.

— Eh bien, je crains de lui avoir répliqué que ce n'étaient pas ses oignons, confessa-t-il. Ma remarque n'a pas eu l'air de lui plaire.

— Mais comment pouvez-vous vous attacher à de telles futilités aujourd'hui ?

— Les formes et les cérémonies prennent d'autant plus d'importance que les fondations de la vie s'effondrent. Les coutumes et les rites sont tout ce qui nous reste. En dépit de ses préjugés vieillots, Lady Sale a du courage à revendre. Et il y va de l'intérêt de chacun qu'elle conserve ce dynamisme. Trop de femmes sur le cantonnement dépendent de son bon vouloir et de sa force.

— Je m'en suis rendu compte. Et d'ailleurs, c'est ce que je lui ai déclaré.

Ce fut au tour de Kit de paraître surpris.

— Vrai ?

— Oui, et ce compliment l'a touchée droit au cœur. Elle a même ajouté que si je n'étais qu'une misérable coquine, je n'en demeurais pas moins une femme avec la tête sur les épaules.

Kit s'esclaffa. La joie n'y était peut-être pas mais c'était déjà un bon point, songea Annabel en lui servant un thé.

— Qu'est-ce qui a été décidé à l'état-major ? s'enquit-elle en changeant délibérément de sujet.

Son compagnon s'assombrit.

— Rien pour l'instant. Mis à part, bien sûr, les jérémiades d'Elphinstone, les éclats intempestifs de MacNaghten et la colère sourde de Shelton ! D'ailleurs je dois y retourner tout à l'heure.

— Laissez-moi venir avec vous.

— Oh, ne soyez pas ridicule ! (Il repoussa violemment sa chaise.) S'il y a quelqu'un qui en ce moment doit se faire tout petit, c'est bien vous. Votre intervention ne ferait qu'envenimer les choses.

— Vous me vexez, Kit. Comment pourrais-je envenimer les choses ?

Le capitaine avait toutes les peines du monde à garder son sang-froid.

— Ma chérie, je n'ai pas l'intention de vous présenter comme l'ancienne favorite d'Akbar Khan. Je me refuse à entrer dans les détails intimes de votre histoire mais même si je m'y contraignais, ils ne vous croiraient pas. Ils ne verraient en vous que ma maîtresse et, en moi, qu'un imbécile amoureux. MacNaghten ne manquerait pas de me rire au nez et Elphinstone s'offusquerait d'apprendre qu'un officier de la cavalerie abrite une créature exotique sous son toit.

Boudeuse, la jeune femme lui tourna le dos.

— Très bien. Dans ce cas, si vous n'avez pas besoin de moi, je vais me coucher.

Irrésolu, Kit hésita un long moment, répugnant à la blesser ainsi, mais il était trop fatigué et déprimé pour faire un effort.

— J'ignore combien de temps je serai absent, se contenta-t-il de dire en reboutonnant le col de sa chemise.

— Je dormirai quand vous rentrerez. Bonne nuit.

Sur ces derniers mots, elle sortit comme une flèche.

Le capitaine voulut la rattraper, mais se ravisa. Il secoua la tête comme pour effacer la colère qui naissait en lui. Ce soir, il n'avait pas le courage de provoquer une querelle.

Tout au long de cette nuit de discussion à bâtons rompus dans l'atmosphère enfumée du bureau du général, les suggestions se succédèrent pour être aussitôt écartées. Au petit matin, un message de Kaboul leur parvint et l'épuisement suscité par la stérilité des débats s'évanouit comme par enchantement.

Sir William lut la missive.

— Elle nous vient d'Osman Khan.

— Le chef qui a ordonné de cesser le feu hier? nota Colin.

— Comment le savez-vous, Mackenzie?

Le plénipotentiaire paraissait à la fois étonné et agacé par cette remarque.

Colin coula un regard embarrassé vers Kit. D'un air détaché, ce dernier leva les yeux au plafond.

— Je me souviens avoir entendu quelqu'un le faire remarquer, expliqua Mackenzie d'un ton qui se voulait badin.

MacNaghten s'empourpra mais poursuivit :

— Eh bien, d'après cette lettre, Osman Khan maintient que s'il avait permis à ses troupes de persévérer, la reddition de nos hommes était inéluctable. (L'homme balaya l'assistance d'un regard acéré et ne reçut que grimaces résignées.) Apparemment, les chefs sirdars ne souhaitent pas aboutir à de telles extrémités. Ils veulent uniquement que nous quittions le pays en leur laissant les rênes du pouvoir.

Le silence pesait sur l'audience dans cette pièce envahie par le brouillard oppressant des cigares cependant que l'aube pointait au-dehors. Le général Elphinstone, des profondeurs de son fauteuil, geignait à qui mieux mieux. Sir William s'éclaircit la gorge et interrogea son supérieur d'un ton formel.

— Général ? Pensez-vous que nous ayons les forces militaires suffisantes pour sauvegarder nos positions en Afghanistan ?

— Il ne faut plus y compter, MacNaghten, argua Elphinstone, d'une voix étrangement ferme. Je suggère que vous preniez les dispositions nécessaires pour entrer en pourparlers. Nous devons préparer notre retraite.

A présent qu'ils se rendaient à l'évidence, un vif soulagement se peignit sur le visage de chacun. Au moins, ils étaient parvenus à une conclusion, aussi douloureuse soit-elle. Les illusions appartenaient désormais au passé.

— Alors organisons les termes de cette entrevue, conclut Sir William.

— Œufs, beurre, oignons et des gigots d'agneau, Harley, énonça Annabel en posant son panier sur la table de la cuisine. Cela devrait nous rassasier pendant au moins deux jours.

— Oui, Miss, accorda le domestique, sans faire allusion à la dispute qui avait eu lieu le matin même lorsque la jeune femme avait annoncé son intention de se rendre au bazar.

Hormis cette dernière querelle, le capitaine et sa compagne ne se chamaillaient plus depuis quelque temps. En fait ils ne s'adressaient pas la parole. Parfois Christopher tentait bien de détendre l'atmosphère en cajolant la jeune femme mais ses efforts se heurtaient à des sourires hautains et moqueurs qui le mettaient hors de lui. Alors invariablement il fuyait le bungalow tandis qu'Annabel s'enfermait au haras où elle passait des heures à perfectionner quelques figures avec Charlie.

La porte d'entrée claqua et Harley vit la jeune femme se raidir. Une expression de joie traversa son visage, qu'elle se hâta d'effacer avant de se concentrer sur ses emplettes. Kit pénétra dans la cuisine.

— Oh, vous êtes rentrée !

— Saine et sauve comme vous pouvez le constater. J'ai glané quelques informations au bazar mais vous les jugeriez sans intérêt, j'imagine. Le *ferenghi* que vous êtes mène si adroitement sa barque qu'il ne daignerait pas accorder quelque crédit à de simples commérages.

Harley toussota pour masquer son embarras et plongea le nez dans ses casseroles. Kit enjoignit à la jeune femme de le suivre. Ses traits semblaient taillés dans la pierre. Annabel s'empressa d'obéir et lui emboîta le pas jusqu'au salon.

— Ne vous avisez plus de me parler sur ce ton devant Harley ! fulmina-t-il, excédé.

— Cela blesse votre amour-propre, n'est-ce pas ? Les serviteurs ne doivent en aucun cas...

— Ça suffit !

Annabel se tut et ils se fusillèrent du regard. Puis Kit poussa un soupir à fendre l'âme.

— Combien de temps cette guerre va-t-elle encore durer, Annabel ?

— Jusqu'à ce que vous consentiez à m'écouter.

Elle s'assit sur l'accoudoir du fauteuil devant le feu et considéra son vis-à-vis sans ciller.

— Tout d'abord, MacNaghten a rejeté catégoriquement les termes proposés par la députation des chefs sirdars...

— Il n'avait guère d'alternative, interrompit le capitaine. Ces accords étaient bien trop humiliants pour être seulement examinés.

La jeune femme inclina la tête pensivement.

— Peut-être. Mais ensuite, que s'est-il passé ? Le plénipotentiaire a dû finalement ouvrir de nouveau les pourparlers. Il a rédigé un nouveau traité, accepté de rencontrer les chefs rebelles et d'évacuer Kaboul dans les trois jours en échange de quoi les Afghans leur fourniraient des provisions et garantiraient un libre passage de l'armée tout entière et des civils vers l'Inde. Il s'est résigné au retour de Dost Mohammed sur le trône et à la destitution du shah Soojah. Dites-moi encore que ces conditions ne sont pas humiliantes.

Kit se crispa mais ne put nier les faits.

Annabel enchaîna alors, avec plus de véhémence encore.

— Et maintenant où en êtes-vous ? Les trois jours sont écoulés et le cantonnement n'a toujours pas été évacué même si Balla Hissar et les autres forteresses ont baissé le pavillon. L'ennemi n'a pas honoré son contrat, et vous attendez patiemment le ravitaillement, sans compter les montures promises pour lesquelles vous avez versé de grosses sommes d'argent. Et que fait MacNaghten ? Au lieu d'insister sur les termes de l'entente, il persiste à vouloir soudoyer les chefs sirdars. Croit-il vraiment qu'ils n'ont pas eu vent de ses complots ? Il suffit d'écouter ce qu'on colporte au bazar. Pourquoi pensez-vous qu'ils ne bronchent pas ? (Elle bondit sur ses pieds dans un geste d'impatience.) S'imagine-t-il que cette histoire n'intéresse plus les rebelles ? Bien sûr que non. Les conditions atmosphériques leur sont favorables, il ne reste plus de combustible sur le cantonnement... Et au nom de votre satanée obstination, Ralston, *huzoor*, vous refusez que je fasse des confidences au plénipotentiaire !

Kit observa un long silence. Que pouvait-il réfuter ? La réalité était là, et Annabel avait entièrement raison. Les troupes se disputaient des demi-rations, le bétail se laissait périr, les aides de camp se jetaient sur les charognes sans qu'aucune possibilité d'approvisionner les stocks soit envisageable. Pendant qu'Elphinstone et MacNaghten tournaient et retournaient le problème en vain, les Afghans avaient détruit le pont qui reliait le camp à la ville sous le regard éberlué des Anglais.

— Sir William estime que si les chefs n'honorent pas leur parole, il ne sera plus tenu de respecter ses engagements, lâcha-t-il enfin, en soupirant. Je me tue à lui répéter qu'il se trompe mais il ne veut pas m'écouter.

— Mais moi, il m'écoutera !

Kit embrassa du regard le jeune lynx aux yeux de jade, couronné d'une flamboyante chevelure. Il songea ensuite au général tremblotant et au plénipotentiaire infatué et les imagina prêtant l'oreille à la véhémente diatribe qu'elle leur soumettrait.

— Je leur révélerai ce que vous avez appris au bazar. Jamais jusqu'ici je n'ai cité mes sources mais je vous promets de vous nommer. Cela vous satisfait-il ?

La jeune femme eut un geste négligent de la main. S'il ne lui permettait pas de s'exprimer, alors elle devrait vivre avec cette frustration. Mais cela lui paraissait d'autant plus difficile à admettre qu'elle entendait encore la voix méprisante d'Akbar Khan, se rappelait sa haine et sa férocité. Lorsque la traîtrise de MacNaghten deviendrait manifeste, il assènerait le coup fatal, la conscience en paix. Le sirdar n'aurait nulle clémence pour ceux qui avaient trahi le traité. Non seulement il jurerait l'avoir respecté jusqu'au bout mais il attesterait que rien dans l'attitude des Anglais ne lui donnait à croire qu'ils comptaient déserter le camp. Il les accuserait de perfidie et leur couperait les vivres sans le moindre remords.

Kit posa une main sur l'épaule d'Annabel et, de l'autre, releva son menton.

— Je vous en supplie, faisons la paix, Anna. Notre moral est au plus bas... Nous devrions avoir honte de nous disputer et de gaspiller ainsi les quelques précieux instants que le temps nous accorde dans ce tourbillon de tempêtes et de silences.

Pour la première fois, il admettait l'évidence et repoussait avec réalisme les rêves d'un avenir à deux dans le royaume paradisiaque du bonheur. Le futur ne leur appartenait plus. Les prunelles de jade saluèrent cette déclaration avec sérénité comme si Annabel l'attendait depuis longtemps.

— Je ne cherche pas à engager le fer avec vous, avisa-t-elle. Mais je me sens frustrée d'avoir les mains liées par votre cécité. Peu importe d'où je viens... Si nous voulons caresser l'espoir de vivre encore quelques moments ensemble, il nous faut prendre les dispositions qui s'imposent.

— Et que faites-vous de la Destinée ? plaisanta-t-il, mais sous ce trait d'humour transparaissait sa détresse. Je croyais que nous ne pouvions aller à l'encontre du destin. Quels que soient nos actes, nous ne changerons rien au cours des choses.

— Le chemin de nos vies est certes déjà tracé mais il nous demeure certains choix. A nous de faire la différence entre les bons et les mauvais.

Kit secoua la tête d'un air dubitatif.

— Je ne vous suis pas.

— Non, *ferenghi*, ce n'est pas moi que vous ne comprenez pas, mais l'Afghan.

— Nous avons presque fermé la boucle désormais, lâcha le capitaine, accablé par la défaite. Vous connaissez Akbar Khan, mais moi je sais comment réagissent Elphinstone et MacNaghten. En vous présentant à mes supérieurs comme mon informateur, je nous expose aux remarques acerbes et aux critiques. Ils ne verront en vous qu'une femme au passé douteux. (Il se tourna vers la porte.) J'ignore quand je serai de retour.

— Comme d'habitude, rétorqua-t-elle, placide.

Le battant se referma sur Christopher et la jeune femme laissa échapper un flot de jurons. Peut-être Kit avait-il raison, elle ne serait pas crédible aux yeux du plénipotentiaire. Mais comment pouvait-elle en être sûre s'il ne lui donnait pas la chance d'essayer ? Quelle ironie du sort ! A présent qu'elle avait rejoint corps et âme le camp des *ferenghis*, personne ne semblait disposé à recevoir ses conseils.

Kit se hâta vers le quartier général, se demandant s'il ne perdait pas la tête. Et si MacNaghten accordait quelque attention aux propos d'Annabel ? Mais il ne pouvait se résoudre à soumettre la jeune femme à l'inquisition générale, à expliquer qu'elle provenait du zenana d'Akbar Khan. Seuls ses amis partageaient ce secret. A la minute où la présence d'Annabel serait connue de tous, son nom serait l'objet de tous les ragots du mess. Il avait cessé de se soucier des commérages qui circulaient sur son compte mais il ne pouvait s'y résigner pour elle. Son dessein de retrouver la famille de la jeune femme en Angleterre, de la présenter à ses parents et de l'épouser dans la cathédrale St. George, dans Hanover Square, n'appartenait qu'au monde des chimères, il en prenait conscience aujourd'hui. L'avenir ne leur réservait pas de place. Mais tant que le présent serait, il s'efforcerait de la maintenir loin des mauvaises langues, de la préserver de la méchanceté d'autrui et de rabrouer tous ceux qui se préoccuperaient de l'identité de cette mystérieuse inconnue sous le toit de Christopher Ralston... Mille supputations se bousculaient dans son esprit et la morosité le taraudait tandis qu'il franchissait le seuil de l'état-major.

Une heure plus tard, les émissaires d'Akbar Khan survinrent, porteurs de nouvelles propositions pour MacNaghten. Ce dernier parut enchanté alors que Kit, tout à l'analyse d'Annabel, frémit d'effroi. Les Anglais n'évacueraient le cantonnement qu'au printemps de leur plein gré. Akbar Khan offrirait la tête d'Ameenoola Khan au plénipotentiaire en échange d'une somme substantielle, à définir ultérieurement ainsi qu'une rente annuelle du gouvernement britannique de quelques milliers de roupies.

— Voilà, déclara MacNaghten en brandissant la lettre sous le nez des officiers présents. Le personnage est aussi cupide et égoïste que je me l'imaginais. Ratifions le traité immédiatement et rendons-nous à la conférence demain matin.

— Sir William ! (Kit ne put s'empêcher d'intervenir.) Je ne voudrais pas ternir votre joie mais on raconte au bazar qu'Akbar Khan suspecterait la supercherie. En abondant dans son sens, nous nous jetons la tête la première dans la gueule du loup.

— Comment êtes-vous au courant de ce qui se

colporte à Kaboul ? s'enquit MacNaghten, visiblement fâché par l'intervention du capitaine.

Kit jeta un coup d'œil en direction de Bob et de Colin qui lui offrirent leur sympathie silencieuse. Il ne gagnerait rien en se taisant maintenant. Alors il parla...

— Cette femme... qui... intervint Elphinstone, mal à l'aise. Cette Miss Spencer, vous dites, connaît Akbar Khan personnellement ?

— Oui, Général. Elle a vécu avec lui pendant une dizaine d'années.

— Jusqu'au jour où vous l'avez hébergée sous votre toit, si je saisis bien, commenta le plénipotentiaire.

— En quelque sorte, oui.

— Peut-être devrions-nous lui demander conseil, suggéra un officier dans l'assistance. Si Ralston est d'accord, bien entendu.

— Elle serait ravie de vous aider. Voilà des semaines qu'elle rêve de donner son opinion. Je préfère vous prévenir dès maintenant, elle risque de ne pas mâcher ses mots. (Kit avisa du coin de l'œil le plénipotentiaire, qui hocha la tête en signe d'assentiment. Alors il héla un soldat dans le bureau de l'adjudant.) Enseigne ! Pourriez-vous vous rendre à mon domicile et demander à Miss Spencer de nous rejoindre ici ?

L'homme s'exécuta, dissimulant poliment sa surprise. Il savait, comme chacun ici, que le capitaine abritait une prostituée dans sa demeure, mais qui était donc cette Miss Spencer ?

La discussion poursuivit son cours au quartier général d'une manière décousue cependant qu'ils attendaient avec impatience la venue d'Annabel. Sir William contribua très peu à la conversation, lisant et relisant le message d'Akbar Khan. Un quart d'heure plus tard, la porte s'ouvrit enfin et Annabel apparut.

Elle demeura sur le seuil. Ses yeux verts balayèrent la pièce, mesurant la réaction de chacun. Kit admira le sang-froid de la jeune femme — une maîtrise de soi dont personne autour de la table n'avait vraiment conscience — et son cœur bondit dans sa poitrine.

— Annabel, permettez-moi de vous présenter, intervint-il en se levant, imité par toute l'assistance.

Elle le rejoignit et offrit un *salaam* plein de grâce et d'assurance. Puis elle s'assit aux côtés de Kit, sur un siège que l'enseigne, fasciné par tant de prestance, s'empressa de glisser sous elle.

— Vous détenez des informations sur Akbar Khan, attaqua MacNaghten d'emblée.

— En effet.

Abasourdi par le ton incisif de la jeune femme, le plénipotentiaire toussa pour masquer sa gêne, et des murmures coururent parmi l'auditoire, auxquels Annabel ne prêta pas attention. Elle se contenta de fixer calmement Sir William tandis qu'il lui lisait la lettre du sirdar.

— Peut-être pourriez-vous nous donner votre avis sur ces propositions, Miss Spencer ? conclut-il d'un ton obséquieux en repliant la missive et se calant confortablement dans son fauteuil.

— C'est un coup monté. Vous relèverez Akbar Khan de la nécessité d'honorer ses obligations si vous signez un tel accord. Il est au courant de vos complots avec Mohun Lal, et souhaite simplement prouver votre perfidie.

— Vous m'accuseriez de perfidie, Miss ? l'invectiva MacNaghten en se redressant.

Kit donna un coup de pied à Annabel sous la table pour lui conseiller la circonspection et pour toute réponse, elle lui décocha un regard mi-sérieux, mi-facétieux.

— Je pense, Sir William, qu'il serait dangereux de vouloir rivaliser avec Akbar Khan sur le terrain de la ruse. Il est passé maître en la matière.

— Vous suggéreriez que nous ignorions ces propositions ? (Le plénipotentiaire semblait éberlué.) J'ai l'intention de rencontrer cet homme demain dans la matinée.

Annabel était sur le point de répondre qu'elle ne voyait pas en quoi son avis importait, mais Kit lui assena un grand coup de coude pour la réduire au silence.

— N'offrez pas d'argent à Akbar Khan. Il n'en a nul besoin et ne prendra pas une seule roupie des *ferenghis*.

Chacun retint son souffle autour de la table et la jeune femme réalisa tout à coup qu'elle s'était exprimée avec la même rancœur qu'Akbar Khan.

— Cela sent le traquenard à plein nez, Sir William, fit Elphinstone.

— Je comprends les choses beaucoup mieux que vous, aboya MacNaghten, coupant court aux protestations du général. Je ne lui donnerai peut-être pas un sou, mais je suggère un plan par lequel nos troupes coopéreraient avec Akbar Khan dans la capture d'Ameenoola Khan. Nous accéderons à toutes ses requêtes. (Il se remit sur ses pieds brusquement.) Le débat est clos. Les capitaines Lawrence, Trevor et Mackenzie m'accompagneront. Miss Spencer, je vous remercie pour votre contribution.

Sur ces mots, il salua et quitta la pièce.

D'un air résigné, Kit se tourna alors vers la jeune femme. Mais elle considérait le capitaine Mackenzie assis de l'autre côté de la table avec une intensité à donner la chair de poule.

— N'y allez pas, Colin !

L'injonction retentit comme un coup de tonnerre, brisant le silence qui avait suivi le départ du plénipotentiaire.

— Vous savez que je ne peux faire autrement, protesta son interlocuteur, un sourire contrit aux lèvres.

Elle fixa l'officier longuement, comme si elle pouvait lire son destin sur son front. Puis elle haussa les épaules avec lassitude.

— Si vous êtes persuadé du bien-fondé de cette mission, alors n'hésitez pas un instant. Allez-y ! Mais c'est un piège. (Elle reporta son attention sur Kit.) Vous n'avez plus besoin de moi ?

Il secoua la tête.

— Soulagée à présent ?

— J'ai dit ce qu'il était de mon devoir de dire. Même si cela n'a servi à rien.

Le capitaine la poussa gentiment hors du bureau.

— Vous sentez-vous en paix avec vous-même ?

— Loin de moi le désir de vous froisser. Mais je me devais de partager mon savoir. Et vous me refusiez ce droit.

— Je voulais juste vous protéger.

— De quoi ? De la mort… ? De la vengeance d'Akbar Khan ? (Elle sourit, mais il n'y avait nulle trace de moquerie dans ce sourire.) Mon amour, je n'ai pas besoin qu'on me protège… (Elle leva les yeux vers le ciel.) Il va neiger…

17

Akbar Khan, juché sur son splendide destrier, se tenait sur les hauteurs surplombant la rivière de Kaboul. Il embrassait du regard la plaine recouverte de neige et le cantonnement anglais. Les hommes autour de lui, accoutumés à son silence et à son immobilité, ne faisaient aucun geste pour troubler sa contemplation cependant qu'ils attendaient patiemment que le contingent britannique vienne les rejoindre.

Derrière quel rempart se terrait Ayesha ? s'interrogeait Akbar Khan. Avait-elle peur, elle qui connaissait l'issue inévitable de cette guerre ? Si elle avait eu vent du complot ourdi par MacNaghten, alors elle savait comment le sirdar riposterait. Le plénipotentiaire fonçait la tête la première dans le piège tendu par le chef rebelle. Comment diable ce *ferenghi* pouvait-il manquer à ce point de jugement pour croire qu'Akbar Khan vendrait son âme au diable et manquerait à l'honneur en coopérant avec eux — comme Sir William l'avait suggéré dans ses lettres ?

Il était grand temps de mettre un terme à ces inepties, de bouter l'envahisseur anglais hors du pays une bonne fois pour toutes… et de réclamer Ayesha à Christopher Ralston. Son séjour parmi les *ferenghis* l'avait-il métamorphosée ? Combien de semaines faudrait-il au sirdar pour extirper ses nouvelles habitudes ? Et comment y parviendrait-il ? Akbar Khan n'avait pas encore décidé de la manière dont il comptait agir avec la jeune femme lorsqu'il l'aurait récupérée, mais il n'avait aucune envie de se tourmenter l'esprit tout de suite. Mieux valait attendre qu'elle lui revienne.

— Ils arrivent, prévint un des compagnons du sirdar, pointant du bout de sa cravache le petit groupe de cavaliers qui sortait du cantonnement.

Akbar Khan chassa résolument Ayesha de son esprit et concentra toute son énergie avec une férocité implacable sur l'homme qui venait au rendez-vous, la félonie dans l'âme, convaincu que le chef rebelle trahirait ses compatriotes pour une poignée de pennies. Comme convenu, les soldats anglais s'arrêtèrent au beau milieu de la plaine. Les quatre gentlemen sautèrent au bas de leurs montures et continuèrent à pied leur chemin vers la colline.

Akbar Khan glissa au sol, aussitôt imité par les autres sirdars. Sous ce ciel bas annonçant la neige, les Afghans fixaient férocement leurs ennemis. Ce pays leur appartenait et cette nature hostile constituait un de leurs meilleurs atouts.

Colin Mackenzie tenta de contrôler les battements désordonnés de son cœur cependant qu'ils s'approchaient des rebelles armés jusqu'aux dents. Akbar Khan se tenait en avant, sa cape bordée de fourrure largement ouverte en dépit du froid sur une tunique de brocart, ses pantalons bouffants claquant dans le vent, ses bottes noires lustrées et son sabre dans un fourreau en bandoulière. Sous une toque de fourrure, les prunelles immensément bleues considéraient les infidèles avec une impassibilité effrayante.

« Ainsi voilà l'homme aux côtés de qui Annabel a grandi », songea Colin. Les rares occasions où il avait entendu la jeune femme y faire allusion, elle s'exprimait toujours avec un mélange de respect et de réelle sympathie, acceptant avec fatalité, et admiration peut-être, le pouvoir absolu qui émanait de ce personnage passionné et capricieux. Ce matin, il n'y avait rien de rassurant chez ce seigneur, ni d'ailleurs chez tous ces guerriers rassemblés sur la colline. Au fait, pourquoi Akbar Khan avait-il jugé bon de se doter d'une escorte armée, lorsque le plénipotentiaire et ses trois compagnons venaient seuls ? Une question inconfortable...

MacNaghten avait finalement reconnu le danger de cette mission, mais il avait balayé les recommandations d'un geste impatient. « Advienne que pourra, je préfère mourir une centaine de fois que revivre ces dix dernières années », avait-il déclaré d'un ton résigné. Maintenant, comme les hommes des collines encerclaient discrètement les quatre officiers britanniques, Colin pressentit l'imminence d'un péril et caressa machinalement la crosse de son pistolet.

— Etes-vous prêts à mettre à exécution les propositions de la nuit dernière, MacNaghten, *huzoor* ? s'enquit Akbar Khan d'un ton placide.

— Pourquoi pas ? répliqua le plénipotentiaire sèchement.

Colin se demanda s'il avait imaginé ou non l'étincelle furieuse dans les prunelles saphir du sirdar, car elle disparut aussi rapidement qu'elle était apparue. Le capitaine Lawrence fit un pas en avant, et pointant du doigt le cercle de farouches guerriers, remarqua prudemment que ces hommes ne donnaient pas l'impression de négociations amicales. Deux des chefs confédérés agitèrent vaguement leurs cravaches en direction des hommes des collines, leur enjoignant de s'écarter, mais ceux-ci ne bronchèrent point.

— Ce n'est pas grave, fit Akbar Khan avec une insouciance indéniablement feinte. Ils sont tous dans le secret, il n'y a donc rien à craindre.

Ce qui se produisit ensuite fut si soudain que les officiers britanniques se sentirent pris au dépourvu.

Akbar Khan était littéralement transformé. Mais peut-être ne l'était-il pas ? Et si le calme et la badinerie des dernières minutes n'avaient été que pure comédie, et que la barbarie presque diabolique qu'il affichait à présent dévoilât l'homme sous son véritable jour ? Sa voix dure et impitoyable cingla l'air de ce matin glacial. « *Begeer ! Begeer !* » Obéissant à ses propres ordres, il fondit sur le plénipotentiaire. A son tour, Sultan Jan attaqua Sir William, lui tordant brutalement le bras derrière le dos.

Les trois officiers restèrent paralysés d'effroi tandis que l'ambassadeur était traîné sur la pente, courbé en deux. Ils purent discerner la voix de Sir William dans un appel désespéré à Dieu et entrevirent son expression horrifiée. Puis ils bondirent vers leurs assaillants, l'épée à la main, seulement pour être engloutis par une horde de guerriers.

Colin se fendit, l'arme au poing, et bientôt résonna lugubrement à ses oreilles le bruit des lames qui s'entrechoquaient tandis qu'il croisait le fer avec ses assaillants. Le cercle des hommes des collines se resserrait autour d'eux. Trevor se débattit du mieux qu'il put pour se frayer un passage à travers le rempart ennemi et rejoindre le plénipotentiaire mais il tomba sous la hargne des attaquants et fut poussé vers la mort par ces couteaux khyber qui le fouettaient sans relâche. Une plainte agonisante à glacer le sang s'éleva au-dessus de la mêlée… Les cris et hurlements enveloppaient la butte d'un tumulte infernal cependant que les deux derniers officiers défendaient avec acharnement leurs vies, sachant pertinemment qu'ils ne réussiraient pas à échapper à leurs ennemis, et que ce n'était plus qu'une question de minutes avant qu'ils ne succombent, hachés en menus morceaux sur le tapis immaculé de la plaine.

Ils se battirent avec la virulence et l'énergie de ceux qui affrontent la mort, mais Colin sentait ses forces l'abandonner quand tout à coup, un cheval de bataille immense et noir surgit devant lui. Le cavalier, un chef dourani, se baissa vers lui et lui cria quelques mots. Sans prendre la peine de réfléchir, Colin saisit la main que l'homme lui tendait et monta derrière lui. A travers un brouillard opaque, il distingua les dents blanches carnassières, les yeux cruels et les cimeterres qui se baissaient pour leur laisser le passage. Derrière lui, un autre chef venait d'offrir à Lawrence la même évasion. Alors qu'ils dévalaient ventre à terre la colline pentue, Colin jeta un coup d'œil à sa droite, là où avait été jeté MacNaghten. Il n'aperçut qu'un corps démantelé sans tête, baignant dans une mare de sang. Il n'y avait point besoin d'imagination pour deviner ce qui s'était passé. Colin eut un haut-le-cœur, songeant à son propre destin. Devait-il remercier le Ciel de l'avoir épargné, ou s'agissait-il d'une simple trêve avant les véritables horreurs ?

L'escorte, trop en retrait pour intervenir à temps lorsque la violence explosa sur la colline, fila jusqu'au cantonnement, poursuivie par une troupe de fanatiques Ghazi qui ne cherchaient visiblement qu'à l'effrayer. Les soldats narrèrent à qui voulait bien les entendre l'histoire confuse du massacre des quatre négociateurs anglais. Les amis de Colin écoutèrent attentivement le récit et pleurèrent sa mort.

— Je ne comprends pas pourquoi Akbar Khan les a tués, souffla Annabel, en se pelotonnant devant le maigre feu, transie et tourmentée par la perte de ces hommes et la sensation de leur mort absurde et inutile.

— Vous m'aviez prévenu que c'était un piège, nota tristement Kit. Et vous avez conseillé à Colin de ne pas y aller.

— Je sais. Je présageais le danger, mais jamais je n'aurais imaginé qu'Akbar Khan se débarrasserait d'eux ainsi. Au pire, je croyais qu'il les aurait retenus en otages et utilisés comme moyen de pression pour forcer les Anglais à se retirer, mais que gagnera-t-il à de tels assassinats ? A moins que...

— A moins... ? pressa Bob gentiment.

— A moins qu'il ne soit résolu à prendre sa revanche. Il n'aurait pas manigancé ces meurtres de sang-froid. Il est bien trop rusé pour user gratuitement de violence, mais s'il a été subitement emporté par la furie, alors... (Elle haussa les épaules.) C'est un homme de grandes passions, comme je vous l'ai déjà dit. Et parfois celles-ci gouvernent son esprit.

Elle regarda Kit d'un air attristé, et il lui répondit par une grimace amère.

Mais Colin et Lawrence étaient pour l'instant en sécurité sous le toit de Mahoomed Zemaun Khan à Kaboul. Un dégoût incommensurable peint sur leurs visages, ils observaient à travers la vitre la foule déchaînée qui paradait dans les rues, brandissant les corps disloqués de MacNaghten et de Trevor, pour finalement les suspendre aux esses d'un boucher du bazar.

— Un tableau des plus déplaisants, n'est-ce pas, Messieurs ?

Une voix aux intonations doucereuses s'éleva sur le seuil de la pièce dans laquelle on les avait enfermés. Akbar Khan entra, suivi de deux domestiques portant des plateaux de victuailles et de sherbet.

— Je regrette sincèrement la boucherie de cette matinée, avisa-t-il d'un ton amène, renvoyant les serviteurs dès qu'ils eurent déposé les repas sur la table. La mort de MacNaghten, *huzoor*, est fort regrettable.

— Vous n'aviez pas l'intention de le tuer? s'étonna Colin, en levant un sourcil interrogateur.

— Miséricorde, non! se défendit Akbar Khan, en se lissant la barbe. Je vous en prie, mangez, buvez... vous êtes mes invités. Non, poursuivit-il, je n'avais pas envisagé la mort du plénipotentiaire. Je souhaitais juste mettre la main sur sa personne et lui infliger une petite punition. Vous conviendrez qu'il s'est comporté stupidement en jouant la carte de la trahison, et à certains égards, il méritait cette mort. Une fois la première goutte de sang versée, je ne pouvais plus grand-chose contre la colère des hommes des collines. L'Afghan, Messieurs, ne supporte pas que son honneur soit bafoué.

Colin se mordit la lèvre pour ne pas répliquer qu'en Afghanistan les semblables de MacNaghten avaient de bons professeurs en matière de félonie. Instinctivement, il sut qu'Akbar n'apprécierait pas la remarque, comme il n'apprécierait pas qu'on conteste son impuissance à contrôler la fureur sanglante des membres des tribus.

Le khan avait pris place à table et attendait de toute évidence les officiers pour commencer le repas. Colin et Lawrence s'assirent à leur tour, tous deux honteux de saliver devant les mets au fumet appétissant. Mais leurs estomacs vides ne s'embarrassaient pas de façons et criaient famine. Leur premier véritable repas depuis de longues semaines! Les atrocités de la matinée ne suffisaient pas à leur couper la faim.

Akbar Khan devisa courtoisement tout au long du déjeuner, même s'il ne quitta jamais ses convives du regard.

— Quelle chance que nous ayons pu vous placer en sécurité loin de la foule! commenta-t-il, avant d'éructer en l'honneur de ce festin qu'il venait d'achever. Vous transmettrez mes regrets au général Elphinstone et mon désir d'ouvrir les négociations au plus tôt.

Ses auditeurs décelèrent l'injonction sous cette déclaration polie. Ils rapporteraient, bien sûr, le message d'Akbar Khan, quel qu'il soit.

Colin marqua son assentiment et patienta. Quelque chose, dans la manière dont le sirdar fronçait les sourcils et caressait sa barbe, semblait indiquer qu'il n'en avait pas encore fini avec eux.

— Vous connaissez certainement le capitaine Ralston, avisa-t-il en brisant soudain le silence.

« Annabel ! » songea Colin aussitôt.

— Oui, c'est un de mes meilleurs amis, fit ce dernier d'un ton neutre.

— Ah... alors, sans doute savez-vous qu'il héberge une invitée ?

Colin croisa le regard saphir sans ciller.

— Oui, je suis au courant.

— Vous ne refuserez certainement pas de me servir une fois de plus de messager.

Le kahn se leva et, sans la moindre explication, sortit. Quelques minutes passèrent et il réapparut, une petite boîte en bois de rose délicatement ouvragée dans la main. Il la plaça avec précaution sur la table, l'ouvrit et en extirpa deux bracelets identiques en argent artistiquement ciselé. Ils étaient accrochés l'un à l'autre et cependant que les deux officiers regardaient sans comprendre, il prit une clef au fond du coffret et détacha les menottes. Puis, consciencieusement, il remit cette clef à sa place.

— Seriez-vous assez aimable pour les donner à Ayesha ? Ne les refermez pas. Comme vous pouvez le constater, ils ne pourraient être séparés qu'avec la clef et celle-ci demeurera en ma possession. (Un sourire satanique déforma sa bouche.) Il n'y a pas d'autre message. Ayesha saura interpréter celui-ci.

Une sueur froide coula le long du dos de Colin. Il y avait quelque chose de barbare dans ces bracelets... de primitif et d'interdit. L'officier s'arracha à la contemplation des bijoux et jeta un coup d'œil au khan qui rencontra son regard éberlué avec un sourire compréhensif.

— Nous avons tous nos coutumes, allégua le sirdar d'une voix mielleuse. Le *ferenghi* ne comprend pas facilement mon peuple. Mais je suis certain qu'Ayesha se chargera de vous éclairer. (Puis il reprit le ton impitoyable de l'homme d'affaires.) J'attends la réponse du général Elphinstone, qui ne devrait pas tarder. Je lui fais confiance.

Une heure plus tard, Lawrence et Mackenzie atteignirent les vantaux du cantonnement, escortés silencieusement par des Ghilsai armés. Les sentinelles les reçurent avec une expression de surprise et de soulagement, mais cet accueil n'eut rien de comparable avec celui qu'on leur réserva au quartier général où leurs amis prêtaient tristement l'oreille au charivari des émeutiers provenant de la ville.

Les deux survivants exprimèrent les regrets d'Akbar Khan et son désir d'un compromis.

Elphinstone chevrotait et respirait péniblement, alternant mines affligées à l'annonce du sort tragique du plénipotentiaire et de Trevor, et explosions outragées contre ces Afghans assoiffés de sang.

— Le major Pottinger se chargera de parlementer, maintenant que ce pauvre Sir William n'est plus, marmonna le général. Nous devons parvenir à un consensus au plus vite. Il ne reste plus un sac de grain sur le camp, si j'ai bien saisi.

Colin était bourrelé de remords en songeant à son ventre plein, mais il balaya énergiquement sa culpabilité, bien secondaire somme toute, face à la calamité qu'ils traversaient.

— Annabel serait heureuse de vous revoir, Colin, fit Kit en quittant le bureau du général. Nous avons tous cru à votre mort.

— J'ai un cadeau à lui remettre de la part d'Akbar Khan. Je n'ai pas compris ce que cela signifiait mais il m'a assuré qu'elle saurait. (Il fixa son compagnon gravement.) Ce présent m'a tout l'air de mauvais aloi. Troublant en tout cas !

— Rien d'étonnant à cela. Avec un homme comme lui, il faut s'attendre à tout, repartit Kit d'un air sombre. Depuis le jour où j'ai fait sa connaissance, j'ai l'impression d'être la souris dont on se joue allégrement. Mais que voulez-vous que je fasse, Colin ? Annabel a un jugement fataliste à ce propos. Je sais qu'elle prévoit le pire pour nous tous, que le fait qu'elle soit loin de lui ne l'empêchera pas de refermer les doigts sur elle un jour et que la mort est derrière chacune de nos portes. Mais je ne peux me résoudre à accepter la Destinée ainsi. Il doit bien exister quelque chose que nous puissions tenter.

Ils arrivaient en vue du bungalow de Kit quand ce dernier prononça ces mots. La porte s'ouvrit à la volée et Annabel, les cheveux virevoltant autour de son radieux visage, dévala les marches du perron.

— Vous êtes en vie, Colin !

— Comme vous pouvez le vérifier, bredouilla ce dernier avec embarras alors qu'elle se jetait dans ses bras. Apparemment cela contrecarrait les plans d'Akbar Khan que Lawrence et moi, nous soyons éliminés. (Il encercla la jeune femme d'un geste maladroit tandis qu'elle se suspendait à son cou.) Vous savez, Annabel, vos effusions de joie me flattent au plus haut point mais nous sommes en pleine rue et...

La jeune femme s'esclaffa tout en s'écartant.

— Ah, vous, les Anglais ! Vous êtes bien tous les mêmes ! Surtout ne pas afficher ses sentiments !

— Et vous, Miss, qui êtes-vous ? s'irrita Kit.

Les yeux d'Annabel brillèrent avec malice.

— Rien de spécial, Ralston, *huzoor*. Rentrons à la maison, ainsi nous n'alimenterons pas les mauvaises langues. J'ai hâte que vous me racontiez ce qui s'est passé ce matin, Colin. Peut-être découvrirai-je ce qu'Akbar Khan et ses amis complotent.

Elle passa les bras sous ceux des deux hommes et les entraîna à l'intérieur.

— Je suis chargé d'un message pour vous, Annabel, l'avisa Colin en atteignant le salon.

Elle se dégagea presque brutalement et recula d'un pas, les traits crispés tout à coup.

— D'Akbar Khan ?

L'officier opina du bonnet et, sans un mot, sortit les bracelets de la poche de son manteau.

— Il m'a dit que vous comprendriez.

Il lui tendit le cadeau. Pendant quelques secondes elle ne put se résoudre à les prendre, se contentant de les fixer avec la fascination de quelqu'un face à un cobra dressé, prêt à attaquer.

— Que cela signifie-t-il ? demanda Kit d'une voix urgente, comme si la tension qui émanait de la jeune femme se propageait jusqu'à lui.

— Il n'a pas donné la clef ? s'enquit Annabel, bien qu'il fût clair aux intonations de sa voix que sa question était pure formalité.

Colin secoua la tête, les menottes d'argent toujours à la main, étincelantes dans la lumière brumeuse de cette fin d'après-midi.

Enfin, elle s'en saisit, d'un geste hésitant comme si elle craignait de se brûler les doigts.

— Ils sont magnifiques, souffla-t-elle, et d'une très grande valeur. L'œuvre d'un artisan persan, m'a-t-il expliqué, la première fois qu'il me les a montrés.

— A quoi servent-ils ? insista Kit. Pourquoi vous ferait-il présent d'un si somptueux cadeau aujourd'hui ?

La jeune femme eut un sourire, un sourire forcé, presque moqueur.

— Akbar Khan est un amoureux des symboles. (Elle glissa les menottes à ses poignets, sachant qu'une fois qu'elle les aurait refermées, elles lui enserreraient la chair à tout jamais.) Si je les ferme, je ne pourrai les ôter sans la clef. Et il possède la clef. (Elle leva les yeux vers Kit.) Vous saisissez à présent? Elles sont la marque d'une propriété.

Colin frémissait d'effroi tandis qu'il écoutait les explications d'Annabel.

— Enlevez-les! rugit Kit dans un accès de colère, s'emparant des bras d'Annabel et arrachant les bracelets l'un après l'autre. (Il les jeta sur la table dans un mouvement de répulsion comme s'ils étaient contaminés.) Je ne veux plus essuyer ses affronts! Cet homme se joue de nous... ces guerriers se jouent de nous, agglutinés devant les grilles du cantonnement, triomphant de nous voir mourir de faim.

— Du calme, mon amour! dit Annabel en posant une main sur l'épaule du capitaine. S'énerver ne servirait à rien.

— En effet, peut-être vaut-il mieux baisser les bras et subir les caprices de votre satanée Destinée! cracha-t-il. Une telle attitude équivaut à appliquer la politique de l'autruche, et cela, je ne peux le supporter, que ce soit de votre part ou de quiconque. Alors que je n'entende plus de telles paroles!

Annabel s'empourpra sous l'insulte et se mordit la lèvre pour ne pas laisser libre cours à sa colère. Comment osait-il lui parler sur ce ton? Et de surcroît, devant Colin qui, gêné, ne savait plus à quel saint se vouer? D'un air absent, elle ramassa un des bracelets, laissant ses doigts courir sur les arabesques de métal.

— Lâchez-le!

Les traits livides, les prunelles anthracite aussi dures que des galets, il s'élança sur la jeune femme et lui vola le bijou des mains.

— J'en ai plus qu'assez des maudits symboles d'Akbar Khan ! N'y touchez plus !

C'en était trop. Qui était-il pour user de ce ton péremptoire avec elle ? Comme si elle était responsable des jeux cruels du sirdar, au lieu d'en être la victime ! Tout à une joie perverse, elle riposta vertement :

— Ces bracelets m'appartiennent et je suis libre d'agir comme bon me semble. Je ne vous donne pas le droit de diriger mes actes et mon esprit. (D'un geste que Colin aurait pu qualifier de provocant à l'extrême, elle prit la seconde menotte et se la passa au poignet.) Et si je choisis de les porter, vous ne pourrez m'en empêcher, Christopher Ralston !

L'espace d'une seconde, le capitaine crut qu'elle allait la refermer, et il fondit sur elle avec une exclamation d'hystérie incohérente. Annabel poussa un cri aigu et se sauva vers la sortie, Kit dans son sillage. La porte de la chambre claqua derrière eux.

« Au moins ont-ils un moyen de décharger leur agressivité et d'extérioriser leurs tourments, songea Colin avec un soupir envieux avant de se diriger vers la porte d'entrée. Même le courroux, lorsqu'il est l'autre face de la passion, peut fournir une excellente échappatoire à cette réalité désespérée. »

— Pardonnez-moi, Capitaine Mackenzie, héla Harley en glissant une tête dans l'embrasure de la porte de l'office. Miss aurait-elle fâché Christopher ?

— Je crois que les torts sont partagés, allégua

Colin d'une voix lasse. Je ne donnerais raison à personne.

Le domestique branla du chef sagement.

— Ce n'est pas la première fois, ni la dernière, je présume.

— Je dois me retirer, fit Colin en décrochant son manteau de la patère dans le couloir. Dites aux tourtereaux... ou plutôt aux deux chiffonniers, que je suis allé me reposer.

A l'intérieur de la chambre, Annabel bondissait sur le lit, se dérobant adroitement à un amant furibond qui brûlait de l'attraper. Pour la jeune femme, cela avait pris la tournure d'un jeu et elle ne cessait de narguer son compagnon avec le bracelet au poignet. Ils avaient évité de justesse le précipice des fureurs et jouaient au chat et à la souris tout simplement parce que cela leur permettait de défouler leurs angoisses qui menaçaient de les plonger dans les profondeurs du désespoir.

Kit parvint soudain à agripper la cheville de sa compagne, et la bascula sur le lit. Les cheveux en bataille, les joues cramoisies et les yeux fébriles... elle reprenait son souffle. Souvenir du jeu, reste de la colère passée ou promesse d'amour dans ce regard incroyablement vert ? Kit n'aurait pu le dire.

— Oh, vous ! L'infernal lynx aux yeux de jade ! gronda-t-il en la plaquant sur les oreillers cependant que, d'une main, il la débarrassait rudement du présent d'Akbar Khan avant de le lancer à travers la pièce. Comment pouvez-vous me défier ainsi ? (Il encercla le cou de la jeune femme de ses doigts et, avec les pouces, releva son menton.) Vous savez me mettre hors de moi. J'ai aussi souvent envie de vous assener des fessées que de vous aimer.

Pas le moins du monde inquiétée par cette déclaration, elle planta son regard dans les prunelles grises, tentant de calmer les battements désordonnés de son cœur. Le désir montait en elle par vagues successives...

— Quel est le programme maintenant? s'enquit-elle.

— Je l'ignore, maugréa Kit. Le château de cartes s'est écroulé autour de nous, et tout ce que vous trouvez à faire, c'est de vous amuser de quelque chose qui n'a rien d'une plaisanterie. Bien au contraire!

— Peut-être est-ce là la raison pour laquelle je préfère en rire. Imaginez que nous ayons pris au pied de la lettre l'avertissement?

— Vous n'avez peut-être pas tout à fait tort, mais vous n'étiez pas obligée de me provoquer. Admettez-le, méchante femme!

— C'est vous qui avez commencé, se justifia-t-elle, avouant partiellement sa culpabilité. Parfois, moi aussi j'ai plus envie de vous frapper que de vous embrasser.

Kit ne put réprimer un grand éclat de rire. L'humour d'Annabel était contagieux.

— Nous formons une sacrée paire, déclara-t-il. Unique en son genre. Et si nous passions aux choses sérieuses à présent? Un baiser?

— Avec grand plaisir. Et que ce baiser ne cesse jamais...

Cette nuit d'émotions intenses et d'amour enchanteur resterait gravée dans leurs cœurs jusqu'à la fin des temps. Elle fut la dernière soirée sur le cantonnement où ils purent effacer la réalité catastrophique dans les flammes de leur passion.

Les négociations reprirent leur cours. Le major Pottinger, l'officier politique le plus ancien dans sa fonction, plus soldat dans l'âme que fonctionnaire, ne ressemblait en aucun point à son prédécesseur. Néanmoins, il dut se plier à la loi de la majorité au quartier général. Et la majorité penchait pour l'acceptation en bloc des clauses d'Akbar Khan et des chefs confédérés, aussi humiliantes soient-elles. Pottinger soumit plusieurs lettres réaffirmant sa volonté de renforcer les défenses entre Peshawar et Jalalabad. Il ordonna la réhabilitation de Balla Hissar ainsi qu'une retraite militaire à travers les cols, en abandonnant les bagages et les objets encombrants au camp, décision de loin préférable à un état de siège qui ne leur garantirait aucune sécurité et condamnait irrémédiablement leur honneur. Le conseil jugea ces solutions impraticables, et l'officier en chef dut avoir recours à la persuasion pour faire libérer l'armée sur les autres camps anglais occupés par l'ennemi.

Pottinger fut contraint de payer des sommes astronomiques aux sirdars pour avoir soutenu le traité auprès de leur peuple, en échange de quoi ils autorisèrent de nouveau le réapprovisionnement du camp. Le major concéda aussi l'abandon de l'artillerie légère, à la suite de quoi les chefs rebelles lui réclamèrent la constitution de plusieurs otages britanniques, quatre officiers mariés, leurs épouses et leurs enfants. Une circulaire passa entre toutes les mains sur le cantonnement, demandant des volontaires moyennant une somme substantielle. Mais personne ne répondit à l'appel et Pottinger dut supplier les sirdars de rayer les femmes du contrat. Les malades et les blessés, incapables de se déplacer à pied, furent acheminés jusqu'à la ville sur des brancards. Au premier jour de l'an, le traité fut enfin ratifié et envoyé à l'état-major anglais.

La garnison britannique en poste à Kaboul se chargerait d'évacuer le camp sous la protection d'une poignée de chefs afghans, vingt-quatre heures après avoir reçu des montures.

Annabel se tenait en haut des remparts, sa capuche ébouriffée de flocons de neige. Les conditions atmosphériques n'avaient pas démobilisé la horde de villageois et de fanatiques Ghazi. Ils continuaient à jeter des pierres et à accabler d'insultes la rangée immobile d'artilleurs qui, perchée sur les fortifications, avait reçu l'ordre de ne pas tirer. La jeune femme décelait le ressentiment et la haine qui animaient ces pauvres soldats à qui on déniait le droit de riposter. Elle baissa les yeux vers son peuple d'adoption et l'invectiva avec une virulence qui la surprit elle-même.

La neige tombait sans relâche, tout aussi atroce que les nuits de givre qui détruisaient la dernière once de moral parmi les troupes affamées, grelottant dans leurs casernes non chauffées. Et les sirdars qui oubliaient de leur donner des montures comme ils l'avaient promis…

Annabel devinait les raisons de ce retard. Chaque jour d'attente vaine et douloureuse, chaque millimètre supplémentaire de neige dans le défilé augmenteraient la torture de l'exode. Un voyage auquel prendraient part dix-huit mille âmes, comprenant des personnes âgées, des infirmes, des enfants et des femmes enceintes, un voyage à n'entreprendre que par des hommes robustes en admettant qu'ils soient suffisamment nourris et laissés en paix. Et Annabel pressentait qu'il n'en serait rien.

Elle encercla son poignet de ses doigts. Quand Akbar Khan tiendrait-il parole ? Jusqu'à quel point serait-elle autorisée à suivre ceux de sa race vers cette descente aux enfers ?

A l'aube du 5 janvier, les autorités militaires enjoignirent aux soldats d'abattre les fortifications à l'est, créant ainsi un passage plus large que celui offert par les vantaux du cantonnement. Ils étaient toujours sans un signe de l'escorte, des provisions, et des montures, mais l'évacuation ne pouvait être reculée davantage.

18

Au matin du 6 janvier, à neuf heures, la grande exode commença. En tête, avançait l'infanterie, composée essentiellement de cipayes, affublés de guenilles et affaiblis par de longues semaines de famine, les fines semelles de leurs chaussures n'offrant qu'une pauvre protection contre l'épais tapis de neige recouvrant la plaine. Les hommes de la cavalerie semblaient mieux-portants, et

Annabel, juchée sur Charlie alors qu'elle les regardait s'éloigner, reconnut la face burinée du rissaldar commandant sa troupe.

— Nous voyagerons avec le détachement de Shelton, mais nous devons attendre que le camp soit entièrement vidé, avisa Kit en s'approchant de la jeune femme qui ne prit pas ombrage de cette voix cassante. Les femmes, les invalides et les malades demeureront au milieu du convoi. Vous chevaucherez à mes côtés si vous le souhaitez. En ma qualité d'officier supérieur, je me dois d'accompagner Elphinstone. Vous êtes connue à l'état-major. Votre présence ne devrait donc poser aucun problème.

— Certainement moins que si je rejoignais le groupe des femmes, commenta Annabel sèchement. Je suis sûre qu'elles ne m'accueilleraient pas à bras ouverts.

— Probablement, mais nous ne pouvons nous arrêter à ce détail mineur, vu les événements. Le plus important est que Charlie puisse vous porter jusqu'au bout. (Kit se pencha et flatta l'encolure du cheval pie comme s'il cherchait à expier le sentiment de culpabilité qui l'envahissait devant la souffrance muette de la monture.) Il sera plus à son aise avec les chevaux de cavalerie qu'en compagnie des chameaux et des poneys.

Bob arriva sur ces entrefaites, les traits tirés et le teint livide.

— Si vous saviez! La passerelle que les sapeurs devaient construire au-dessus de la rivière n'est toujours pas terminée. La tête du convoi est bloquée sur la berge. Dieu seul sait combien de temps il nous faudra encore patienter !

Annabel jeta un coup d'œil en direction de la foule gesticulante. Les chameaux étiraient leurs longs cous dans un geste inconsolable, leurs *howdahs* occupés par les femmes des officiers et leurs enfants, leurs conducteurs frissonnant dans l'air glacial tout en sautillant d'un pied sur l'autre sur le sol gelé. Les litières et palanquins envahissaient les lieux, leurs porteurs s'invectivaient avec violence, cependant que les femmes embrassaient les alentours d'un air anxieux et distribuaient des ordres en tous sens. Les enfants geignaient et pleurnichaient, rongés par la peur, le froid et l'incompréhension. Le claquement sec du fouet qui cinglait l'air, les aboiements exaspérés des officiers, le hennissement des chevaux, les hurlements et protestations de tous se conjuguaient pour former un charivari indescriptible.

Annabel coula un regard vers Kit et secoua la tête dans un mouvement de résignation impuissante.

— Je sais, lâcha-t-il. Pas une chance.

— Non, pas une.

— Hé, vous deux ! Pas de pessimisme, s'il vous plaît ! voulut plaisanter Bob mais, sous ses mots, pointait une même détresse. Le général est si faible que je doute qu'il puisse monter à cheval. Faites-vous la route auprès de lui ?

— Oui, s'il flanche, nous avons prévu une litière. Cela risque de nous retarder quelque peu, mais je crains que la vitesse ne soit pas à l'ordre du jour. Annabel, aurez-vous assez chaud ?

— Plus que certains en tout cas, répondit-elle

sans ajouter les mots qui lui brûlaient les lèvres, « grâce à Akbar Khan ».

Son pantalon de cuir était doublé de cashmere, sa tunique, de fourrure, sans compter la veste en peau de mouton et la toque de fourrure qu'elle portait. Des gants en daim et des bottes épaisses complétaient sa tenue. Elle était beaucoup plus couverte que Kit ou ses compagnons, et indéniablement mieux lotie que la majorité des gens qui fuyaient le camp. Mais elle était habillée comme une Afghane qui, ayant passé toute sa vie dans ce pays inhospitalier, savait résister à ses rudes hivers. Akbar Khan avait pris soin de la vêtir en prévision de cet infernal voyage...

— Ils partent, fit-elle remarquer soudain, s'arrachant à ses pensées. Devons-nous retrouver le général, Kit ?

Comme ils dépassaient l'immense brèche dans le mur, Kaboul déversa une marée humaine furieuse sur le cantonnement évacué au compte-gouttes.

— Mon Dieu, murmura Kit. Ils ne pouvaient attendre que nous ayons tourné les talons pour prendre possession du camp !

Des clameurs de jubilation emplirent l'atmosphère, ébranlant le sombre silence de la force en retraite. Des quartiers résidentiels s'élevèrent d'immenses panaches de fumée tandis que les vainqueurs mettaient à feu et à sac les bungalows, détruisant pierre à pierre l'enclave britannique jusqu'à ce que ce décor fac-similé d'un village anglais ne soit réduit qu'à un amas de décombres et de cendres.

Les douze coups de midi avaient sonné lorsque

le gros des troupes traversa le pont, dans le sillage des hommes de front. Derrière eux, la queue du convoi se pressait entre les remparts et le canal, les soldats couvrant du mieux qu'ils pouvaient la longue procession de chameaux qui quittaient lentement le camp. Les bagages, déjà abandonnés pour avoir été jugés trop encombrants lorsque la réalité suicidaire de cette marche leur était apparue, gisaient devant la brèche. La neige ne tarderait pas à les recouvrir de ses gros flocons blancs. A l'intérieur des enceintes, la violence faisait rage. Pillage, fenêtres volant en éclats, incendies déclarés aux quatre coins s'enchaînaient sous les beuglements frénétiques des maraudeurs.

Lorsque les joies d'une haine trop longtemps retenue furent calmées, les Afghans tournèrent leurs jezzails en direction des lignes arrière anglaises, qui durent essuyer courageusement le feu de leurs assaillants jusqu'à ce que le dernier chameau, le dernier aide de camp et la dernière mule soient en sécurité. Le crépuscule étendait ses tentacules sur la plaine lorsqu'ils purent enfin sonner le départ, laissant les corps d'un officier et d'une cinquantaine de soldats sur la neige sanguinolente.

En tête des troupes, Annabel tendait l'oreille mais ne percevait rien d'autre que les bruits assourdis d'un affrontement confus, les cris de triomphe et le grondement d'une fusillade nourrie qui déchiraient le cristal de l'air.

— Diable, que se passe-t-il ? maugréait Kit, tordant le cou pour tenter de distinguer le cantonnement. Mais il ne pouvait voir que la colonne se tissant dans le lointain, enveloppée par le vacarme des coups de feu.

Brusquement, Annabel guida Charlie hors des rangs.

— Je vais voir.

— Annabel ! Revenez ici ! tempêta Kit, mais elle se contenta d'agiter la main avant de disparaître au grand galop. Sacredieu ! (Il ne pouvait la poursuivre et abandonner son poste auprès du général.) Il y a au moins trois miles jusqu'à la queue du convoi.

— Elle ne risque rien, le rassura Colin. Charlie ne la laissera pas tomber, et elle ressemble plus à une des leurs qu'à une Anglaise.

Ces paroles ne parvinrent pas à rasséréner Christopher, mais que pouvait-il faire sinon attendre son retour et se persuader que la jeune femme possédait un sens aigu du danger et saurait se préserver ?

Annabel redescendait à bride abattue la colonne. Des hommes avaient déjà baissé les bras et gisaient apathiques sur le bas-côté, vaincus par la fatigue et le froid, au milieu des bagages délaissés par les fuyards. Les Afghans s'étaient rués sur ces biens, n'hésitant pas à trucider les malheureux cipayes qui leur barraient l'accès au butin. Une femme était recroquevillée dans la neige, son nourrisson dans les bras. Un fanatique se tenait au-dessus d'elle, s'apprêtant à la décapiter sans pitié.

— Fils de p... ! Salaud !

Annabel fondit sur le guerrier, le traitant de tous les noms en pushtu avec une véhémence digne d'un Ghazi. L'homme fit volte-face, abasourdi par cette litanie d'insultes. Son couteau khyber décrivit un arc de cercle dans les airs et vint se pointer sur l'encolure de Charlie. Le cheval exécuta alors une demi-volte comme il avait appris à le faire dans le manège et l'arme retomba sans avoir touché sa cible. Avant que l'assaillant n'ait eu le temps de réagir, Charlie s'était tourné et ruait, envoyant l'ennemi au tapis.

La jeune femme glissa au sol avec circonspection, consciente qu'à la minute où elle atteindrait la terre ferme, elle serait vulnérable. Elle portait un stylet — Kit ayant accédé à sa requête de lui en procurer un — mais elle ne nourrissait aucune illusion quant à pouvoir rivaliser avec un cimeterre ou un couteau khyber.

La mère du bébé, à première vue une aide de camp, accablée par les privations des semaines précédentes, se mourait. L'enfant, cyanosé par ce froid du diable, était enroulé dans une fine couverture, des gémissements pitoyables s'échappant de ses petites lèvres. Annabel le prit dans ses bras, le plaquant contre sa poitrine, et se demanda comment elle allait pouvoir remonter en selle. Par le passé, quelqu'un s'était toujours proposé de lui faire la courte échelle, mais ici, sur cette plaine gelée, il n'y avait nulle main serviable et le bébé l'encombrait.

En faisant un tour d'horizon, elle aperçut une échelle à quelques pas de là et conduisit Charlie jusqu'à elle. Utilisant ensuite l'enfant comme contrepoids, elle se hissa tant bien que mal en selle et balaya les alentours d'un regard prudent. La colonne avançait, trébuchante, vacillante, tandis que ceux qui fermaient la marche devaient braver les Ghazi qui ne cessaient de les harceler.

Le cœur broyé par une infinie détresse, Annabel remonta le courant d'hommes affligés par le destin. Cette fois, la distance à parcourir jusqu'à Kit lui sembla interminable. Le convoi avait ralenti le pas, la marche rendue difficile par l'amoncellement de corps inanimés qui obstruaient la route. Combien encore capituleraient devant l'âpreté du temps ? La liste des victimes grossissait à vue d'œil. Si une demi-journée pouvait entraîner la perte de tant de vies, qu'en serait-il de ce voyage de six jours jusqu'à Jalalabad ?

Kit accueillit son retour par une diatribe furibonde qu'elle écouta d'une oreille distraite, ne cherchant même pas à se disculper. Elle était bien trop bouleversée par ce qu'elle venait de voir, comprenant à juste raison les craintes de Kit à son sujet, pour offrir une quelconque résistance à sa réprimande.

— C'est la dernière fois que vous vous écartez de moi sans ma permission, est-ce clair ? vociféra-t-il, poussé dans les retranchements de l'hystérie par le mutisme obstiné de la jeune femme.

— Pourquoi le referais-je ? Voyez plutôt ce que j'ai recueilli. (Elle brandit le bébé emmailloté. Ce dernier avait cessé de se plaindre quelques minutes plus tôt, d'une lassitude associée à la chaleur réconfortante du corps d'Annabel.) Qu'allons-nous en faire ?

— Par tous les saints ! D'où vient-il ? s'écria Kit, stupéfait.

Annabel lui raconta l'histoire aussi sommairement et placidement que possible, tentant de minimiser l'effroyable rencontre avec le Ghazi. Néanmoins, Kit blêmit tandis qu'il imaginait la scène dans ses moindres détails.

— Charlie et moi, nous formons une équipe du tonnerre. Grâce aux leçons dispensées au haras, certainement!

Le capitaine capitula en soupirant.

— Lorsque nous nous arrêterons, vous le confierez à une *aya*.

La jeune femme acquiesça et ils continuèrent leur route en silence. La nuit refermait les pans de sa cape de velours noir sur eux. Finalement, le clairon sonna la halte.

— Nous n'avons pas couvert plus de six miles depuis le cantonnement, commenta Annabel.

Il n'était pas nécessaire de s'étendre sur cette assertion. Les soixante-dix miles jusqu'à Jalalabad ne pourraient être accomplis en six jours et ils le savaient tous.

Harley, qui avait chevauché en queue du peloton d'officiers, les rejoignit lorsque la colonne se disloqua pour bivouaquer sur cette terre de glace.

— J'ai aperçu une source près d'ici, Capitaine. J'ai pris la liberté d'envoyer un porteur chercher de l'eau.

Le domestique déplia une petite tente de sa sacoche et balaya le paysage à la recherche d'un endroit idéal pour la planter.

— D'où diable tenez-vous cela? s'étonna Kit.

— Miss l'a déniché, Capitaine. Ainsi que des provisions. (Il brandit fièrement un morceau de viande d'antilope séchée, du *talkhan* et du thé.) Si nous réussissons à faire un feu, nous devrions nous débrouiller ce soir.

— Vous étiez trop préoccupé, Kit, pour vous soucier de ces détails, se justifia Annabel, en constatant l'expression ahurie du capitaine. Ces victuailles devraient suffire pour une dizaine de personnes et en se serrant un peu, nous pourrions dormir à huit ou neuf sous la toile. (Elle embrassa d'un regard éreinté le paysage lugubre et la mêlée confuse des animaux et des hommes.) Montez la tente là-bas, Harley, contre ce rocher. Il nous protégera du vent.

— Nous ne pouvons profiter de ces avantages alors que tant de gens ne disposent de rien, commenta Kit en pesant chacun de ses mots.

— Mais pourquoi se mentir ? Nous avons déjà un avantage inestimable sur les autres, fit-elle remarquer. Je connais cette région et je sais comment les Afghans vivent et survivent à l'âpreté de cette saison. J'ai voyagé avec les nomades pendant les neiges. Voudriez-vous que je prétende le contraire ? Non, je pense qu'il vaut mieux partager que refuser cet atout au nom de vos satanés principes de justice.

— Annabel a raison, intervint Bob. A qui allez-vous donner ces provisions et cette tente ? (Il désigna du doigt la foule.) Sur quel critère vous baserez-vous pour faire un choix ?

Kit secoua la tête vigoureusement.

— Aucun. Autant rendre nous-mêmes hommage au sens pratique d'Annabel. Après tout, le temps des aubaines ne durera pas. Avez-vous trouvé quelqu'un pour prendre soin du bébé, Annabel ?

— Non, pas encore. Mais je crois que le plus tôt serait le mieux, nota-t-elle en jetant un coup d'œil à l'enfant blotti sous sa cape. Je l'aurais bien gardé mais je n'ai pas l'habitude de pouponner et j'ignore comment procéder. Boit-il du thé ?

— Il est trop petit, avisa Harley d'un ton autoritaire. Donnez-le-moi, je vais l'apporter à l'*aya* de Mrs. Gardner. La pauvre femme a accouché il y a à peine cinq jours. Elle saura s'occuper de celui-ci.

« Cinq jours ! » La pensée que cette dame avait dû prendre la route cinq malheureux jours après son accouchement emplissait la jeune femme d'effroi. Elle tendit le bébé à l'officier d'ordonnance, se déchargeant ainsi de toute responsabilité.

— Je vais préparer du thé. J'ai quelques lingots de fiente séchée dans mon sac pour faire le feu. Kit, pourriez-vous l'allumer ?

Elle s'exprimait d'une voix hésitante, comme si elle n'était pas certaine que les capitaines de la cavalerie, trop longtemps dorlotés, fussent capables de s'acquitter d'une tâche subalterne.

— Oui, Madame ! acquiesça Kit en s'inclinant d'un air solennel. Je crois être en mesure de ne pas faillir à cette tâche, bien qu'il soit difficile pour nous de vous arriver à la cheville.

La jeune femme sourit noblement à cette tentative de dérider l'assistance, mais personne ne s'y trompa. Ils tirèrent quelque réconfort de la chaleur du thé, faisant passer les gobelets entre eux tandis que, pelotonnés dans leurs épais manteaux, ils entouraient le maigre feu.

Annabel se souvint de cette autre fois où, dans

la hutte d'un aksakai, elle brûlait de boire une tasse de thé qu'elle n'aurait jamais obtenue sans la prévenance d'Akbar Khan. Où était le sirdar? Elle scruta les cimes enneigées se découpant sur la nuit. Se cachait-il dans les montagnes, attendant le moment propice pour intervenir? Il interviendrait, de cela elle ne doutait pas, mais quand? Cette question restait sans réponse.

— Venez, souffla Kit en lui effleurant l'épaule. Il est temps de nous coucher.

Ils parvinrent à loger dix personnes sous la tente. Kit et Annabel s'étreignirent pour ne faire plus qu'un, leurs corps entrelacés jetés l'un contre l'autre, leurs souffles mêlés tenant à distance le froid meurtrier.

Au-dehors, les soldats et les aides de camp grelottaient, transis. Combien ne passeraient pas la nuit, vaincus par ces températures hivernales? Les cipayes, relevés de leur service, se mêlèrent aux civils, renforçant la sensation de débâcle quand l'aube pointa et que la caravane s'ébranla de nouveau dans un concert de plaintes et de gémissements.

Annabel n'eut point besoin des injonctions de Kit pour demeurer à ses côtés. Un vent mordant s'insinuait sous l'étoffe pourtant épaisse de ses vêtements et elle se recroquevilla sur le dos de Charlie, sombrant dans une torpeur muette, sa capuche rabattue sur le visage. Les gardes en queue de convoi tentaient bravement de repousser leurs poursuivants afghans qui ne paraissaient pas le moins du monde affectés par le climat rigoureux et la neige qui ne cessait de tomber.

— Anna... Anna, ma chérie ! pressa Kit, l'arrachant à sa rêverie.

— Hmmm ? Qu'y a-t-il ?

Elle cligna des yeux, aveuglée par la lumière acérée du jour.

— Je pars avec quelques hommes en éclaireur, là-haut, fit-il en désignant une des parois pentues de la gorge. Une troupe afghane a attaqué les porteurs et menace de nous barrer la route. Ils ont besoin de renforts pour libérer le col.

— Que le Ciel soit avec vous, déclara-t-elle simplement.

Il branla du chef avant de faire tourner bride à son cheval et de disparaître dans le brouillard de flocons blancs.

Elle ne se mettrait pas martel en tête pour lui. A bien des égards, périr sous la balle d'un Ghilsai ou sous la lame d'un couteau Ghazi était préférable à une lente désintégration du corps et de l'esprit. Si cette réflexion pouvait sembler défaitiste, elle n'en avait cure.

Une fois là-haut, le capitaine Ralston et ses hommes firent feu sur le sentier où les forces afghanes étaient agglutinées. Enfin, l'ennemi recula, surpris par la férocité de l'offensive.

Kit et sa troupe réintégrèrent la colonne alors qu'ils approchaient de Boothak. A dix miles environ de Kaboul, cette ville servait de première étape sur la route menant à Jalalabad.

A Boothak, les attendait Akbar Khan.

Annabel le reconnut aussitôt, large silhouette ténébreuse faisant bloc avec son cheval, surplombant du haut d'une butte le sentier où serpentait péniblement le convoi. Des guerriers Ghilsai l'entouraient. Soudain, trois de ces hommes quittèrent le chef rebelle pour fondre ventre à terre sur l'Anglais.

Le général Elphinstone se tortillait lamentablement sur sa selle afin de préserver son équilibre et les officiers d'état-major resserrèrent leur cercle autour du vieux grabataire. Rien dans l'attitude des nouveaux arrivants ne semblait présager un danger, mais leur arrogance n'était pas le moins du monde rassurante.

L'un d'eux prononça quelques mots en pushtu et le général répliqua qu'il ne comprenait pas un traître mot de ce discours.

— Général, Akbar Khan avait consenti à escorter la colonne jusqu'à Jalalabad, mais comme vous avez abandonné le cantonnement prématurément, il n'a pu vous protéger des Ghazi, traduisit Annabel calmement, soupçonnant le chef sirdar d'avoir voulu lui attribuer ce rôle d'interprète.

L'Afghan, sans montrer le moindre signe d'étonnement, laissa la jeune femme s'exprimer. Puis il poursuivit :

— Akbar Khan insiste pour que le convoi fasse une halte ici pour la nuit, répéta-t-elle, lorsque le guerrier l'en pria d'un signe de la tête. Il est prêt à vous approvisionner en échange de quinze mille roupies à verser demain matin.

Le Ghilsai reprit la parole et cette fois, les noms de Lawrence, Mackenzie et Pottinger en ressortirent. Annabel avisa les trois officiers désignés.

— Akbar Khan exige que le major Pottinger,

les capitaines Lawrence et Mackenzie se constituent prisonniers.

— Répondez-leur, Miss Spencer, que j'accède à la requête d'Akbar Khan, marmonna le général, couvert par les sifflements outragés de ses voisins. Ciel ! se défendit-il faiblement. Que voulez-vous que nous fassions ? J'écoute vos propositions.

Sans mot dire, le major Pottinger dégaina son épée et la lança sur le sol. Colin et le capitaine Lawrence l'imitèrent. Alors, désarmés, ils relevèrent dignement la tête, les traits fermés tandis que s'abattait sur eux la mortification d'un tel commandement, et guettèrent le signal de départ du messager d'Akbar Khan.

Quelle ne fut pas la stupéfaction d'Annabel en ne s'entendant pas convoquer ! Elle qui croyait qu'Akbar Khan la rappellerait à lui ! Mais les Ghilsai se bornèrent à cerner étroitement les trois otages et s'en retournèrent comme ils étaient venus. Les officiers prisonniers n'eurent pas le courage de se retourner et d'agiter la main en guise d'adieu.

Ainsi Akbar Khan avait décidé de ne pas mettre tout de suite un terme au supplice d'Ayesha, éprouvant certainement un plaisir indicible à la voir sombrer petit à petit dans la fange tragique de la désolation. D'un geste résolu, elle balaya ces sombres pensées et éperonna Charlie, non sans avoir coulé un regard à la dérobée vers Kit, figé dans l'accablement, cependant que lui aussi affrontait la vérité implacable. Ils dansaient au bout d'un fil, celui d'Akbar Khan. Et dès qu'il jugerait l'instant propice, il remonterait sa prise. Mais avant cela, ils devraient endurer une détresse humiliante et effroyable.

Ils passèrent une seconde nuit au royaume de l'enfer. L'abri précaire de la tente et leurs corps étroitement mêlés permirent à Kit et à Annabel de triompher de la mort une fois de plus, et lorsque les premières lueurs de l'aurore éclairèrent le campement, tous ceux qui ouvrirent les yeux prirent conscience d'un nouveau drame.

Les jezzails déversaient leur feu sur la queue du cortège. Dans la panique, les aides de camp couraient d'un animal à un autre, les débarrassant du fardeau des dernières provisions, et les enfourchaient pour rejoindre le restant des troupes en avant dans une ultime tentative de fuite. Le sol était jonché de munitions, de victuailles et des effets personnels de la garnison de Kaboul.

Annabel n'avait même plus la force de talonner les flancs de Charlie, malgré les éperons que lui avait donnés Kit. Agrippant la jeune femme par le poignet, ce dernier l'aida à se redresser jusqu'à ce qu'elle puisse se raccrocher au pommeau et rétablir son équilibre sur la selle.

— J'ignore pourquoi je me sens si lasse, s'excusa-t-elle. Je n'ai pas le droit de montrer des signes de faiblesse. Tant de gens n'ont pas ma chance.

— Ce n'est rien, cela va passer, la rassura Kit, soudain inquiet pour elle.

Le visage émacié de la jeune femme faisait peur à voir. Ses prunelles de jade semblaient démesurément grandes, et une fragilité alarmante se manifestait dans ce corps d'habitude si souple et si épanoui. Il ne pourrait supporter qu'elle renonce, qu'elle capitule.

— Capitaine, ceci vous aidera, intervint Harley en lui tendant une flasque de cognac. Je sais que Miss ne boit jamais d'alcool, mais ils en ont bien donné aux enfants. Même Lady Sale a accepté un verre. Cela l'a requinquée, selon ses propres dires.

— Qu'est-ce que c'est, Harley ?

— Du cognac, Miss. Buvez-le d'un trait. Vous verrez ! Les enfants ne s'en portent pas plus mal, il n'y a donc aucune raison que cela vous rende malade.

En toute autre circonstance, Annabel aurait souri aux propos du domestique, mais elle se contenta de siroter lentement son verre. Cet alcool avait un goût détestable mais il fit effet instantanément.

— Ils sont en train de distribuer les victuailles, Capitaine, expliqua Harley. Jamais vu une telle pagaille ! La plupart des porteurs ont été tués. Les autres ont fui après avoir hissé les femmes dans les palanquins. Juste dans la ligne de mire de l'ennemi.

— Qu'est devenue l'escorte d'Akbar Khan ? interrogea Kit d'une voix tranchante, comme si Annabel pouvait répondre à cette question. Il a les quinze mille roupies et les otages ! Alors que diable veut-il encore ?

— Je l'ignore, répliqua la jeune femme sans se départir de son calme, lui offrant la timbale à moitié pleine. Prenez, vous en avez bien besoin. Je ne crois pas qu'il se suffira de ce camouflet, il voudra une pleine humiliation. Vous devez lui obéir en espérant qu'il placera sa confiance en vous, mais qu'il choisisse de le faire ou non ne dépend que de sa volonté. (Elle lança un regard vers la scène chaotique qui se déroulait derrière elle.) Nous atteignons le col de Khoord Kaboul.

Ses compagnons demeurèrent silencieux. La gorge de Khoord Kaboul s'étendait sur cinq miles, cernée de chaque côté par une gigantesque paroi abrupte, longeant les méandres d'un torrent enragé bordé de congères.

— Il semblerait que notre escorte soit là, s'écria Bob tout à coup, en pointant du doigt une douzaine de cavaliers en habits de sirdars qui venaient à leur rencontre, avec derrière eux une force substantielle de guerriers.

Les chefs se rangèrent en tête de colonne, face au général et aux officiers d'état-major, leurs seconds dans leurs traces.

Le convoi approchait du col. Annabel leva les yeux vers les hauteurs. Des rangées ordonnées de Ghilsai les avaient envahies, leurs jezzails pointés vers le sentier en contrebas. « Les dents de la mort », souffla-t-elle doucement, en se remémorant le nom que les guerriers des collines avaient donné au Khoord Kaboul.

Distinguant un vague murmure, Kit se retourna.

— Que disiez-vous ?

— Regardez !

— Je les ai vus.

Les chefs d'escorte crièrent quelque chose à l'adresse de leurs hommes qui à leur tour apostrophèrent les Ghilsai.

— Ils leur demandent de ne pas tirer, traduisit Annabel.

Mais comme les premières lignes du cortège pénétraient dans la gorge, une fusillade nourrie éclata et les mousquets des guerriers des collines tapis tout là-haut crachèrent sur les troupes prises au piège.

Que pouvaient-ils faire sinon s'enfoncer plus loin dans le goulet de la mort, tandis que leurs assaillants trouaient avec barbarie la marée humaine qui, affolée, se bousculait. Les Ghilsai dévalèrent les pentes escarpées, fendant l'air de leurs sabres, pour charger soldats et civils sans distinction. Les chameaux s'effondraient dans un bain de sang et les occupants des palanquins prenaient leurs jambes à leur cou pour être décapités quelques mètres plus loin. Epouvantés, les enfants poussaient des cris d'orfraie cependant que l'ennemi les balayait sur son passage, du plat des armes. Annabel était comme paralysée, figée dans le temps alors que devant ses yeux défilaient les images atroces de l'attaque du col de Khyber, cauchemar survenu huit ans plus tôt et jusqu'alors soigneusement enfoui au tréfonds de sa mémoire.

Du haut d'un pic, à la lisière du col, Akbar Khan assistait, impassible, à la sauvage tuerie. Ayesha mourrait-elle dans cette orgie meurtrière ? Si son destin voulait qu'elle périsse sous les balles d'un Ghilsai dans la gorge de Khoord Kaboul, alors il devait s'y résigner. C'était le risque qu'il avait pris en ne l'incluant pas aux otages la veille. Mais il désirait tant qu'elle lui revienne de son plein gré ! Il savait qu'un jour elle s'y résoudrait, le jour où elle émergerait enfin de ses rêves et regarderait de nouveau la réalité en face.

— Doit-on les rappeler, Sirdar ?

La question provenait d'un guerrier enturbanné, qui avait rejoint Akbar Khan après avoir longé le bord du ravin.

Le sirdar haussa les épaules avec impuissance.

— Comment le pourrais-je ? Il y a longtemps qu'ils ne m'écoutent plus.

Derrière lui, le major Pottinger chuchota à l'intention de Colin :

— Mackenzie, souvenez-vous, si je ne devais pas en ressortir, qu'Akbar Khan les a exhortés à la violence dès le début. Il les a sommés en pushtu de massacrer les infidèles, bien qu'en persan il leur ait conseillé de cesser le feu.

Colin acquiesça, son expression trahissant d'une manière poignante la vague de dégoût qui l'avait envahi devant la félonie sanguinaire d'Akbar Khan, qui, promettant d'une main sa protection, exigeait réparation et clamait vengeance de l'autre.

L'espace d'une minute, Bob Markham chevaucha aux côtés d'Annabel, l'instant d'après, l'animal débarrassé de son cavalier plongeait en avant dans un dernier hennissement, un filet de sang empourprant son encolure. Bob était mort sur le coup, d'une balle en plein cœur.

Kit n'eut pas le temps de s'affliger de la mort de son ami, tout plongé qu'il était dans le tourbillon infernal de la tourmente, sachant pertinemment que, s'il en réchappait, ses jours ne lui suffiraient pas pour pleurer ces morts. Pour l'instant, seule Annabel le préoccupait. Il la protégeait du mieux qu'il pouvait, son corps servant de bouclier cependant qu'il tirait sur la horde des rebelles, visant pour tuer... Dès qu'il faisait mouche et que l'ennemi s'affalait sur le sol, il choisissait une nouvelle cible tout en poussant sa monture.

Enfin, ils virent le bout du couloir infernal. Devant eux s'étalait la plaine d'une blancheur éblouissante où régnait un silence assourdi après les sinistres déflagrations et les hurlements de la gorge, amplifiés par l'écho.

— Restez près du général, ordonna Kit à l'endroit d'Annabel. Je dois faire marche arrière et emmener avec moi un détachement pour couvrir les pauvres malheureux qui tentent désespérément d'échapper aux rebelles. Promettez-moi de ne pas bouger d'ici.

La jeune femme le considéra d'un regard vide, comme si elle ne le voyait et ne l'entendait plus. Puis ses yeux s'éclairèrent et elle hocha la tête.

— Remplissez votre devoir.

Kit fit tourner bride à son cheval et rebroussa chemin, à la tête des soldats du quarante-quatrième détachement d'infanterie dispersés sur la plaine, trop secoués par le spectacle monstrueux auquel ils venaient de participer pour raisonner calmement. Quelques mots de ralliement eurent raison de leur ahurissement et le capitaine put enfin les entraîner jusqu'à un affleurement aux limites de la gorge. De ce promontoire, ils guidèrent le restant des membres de l'expédition, hors du goulet, maintenant les Ghilsai sous le feu de leurs mousquets, jusqu'à ce que les derniers survivants les aient dépassés pour rejoindre le plus gros des troupes.

Ce jour-là, cinq cents soldats et plus de deux mille cinq cents aides de camp rendirent l'âme dans ce couloir de l'enfer.

La détresse qui enveloppait les rescapés était telle que Kit se surprit à envier le sort de ceux qui étaient passés de vie à trépas. Le général et les officiers d'état-major, qui avaient survécu aux dents de la mort, s'étaient réunis en une sorte de conclave désespéré. Annabel avait disparu.

— Où est Annabel ? s'alarma Kit, tentant en vain de dissimuler le vent de panique qui soufflait sur lui.

— Avec les autres femmes, l'avisa un capitaine à bout de forces, comme il étanchait consciencieusement le sang de sa blessure à la cuisse. Lady Sale a reçu une balle dans la main et d'autres sont en piteux état. Miss Spencer a proposé son aide.

Kit se demanda pourquoi les Afghans ne venaient pas les achever maintenant, profitant de leur totale impuissance. Une fois encore, l'image du chat jouant avec la souris s'imposa à son esprit. Les mâchoires ne s'étaient pas refermées sur eux, pour qu'un instant ils puissent croire qu'une évasion était encore possible. Mais l'espoir s'écroulerait bientôt, les plongeant irrémédiablement dans l'abîme des perdants devant l'œil placide et apparemment indifférent du prédateur.

Kit se mit à la recherche d'Annabel et la trouva en compagnie de Lady Sale à qui elle bandait la main. Il l'appela mais quelques minutes s'écoulèrent avant qu'elle ne relève la tête. Alentour, certaines femmes et leurs enfants étaient assis sur les bagages tandis que d'autres gisaient là où, épuisés, ils s'étaient effondrés. Lady Sale, toute blême fût-elle, se tenait droite et encourageait énergiquement chacun. La vieille dame avait manifestement accepté la présence et l'assistance de la maîtresse de Christopher Ralston. De toute manière, l'heure n'était plus aux propos moralisateurs ni à la ségrégation.

Annabel se redressa enfin et observa Kit calmement. Elle portait sur son visage l'expression de quelqu'un qui a atteint les profondeurs de la désillusion, qui a cherché et finalement trouvé l'unique solution. Cette dernière lui permettait désormais de recouvrer la sérénité.

— Je retourne auprès d'Akbar Khan.

Le cœur du capitaine se vrilla.

— Ne soyez pas absurde.

— Il le faut. (Elle désigna la souffrance tout autour d'elle.) Je l'ai compris dans la gorge... C'était comme la première fois... Le bruit, le chaos. (Elle s'apprêtait à tourner les talons quand Kit la retint par le bras.) La première fois, le destin m'a conduite vers Akbar Khan. La boucle est presque fermée. Les événements me ramèneront invariablement à lui. (Elle s'arrêta, comme frappée par une révélation, et planta son regard dans celui de son compagnon. Une lueur anxieuse voilait ses prunelles émeraude. Kit saisit le message.) C'est la Destinée, Christopher.

— Au diable votre Destinée ! explosa-t-il, plongé dans les affres de la douleur. Que croyez-vous pouvoir changer en vous rendant ? Votre sort peut-être ?

— J'aurais dû m'y résigner un jour ou l'autre. Nous en étions conscients tous les deux. Et puis je sais qu'il m'attend. Si j'y vais de mon propre gré, peut-être parviendrai-je à intercéder en votre faveur... en tout cas en faveur des femmes et des enfants. Je dois essayer, Kit. Pouvez-vous le comprendre ? Qui, mieux que moi, pourrait l'approcher ? Je le connais, autant qu'il est possible de connaître un homme tel que lui.

— Et nous ? souffla-t-il, réalisant qu'il allait la perdre à tout jamais, caressant son visage comme s'il voulait une dernière fois en imprimer les contours dans ses paumes.

— Oh, Kit ! Il n'y a pas d'avenir pour nous sur cette terre, et il n'y en aura jamais. Ma décision est irrévocable. Que ce soit ici ou là-bas, la mort ne m'épargnera pas. Mais si, avant ma disparition, je pouvais vous venir en aide, j'en serais heureuse.

Elle lui avait déjà dit, dans une autre époque, qu'elle lui était seulement prêtée et qu'elle resterait à ses côtés jusqu'à ce que la vie en décide autrement. Et ce temps était venu. Kit baissa les bras et recula.

La jeune femme hocha lentement la tête, tourna le dos et marcha jusqu'à Charlie. Le capitaine la regarda prendre les bracelets d'argent dans une des sacoches. Elle les glissa aux poignets et, sans la moindre hésitation, les referma autour de sa chair. Puis elle leva les yeux vers Kit.

— Il me faut un voile. Je ne peux prendre le risque de les offenser.

Sans un mot, il déboutonna le col de sa chemise et ôta sa cravate. Annabel s'en saisit et l'accrocha de telle sorte qu'elle dissimule le bas de son visage. Elle s'enivra du parfum et de la chaleur qui émanaient de ce bout d'étoffe, ravalant avec courage le flot de larmes qui lui nouait la gorge.

Kit fit un pas vers elle, encercla sa taille et la hissa sur Charlie pour la dernière fois.

— Dites au revoir à Harley pour moi. Il est sorti indemne de la gorge. Je l'ai aperçu il y a une dizaine de minutes.

— Promis.

— Et...

Mais il ne restait plus rien à ajouter. Ils échangèrent un long regard, se souvenant avec émotion de leur bonheur passé. Leurs chemins se séparaient... Ayesha fit tourner bride à Charlie et le lança en direction de la crête au-dessus de Khoord Kaboul où les forces afghanes étaient réunies, regardant les infidèles avec la patience du chat qui sait que la souris n'a plus de refuge.

19

Akbar Khan observait la silhouette solitaire qui approchait sur un cheval pie. Il ressentit une bouffée de plaisir qui le surprit lui-même, à la seule perspective de revoir la jeune femme et non à cause de la satisfaction procurée par ce témoignage de soumission.

Il fit signe aux guerriers qui l'accompagnaient de s'éloigner et, seul, il attendit qu'Ayesha le rejoigne.

La jeune femme se dirigea vers lui et, humblement, le salua. Les manches de sa tunique se retroussèrent lorsqu'elle porta les mains à son front, découvrant l'éclat terni des bracelets d'argent. Elle garda les yeux baissés, attendant la permission de prendre la parole.

— Ainsi, Ayesha, tu es revenue.

— Oui, Khan.

Elle savait qu'en aucun cas elle ne devrait relever la tête devant tous ces hommes réunis, mais les habitudes contractées durant ces deux derniers mois l'obligèrent à se concentrer pour ne pas commettre d'impair.

— As-tu un message des *ferenghis* à me transmettre ?

— Non, balbutia-t-elle en secouant la tête, mais j'implore votre clémence pour les femmes, les enfants, surtout ceux en bas âge. A quoi servirait leur mort ?

— A quoi servirait leur vie ?

— La générosité du vainqueur ne peut qu'accroître sa puissance.

— Crois-tu, Ayesha, que je ne le sache pas ?

— Non, Khan. Je songeais juste à l'exprimer moi-même.

— Tu retourneras auprès du général Elphinstone dans la matinée et tu lui diras que je propose de prendre les familles des officiers sous ma protection. (Il s'interrompit et balaya le paysage désolé d'un regard indéchiffrable, puis observa l'aigle impérial qui planait dans la grisaille du ciel au-dessus des cimes des montagnes.) A condition que leurs maris et pères se constituent prisonniers.

Annabel se mua dans l'immobilité d'Ayesha. De cette manière, Akbar Khan décapitait virtuellement la force britannique. La plupart des officiers étaient mariés et accompagnés des leurs. Le sirdar était en train de contraindre de façon humiliante les Anglais à se rendre. Pourquoi ne se ralliait-elle plus au plaisir qui conduisait son seigneur à écraser l'ennemi sous sa botte ? Parce que aujourd'hui elle connaissait l'envahisseur sous toutes ses faiblesses, ses humeurs, sa colère et ses forces. Elle avait rencontré individuellement ces hommes... Colin, Harley, Bob, le général Elphinstone... et les autres. Elle avait pris conscience de la passion et de l'amour qui animaient l'Anglais. Mais elle comprenait aussi la haine qui habitait Akbar Khan, même si à présent elle ne la partageait plus. Etait-ce là la tourmente qui jusqu'à la fin des temps la tarauderait ?

— Comme il vous siéra.

— Il n'y aura pas de femmes ici pour s'occuper de toi. Tu resteras à l'écart de tous, hormis moi, bien entendu, jusqu'à demain aux aurores où tu délivreras le message.

Elle fixait obstinément les menottes d'argent ouvragées qui emprisonnaient ses poignets.

— Comme il vous plaira.

— Viens, je t'emmène sous ma tente. Tu as bien besoin de repos. Ton cheval, lui aussi, requiert quelques attentions.

La jeune femme le suivit jusqu'aux tentes des nomades plantées dans la neige. Il n'y avait pas de feu ici non plus, mais l'ordre et la discipline régnaient, contrastant étrangement avec la confusion anglaise. Elle aurait voulu s'informer de l'état de Colin, mais la prudence l'en dissuada. Il ne fallait pas risquer de compromettre le retour d'Ayesha au bercail par une curiosité mal venue.

— Ta monture sera nourrie, déclara Akbar Khan tandis qu'elle sautait au bas de Charlie devant la tente à laquelle elle était assignée. Cet animal est laid mais ne manque pas de vigueur comme j'ai pu le constater. Il appartient à Christopher Ralston, si je ne m'abuse.

— Oui, accorda-t-elle sans la moindre hésitation, en tendant les rênes à un serviteur.

— Ne bouge pas de la tente. Un repas te sera servi.

La jeune femme se faufila entre les pans de toile. Il y faisait aussi froid qu'à l'extérieur mais des fourrures avaient été empilées sur le grabat posé à même le sol enneigé. Une vague de lassitude la submergea sans prévenir. Désespoir ou épuisement, elle ne le sut jamais et d'ailleurs, elle n'en avait cure. Elle se contenta de creuser un nid douillet sous les peaux chaudes et réconfortantes et s'endormit avec le souvenir des bras musclés de Kit qui s'évertuait à la réchauffer durant les nuits glaciales qui avaient précédé, écartant l'espace de quelques heures la menace du froid et du danger.

Akbar Khan vint lui rendre visite deux heures plus tard et contempla un long moment la silhouette immobile sous les fourrures. Elle n'avait pas touché à la nourriture. Des boucles rebelles s'échappaient de sa capuche. Ses longs cils délicieusement recourbés projetaient leur ombre sur ses joues. Les autres secrets de ce visage étaient cachés avec toute la modestie due.

Il savait qu'il l'avait perdue, perdue à tout jamais... l'avait su dès l'instant où elle s'était approchée suffisamment de lui pour qu'il cerne son esprit. Ayesha n'était plus. Certes, elle se plierait de nouveau à sa loi mais dans l'unique espoir d'atteindre un but. Souhaitait-il vraiment qu'elle joue la comédie ? Se suffirait-il de cette illusion quand la réalité n'existait plus, l'avait déserté ?

Akbar Khan la laissa à l'univers des songes et sortit dans l'air piquant de la nuit, où, pour le moment, le seul ennemi était le froid, mordant sans distinction le chasseur et le gibier.

Ayesha s'éveilla à l'aube, déroutée par cette chaleur inhabituelle qui l'enveloppait de son long manteau. Puis la mémoire lui revint. Les pans de la tente se soulevèrent et une main poussa un bol de lait caillé sur le sol ainsi qu'une galette de pain et un morceau de fromage de brebis. C'était le repas quotidien du nomade : elle y avait été habituée autrefois mais aujourd'hui, il lui laissait un goût étrange dans la bouche.

Après avoir mangé, elle dissimula le bas de son visage sous un voile, enfonça sa capuche jusqu'aux yeux et quitta la tente.

Akbar Khan l'attendait, juché sur son magnifique destrier, Charlie piaffant d'impatience à ses côtés. Son cœur manqua un battement quand elle aperçut Colin et deux de ses compagnons derrière Akbar Khan. Ils étaient las, la lueur de colère sourde dans leurs yeux témoignait d'une frustration incommensurable. Au moins, ils semblaient bien traités. Les yeux docilement rivés au sol, elle se dirigea vers le groupe d'hommes, se torturant l'esprit pour trouver un moyen de monter en selle sans l'aide de quiconque. Aucun Afghan n'offrirait son assistance à une femme.

Elle salua l'assemblée, espérant qu'Akbar Khan prendrait conscience du problème auquel elle se trouvait confrontée.

Le sirdar jeta un coup d'œil par-dessus son épaule.

— Est-ce que l'un des gentlemen ici aurait l'obligeance d'aider Ayesha ? avisa-t-il en anglais.

Colin s'empressa au-devant de la jeune femme. Lorsqu'il arriva à sa hauteur, elle leva les yeux vers lui une fraction de seconde, lui enjoignant la circonspection. Il effaça toute trace d'émotion sur son visage, se pencha et tendit ses mains croisées. Elle se hissa lestement et s'installa en selle.

— Dis au général *ferenghi* combien je déplore les conditions dans lesquelles vivent les femmes et les enfants, ordonna Akbar Khan à l'intention d'Ayesha, et que je leur offre ma protection, à la condition sine qua non que leurs maris les accompagnent. Tu ajouteras que je m'engage à escorter le restant des troupes à travers les cols.

Un engagement qui n'avait pas plus de valeur que du vent, mais elle se garda bien de le faire remarquer et hocha la tête en signe d'assentiment.

— Ayesha… ! (Quelque chose dans la voix du chef rebelle la fit frissonner.) Tu compteras Ralston, *huzoor*, parmi les otages.

L'espace d'une seconde, son appréhension céda la place à une vague de joie. Même si elle ne pouvait poser les yeux sur lui, le savoir près d'elle serait un baume pour son cœur meurtri. Elle ne pouvait endurer l'idée que s'il mourait, elle ne le saurait même pas, ce qui n'aurait pas manqué de se produire s'il était demeuré avec les troupes. Puis une peur insidieuse s'empara d'elle. Akbar Khan n'était pas homme à épargner celui qui osait lui dérober ses biens. Que fomentait-il ?

— Comme il vous siéra.

— Va, maintenant.

Elle dévala la crête en direction du convoi sur la plaine. Ceux qui avaient survécu à la froidure de la nuit s'extirpaient de leur tanière enneigée pour braver une troisième journée de voyage en enfer.

Kit reconnut la silhouette qui avançait vers eux et crut être victime de son imagination. Un rayon de soleil dans un monde condamné aux désillusions... Il voulut courir vers l'apparition mais ses jambes le trahirent, paralysées par les températures cruelles des dernières heures, et il s'effondra de tout son long sur la neige. Il réussit tant bien que mal à se remettre sur ses pieds et se traîna jusqu'à ses compatriotes.

— Général, expliqua Ayesha sans préambule, j'ai un message de la part d'Akbar Khan à vous communiquer.

Elle releva son voile et ses yeux emplis d'amour cherchèrent ceux de Christopher. Elle sourit tendrement, réchauffant comme par miracle les membres engourdis du capitaine. Ce dernier eut l'impression de renaître sous le regard énamouré de la jeune femme. Il tendit les bras et elle glissa de son cheval pour se blottir contre lui.

— Qu'est-ce que cela signifie ? s'étonna le général.

— Pardonnez-moi, bredouilla Kit, sans se départir de son sourire, tandis qu'il la pressait contre lui, murmurant mille mots tendres à l'oreille de sa bien-aimée.

— Je croyais ne jamais vous revoir.

— Quelle est cette proposition ? interrompit le brigadier général Shelton avec brusquerie.

Annabel fit volte-face sans s'écarter de Kit.

— Akbar Khan accepte de protéger les femmes et les enfants, sous réserve que leurs maris se rendent.

Des murmures de protestation s'élevèrent de l'assistance. Ils prenaient tous conscience des implications de cette offre : une manière astucieuse de décimer leurs forces. Le général Elphinstone soupira avec résignation.

— Messieurs... Messieurs, vos réticences vous honorent, mais nous ne pouvons priver nos dames de la chance, si moindre soit-elle, de survivre. Emmenez vos épouses la tête haute, et que Dieu vous vienne en grâce.

— Akbar Khan souhaite également que le capitaine Ralston se joigne aux otages.

La jeune femme sentit Kit se raidir.

— Je n'ai pas la moindre idée de ce qu'il trame. Vous serez en danger dans ses griffes... comme moi d'ailleurs, poursuivit-elle dans un souffle. Mais si vous refusez, il se vengera sur vos compagnons.

— Aviez-vous envisagé que je ne viendrais pas ? gronda-t-il, une flamme courroucée au fond des yeux, comme si elle avait blessé son intégrité. Quelle espèce de couard croyez-vous que je sois, Annabel ?

— Vous n'êtes pas lâche. Loin de moi l'intention

de vous insulter. Quelle que soit votre décision, vous souffrirez. (Elle se dégagea brusquement de son étreinte.) Akbar Khan fait la promesse solennelle de veiller sur la troupe dans le défilé jusqu'à Jalalabad, Général. Mais je ne sais jusqu'à quel point vous pouvez le croire.

— C'est impossible, persifla Shelton d'un ton acéré.

— Nous sommes coincés, constata Elphinstone. Le choix s'impose de lui-même.

— Je lui transmettrai votre réponse.

La jeune femme réajusta son voile et ce fut Ayesha qui se tourna vers Kit.

— Le moment de trêve est écoulé. J'ignore pourquoi il nous l'a permis mais je peux vous assurer une chose. Il ne réitérera pas ce geste de magnanimité. J'appartiens de nouveau à cet homme.

L'espace d'un instant, Kit crut ne pouvoir contenir sa douleur. Les mots lui échappaient... Comment exprimer l'inexprimable... ? Alors il s'éloigna, harcelé par le tourment, laissant la charge à d'autres mains d'aider la jeune femme à remonter en croupe.

Lorsque Ayesha atteignit la crête, de nouveau une fatigue déferla en elle. Quand Akbar Khan lui annonça qu'ils régleraient leur différend une fois le fort de Budiabad rejoint, ce lieu où il projetait de loger les prisonniers, elle afficha un détachement frisant la totale indifférence. Il l'avertit que, hormis le voyage durant lequel elle chevaucherait à ses côtés, elle serait priée de demeurer sous la tente, à l'abri des regards, un peu comme si elle rejoignait les confins du zenana. Etrangement, cette réclusion la soulageait. Seule avec elle-même, elle parviendrait à s'insuffler la force nécessaire qui la servirait comme par le passé.

Kit traversa aux côtés de ses amis la gorge de Trikitunghee, là où la majorité du corps militaire avait été massacrée. Ils longèrent le ravin de Tezeen où les dépouilles s'amoncelaient, vision infernale d'enchevêtrement de corps démantelés, proies de choix pour les charognards. Puis ils s'engouffrèrent dans la vallée et gravirent le pic de Jugdulluk où les hommes des tribus avaient condamné le sentier, érigeant un rempart de branches épineuses sous l'œil négligent de la lune, anéantissant les derniers vestiges de la retraite britannique. C'est là que Kit découvrit Harley, gisant l'épée à la main sur la dépouille démantibulée d'un brigadier aux côtés de qui il avait combattu. Le malheur avait frappé une nouvelle fois. A Jugdulluk, les prisonniers, à bout de forces et révulsés par tant de sang versé, retrouvèrent le brigadier général et le général Elphinstone, à présent convives d'Akbar Khan — contraints de se rendre après la tuerie de Tezeen. Le seul survivant du convoi de Kaboul avait gagné Jalalabad pour raconter le drame. Le jour suivant, le chef rebelle leva le camp en direction du nord, avec son troupeau d'otages, empruntant la route de la vallée de Laghman jusqu'à la forteresse de Budiabad. Derrière lui chevauchait Ayesha, silhouette tout de blanc drapée.

20

Le fort immense et gris de Budiabad s'érigeait dans une cuvette, protégé au nord par les pics massifs de l'Hindu-Kush. Les otages ignoraient leur destination et personne ne semblait désireux de les renseigner. Depuis quatre jours, ils chevauchaient à travers un paysage enneigé, les femmes et les enfants juchés dans leurs palanquins, remerciant la Providence que les combats meurtriers aient cessé et qu'ils aient suffisamment à boire et à manger.

Ils étaient en permanence escortés par les hommes des tribus Ghilsai aux faces impassibles, qui menaient les chameaux à un train d'enfer, claquant furieusement de la langue pour les encourager.

— Je me demande pourquoi ils sont si pressés, nota Colin.

— J'espère qu'Annabel pourra nous éclairer, répondit Kit, regardant droit devant lui comme il s'y était appliqué ces derniers jours, tentant de discerner dans le lointain la silhouette mince d'Ayesha parmi les hommes qui entouraient Akbar Khan. Charlie lui avait été restitué sans une seule explication, mais il avait passé suffisamment de temps en compagnie des rebelles pour comprendre la signification d'un tel geste. Une monture de *ferenghi* ne représentait que peu de valeur. Lorsqu'ils montèrent le camp à la tombée de la nuit, les prisonniers demeurèrent sous la surveillance étroite des guerriers et toute tentative de sortir des confins imposés par ces geôliers, pour rejoindre les tentes noires des nomades où s'étaient installés le sirdar et les siens, eût été saluée par une litanie d'insultes et la menace d'un poignard khyber.

Colin couvrit son ami d'un regard empreint d'une sympathie silencieuse. La frustration et l'anxiété rongeaient Kit cependant qu'il imaginait la vengeance qu'Akbar Khan infligerait à celle qui l'avait lâchement abandonné. Il ne se souciait pas le moins du monde du sort qui l'attendait, même s'il devait devenir le trophée d'un prochain *buzkashi*. Après le flot d'horreurs auquel ils avaient assisté et le hideux massacre de ses compagnons, un tel destin perdait toute son atrocité. Cependant, Kit tremblait d'effroi pour la jeune femme, tout autant qu'il fulminait devant sa propre impuissance.

Un grondement enthousiaste courut tout à coup parmi les guerriers d'ordinaire si impavides. Certains brandirent leurs fouets et ameutèrent leurs compagnons.

— On dirait que nous avons atteint notre destination, avisa Shelton, en désignant l'édifice flanqué de tourelles, dressé sur la plaine.

— Endroit bien sympathique, ma foi, ironisa Colin.

Ayesha aurait certainement partagé son avis si elle s'était trouvée parmi eux. Elle était déjà venue une fois à Budiabad, avec Akbar Khan. Ce lieu était austère et froid, même sous les chauds rayons d'un soleil d'été, et en ce mois de janvier, il paraissait désolé à l'extrême.

La jeune femme coula un regard à la dérobée vers le sirdar qui montait à ses côtés. Il ne lui avait pratiquement pas adressé la parole depuis qu'ils avaient quitté Khoord Kaboul, se contentant de l'ignorer comme la plupart de ses hommes. Cet isolement témoignait de son statut : elle n'était plus qu'une prisonnière. Le retour de l'enfant prodigue n'avait pas suffi à calmer les rancœurs. Un jugement l'attendait et la sentence tomberait. A cause de son offense, elle périrait au fond d'une fosse, si le chef rebelle décrétait qu'elle méritait la peine capitale exigée par les lois du Coran. Et qu'adviendrait-il de Kit ? Peut-être subiraient-ils le même châtiment... Connaissant Akbar Khan, il ne se débarrasserait pas de l'Anglais aussi aisément, préférant lui infliger une mort lente et douloureuse.

Ils dépassèrent les grilles et se retrouvèrent sur la place centrale du fort. Deux femmes enturbannées apparurent dans l'encadrement d'une porte et, apercevant les nouveaux arrivants, accoururent au-devant d'Ayesha. Cette réception ne surprit pas la jeune femme outre mesure. Un message avait dû parvenir à la forteresse, informant de leur arrivée imminente et demandant à ce qu'Ayesha soit pourvue de femmes de chambre sans délai.

Elle glissa au bas de sa vigoureuse jument — qui remplaçait Charlie — et suivit les domestiques sans consulter le sirdar. Ce qui devait advenir adviendrait...

Une heure plus tard, les otages entraient à leur tour dans le fort. On les conduisait à leurs quartiers, une enfilade de pièces exiguës et sombres au rez-de-chaussée. Cinq chambres humides, sans confort pour cinquante hommes, femmes et enfants confondus. Ils connurent un bref moment de découragement en découvrant la vétusté des appartements qu'ils occuperaient pendant une période indéfinie. Le vagissement perçant d'un nouveau-né vrilla l'air, exprimant le sentiment de chacun. Pièces sales et exhalant l'odeur putride de moisissure, envahies par les cafards... Pourquoi ne pouvaient-ils retourner chez eux... ?

Etrangement, la plainte de l'enfant galvanisa la communauté tout entière et les chambres furent attribuées, les responsables désignés et une députation organisée pour représenter leur groupe devant le chef rebelle.

Kit fut nommé à la délégation, de même que le major Pottinger, Mackenzie et Lawrence. Le général étant à présent bien trop affaibli par la maladie, l'autorité incombait dorénavant au brigadier général Shelton.

Kit se demandait s'il devait accepter ou rejeter son élection car sa présence dans le groupe de prisonniers était motivée par des démêlés personnels qui risquaient de le desservir dans des négociations destinées à améliorer leurs conditions de détention. Mais il ne put se résoudre à se retirer et décida d'agir comme s'il n'existait pas une femme entre le sirdar et lui. Il n'y avait rien qu'il puisse faire pour changer la situation tant qu'Akbar Khan n'avait pas révélé son jeu. Jusqu'alors, il ne serait qu'un soldat torturé entre le soulagement naturel d'une sécurité temporaire et la répugnance d'être tombé aux mains de l'ennemi et de s'avouer vaincu.

Où se trouvait Annabel ? Dans une cellule sordide ? Savait-elle où il était ? Se tenait-elle à une fenêtre, quelque part dans ces bâtiments, scrutant anxieusement les alentours, le cœur brisé par la perte de celui qu'elle aimait ?

Comme la députation était escortée à travers la cour intérieure, le capitaine, les nerfs à fleur de peau, balaya d'un regard inquiet les murs hostiles, les fenêtres soigneusement barricadées tandis qu'il s'évertuait à trouver le détail qui le renseignerait sur Annabel. Ils dépassèrent un attroupement de femmes voilées, puisant l'eau au puits. Leurs palabres cessèrent quand elles aperçurent les hommes et, résolument, elles tournèrent le dos, affichant leur mépris pour le *ferenghi*.

Ils longèrent un ténébreux corridor aux dalles souillées, négligé comme les appartements alloués aux otages. Christopher jeta un regard furtif alentour et distingua une femme qui mettait le linge à sécher dans le jardin. Son cœur manqua un battement lorsqu'il reconnut, sur le fil, la tunique émeraude qui rehaussait si bien la chevelure de feu et les prunelles de jade. Il ressentit le besoin ineffable de s'emparer du vêtement et d'y plonger le visage dans l'espoir de humer les effluves du parfum d'Annabel.

Akbar Khan les reçut dans la salle des conseils où la fumée pestilentielle des chandelles fabriquées avec de la graisse de mouton accompagnait les volutes noirâtres des bûches de bois vert qui se consumaient dans l'âtre.

— Nos logements sont pour le moins sommaires et humbles, je le crains, Messieurs, déclara le sirdar d'un ton plaisant. Si la chose s'était avérée possible, je vous aurais fait installer dans les suites fastueuses d'une de mes forteresses. (Son regard se posa un instant sur Kit.) Le capitaine Ralston pourrait attester mes dires.

— Certainement, fit Kit en s'inclinant légèrement. Votre hospitalité, Khan, sait être généreuse.

— Oui, souffla le sirdar. Je commence à le croire. (Il étala quelques papiers sur la table devant lui avant d'ajouter :) Vous avez des questions, Messieurs ?

— Il est coutume pour les prisonniers de guerre de négocier les termes et les conditions d'emprisonnement, attaqua Pottinger d'emblée.

— Je ferai tout ce qui est en mon pouvoir pour vous assurer le confort qui se doit, attesta Akbar Khan avec une sincérité apparente. Mais le fort a été trop longtemps négligé et, de surcroît, investi par les indigents des collines.

— La vermine, commenta Colin succinctement. Les dames souffrent de ces conditions épouvantables.

— Mais elles devraient s'estimer heureuses d'être encore en vie et de posséder un toit sur leurs têtes, plaisanta le khan comme pour lui-même.

Personne ne répliqua.

— Je serai ravi de vous fournir tout ce que vous souhaiterez pour votre confort, dans la mesure de mes moyens, bien entendu, poursuivit le sirdar sur un ton courtois, oublieux de la remarque désobligeante qu'il venait de formuler. Je vais devoir vous quitter bientôt, une fois que j'en aurai terminé avec une affaire sans gravité mais agaçante. Le major Pottinger parle quelques mots de pushtu, si je ne m'abuse. Il vous servira d'interprète en mon absence… à moins que vous, Ralston, *huzoor*, vous n'ayez appris les rudiments de l'afghan durant ces dernières semaines.

Kit soutint avec assurance et fermeté le regard incroyablement bleu.

— Je ne me souviens pas avoir dû m'exprimer dans une autre langue que la mienne, Akbar Khan.

Le sirdar opina lentement du chef comme s'il réfléchissait aux propos du capitaine et se demandait s'il devait riposter ou non à l'allusion perfide. Mais il sourit.

— Une autre fois peut-être, je serai curieux de discuter des problèmes fondamentaux de naissance et d'adoption.

— Je suis sûr que nos avis divergeraient.

— Sans nul doute, Ralston, *huzoor*, accorda le sirdar d'un ton affable. Si vous n'avez plus de requêtes à me soumettre, Messieurs… (Il haussa un sourcil d'un air interrogateur.) Les gardes se feront un plaisir de vous aider à rendre vos quartiers plus habitables.

Après les échanges diplomatiques de circonstance, la porte se referma derrière les visiteurs et Akbar Khan demeura assis, l'air renfrogné, toute amabilité envolée. Il repoussa sa chaise dans un mouvement brusque et se dirigea vers la sortie à grandes enjambées.

Les appartements dévolus aux femmes étaient situés dans l'aile nord du bâtiment, et comme dans toutes les pièces de ce fort, les murs suintaient d'une humidité putride et les courants d'air s'y engouffraient inlassablement. Les servantes qui y résidaient étaient les épouses des hommes des collines, ne ressemblant en rien aux femmes de chambre d'ordinaire au service d'Ayesha. La jeune femme était, selon ses instructions, cloîtrée dans une minuscule geôle, fermée à double tour.

Akbar Khan s'arrêta devant le lourd battant de bois et glissa un œil dans le judas qui permettait d'épier les détenus sans être vu. La jeune femme était assise en tailleur devant le feu, immobile, perdue dans la contemplation du brasier devant elle. La flamme de la bougie vacilla lorsqu'un souffle de vent s'infiltra sournoisement par les jointures de la fenêtre.

Il l'observa un long moment, essayant de déceler sous ce masque placide la nature de ses réflexions. Se tourmentait-elle ? Appréhendait-elle la punition qu'il lui réservait ? Ou se bornait-elle à regarder le feu ? Elle avait maintes raisons de s'inquiéter, mais il la soupçonnait de pouvoir puiser en elle une force suffisante pour subir sans défaillir un éventuel affrontement. Elle saurait assumer les conséquences de son geste qui, au demeurant, n'avait jamais été clairement évoqué entre eux.

Malgré lui attiré vers elle, il posa la main sur la poignée mais un dernier sursaut d'orgueil l'en empêcha. Il fit demi-tour et rejoignit la salle d'audience.

— Amenez-moi Ayesha tout de suite ! ordonna-t-il aux gardes à l'entrée.

Puis il s'assit sous le dais et attendit.

Lorsque les guerriers traînèrent la jeune femme voilée jusqu'aux pieds du sirdar, elle garda les yeux obstinément baissés et salua sans la moindre défiance. On aurait dit qu'elle agissait comme si elle acceptait son sort avec fatalisme. Il renvoya les gardes et considéra longuement la jeune femme sans mot dire.

— Je n'aurais pu agir autrement, déclara-t-elle tout à coup, brisant le silence d'une voix claire et audible.

— Tu étais retenue contre ton gré dans la demeure de Christopher Ralston ?

Elle secoua la tête en signe de dénégation.

— Non, mais je n'aurais pu agir autrement.

— Tu sais ce qui attend les traîtres ? Je t'ai donné d'amples occasions de revenir. Et ainsi que j'en ai informé le capitaine Ralston, j'étais prêt à me montrer magnanime si tu m'étais restituée en temps et en heure.

— J'étais au courant... mais je ne pouvais agir autrement, répéta-t-elle sans élever la voix. Je ne pouvais aller à l'encontre du destin, « délier le nœud infrangible de l'humanité ».

— Tu emploies les mots du poète à tort et à travers, Ayesha. Il se référait à la destinée ultime de la race humaine, et non à celle d'un seul être.

Elle acquiesça, mais persista, convaincue du bien-fondé de sa déclaration :

— Peut-être. Néanmoins elles ne sont pas en contradiction.

Il resta coi un instant, admirant secrètement l'intelligence de son interlocutrice, cette intelligence qu'il avait stimulée, comme ce courage qu'il avait su lui insuffler et qui permettait aujourd'hui à la jeune fille de se tenir devant lui sans exhiber sa peur, au mépris de l'épée de Damoclès suspendue au-dessus de sa tête.

— Implores-tu mon pardon, Ayesha ?

— Non, pas pour moi. Mais pour Christopher Ralston. (D'un geste gracieux, elle s'agenouilla sur le sol glacé.) Je vous supplie de l'épargner.

— C'est un homme. Ne peut-il plaider sa cause lui-même ?

La jeune femme leva les yeux.

— Vous ne le lui permettriez pas, Akbar Khan, parce qu'il est anglais et qu'il a eu l'affront de transgresser vos lois. Il sera condamné parce qu'il n'est qu'un infidèle.

Elle marchait sur la corde raide, rivalisant de témérité avec un homme qui exigeait d'elle soumission et humilité. Trahir la moindre hésitation, la plus petite once de crainte, et Akbar Khan ne lui accorderait plus d'intérêt ! Et sans cet intérêt, elle ne donnait pas cher... de sa vie et de celle de Kit.

— Ainsi tu as choisi de rallier la cause des infidèles, Ayesha ? As-tu conscience de ce que cela implique ? Tu ne peux te dérober ainsi aux règles de ce pays.

— Je le sais. Mais qui suis-je vraiment ? interrogea-t-elle sans se départir de son calme, même si sous cette façade pointait une certaine nervosité. Etes-vous en mesure, Akbar Khan, de me dire qui je suis réellement ? Ne serais-je pas, moi aussi, par essence, une infidèle ?

— Ah ! (Les prunelles bleues s'assombrirent subitement.) Nous y voilà ! Relevez-vous !

Annabel se remit sur ses pieds dans un geste gracieux. Son corps tout entier vibrait à l'extrême, tendu comme un arc cependant qu'elle croisait le fer avec la Destinée sous les traits d'Akbar Khan.

— Connaissez-vous la réponse à cette question ? L'avez-vous découverte durant votre séjour avec le *ferenghi* ?

Il devinait ses pensées, mais voulait s'assurer qu'elle ne lui cachait pas la vérité. Mais Ayesha était bien trop habile pour prendre le risque de mentir.

— Parfois, je crois enfin la tenir, mais à d'autres moments, j'en doute.

Une lueur d'étonnement passa dans les prunelles saphir.

— Vous sentez-vous attirée par le corps de Christopher Ralston ou par son âme ?

Elle écarquilla les yeux, abasourdie par cette question inattendue.

— Les deux.

— Ah... (Abruptement, il se leva et frappa dans ses mains. Les gardes apparurent sur-le-champ.) Reconduisez Ayesha à sa chambre.

Les guerriers entraînèrent la jeune femme hors de la pièce et le sirdar alla se poster à la fenêtre, regardant fixement la nuit constellée de flocons de neige. Si seulement la concupiscence avait été seule responsable de la conduite d'Ayesha, il aurait pu oublier l'incident, mais jamais il ne pourrait lui pardonner d'avoir trahi le peuple afghan en rejoignant corps et âme le camp ennemi. Quelle déloyauté... !

Dans un mouvement d'impatience, il quitta son poste d'observation. Qu'est-ce que cela pouvait bien lui faire après tout ? Elle n'était qu'une femme parmi d'autres et Christopher Ralston qu'un sale infidèle ! Ils l'avaient tous deux trahi ! Pour l'instant, il se devait de continuer la lutte afin de libérer son pays. Il lui fallait marcher jusqu'à Jalalabad, encore aux mains du général Sale et de ses troupes. Jalalabad devait leur être restituée, comme Kandahar d'ailleurs, pour que leur victoire soit complète. Dès l'aube, il ferait pendre Ralston. Ayesha demeurerait dans sa cellule pendant quelques semaines. Il ne pouvait encore se résoudre à ordonner sa mort. Plus tard, lorsque ses soucis se seraient estompés, il prendrait des dispositions au sujet de la jeune femme.

Avec ces fermes résolutions, il aurait dû éprouver un vif soulagement. Mais pour des raisons qui lui échappaient, il ne recouvra pas sa sérénité. Pourquoi l'aveu d'Ayesha le troublait-il à ce point ? Qu'elle nourrisse des sentiments plus profonds qu'un simple et bien naturel désir pour le capitaine le tourmentait. Pourtant Akbar Khan n'avait jamais cédé à l'amour. Alors que lui importait qu'elle se soit éprise d'un autre ? Il ne parvenait pas à rassembler les pièces de ce puzzle déroutant, pièces qui le harcelaient alors qu'il venait de balayer de son esprit cette affaire, tout déterminé qu'il était à se débarrasser rapidement du *ferenghi*.

Comment se comportaient-ils dans l'intimité d'une chambre ? Pourquoi ne satisferait-il pas sa curiosité ? L'idée le séduisait. Il créerait lui-même la mise en scène. Après tout, il avait agi ainsi quatre mois plus tôt, et puis, quand tout est dit et fait, un homme condamné a le droit de réclamer une dernière nuit de plaisir. Un sourire vicieux se dessina sur ses lèvres tandis qu'il s'en allait distribuer les ordres.

Ayesha regagna sa cellule, et comme le lourd battant se refermait sur ses talons, elle se mit à trembler de tout son être, les forces qui l'avaient épaulée des heures durant l'abandonnant tout à coup. Elle aurait voulu pleurer... crier... s'effondrer sur le sol et s'avouer vaincue. Un monstrueux sentiment d'injustice s'engouffra en elle, et elle laissa libre cours à son chagrin. Tous les vestiges de cette maîtrise, soigneusement construite pierre par pierre pendant huit ans, s'écroulaient par un seul élan, digne d'Annabel Spencer. Et puis, la tempête s'apaisa, et la jeune femme songea aux autres, ceux détenus dans la forteresse comme elle, ceux qui s'étaient vu arracher leurs enfants, et à son propre avenir suspendu par un fil ténu au-dessus du ravin. Le temps avait arrêté sa course...

« Une chose était certaine, la vie s'effilochait, une chose était certaine, et le reste mentait ; la fleur qui autrefois s'épanouissait aujourd'hui s'éteignait à tout jamais. » Les vers d'Omar Khayyam la réconfortèrent comme toujours. Peut-être que pour certains, ces mots ne signifiaient rien, mais pour Ayesha, qui s'était nourrie de philosophie afghane pendant si longtemps, ils apportaient apaisement et sérénité.

Elle remplit la cuvette émaillée posée à même le sol dans un coin de la pièce et passa son visage sous l'eau froide. Puis elle délia ses cheveux et les brossa énergiquement. Ces gestes la plongèrent dans un calme méditatif. Ainsi rassérénée, elle s'en fut frapper à la porte.

Un bruit de pas traînants s'éleva dans le couloir et une femme vêtue de noir apparut bientôt sur le seuil, les mains noueuses et le dos courbé par des décennies de dur labeur. Cette dernière considéra Annabel d'un regard vide, la bouche édentée. « Elle n'a probablement pas plus de trente ans », songea la jeune femme avec amertume.

— Apportez-moi du thé et un repas, commanda Ayesha avec le ton impérieux de la favorite d'Akbar Khan. Et n'oubliez pas de ramener du bois, le feu s'éteint.

La servante marmonna quelque assentiment avant de verrouiller la porte à nouveau. Son pas hésitant décrut dans le couloir. Ayesha s'assit alors près de l'âtre et laissa son esprit gambader au gré de ses rêves, échafaudant mille plans pour le futur...

Dans les quartiers réservés aux otages, les bougies diffusaient une lumière vacillante qui se silhouettait contre le brouillard opaque et étouffant que crachaient les bûches dans la cheminée. Mais les prisonniers ne s'en plaignaient pas car pour la première fois depuis d'interminables semaines, ils avaient un toit sur leurs têtes. Les enfants dormaient du sommeil du juste, les convalescents allongés près de l'âtre se laissaient bercer par la langoureuse danse du feu. On leur avait servi une grande marmite de soupe et de grossières galettes de pain blanc. D'épaisses arabesques de graisse de mouton scintillaient à la surface du potage, et Kit se souvint de ce qu'Annabel lui avait raconté. Les nomades prisaient les queues de mouton car elles fournissaient à la plupart d'entre eux la seule source de subsistance pendant les durs hivers. Personne n'osa grimacer quand ils avalèrent cette curieuse mixture, ne se remémorant que trop bien les jours où ils mouraient de faim. Plus tard, ils envisageraient de préparer eux-mêmes leurs repas, autant par souci d'hygiène que par volonté gastronomique.

La discussion battait son plein lorsque la porte s'ouvrit brusquement, livrant passage à trois Ghilsai armés jusqu'aux dents et à la mine patibulaire.

— Ralston, *huzoor* !

Ils s'en tinrent à cette injonction et attendirent.

Kit se leva lentement. Tous les regards convergeaient sur lui, lui témoignant silencieusement leur soutien. S'il choisissait de se battre, ils se battraient eux aussi. Si ce n'est qu'ils ne possédaient aucune arme pour résister aux cimeterres et aux sabres de leurs opposants.

— Je suis Christopher Ralston. Que me voulez-vous ?

Sans mot dire, ils firent un pas en avant et pointèrent le couloir du doigt.

— Un règlement de compte ? souffla Colin.

— Peut-être. (Kit eut un sourire amer.) Mais il est un peu tard pour un *buzkashi*. La nuit est tombée. Je me demande ce qu'Akbar Khan projette. (Il jeta sa cape sur les épaules.) Je le découvrirai bien assez tôt.

Il offrit un salut moqueur à l'assistance et se dirigea vers la porte, les guerriers dans son sillage tandis qu'il s'enfonçait dans les ténèbres.

Les hommes le menèrent à travers la cour intérieure, puis ils empruntèrent un couloir dans l'aile nord de la bâtisse. Ils ne rencontrèrent pas âme qui vive, mais à deux reprises, Kit aurait pu jurer avoir surpris une tache sombre disparaissant comme l'éclair dans l'embrasure d'une porte. Il jeta un coup d'œil en direction des Ghilsai. Ceux-ci regardaient droit devant eux avec un air de rigide détermination, comme s'il leur était interdit de couler un regard vers la droite ou la gauche. Lorsque, délibérément, il ralentit devant une porte entrebâillée et fit un pas vers elle, on l'agrippa par l'épaule, des regards noirs le fusillèrent avec sauvagerie, et il se hâta de reculer avant qu'ils ne déversent leur hargne sur sa personne. Il baissa la tête en signe de conciliation et de pardon, et fut propulsé en avant par un coup de poing vicieusement assené dans le bas du dos. Il se mordit la lèvre pour refouler la vague de colère qui montait en lui et continua son chemin.

Ils atteignirent une porte sous une voûte constellée de chapelets de moisissure qui, avec le froid, avaient formé des perles de glace verdâtre. « S'alarmer ne servirait à rien, se convainquit Christopher, sinon à exacerber la cruauté d'Akbar Khan. »

Le loquet fut tiré et le battant pivota sur ses gonds dans un grincement sinistre. Un des gardes poussa le capitaine à l'intérieur, de la pointe de son fusil. Surpris par la violence de ce geste, Kit trébucha et se rattrapa de justesse au mur devant lui.

Il se trouvait dans une pièce exiguë, au confort aussi sommaire que celles dans lesquelles ses compagnons et lui étaient détenus, à l'exception toutefois du feu dont les immenses flammes vives illuminaient la chambre tout entière, des chandelles qui, tout en exhalant la même puanteur, étaient plus nombreuses et des peaux de bêtes qui, disposées sur le sol, réchauffaient ce cadre austère. La porte claqua dans son dos.

— *Salaam*, Ralston, *huzoor*, salua Annabel.

— Bonsoir, Ayesha.

Il franchit la distance qui les séparait et l'étreignit sans se soucier pour l'instant du tour étrange qu'avaient pris les événements, l'acceptant comme la première fois tel un miraculeux présent des dieux de l'amour et de la passion... de la Destinée.

La jeune femme se lova contre lui, chaque parcelle de son être irradiée d'une chaleur bienheureuse. Il retint son souffle, émerveillé devant l'enchantement familier de ce corps entre ses mains. Ils n'avaient pas fait l'amour depuis une éternité et là, dans cette cellule sordide, ce carcan de l'horreur, leur présent posé en énigme et un avenir incertain devant eux, la passion fleurissait, s'exaltait, balayant toute autre pensée.

Une semaine plus tôt, il avait cru ne jamais la revoir, et cependant aujourd'hui il la serrait étroitement contre lui, humant son parfum avec délices, les boucles d'or soyeuses caressant son visage, les doux contours de sa poitrine contre son torse, tandis qu'elle se pressait contre lui, l'explorant avec la même frénésie, lui susurrant des mots brûlants à l'oreille, effleurant sa bouche de baisers affolants...

— Attendez, mon cœur, juste une minute, murmura-t-il d'une voix rauque, le cœur battant la chamade cependant qu'elle déboutonnait fébrilement sa tunique.

— Non, je vous veux maintenant.

Il laissa échapper un gémissement, emprisonna les mains de la jeune femme dans les siennes et l'entraîna jusqu'au lit où, empoignant la pile de fourrures, il les jeta sur le sol devant la cheminée. Annabel s'allongea sur ce matelas de fortune et tendit les bras vers son compagnon. Celui-ci se déshabilla à la hâte, ôta ses bottes et la rejoignit dans ce nid douillet.

Avec un grondement de désir, la jeune femme s'empara de son membre érigé et réapprit à le connaître. Elle brûlait de le sentir en elle... Kit écarta les pans du chalvar et elle s'arqua vers lui, guidée par une soif inextinguible. Sans plus attendre, il la pénétra lentement en l'encerclant de ses bras. Elle cria d'extase. Ils se balancèrent ainsi, étroitement unis, jusqu'à ce qu'Annabel, avec un violent frisson, s'abatte dans une ultime plainte. L'homme succomba à son tour et la suivit sur les cimes du plaisir, jouissant du fourreau palpitant qui le retenait prisonnier.

— Ciel ! chuchota-t-il en reprenant son souffle. Comment expliquer cette ardeur ? Comment peut-on être consumé par une faim aussi désespérée ? Vibrer ainsi à l'unisson ? Sombrer dans l'univers divin de la volupté ? (Il roula sur le côté et contempla le corps alangui de sa compagne, le galbe exquis de ses cuisses satinées...) Comment peut-on aimer comme je vous aime, Anna ?

— Le destin...

La jeune femme ponctua sa remarque d'un sourire radieux, le regard énamouré et comblé.

— Pourquoi nous a-t-on offert ces quelques

instants d'intimité ? s'enquit-il gravement, redessinant les courbes pleines de la jeune femme.

Il faisait allusion à cette soirée et non plus aux miracles de la vie.

— Je n'en suis pas certaine, articula-t-elle avec peine. Je préfère ne pas y songer.

Un mauvais pressentiment l'assaillit brusquement, brisant cet instant de bonheur partagé.

— Que voulez-vous dire, Anna ? insista-t-il, en se dressant sur son séant, attrapant une bougie qu'il brandit au-dessus de leurs corps entrelacés.

— Abandonnez, fit-elle en tournant la tête vers la cheminée. Ne gaspillons pas les instants qui nous ont été si gracieusement accordés. Pourquoi s'inquiéter des motifs ?

— Oh, non ! s'insurgea-t-il en saisissant son menton. Vous ne vous déroberez pas aussi facilement, ma douce. Vous allez m'avouer ce que vous suspectez... et tout de suite. J'ai besoin de savoir.

Le feu crépitait dans la cheminée et la lumière des flammes s'accrochait dans la cascade de boucles rousses, l'éclaboussant de paillettes d'or. Les prunelles de jade se levèrent sur Christopher, effroyablement dénuées d'expression.

— Le dernier vœu, le dernier vœu du condamné à mort.

— Doux Jésus ! s'écria-t-il, frappé par l'incrédulité. Il aurait tramé un tel... ? Mais c'est inhumain et cruel.

Un sourire sans joie passa sur le visage de la jeune femme.

— Vous avez besoin de poser la question ? Après tout ce à quoi vous avez assisté dans le défilé ?

Un silence oppressant s'installa entre eux, puis Kit, après avoir recouvré ses esprits, redressa sa compagne, fit glisser sa tunique au-dessus de sa tête, et Annabel apparut nue, sa peau étincelant dans le rougeoiement du brasier.

Il la plongea dans le flot de fourrures et, sans se départir de son air de farouche détermination, il effleura ses épaules délicates, la douce courbure de ses seins, traça des arabesques sur son ventre satiné et descendit jusqu'à ses hanches... anguleuses. Les sourcils froncés, il redressa la tête.

— Vous avez maigri.

— Comme chacun d'entre nous, répondit-elle, intriguée du tour que prenait la conversation.

Christopher se comportait comme si les menaces qui pesaient sur eux ne détruisaient en rien leur cocon amoureux. Il opina du chef.

— Tournez-vous.

— Me tourner?

— Oui, sur le ventre.

Déroutée, Annabel haussa les épaules mais s'exécuta.

— A présent, voyons si j'ai retenu vos leçons, murmura-t-il, s'agenouillant sur elle.

Kit repoussa la lourde masse de cheveux, massa longuement la nuque gracile, puis les omoplates, cherchant à effacer avec adresse la tension musculaire qu'il devinait sous la peau ivoirine, et à offrir la relaxation qu'elle avait su si souvent lui procurer.

Annabel se détendit petit à petit sous la pression de ses doigts et il sourit, fier d'avoir réussi là où elle excellait. Elle s'étira, ronronnant de plaisir, et il se pencha pour taquiner le lobe de son oreille. Jamais il n'avait admiré pareille splendeur... Elle l'envoûtait. Puis, galvanisé par son succès, il glissa une main vers les secrets de ce corps jusqu'à la fleur épanouie de sa féminité. Annabel s'embrasa...

— C'est si bon, chuchota-t-elle. Personne ne s'était occupé de moi ainsi.

— J'en suis heureux. Heureux d'être le premier.

La prenant par-derrière, il la pénétra profondément, attisant en elle un feu si dévorant qu'elle poussa un gémissement animal, puis cria sauvagement son plaisir lorsque, sans interrompre son va-et-vient voluptueux, il agaça de ses doigts le joyau de tous ses fantasmes...

Au-dehors, Akbar Khan referma le judas sans un bruit. Pris au piège de leurs élans fougueux, les amants n'avaient pas prêté attention au minuscule œil dans la porte destiné à assouvir la curiosité des voyeurs. « Le tour que je comptais leur jouer s'est retourné contre moi », conclut le sirdar qui, assailli par les courants d'air glacials, referma frileusement les pans de son manteau. Il s'était imaginé savourer le spectacle d'Ayesha s'abandonnant à l'homme dont elle se croyait amourachée. Lui qui avait pensé tirer quelque satisfaction de leurs ébats, il s'était trompé. Ils s'étaient certes exhibés devant lui, mais ignoraient-ils le destin qu'il leur réservait ?

Non... Ayesha n'était pas dupe, elle avait deviné ses desseins et en avait informé le capitaine. Ce dernier avait accepté la perspective avec fatalisme et avait agi comme si rien ne pourrait jamais ternir leur relation. Et l'amour avait eu raison des frayeurs d'Ayesha...

Il n'avait éprouvé qu'irritation et colère en constatant que les sentiments ennoblissaient l'instinct sexuel, embellissaient l'aiguillon de la chair, portaient le désir sur les sommets de l'éternité. Quelle désillusion pour un homme que seule la concupiscence intéressait !

Akbar Khan regagna ses quartiers, tourmenté par ses pensées...

21

Une telle nuit se devait d'être glorifiée... Le sommeil n'y avait pas sa place. Une nuit digne de ce nom s'écoulerait au rythme lent de l'enchantement. Les pensées terrifiantes du lendemain n'auraient pas prise et les peurs faneraient, étouffées par les somptueuses fleurs de joie.

Un martèlement de bottes dans le couloir, le grincement d'un verrou mal huilé déchirèrent le paradis des amants aux premières lueurs de l'aube. Annabel et Kit savourèrent un instant encore la chaleur de leurs deux corps entrelacés et se quittèrent sans un mot.

La porte fut ouverte en grand mais les gardes restèrent sur le seuil, se contentant d'aboyer des ordres que le capitaine interpréta sans difficulté même s'il ne comprenait pas un traître mot de leur langage. Il se vêtit à la hâte et se tourna une dernière fois vers la jeune femme étendue sur les fourrures, statue sculptée d'or, d'ivoire et de jade. Ils échangèrent un tendre sourire complice, puis il pivota sur ses talons et s'éloigna.

Le battant de bois se referma sur lui et Ayesha demeura un long moment immobile, se concentrant pour ne pas céder à la panique. Qu'allait-il advenir de Christopher ? Elle repoussa les visions cauchemardesques qui défilaient devant ses yeux.

Annabel s'était débattue de longues heures durant avec les craintes qui la tenaillaient quand une domestique entra en traînant les pieds, avec un bol de lait caillé et une galette de pain pour le petit déjeuner. Une fois que la jeune femme eut mangé, les forces lui revinrent, dispersant ses pensées lugubres. Elle tira alors le matelas jusqu'à la fenêtre. Là, par la lucarne, elle observa la cour intérieure. Akbar Khan, fièrement juché sur sa monture, entouré de ses hommes, s'apprêtait à lever le camp.

Elle fixa ces préparatifs de départ avec incrédulité, se dressant sur la pointe des pieds pour s'assurer qu'elle ne se trompait pas. La quitterait-il ainsi, sans la moindre explication ? Elle l'avait certes entendu évoquer ses projets d'offensive pendant le voyage depuis Khoord Kaboul. Il avait l'intention de marcher sur Jalalabad et de se joindre aux autres sirdars pour assiéger la ville. Mais que faisait-il d'elle ? Qu'était-il arrivé à Kit ? S'était-il débarrassé à tout jamais du *ferenghi* ? Laisserait-il Ayesha moisir dans sa cellule, l'abandonnant ainsi à la perspective torturante d'un avenir inconnu ?

Il en était capable, sa cruauté ne connaissait pas de limites. Et depuis qu'elle était revenue vers lui, il ne lui avait dispensé aucune gentillesse et n'avait jamais fait montre de bonté et de compréhension à son égard. Elle avait attendu une punition, mais après le miraculeux présent de la nuit, il semblait bien qu'il ne s'en tiendrait pas à de simples remontrances. Le raffinement barbare avec lequel il avait tissé sa réclusion dépassait tout ce qu'elle avait pu imaginer...

Un frisson de terreur lui monta le long du dos et elle quitta son poste d'observation. Elle entreprit de ranimer les braises qu'elle avait négligées depuis le départ de Kit. Pas un seul livre, une seule occupation pour employer les heures de solitude qui se présentaient devant elle... Si au moins elle pouvait écrire ou s'atteler à des tâches ménagères... mais il n'y avait rien... L'époque des longues chevauchées grisantes, du dressage des faucons était définitivement révolue. Comme le zenana et sa liberté de mouvement lui manquaient... Comment occuperait-elle ses semaines en l'absence d'Akbar Khan ? Car ce seraient des semaines.

Ces sombres réflexions la noyèrent dans les profondeurs du découragement. Elle se récita les strophes du poète Omar Khayyam, tentant de traduire aussi élégamment que possible ces vers persans en anglais, exerçant son esprit aux subtilités grammaticales et linguistiques à défaut de pouvoir prendre soin de son corps. Mais la fatigue accumulée pendant la nuit passionnée coupa court à son exercice. Elle s'allongea sous les fourrures et sombra dans l'univers des songes.

Elle dormait depuis à peine une demi-heure lorsque la porte s'ouvrit de nouveau et une domestique vint la réveiller. Hébétée, Ayesha cligna des yeux. Une silhouette aux contours indistincts se tenait au-dessus d'elle. Quelques secondes s'égrenèrent avant qu'elle ne recouvre ses esprits.

— Les hommes sont venus vous chercher, marmonna la femme. Mettez votre voile.

Que lui voulaient-ils ? Ayesha s'assit et frotta ses yeux embrumés par le sommeil. De toute évidence, des instructions la concernant avaient été données. Les battements de son cœur demeuraient réguliers comme si la nouvelle ne la bouleversait pas. Seul un soulagement l'avait envahie. Enfin elle saurait... Rien ne pourrait lui sembler plus terrifiant que d'ignorer ce qui composerait son lendemain.

— Dites-leur de patienter une minute, fit-elle à l'adresse de la servante qui arrondit les yeux, sidérée par une telle injonction. (Les femmes ne parlaient jamais ainsi aux hommes.) Je serai prête sous peu.

Les guerriers, bien sûr, n'étaient pas au fait des privilèges dont la favorite d'Akbar Khan jouissait. Néanmoins que restait-il de la favorite ? Elle n'était ni plus ni moins qu'une prisonnière dans cette forteresse primitive. On ne pourrait blâmer ces gardes de ne pas mettre les formes avec elle. Après tout, ils ne la connaissaient pas.

La domestique s'éclipsa. Ayesha s'extirpa alors à contrecœur du lit, passa de l'eau sur ses paupières gonflées et agrafa son voile.

— Qu'elle se presse ! Nous avons autre chose à faire que de supporter les caprices d'une femme !

Une voix péremptoire venait de s'élever dans le

couloir. Les yeux affolés de la servante apparurent dans l'embrasure de la porte.

— Je vous en prie, dépêchez-vous.

— Je suis prête.

La jeune femme dépassa la domestique, tergiversant quant à feindre une pleine assurance face aux hommes des collines qui trépignaient d'impatience au-dehors. Mais Akbar Khan n'était pas là pour accréditer un tel comportement et elle n'avait aucune idée des ordres qu'il avait laissés à son endroit.

— Viens avec nous, femme !

Elle les suivit à distance — comme la coutume l'exigeait — à travers le zenana, les servantes s'effaçant sur leur passage. La conduisaient-ils au pilori ? Allaient-ils la fouetter ? La monteraient-ils à l'échafaud ? Akbar Khan la condamnerait-il au châtiment suprême en son absence ? Elle ne pouvait le croire.

Ils firent irruption dans la cour et les trois hommes encerclèrent la jeune femme, la poussant vers une porte dans l'aile gauche. Des murmures lui parvinrent lorsqu'ils ouvrirent le lourd battant. Elle reconnut les accents haut perchés de l'anglais. Des enfants récitaient leur leçon en chœur. Une voix ferme et impérieuse s'imposa parmi eux, celle de Mrs. Anderson qui dirigeait la classe.

Médusée, Annabel s'arrêta, interrogeant les gardes du regard. Faisant fi de ses questions muettes, ils la tancèrent, l'exhortant à avancer.

— Tu vas discuter avec les *ferenghis* et leur demander ce qu'ils veulent.

— Seraient-ce les instructions d'Akbar Khan ?

— Cela ne te regarde pas. Entre !

Elle obtempéra et fit un pas en avant dans la pièce faiblement éclairée. Un groupe d'enfants étaient assis en demi-cercle, les visages levés vers Mrs. Anderson qui se tenait près de la cheminée. Dans un coin, quelques femmes parlaient en aparté.

— Pardonnez-moi de vous déranger, mais où se trouve Lady Sale ?

— Pourquoi, Miss Spencer… ? (Une des jeunes femmes s'approcha d'elle.) Nous nous demandions ce qui vous était arrivé.

— J'ai été envoyée pour transmettre vos exigences aux gardes, expliqua-t-elle prudemment, jetant un regard furtif par-dessus son épaule en direction de l'escorte.

Les guerriers ne prenaient même pas la peine de dissimuler leur mépris pour ces prisonnières qui ne montraient aucun signe de soumission en présence de la gent masculine.

— Annabel ?

La voix de Colin Mackenzie retentit joyeusement. Il venait de surgir sur le seuil.

— J'avais cru vous entendre mais je n'en étais pas tout à fait sûr.

— Colin !

Mue par son seul instinct, elle s'élança vers l'officier. La riposte des guerriers fut immédiate. L'un d'entre eux l'agrippa avec rudesse, la ramenant à la réalité. Elle n'était qu'une Afghane parmi un groupe de détenus infidèles. Elle salua, se confondant en excuses balbutiées, et l'homme relâcha son étreinte avant de balayer la pièce d'une méchante œillade.

Colin avait blêmi comme si, pour la première fois, il réalisait que la jeune femme appartenait au clan des rebelles.

— Je vais chercher Kit, déclara-t-il, d'un ton dénué de toute expression, le visage impassible.

Annabel releva la tête, une lueur d'espoir dans ses prunelles de jade, mais un geste menaçant d'un des gardes l'obligea à baisser les yeux.

— Il va bien ? s'enquit-elle dans un souffle.

— Oui, mais il se faisait du souci à votre sujet.

D'un grognement irrité, un guerrier coupa court à leur échange et la jeune femme s'empressa d'ajouter :

— Ils ne m'autoriseront jamais à parler à un homme. J'essaierai de lui glisser quelques mots pendant que je discuterai avec les femmes.

— Ah, Miss Spencer ! s'exclama Lady Sale en s'engouffrant dans la pièce à son tour, le bras en écharpe, débordant du même enthousiasme qu'à l'accoutumée. Laurie m'a prévenue que vous étiez ici mais je ne pouvais en croire mes oreilles. Vous allez leur servir d'interprète, si j'ai bien saisi ?

— Absolument, Madame, confirma Annabel, accueillant l'arrivée de la vieille dame avec un immense soulagement. (Sa présence la divertirait quelque peu de la surveillance étroite de l'escorte.) Akbar Khan est parti, et en son absence, je suis censée recueillir vos doléances.

Elle balaya la chambre d'un coup d'œil et nota que l'assistance tout entière s'était tue et l'écoutait attentivement.

— Vous devriez vous entretenir avec le major

Pottinger, avisa la vieille dame. Il vous exposera nos exigences.

— Ils ne me permettront pas de lui adresser la parole, Madame. J'ignore ce qu'Akbar Khan a ordonné, mais je me dois de me comporter comme une Afghane pour l'instant. Si vous vouliez bien me faire visiter vos quartiers, je pourrais peut-être émettre quelques suggestions pour pallier l'exiguïté de ces lieux et leur manque de confort. J'imagine que c'est la raison pour laquelle Akbar Khan m'a chargée de cette tâche.

Kit était tapi dans l'ombre derrière Lady Sale. Immobile, il ne pouvait détacher les yeux d'Annabel. La jeune femme sentit sa présence mais poursuivit sa discussion avec la vieille dame comme si de rien n'était, gardant la tête résolument baissée. Elle se risqua néanmoins à couler un regard dans sa direction et une grande sérénité l'envahit. Il était sain et sauf, et ils vivaient sous le même toit. Le chat avait cessé momentanément de tourmenter les souris...

Mais il ne leur avait laissé qu'une bien maigre liberté d'action. Sans compter que les craintes et l'incertitude quant à leur destin demeuraient... Cependant ils devaient remercier le Ciel de leur avoir accordé un répit, si précaire soit-il.

Les deux femmes parcoururent les cinq pièces dévolues à la communauté, sous l'œil vigilant de leurs geôliers. Dès qu'un représentant de la gent masculine pointait le bout de son nez, ils fustigeaient le malheureux. Prudemment, celui-ci s'empressait alors de s'éclipser.

— Quels barbares! chuchota Lady Sale. Quoi qu'il en soit, vous êtes anglaise, même si je n'approuve pas la manière dont vous vous êtes comportée avec Christopher Ralston. De quel droit ces sauvages vous traitent-ils comme une de leurs femmes cloîtrées dans un harem ?

— Parce que j'en suis une. Nous sommes tous prisonniers ici, n'est-ce pas ? Mes conditions de détention diffèrent seulement des vôtres.

— Je ne comprends rien. Comment se fait-il que vous ayez vécu plusieurs années avec ce peuple ?

— Kit se chargera de vous l'expliquer. Nous avons d'autres chats à fouetter dans l'immédiat. Les gardes vont s'impatienter et nous soupçonner d'ourdir quelque complot.

— Vous ne mâchez pas vos mots, s'interloqua la vieille dame, surprise par le ton sans réplique de la jeune femme.

Lady Sale se retint néanmoins de faire d'autres commentaires et dressa oralement la liste des réclamations, qu'Annabel prit grand soin d'enregistrer. La jeune femme proposa ensuite des manières d'y remédier compte tenu des ressources et des possibilités des paysans qui occupaient le fort.

Elle s'apprêtait à quitter les quartiers lorsque Shelton et Colin la rejoignirent.

— Nous aimerions savoir où est parti Akbar Khan, s'écria le brigadier général.

Annabel se tourna vers Lady Sale qui la raccompagnait courtoisement jusqu'à la sortie.

— Il a rejoint les autres sirdars à Jalalabad pour assiéger la ville, fit-elle sur le ton de la conversation. Je tenterai d'en apprendre davantage, mais je ne peux rien vous promettre. Ils m'ont enfermée dans une cellule.

— Essayez au moins, commenta Shelton en feignant de s'adresser à Colin. Tout détail peut avoir son importance.

— D'accord.

Annabel fit face aux gardes, s'inclina cérémonieusement et demanda en pushtú :

— Quand pourrai-je revenir ici ?

— Lorsqu'ils vous réclameront, informa un guerrier. Il est temps d'y aller maintenant.

— J'ai saisi ce qu'ils viennent de vous dire, intervint le major Pottinger qui sur ces entrefaites avait rejoint Shelton et Colin, et s'exprimait comme s'il s'entretenait avec ses compagnons.

— Nous nous arrangerons pour que vous soyez souvent des nôtres.

La jeune femme resta muette, car répondre eût signifié qu'ils conversaient ensemble. Elle brûlait d'envie de se retourner dans l'espoir d'apercevoir une dernière fois Kit mais la sagesse l'en dissuada. Les gardes la traînèrent dans la cour, où elle dut leur exposer les vœux des otages. Ils la ramenèrent ensuite à sa cellule.

Quelques heures plus tard, des éclats de rire s'élevèrent, provenant de la cour. Elle alla jusqu'à la fenêtre et se mit sur la pointe des pieds pour voir qui s'amusait au-dehors. Des Anglais jouaient allégrement à colin-maillard, adultes et enfants confondus. Un garçonnet d'une dizaine d'années, les yeux bandés, attrapa Kit en poussant des cris victorieux. Riant à gorge déployée, le capitaine fit valser le gamin dans les airs avant de lui ôter son bandeau et de le nouer autour de sa tête.

Une pointe de jalousie tarauda Annabel. Jamais elle ne s'était sentie si seule... Et cette solitude lui pesait plus que tout.

Plusieurs semaines s'écoulèrent... Chaque jour, les otages la faisaient mander, invoquant mille et un prétextes mais les gardes n'y virent que du feu. Ces visites quotidiennes lui permettaient d'entrevoir Christopher. Elle lui coulait des regards à la dérobée tandis qu'il s'affrontait à ses compagnons au backgammon et aux échecs, jeux qu'ils avaient réalisés de leurs propres mains. Elle prêtait une oreille attentive aux cours dispensés aux enfants dans leur salle de classe de fortune. Elle communiquait à Lady Sale la moindre information qu'elle parvenait à soutirer à Zobayeda, sa femme de chambre, et aux gardes lorsqu'ils l'accompagnaient dans ses promenades matinales destinées à lui dégourdir les jambes et à lui faire prendre l'air. Le shah Soojah avait été assassiné à Kaboul. Le général Pollock avait marché jusqu'à Peshawar, relevé la garnison en place à Jalalabad et établi son camp sur la plaine jouxtant cette ville, face aux forces rebelles. A Kandahar, les Anglais avaient chassé tous les habitants afghans car la situation se durcissait et le pire était à prévoir. Les bonnes et mauvaises nouvelles alternaient, l'humeur des prisonniers oscillant à leur rythme. Par la lucarne de sa chambre, Annabel regardait les Anglais tromper leur ennui en jouant à colin-maillard et au chat perché. Le dimanche, elle suivait à distance les services religieux qu'ils respectaient scrupuleusement, se laissait bercer par les hymnes, les psaumes et les prières qui se glissaient dans un murmure mélodieux jusqu'à sa cellule. Combien elle aurait donné pour pouvoir se joindre aux membres de cette communauté que le malheur et l'intimité de la détention avaient rapprochés ! Le vernis des conventions sociales avait disparu. Jamais auparavant elle n'avait surpris une telle familiarité de langage entre hommes et femmes ! Ils palabraient des heures durant cependant que, recluse dans sa geôle, elle pleurait à chaudes larmes, laissant libre cours à un chagrin désespéré.

Puis, par une journée ensoleillée d'avril, lorsque les promesses du printemps teintèrent la vallée, on apprit qu'Akbar Khan avait essuyé une défaite sur la plaine de Jalalabad et, en désespoir de cause, avait battu en retraite.

La jubilation des otages ne connut plus de bornes. Les hommes des collines, quant à eux, sombraient dans la morosité. Une fois libre, le général Sale viendrait au secours de ses compatriotes. L'espoir était sur toutes les lèvres et même Annabel s'offrit le luxe de spéculer. Si les prisonniers étaient délivrés, alors peut-être serait-elle aussi libérée...

Tout à l'euphorie engendrée par cette perspective, elle commit une grave erreur. Kit avait pris l'habitude de se tenir sur le seuil lorsqu'elle pénétrait dans les quartiers des détenus, de telle manière qu'elle soit obligée de le frôler en entrant. Jamais ils n'échangeaient un regard, de peur d'attirer l'attention, mais ce seul instant de proximité suffisait à galvaniser Annabel pour le restant de la journée. Or, ce matin-là, elle s'arrêta à son niveau, leva les yeux et murmura d'une voix douce :

— *Salaam,* Ralston, *huzoor.*

— Bonjour, Ayesha, répondit-il sur le même ton en tendant la main pour la toucher.

Une lame étincelante dans la pénombre s'abattit sur le poignet de Kit et le sang perla. Outrée, Annabel pivota sur ses talons et foudroya le garde du regard. L'homme fit un pas menaçant dans sa direction mais un de ses compagnons le rappela à l'ordre. Il ne frappa pas la jeune femme mais l'immobilisa en bloquant ses mains derrière le dos, les tordant jusqu'à lui arracher un cri de douleur. Puis il la bouscula en avant tandis que les officiers anglais accouraient à la rescousse et encerclaient Christopher pour l'empêcher de fondre sur les agresseurs. Les gardes dégainèrent leurs poignards. D'autres guerriers firent irruption en masse, alertés par les hurlements de leurs camarades. Le cri de terreur d'un enfant témoin de la scène déchira l'air.

Annabel, pétrifiée à l'idée d'avoir engendré un massacre, tenta de se dégager. Mais en vain... Les hommes des collines n'étaient pas à prendre avec des pincettes depuis la nouvelle de la défaite à Jalalabad, et la jeune femme sentit qu'il s'en fallait de peu pour qu'ils ne décident de venger leur sirdar. Mais elle se souvenait aussi qu'Akbar Khan leur avait formellement défendu d'user de violence envers elle, et ce souvenir la rasséréna.

— Que dira Akbar Khan quand il apprendra comment vous me traitez ? vitupéra-t-elle, ignorant l'étreinte de son geôlier. A-t-il ordonné le massacre des otages ? S'il a connu la défaite à

Jalalabad, il souhaitera peut-être se servir des *ferenghis* comme monnaie d'échange. Croyez-vous alors qu'il vous remerciera de les avoir tués ?

L'homme se répandit en injures, vexé de se voir parler ainsi mais il la relâcha. Si brusquement qu'Annabel, déséquilibrée, trébucha et faillit tomber sur le sol. Il tempêta par-dessus son épaule, s'adressant à la horde déchaînée derrière lui. A contrecœur, les gardes s'écartèrent des prisonniers acculés contre le mur avec leurs seuls poings pour se défendre.

Annabel chercha Kit d'un regard anxieux et vit qu'il était toujours sur ses pieds, la main néanmoins ensanglantée. Tout était sa faute. Un geste irréfléchi qui avait risqué de coûter la vie à tous ! Elle venait de perdre son droit de visite, son unique chance de se préserver de la folie. Furieuse contre elle-même, elle acceptait la peine comme pleinement justifiée. Quand, quelques minutes plus tard, ils la poussèrent sans ménagement dans sa cellule, des larmes de rage impuissante jaillirent. Et si la blessure de Christopher ne guérissait pas ? Les médicaments et les bandages étaient denrées rares dans ce fort, elle ne le savait que trop bien pour avoir dû faire des pieds et des mains dans l'espoir d'en obtenir. Le manque d'hygiène, et la vermine qui grouillait dans ces lieux... Elle s'accabla de reproches jusqu'à ce que, épuisée par cette flagellation de l'esprit, elle sombrât dans le sommeil.

Les esprits échauffés s'étaient calmés et tout était rentré dans l'ordre. Le silence régnait en maître sur la forteresse et ses habitants. Le crépuscule vint à son heure, dans un crescendo de voix perçantes et un martèlement de sabots sur les pavés. Réveillée en sursaut par ces bruits inhabituels, Annabel se dressa sur son séant et courut jusqu'à la fenêtre.

Akbar Khan venait d'entrer dans la grande cour en compagnie de sa garnison.

A cette distance, il était difficile de déchiffrer les traits du sirdar. Il descendit au bas de sa monture avec moins de vigueur que de coutume, lui sembla-t-elle cependant. Les épaules affaissées peut-être ? Une démarche plus lourde alors qu'il traversait la cour et disparaissait sous les arcades ?

Elle se mit à arpenter sa chambre comme une lionne en cage. Akbar Khan devait nourrir quelques desseins machiavéliques à l'endroit des otages. Que projetait-il à son égard ? Se bornerait-il à l'enfermer à vie ? Mieux valait encore mourir sur le pilori.

Quelqu'un venait... Elle décela sa présence bien avant d'avoir perçu le bruit de pas dans le corridor. Ces dernières semaines de réclusion avaient exacerbé son ouïe. Un vent de panique souffla sur elle. Des traces de larmes marbraient ses joues blêmes. Ses yeux rougis d'avoir trop pleuré et ses cheveux en bataille trahissaient l'ampleur de son émoi. D'un geste fébrile, elle s'aspergea le visage avec de l'eau froide. Au même moment, le battant s'ouvrit et Zobayeda apparut.

— Akbar Khan veut vous voir, déclara la servante avec la voix frémissante de quelqu'un qui évoquerait le nom sacré d'une divinité. Laissez-moi vous aider.

La jeune femme accepta son assistance avec reconnaissance. En d'autres lieux et d'autres circonstances, lorsque Akbar Khan revenait d'une bataille et la faisait mander, les domestiques la préparaient avec soin. Après un bain parfumé, elles l'oignaient d'huiles aux senteurs fleuries, la couvraient de somptueuses soieries, brossaient méticuleusement sa longue chevelure rutilante qu'elles ornaient d'orchidées sauvages. Aujourd'hui, elle n'eut droit qu'à un broc d'eau gelée, à un bol de soupe grasse et aux vêtements élimés qu'elle portait durant la retraite de Kaboul. Mais elle ne pouvait leur en vouloir. Au moins avec ces effets propres et une toilette sommaire, elle se sentait revigorée. Elle ferait bonne figure devant le sirdar.

Akbar Khan, assis à la table dans la salle d'audience, les bras croisés, fixait le mur en face de lui. Lorsque la porte claqua après le passage d'Annabel, les pupilles saphir se rétrécirent. Il l'embrassa du regard sans mot dire.

— Vous semblez fatigué, s'entendit-elle remarquer, avant qu'il ne lui ait accordé la permission de prendre la parole.

Un léger sourire flotta sur les lèvres du sirdar pour disparaître aussitôt.

— Tu as le don de l'observation, Ayesha.

Elle s'approcha de son interlocuteur et déclara dans un élan de compassion :

— Puis-je vous soulager ?

Akbar Khan secoua la tête.

— Non... non, plus tard peut-être. (Il s'accouda sur la table et tint son visage entre ses mains, étudiant minutieusement la jeune femme devant lui.) Enlève ton voile.

Elle ôta l'épingle qui retenait la mousseline. Le morceau d'étoffe glissa dans son cou.

— Enlève-le complètement.

Annabel s'exécuta et la lumière des candélabres s'accrocha dans les boucles cuivrées, illumina le vert de ses prunelles, faisant ressortir l'extrême pâleur de son teint.

— On dirait que ces dernières semaines n'ont pas été une partie de plaisir pour toi, observa-t-il.

— Cela ne me gêne pas d'être une prisonnière.

De nouveau, un soupçon de sourire éclaira les traits de l'homme.

— Moi non plus. Mais cet isolement a dû te donner amplement le temps de réfléchir à la question que tu te posais lors de notre dernière conversation.

« Qui suis-je ? s'était-elle interrogée. Ne suis-je pas par essence une infidèle ? » Aujourd'hui, elle tergiversait encore. Elle se mura dans un silence embarrassé.

— Peux-tu y répondre à présent ?

Lentement, elle opina du chef, consciente de signer son arrêt de mort en se ralliant aux Anglais, mais avait-elle le choix ? Non.

— Je ne me sens toujours pas l'âme d'une *ferenghi*, et je ne le pourrai jamais à cause de ces années passées auprès de vous, mais au fond de moi-même, je sais que j'appartiens à leur peuple.

— Par essence, répéta-t-il d'un ton songeur, en se lissant la barbe. Je n'aimerais pas être à ta place, Ayesha. Se sentir des leurs sans pouvoir s'intégrer…

— C'est vous qui m'avez mise dans cette situation. Si vous n'aviez pas voulu jouer au départ, jamais je n'aurais redécouvert mes racines. Je me serais satisfaite de la vie que je menais. Je croyais être Ayesha.

— Mais tu ne l'es pas, allégua-t-il, ne tentant même pas de nier l'accusation.

— Il semblerait bien. Mais je ne peux me résoudre à endosser le personnage d'Annabel Spencer.

Une minute de silence suivit cette constatation. Puis le sirdar ordonna d'un ton acéré :

— Remets ton voile.

Lorsqu'elle l'eut accroché, il frappa dans ses mains et les gardes apparurent sur-le-champ.

— Emmenez-la ! aboya-t-il en repoussant violemment sa chaise avant de se diriger vers la fenêtre obscurcie par la nuit, tournant le dos à la jeune femme cependant qu'elle se tenait coite dans un moment d'irrésolution, se demandant ce qu'elle pourrait ajouter pour réparer le mal qu'elle avait causé et retrouver l'entente détendue et sereine qui régnait quelques minutes plus tôt entre eux. Mais une main l'agrippa rudement par l'épaule et un garde la somma de sortir, d'un ton que personne auparavant n'aurait osé utiliser avec elle devant Akbar Khan.

« La favorite est tombée en disgrâce », songea-t-elle avec amertume, jetant un dernier regard vers la large silhouette postée devant la fenêtre, avant d'être happée hors de la pièce et reconduite sans cérémonie dans sa chambre.

Et maintenant ? Annabel baissa les yeux sur ses poignets, toujours encerclés des lourds bracelets d'argent. Essence spirituelle ou non, elle appartenait aujourd'hui encore au sirdar.

Zobayeda lui apporta une assiette de ragoût de poulet accompagné de riz. Ce plat était considéré comme un mets luxueux pendant les rudes mois d'hiver. La jeune femme présuma que cette délicate attention avait été préparée en l'honneur du retour d'Akbar Khan. Elle grignota sans le moindre appétit, puis se coucha. Mais elle ne put trouver le sommeil et toute la nuit durant, elle se tourna et se retourna dans son lit. Mille pensées se bousculaient dans son esprit. La blessure de Kit était-elle grave ? Avait-on déniché les médicaments nécessaires pour soigner la plaie ? Quelles étaient les intentions d'Akbar Khan à l'endroit des otages qui désormais représentaient un précieux atout dans d'éventuelles négociations ? A sa propre surprise, elle se rendit compte que son destin ne l'intéressait plus. « Advienne que pourra ! » ainsi pensait-elle.

Kit s'assit sur le pas de la porte donnant sur la cour intérieure. Le fond de l'air était piquant, mais l'hiver âpre et mordant avait disparu et la fraîcheur du dehors, comparée à la chaleur étouffante des quartiers, parut salutaire au capitaine qui supportait de plus en plus difficilement les odeurs fétides de corps malpropres cohabitant avec la vermine. Sa main profondément entaillée l'élançait mais il remerciait le Ciel de ne pas avoir été amputé d'un doigt. Il se souvint qu'un jour, Annabel avait réussi avec adresse à extraire de sa paume une écharde aussi acérée qu'une dague, au temps où les désillusions n'avaient pas encore fermé leurs mâchoires sur eux.

— Je me demande ce qu'Annabel a pu invoquer pour nous épargner le massacre.

Arraché à sa rêverie par cette remarque à haute voix de Colin, Kit fit volte-face, sans s'étonner que son ami devine le cours de ses pensées.

— Seul Dieu le sait, Colin. Mais elle, tout autant que moi, nous avons agi sous l'impulsion. Notre imprudence aurait pu nous coûter cher.

— A votre place, je ne pourrais supporter une telle situation, fit Colin en toute franchise, en s'agenouillant aux côtés du capitaine. C'est déjà suffisamment difficile pour nous, mais... (Il haussa les épaules avec impuissance.) ... au moins nous sommes tous ensemble. Les hommes ont leurs épouses auprès d'eux, les femmes, leurs enfants. Dans cette pénible épreuve, partager est réconfortant.

— Savoir surtout! cracha Kit avec une soudaine sauvagerie. Ignorer ce à quoi elle est confrontée ou ce qui va arriver, voilà ce qui me mine, Colin! Parfois, j'ai l'impression de devenir fou... non, de l'être. (Il pointa du doigt le bâtiment au fond de la cour.) Je suis persuadé que cette fenêtre, au deuxième étage, est celle de sa chambre. Mais comment s'en assurer...? (Il leva les mains d'un geste résigné.) Pourquoi ne pouvons-nous riposter?

Colin demeura silencieux. Que répondre? Cette question torturait chacun d'entre eux. Un gentleman anglais ne pouvait imaginer se retrouver un jour sans défense, aliéné aux lubies d'un être inférieur. Mais hormis la solution d'un suicide collectif, les otages d'Akbar Khan n'avaient d'autre recours que d'affronter la réalité.

— Je vais me coucher, avisa Colin finalement. Pourquoi ne feriez-vous pas de même? Se morfondre ne servira à rien.

— Certainement, mais quelqu'un dans ma chambre ronfle comme un orgue. Je crains qu'il ne s'agisse de Mrs Johnson et je n'ose pas me plaindre. Ces ronflements ne sont pas dignes d'une dame.

Colin s'esclaffa de bon cœur.

— Evidemment, il vaut mieux garder le silence sur ce sujet. (Puis, reprenant son sérieux:) J'aimerais qu'on puisse faire quelque chose pour la petite Betsy Graham. Tous les soirs, elle réveille ses voisins de lit avec ses cauchemars. Sa mère a tenté tout ce qui était en son pouvoir pour l'apaiser mais aucun homme ne peut fermer l'œil de la nuit à cause d'elle.

— Parviendront-ils un jour à prendre leur mal en patience? s'inquiéta Kit.

— Annabel a bien réussi, elle!

— Vous croyez! Je n'en mettrais pas ma main au feu, mon ami.

Akbar Khan passa sa nuit perdu en contemplation... La bataille contre l'envahisseur anglais n'était pas encore terminée, même s'il avait essuyé un revers. Il lui fallait échafauder de nouvelles stratégies. Les otages se révéleraient bien utiles dans la seconde phase de son offensive et il devait à tout prix les éloigner de Jalalabad, où l'ennemi avait les rênes bien en main. Non, il était trop tôt pour baisser pavillon. Mais en ce qui concernait le capitaine Ralston et Ayesha, qu'en était-il ? Devait-il d'ores et déjà s'avouer vaincu ?

Oui ! Une seule question demeurait. Comment réagir ? Se venger ? Rien de plus aisé. Il possédait tous les atouts en main. Mais la perspective d'une simple revanche ne le séduisait pas. Autrefois, quand la colère le rongeait, cela eût suffi, mais aujourd'hui, de telles représailles lui semblaient dépourvues de tout fondement. Il n'en tirerait ni gloire, ni satisfaction.

Il aurait pu renvoyer Ayesha sous escorte à Madella, où elle aurait attendu jusqu'à la fin des hostilités. Et s'il ne souhaitait pas reprendre l'existence qu'ils menaient tous deux dans le passé, elle pourrait toujours mener une vie confortable et plaisante au harem. Il ne lui dénierait pas le plaisir des chevaux et des faucons, ou des livres. Elle aurait la compagnie des habitantes du zenana.

Ou il pourrait... Mais se résoudre à capituler devant le *ferenghi*, il ne s'en sentait pas la force. Jamais...

Il arpentait de long en large la salle d'audience, se frottant la barbe et cherchant désespérément un moyen de transformer sa défaite en victoire éclatante, une solution qui exigerait beaucoup d'esprit et d'ingéniosité de la part d'Ayesha et de Christopher Ralston s'ils désiraient gagner leur liberté, tout en redorant son propre blason.

L'aube venait de poindre à l'horizon quand il sut qu'il détenait la réponse...

22

— Ayesha ! Ayesha, levez-vous ! Ils sont venus vous chercher, s'écria Zobayeda d'une voix paniquée, en la secouant sans douceur.

La jeune femme s'éveilla en sursaut.

— Quelle heure est-il ?

— L'aube vient de se lever. Vous devez vous habiller. Ils sont là.

La jeune femme se dressa sur son séant, et s'extirpa à contrecœur du lit. Elle saisit sa tunique et le chalvar soigneusement pliés sur le sol à son chevet, mais Zobayeda s'écria d'une voix blanche :

— Non... Non, il vous faut porter ces vêtements !

Annabel considéra avec indifférence le pantalon de toile noire et la tunique taillée dans la même pièce.

— Ils ne m'appartiennent pas.

— C'est un ordre !

L'interprétation était sans équivoque. Le jour du jugement était arrivé. La jeune femme se glaça d'effroi. Elle glissa lentement les habits sur sa chair frémissante et révulsée. Jamais jusqu'alors elle n'avait porté de tels effets et la raideur du tissu égratignait la soie de sa peau. A qui pouvaient-ils appartenir ? Elle frissonna de tout son être, imaginant le corps impur et sale qui les avait portés quelques heures plus tôt. Mais elle réalisa bientôt combien ses réticences étaient ridicules dans les circonstances actuelles.

— Vous porterez le voile, mais pas de chadri. Et vous serez pieds nus. Akbar Khan l'a ordonné.

Voilée! Ainsi, des hommes assisteraient au jugement...! Le chadri lui aurait permis de dissimuler ses réactions face à l'humiliation et à la honte qui l'attendaient. Sans le chadri et pieds nus, comme les condamnées! Ce fut à cet instant seulement qu'elle prit conscience que, jusqu'alors, elle n'avait jamais cru à la sentence d'Akbar Khan. Comme elle s'était montrée crédule...! Et s'il n'épargnait pas Ayesha, il punirait aussi Kit.

Le voile était noir: la couleur symbolique des femmes esclaves des hommes des collines, la couleur des femmes des khans tombées en disgrâce. Ainsi vêtue, son attitude se transforma imperceptiblement. Ses épaules s'affaissèrent comme sous le poids d'un lourd fardeau, ses yeux se rivèrent sur le sol... en signe de soumission totale. Combien elle se sentait désespérée! Et le dédain dont l'assommèrent les gardes comme elle sortait de sa cellule la mortifia.

La jeune femme marcha derrière eux, les pieds meurtris par les dalles glacées, un froid malin s'infiltrant peu à peu à travers tout son corps...

Lorsque les gardes firent irruption dans les quartiers réservés aux prisonniers juste après l'aube, la première impression qui vint à l'esprit de ceux qui se réveillèrent à cet instant fut que le massacre prévu pour la veille était sur le point de se produire. Les enfants se mirent à crier en apercevant les guerriers avec leurs casques fourchus et leurs cimeterres. Les femmes poussèrent leur progéniture sous leurs jupes. Les hommes, conscients d'être sans défense, se regroupèrent et firent rempart de leurs corps dans une tentative désespérée de protéger les leurs.

— Que nous voulez-vous à cette heure ? s'enquit le major Pottinger dans un pushtu hésitant. Devons-nous quitter cet endroit ?

— Seul Akbar Khan en décidera, répliqua l'un des hommes des tribus. Nous sommes venus chercher Ralston, *huzoor*.

Kit sortit de l'ombre où était installée sa couche.

— Je suis ici.

— Que lui voulez-vous ? s'insurgea le major. Cet homme est un officier de la cavalerie impériale.

— Ce statut ne semble pas en imposer, Pottinger, fit Kit d'un ton incisif. Mais je vous remercie d'avoir essayé.

Il défroissa d'un geste sa tunique élimée et boutonna sa chemise. Pour des raisons qui lui échappaient, il désirait affronter son destin aussi élégamment que possible. Il ne pouvait s'habituer à l'absence de son épée. Etrangement, sans elle, il se sentait nu, mentalement et physiquement.

— Messieurs ? avisa-t-il en s'adressant aux gardes. Je suis prêt.

— Kit… ?

— Merci. Cela ira, Colin, le rassura-t-il en repoussant gentiment son ami qui avançait, le visage empli de détermination. Votre mort ne servirait pas notre cause et plus vite j'écarterai ces sauvages, plus vite les enfants cesseront leurs pleurs.

Il se dirigea vers la porte, encadré par les guerriers. Tandis qu'ils traversaient la cour intérieure, il leva les yeux vers l'étoffe azurée du ciel, tendue entre les sommets surmontés de glace. De petits nuages cotonneux défilaient sur le film bleu de ce matin de début de printemps. Une journée idéale pour un *buzkashi*... Kit était réceptif à tout ce qui l'entourait, chaque parcelle de son être vibrait à fleur de peau, il sentait son sang qui coulait dans ses veines, les battements effrénés de son cœur.

Ils atteignirent une porte à l'extrémité de la cour. Le capitaine s'arrêta sur le seuil et jeta un coup d'œil autour de lui, comme pour imprimer la topographie de ces lieux dans sa mémoire avant de plonger dans la pénombre de la pièce. Emporte-t-on ses souvenirs dans l'au-delà ? Il ne valait mieux pas... Les réminiscences imposeraient la réalité du «jamais plus» si difficile à accepter.

Un des gardes eut un mouvement d'agressivité envers lui et il pénétra dans la pièce avant qu'ils ne le bousculent. Il ne pouvait endurer l'idée même d'un simple contact physique avec l'ennemi... tant qu'il n'y serait pas contraint, en tout cas.

Ils firent leur entrée dans l'antre d'Akbar Khan. Kit mit quelques minutes à s'accoutumer aux ténèbres après la lumière crue du jour. Des hommes étaient postés tout autour de la pièce, leurs cimeterres aux lames étincelantes glissés dans les ceintures. Certains étaient même armés de lances et de mousquets. Akbar Khan se tenait sous un dais richement décoré au fond de la salle.

Le sirdar avait revêtu une tunique de mailles d'acier et un turban de soie pourpre couronnait son visage insondable.

— Bonjour, Ralston, *huzoor*, salua-t-il dans un anglais irréprochable.

— Bonjour, Akbar Khan, s'entendit répondre Kit d'un ton tout aussi badin.

Le chef rebelle enjoignit au capitaine de prendre place sous le dais. D'un geste impatient, un des gardes poussa Kit vers son seigneur. Ce dernier régnait en maître sur son royaume.

Le capitaine ne bougeait pas d'un pouce, rêvant de posséder le talent d'immobilité d'Annabel. Il savait que personne ne l'exhortait à une telle attitude mais il se devait d'afficher calme et assurance devant ces barbares. Si seulement il était au courant de ce qui était survenu à Annabel…

La porte s'ouvrit tout à coup et six Ghilsai vinrent gonfler le nombre des guerriers. Derrière eux, apparut Ayesha. Kit eut grand-peine à reconnaître sa bien-aimée dans cette silhouette qui courbait docilement l'échine. Son pouls s'accéléra cependant qu'il s'interrogeait sur ce qu'ils avaient infligé à la jeune femme. Il dut réprimer la rage qui montait en lui, réalisant qu'un geste de sa part agirait comme une étincelle sur cette poudrière.

Akbar Khan distribua des ordres en pushtu, d'un ton sans réplique qui déchira l'ambiance déjà tendue. La pièce dansa devant les yeux de Kit. Il était sur le point de riposter, un juron aux lèvres, lorsque le regard bleu métallique le transperça. Malgré ses efforts, il ne parvint pas à décrypter le message dans ces prunelles impénétrables. Mais la menace qu'il devinait sous le masque impassible le cloua sur place.

Ayesha fut projetée sans ménagement aux pieds du capitaine. Celui-ci baissa les yeux et fixa longuement la jeune femme prostrée devant lui tandis que les gardes reprenaient leur place contre les murs, avec l'air satisfait de ceux qui ont accompli leur devoir.

Akbar Khan prit alors la parole. Kit ne comprenait pas un mot de son discours. Mais l'atmosphère devint rapidement oppressante. Tout à coup, un murmure balbutié lui parvint aux oreilles. Agenouillée, la tête baissée, Annabel lui parlait avec urgence, les mots s'échappant un à un de sa bouche sous le couvert de son voile.

— Le sirdar me cède à vous... Ne le prenez pas comme un privilège mais comme une insulte. Me jugeant indigne, et n'ayant par conséquent plus de raisons de me garder, il me jette entre les mains du *ferenghi* qui ne mérite pas mieux que les propriétés répudiées par un Afghan. Les lois de l'hospitalité vous obligent à accepter ce présent, et celles de ce pays à en assumer les responsabilités... à assumer celles qui incombaient jusqu'ici à Akbar Khan. Désormais, vous pouvez user de moi à votre guise. Je ne suis rien.

Médusé, Kit l'écoutait sans mot dire. Les paroles d'Akbar Khan demeuraient suspendues dans les airs, accablantes de reproches. Les guerriers riaient sous cape. Ignorant délibérément la jeune femme prosternée devant lui, le capitaine prêta une oreille attentive aux instructions véhémentes.

— Ces invectives doivent vous contrarier au plus haut point, mais ne tombez pas dans le piège, ils n'attendent qu'un seul faux pas de votre part... Dites-leur que vous refusez ce cadeau... que l'honneur de votre race vous empêche de recevoir un présent que votre hôte considère comme sans valeur... Pensez tel un Afghan !

« Pensez tel un Afghan ! » Dieu tout-puissant ! Comment réagirait un Afghan en pareille circonstance ? Un homme ne doit jamais décliner l'offre d'un hôte, se souvint-il en se remémorant le soir où Akbar Khan lui avait cédé Ayesha pour la nuit. Un refus eût entraîné sa mort... Même s'il avait deviné la vilenie sous ce cadeau empoisonné du sirdar, celui-ci avait respecté les règles du savoir-vivre et n'avait en aucun cas dérogé aux traditions hospitalières — un homme qui partage un de ses plus précieux trésors avec un convive. Puis il comprit. Pour une raison inconnue, cette exhibition ne concernait pas Akbar Khan, mais les guerriers Ghilsai alentour. Ils ne croiraient que ce qu'ils entendraient. Ils verraient Kit essuyant l'injure qui rehausserait indéniablement la gloire et la renommée du chef rebelle et légitimerait le geste magnanime de ce dernier en ne sacrifiant pas le *ferenghi* à la peine capitale. Pour ces hommes, la mort était préférable à toute humiliation, particulièrement pour une cause aussi insignifiante qu'une femme.

« Pensez tel un Afghan ! » Eh bien, le moment était tout indiqué pour dévoiler ses talents de dramaturge.

Il redressa la tête fièrement, le défi imprimé dans le regard.

— Vous m'insulteriez, Akbar Khan, déclara-t-il dans un persan approximatif. Vous me donneriez cette… (Il toucha la silhouette à ses pieds du bout de la botte.) … cette chose que vous ne jugez plus digne de vous ?

Un murmure interloqué courut dans la pièce, et des sourires satisfaits s'inscrivirent sur les lèvres. Les guerriers avaient mis une main sur leurs armes. Même pour ceux qui ne comprenaient pas le persan, la signification de ces propos était claire comme de l'eau de roche.

— Vous refuseriez ce présent ? s'enquit le chef rebelle dans la même langue, avant de formuler de nouveau la question en pushtu.

L'assistance retint son souffle, et Christopher eut la désagréable impression qu'ils n'attendaient qu'un signe pour fondre sur sa personne.

— Un présent offensant, vous en conviendrez, n'est-ce pas ? dit Kit d'un ton mordant, en poussant Ayesha du genou.

Cette dernière frissonna. De peur, de panique ou d'indignation ? Il n'aurait pu le dire. Jamais il n'avait imaginé situation plus effroyable, plus barbare… Akbar Khan leur offrait une chance d'en ressortir indemnes, mais si Kit commettait la moindre erreur, le sirdar n'hésiterait pas à les jeter en pâture aux sanguinaires Ghilsai.

— Vous me forceriez à prendre sous tutelle cette femme dont vous souhaitez vous débarrasser ? A en assumer la charge à votre place ?

— Vous n'avez guère le choix, Ralston, *huzoor*. C'est ça ou la mort…

Il lança un objet dans la direction du capitaine. Un éclair d'acier dessina un arc de cercle, fendant la pénombre, et rebondit sur le sol dans un cliquetis sinistre. Une clef...

Un instant, Kit la considéra, interloqué, puis Ayesha tendit le bras et il aperçut l'argent étincelant d'un bracelet à son poignet. La clef qui ouvrait les menottes... S'il la ramassait, l'ennemi croirait qu'il avait finalement digéré l'affront. Il quitterait ces lieux honni par les spectateurs, vaincu et indigne de toute considération, et Akbar Khan sortirait vainqueur du combat, l'honneur sauf.

« Je commence à réfléchir comme un Afghan », songea-t-il en se baissant pour saisir la clef.

Les guerriers qui l'entouraient poussèrent un immense soupir de soulagement. Kit empocha la clef, décocha un bref coup d'œil à la jeune femme avant de la sommer d'un ton sec :

— Venez !

Sur cette injonction, il tourna les talons et marcha vers la sortie. Il redoutait à tout instant de recevoir un coup d'épée dans le dos. Mais il ne perçut que le pas feutré d'Ayesha derrière lui.

Ils traversèrent le couloir, sans être escortés ni même molestés, et se retrouvèrent bientôt dans la cour. Le soleil brillait haut dans le ciel.

Kit s'arrêta, imité par Annabel.

— Est-ce que je rêve ou ce qui vient de se produire est-il réel ? demanda-t-il d'une voix dénuée d'émotion, sans se retourner.

— Oui. Avez-vous compris pourquoi... ?

— Je le crois. Il ne pouvait vous rendre à votre peuple tout simplement. C'eût été admettre sa défaite.

— Exactement. Pas seulement pour lui, mais

pour tous ceux qui ont foi en lui. Un khan ne peut en aucun cas montrer de la faiblesse.

— Est-il un endroit ici où nous pourrions échapper aux regards ?

Ils n'avaient pas bougé, Kit en tête et la jeune femme voilée, de noir vêtue, à une distance respectable derrière lui.

Annabel tenta de se rappeler son dernier séjour en ces lieux, en tant qu'invitée et non pas prisonnière comme aujourd'hui.

— Derrière les écuries, peut-être. A gauche, au fond de la cour.

— Serons-nous à l'abri ? Je me sens incapable de subir une nouvelle confrontation.

— Ne vous inquiétez pas. Après une telle bataille, on nous accordera quelque répit.

Christopher grimaça. Au moins, à certains égards, le code afghan ne différait pas du sien. Pourquoi avait-il alors l'impression d'être mort ? Il suivit les directives de la jeune femme, préservant la mascarade aux yeux de tous, et bientôt, ils purent s'enlacer derrière les bâtiments des écuries. Ils ne s'étaient attiré que quelques regards furtifs, mais ceux qui les regardèrent passer ne tentèrent rien pour empêcher leur progression.

Un courant d'air froid circulait entre le rempart et les fondations de l'écurie, et leurs pieds s'enfonçaient dans une boue nauséabonde.

Ayesha défit son voile noir, et Annabel soupira d'aise.

— Je redoutais que vous ne puissiez contourner le piège, déclara-t-elle en s'adossant contre la pierre gelée. J'espérais de tout cœur que vous comprendriez ce qu'on attendait de vous.

— La foi m'a sauvé. Jusqu'ici, jamais je n'avais participé à une telle épreuve.

— Oh, *ferenghi* ! Les règles auraient-elles été trop subtiles pour vous ? Ou avez-vous jugé intolérable de prendre part à ce jeu afghan ? Auraient-ils blessé votre amour-propre ? En tout cas, cette comédie valait mieux qu'un *buzkashi*.

Kit étreignit la taille de sa compagne dans un élan passionné.

— Ma chérie, le cauchemar est terminé. Vous avez rejoint définitivement votre peuple.

— Vraiment ? bredouilla-t-elle. J'ignore ce qui va se passer maintenant. Comment réussirai-je à vivre parmi ces gens ? Je ne suis pas véritablement des leurs. D'ailleurs qui suis-je ? Tous les événements qui se sont produits depuis la retraite de Kaboul n'ont servi qu'à accentuer nos différences. Je n'ai aucun point commun avec eux.

— Faites-moi confiance. Je prendrai soin de vous.

— Vous l'avez en effet promis, Ralston, *huzoor*, taquina-t-elle. Vous vous êtes engagé devant témoins à veiller sur ma personne, ce qu'a fait Akbar Khan pendant huit ans. Je vous appartiens corps et âme. C'est vous qui détenez la clef.

Elle leva les mains, révélant les bracelets qui accrochèrent un rayon de soleil.

Tout à coup, Christopher vit rouge. Annabel le provoquait, chose qu'elle semblait particulièrement affectionner, mais la tension accumulée au cours de l'affrontement avec le sirdar ne laissait au capitaine que peu d'énergie pour résister à cette attaque perfide. Il saisit l'opportunité au vol.

Kit fourragea rageusement dans la poche de son pantalon, saisit la clef et la déposa avec violence dans la paume de sa compagne.

— Cette clef est à vous, ainsi que ces bracelets. Que vous les portiez ou non, je n'en ai cure. Je vous préviens tout de suite. J'en ai par-dessus la tête des devinettes et des sarcasmes afghans, j'ai essuyé suffisamment d'insultes ce matin pour le restant de mes jours, alors si vous cherchiez querelle, Miss Spencer, vous avez gagné.

— Je vous demande pardon. Je ne souhaitais pas me disputer.

— Bon, lâcha Kit en prenant une profonde inspiration. Je ne crois pas que le lieu ou l'heure soient indiqués pour de telles démonstrations. (Il saisit le menton d'Annabel et l'embrassa tendrement. La jeune femme resta de marbre sous son baiser, et il paniqua.) Que se passe-t-il, ma douce ?

— Rien. Je ne sais plus comment réagir dorénavant.

Depuis quand Annabel-Ayesha se trouvait-elle à court d'arguments lorsqu'il s'agissait de parlementer ou d'agir ? Aurait-elle perdu son sens de la repartie ? Sa tentative désespérée pour les sortir indemnes du guet-apens l'aurait-elle privée de ses ultimes ressources ? Sans son concours et ses instructions, il n'aurait pas déjoué les desseins machiavéliques d'Akbar Khan, et en commettant un faux pas, il les aurait plongés tête la première dans les rets du sirdar.

Le temps serait leur unique allié. Elle avait rejoint son camp d'une manière irrémédiable, sans l'avoir choisi. Il était de son devoir de l'aider à se construire une nouvelle existence, à se forger une nouvelle identité.

— D'accord, concéda-t-il en lui prenant la main. Vous êtes désorientée, mais je le suis aussi. J'ai dû subir nombre des rituels de votre pays adoptif, Anna. Maintenant, vous allez participer à l'une de nos traditions, bien particulière celle-ci.

La tirant derrière lui, il s'élança au pas de course vers le quartier des prisonniers.

— Qu'entendez-vous par là? s'alarma Annabel, en tentant de se dégager.

— Vous allez bientôt expérimenter une coutume anglaise, Miss Spencer.

— Kit, pour l'amour du Ciel! Nous ne pensions pas vous revoir, apostropha Colin qui surgit sur le seuil tandis que le capitaine approchait, traînant une femme tout de noir vêtue. Qui diable... (Colin retint sa respiration.) Annabel?

— Oui, fit Kit d'un ton bref. Et ne me demandez pas de vous décrire ce qui s'est produit, Colin, car je ne me sens pas capable de le raconter sans commettre un méfait. Où est l'aumônier?

— Soyez clair! l'invectiva la jeune femme d'une voix raffermie, en trébuchant sur les galets. Et expliquez-moi cette histoire de cérémonie!

— Le mariage, avisa Kit en faisant volte-face. C'est ainsi que nous agissons lorsque nous sommes tenus de prendre soin d'une femme. Et je ne vois aucune raison d'y déroger.

— Un mariage? s'exclama Lady Sale, en faisant son apparition sur le pas de la porte. Bonté! Grâce divine! Kit! Et votre pauvre mère?

— J'imagine qu'elle envisagerait cette union

avec un réel soulagement, Madame, argua Christopher d'une voix aussi aride que le désert.

— Je ne comprends pas ce qui vous amuse, Capitaine Mackenzie, s'insurgea la vieille dame.

— Je vous demande pardon, Madame. (Colin s'esclaffa de plus belle.) Mais vous devrez admettre que les occasions de rire sont plutôt rares de nos jours.

— Peut-être... concéda Lady Sale en se mordant la lèvre. Mais si ce mariage doit avoir lieu, il devra se dérouler en bonne et due forme. Je ne permettrai pas que sous ma juridiction les choses soient faites à la sauvette. Diantre ! Cette pauvre petite n'a rien à se mettre sur le dos pour la circonstance.

— Quelle importance ? explosa Kit, oublieux soudain des courtoisies d'usage.

Lady Sale gonfla la poitrine et afficha un air suffisant.

— Christopher ! Si votre intention est de faire de Miss Spencer une honnête femme, alors je ne peux qu'applaudir à votre sens des responsabilités. Mais je ne vous laisserai pas priver les membres de notre communauté des festivités en agissant au mépris des convenances.

Annabel s'avoua vaincue. Elle était là, gisant sur le sol, les pieds meurtris, après avoir échappé de peu à la potence, habillée comme la plus insignifiante des femmes des collines, portant l'insigne de l'adultère, relâchée du zenana d'Akbar Khan et néanmoins toujours sa captive, projetée, sans y être préparée, dans une communauté soudée à qui elle souhaitait s'identifier... et voilà qu'on argumentait sur l'organisation d'un mariage, comme si le monde en dépendait...

— Sacredieu! s'écria Kit en se prosternant aux pieds de la jeune femme. Mon cœur, comment ai-je pu manquer d'esprit à ce point? Vous êtes malade?

Lady Sale, qui ne s'offusqua pas de ce juron — preuve que la captivité avait érodé le respect des conventions —, l'écarta brutalement.

— Cette jeune femme est épuisée. Je ne sais comment nous aurions pu nous en sortir sans son concours pendant ces derniers mois... Elle a dû se sentir bien seule!

— Je vais bien, Lady Sale, la rassura Annabel. Juste un peu déroutée. (Elle tendit la main vers Christopher qui la saisit et l'aida à se relever.) Je dois ôter ces vêtements. J'ai la peau à vif. Si je regagnais le zenana, Zobayeda me dénicherait une tenue plus confortable.

— Ne dites pas de sottises, gronda Kit. Vous ne pouvez y retourner. A présent, vous ne faites plus partie du harem. Est-ce clair?

La jeune femme se crispa imperceptiblement. Il avait raison. Elle violerait les lois du zenana en y pénétrant désormais. Il était trop tard pour faire marche arrière, Akbar Khan l'avait prévenue. Pourquoi n'en ressentait-elle pas un vif soulagement? Pourquoi cette subite envie de pleurer et de se réfugier dans sa cellule? Comment parviendrait-elle à évoluer parmi ces gens avec qui elle n'avait rien en commun sinon les origines, sans possibilité d'intimité quand elle avait connu le calme et la tranquillité? Puis elle se souvint de ce sentiment de pesante solitude quand elle les observait jouant avec leur progéniture, quand elle entendait le service religieux du dimanche, quand elle venait leur rendre visite, divertissant chacun d'entre eux, palabrant et se disputant même à l'occasion… Ne brûlait-elle pas de les rejoindre ?

Elle leur tourna le dos en balbutiant des excuses et s'en fut s'asseoir en plein soleil à quelques pas de là. Bouleversé, Kit fit un pas dans sa direction, mais quelque chose dans l'attitude de la jeune femme l'en dissuada. Il sut qu'il ne devait en aucun cas briser son intimité.

— Venez, Kit, nous allons discuter des arrangements nécessaires avec l'aumônier, enjoignit Lady Sale d'un ton rassérénant. Il nous faut penser aux préparatifs d'une cérémonie aussi importante que celle-ci. Nous n'avons pas grand-chose, bien sûr, mais si nous mettons chacun d'entre nous à contribution…

Tout en devisant allégrement, elle s'engouffra dans le bâtiment.

Christopher lui emboîta le pas, n'ayant pas d'alternative pour l'instant. Colin et Shelton demeurèrent sur le seuil quelques minutes, contemplant avec désarroi la gracieuse silhouette assise à l'écart, puis ils s'en retournèrent vers leurs compagnons.

— Ayesha ?

En entendant son nom, la jeune femme s'extirpa de sa rêverie.

— Zobayeda ? Que faites-vous ici ?

La servante enroulée dans son chadri jeta des regards craintifs alentour, comme si elle redoutait de voir apparaître à tout moment un démon sous la forme d'un *ferenghi*, et déposa un ballot aux pieds d'Annabel.

— Vos vêtements... Je dois récupérer ceux que vous avez sur le dos. Ils appartiennent à la mère du chevrier.

Cette information répondait aux questions de la jeune femme.

— Une minute, s'il vous plaît.

S'emparant des effets, Annabel courut jusqu'aux quartiers réservés aux otages. Elle se débarrassa non sans plaisir de la tenue de disgrâce et enfila son confortable chalvar de laine, sa tunique et ses babouches. L'effet fut instantané. Elle se sentit revivre. Elle était de nouveau elle-même. Mais qui était-elle ? Cette question l'emplit tout à coup d'une vague d'excitation, la perspective de découvrir la solution la galvanisa. Elle sortit derechef sous le soleil éclatant d'avril et rendit le costume à la domestique.

Mais tandis que, quelques minutes plus tard, elle s'enfonçait dans la pénombre du couloir vers la communauté anglaise, toute sa belle assurance s'envola et le doute l'assaillit de nouveau. Ils étaient réunis au milieu de la pièce, plongés dans une discussion à bâtons rompus dont elle était totalement exclue. La conversation cessa lorsqu'elle entra, une manière d'indiquer qu'elle était le sujet principal de leur discussion.

— Je suis désolée d'interrompre votre réunion, murmura-t-elle, gênée, en opérant un demi-tour. Je ne voulais pas vous déranger.

— Miss Spencer... ? s'enhardit Shelton. Vous pouvez rester.

Annabel fit un vague signe de la main, qu'elle

voulait poli, et s'empressa de s'éloigner, l'esprit en déroute.

— Annabel.

La voix de Colin s'éleva dans son dos. Elle n'y prêta pas attention et continua son chemin. Il répéta alors son nom d'un ton impérieux qui la cloua sur place.

— Annabel !

Kit n'intervint pas. Il était assis sur le banc de pierre sous la fenêtre. Annabel intégrerait leur groupe de son propre chef. Jamais il ne l'y contraindrait.

— Venez vous asseoir parmi nous, ma chère, s'exclama Mrs. Anderson avec bienveillance, en désignant une chaise auprès d'elle. Nous étions justement en train de parler de votre mariage... Quelle heureuse nouvelle ! (Elle se frotta les mains d'un geste satisfait, le visage rayonnant.) Toutes les petites filles se battent pour savoir laquelle d'entre elles aura le privilège d'être votre demoiselle d'honneur.

Cette déclaration généreuse toucha la jeune femme droit au cœur. Elle esquissa un léger sourire.

— C'est très gentil de votre part, mais je ne vois pas...

— Allez, ne faites pas de manières. Venez ! s'écria Kit, un voile d'impatience dans la voix. Nous avons besoin de votre avis sur les intentions d'Akbar Khan, après la défaite de Jalalabad.

— Oui, c'est vrai, Miss Spencer, renchérit le brigadier général. Votre jugement a de la valeur à nos yeux.

Ce domaine la connaissait et elle avait coutume

de prodiguer des conseils judicieux. Peut-être que sa contribution l'aiderait à franchir le fossé qui les séparait...

— Je ne crois pas qu'il vous... nous autorisera à demeurer à proximité de Jalalabad, dit-elle en faisant un pas en avant. Il aura bien besoin d'une monnaie d'échange au cas où les événements tourneraient mal pour lui. Je présume qu'il va vous... nous envoyer là-haut dans la montagne.

— Bientôt ? s'enquit le major Pottinger.

— Sans aucun doute, assura Annabel en lançant un regard en direction de Kit. Ils sont armés et prêts à lever le camp dans la matinée, n'est-ce pas, Kit ?

— Vous avez entièrement raison, accorda-t-il d'un air sombre. Comment avez-vous récupéré vos vêtements ?

— Zobayeda me les a apportés.

Kit bondit sur ses pieds subitement, comme s'il était parvenu à une décision.

— Veuillez tous nous pardonner, mais je dois parler à Annabel.

Il traversa la pièce et se dirigea vers la jeune femme postée sur le seuil.

— Venez, ma captive, allons faire quelques pas au-dehors, lui souffla-t-il à l'oreille en la dépassant.

Elle accepta le bras qu'il lui tendait et tous deux sortirent.

— De quoi devons-nous discuter ?

Les pupilles de Christopher se rétrécirent.

— De certaines choses, en particulier. Maintenant que vos effets vous ont été rendus, je parviens à réaliser ce qui nous arrive. Nous sommes libres, Annabel.

— Pas tout à fait encore.

— Oiseau de mauvais augure ! s'exaspéra Kit. J'avais décidé que nous nous marierions dans la cathédrale St. George, dans Hanover Square, avec votre famille — que nous aurions recherchée —, la mienne et l'escorte de la Seventh Light.

— Je suis peut-être pessimiste mais vous, vous n'avez plus les pieds sur terre. Quel château en Espagne avez-vous encore bâti ? Je ne suis pas persuadée de vouloir vous épouser. Si nous possédons les mêmes origines, je ne vous ressemble pas pour autant.

— Mon cœur, si vous pensez avoir le choix quant à votre situation, je vous conseille de réviser votre jugement sur l'heure. Le mariage est votre unique recours et votre place est à présent parmi nous, que cela vous plaise ou non. Vous devrez vous soumettre à nos lois.

Ecumant d'une rage impuissante, la jeune femme jeta un coup de pied dans une pierre et l'envoya au loin.

— Nous aurons tout loisir d'évoquer ce sujet plus tard. Voyez qui s'approche de nous.

Mohammed Shah Khan, le lieutenant d'Akbar Khan, venait à leur rencontre d'un pas allongé. Comme à l'accoutumée, il était solidement encadré de son escorte armée.

Mue par son seul instinct, la jeune femme porta les mains au front mais Kit, outré par cette marque de déférence, s'empressa de la tirer par la manche.

— Plus jamais vous n'aurez à faire ce geste. Regardez cet homme droit dans les yeux.

Un frisson de panique agita la mince silhouette, mais elle dressa la tête et planta ses prunelles vertes dans le regard du nouvel arrivant, demandant en pushtu :

— Nous apportez-vous des nouvelles, Mohammed Shah Khan ?

— Les prisonniers vont devoir plier leurs affaires. Nous partons dans moins d'une heure.

— Où irons-nous ?

— Vous n'avez pas à le savoir.

Elle s'inclina et, Kit sur les talons, se hâta de regagner leurs quartiers.

— Un mariage, Ralston, *huzoor* ? Où et quand ?

23

La cavalcade reprit sous l'œil vigilant du soleil printanier, avec des bagages qui, pour certains, se résumaient à quelques biens entassés dans un ballot. Annabel chevauchait de nouveau Charlie, les femmes et les enfants étaient juchés dans les palanquins ou montaient des poneys. L'escorte silencieuse et impavide, la peur d'une destination inconnue avaient miné la parfaite harmonie qui régnait parmi les membres de la communauté britannique à Budiabad.

A Tezeen, les réminiscences hideuses du massacre de janvier dans les défilés assaillirent la mémoire de chacun. La guerre était loin d'être achevée. La victoire de Jalalabad ne les rapprochait nullement de la délivrance. A Tezeen, ils avaient par ailleurs abandonné Elphinstone, à présent trop proche de la mort pour poursuivre. Colin et le major Pottinger avaient reçu l'ordre de demeurer auprès du général.

Dans le petit village de Zandeh, le convoi fit halte. Annabel survola d'un œil inquiet l'ensemble sordide de maisons paysannes aux toits de chaume et aux murs de terre battue, disposées comme des remparts, aux fenêtres ornées de barreaux pour rebuter les éventuels brigands. Pour sa part, elle connaissait ce genre de hameaux pour y avoir séjourné lors des voyages avec Akbar Khan, mais comment réagiraient ses compagnons de route devant l'insalubrité de ces lieux ?

— Nous allons rester ici ? s'inquiéta Millie Drayton, formulant à haute voix la crainte de chacun. Mais c'est pire encore que la forteresse.

— C'est leur manière de vivre, *ferenghi*, maugréa Annabel entre ses dents.

Pour quelque raison inconnue, elle ne se sentait pas la patience d'écouter des complaintes. Tous les Anglais ronchonnaient, avec plus ou moins d'humour certes, sur les conditions auxquelles ils étaient exposés, mais tout à coup, elle réalisait que leurs critiques incessantes visaient le sort immuable de la majeure partie du peuple afghan, luttant jour après jour pour se maintenir entre la vie et la mort. Parfois, les jérémiades et les gémissements l'irritaient au plus haut point.

La jeune femme mit pied à terre et engagea une conversation avec l'escorte. Christopher l'observait à la dérobée, notant que si elle ne baissait plus les yeux en signe de soumission, elle ne s'en comportait pas moins avec déférence. Cette découverte le faisait enrager tout autant que le comportement qu'elle adoptait avec les siens.

— Six des villageois se sont vu réquisitionner leur demeure pour que nous puissions nous y installer, lança-t-elle à l'adresse de Shelton. Cet arrangement requiert de leur part et de celle de leur famille de considérables sacrifices, alors je vous suggère d'accepter leur abri avec la gratitude qui se doit.

— Combien de temps devrons-nous demeurer ici ?

Elle haussa les épaules avec ignorance.

— Ils ne nous le diront pas. Je suppose qu'ils l'ignorent eux-mêmes. Cela dépendra certainement de la manière dont les choses évolueront pour Akbar Khan. Les villageois ont également eu l'ordre de nous nourrir. Ceci ne doit pas les emplir de joie de savoir que le fruit de leur dur labeur ira tout droit dans le ventre des *ferenghis* alors qu'ils n'ont même pas assez à se mettre sous la dent. J'insiste pour que vous disiez à votre peuple de faire montre d'une extrême prudence tout au long de son séjour ici.

Kit sentit le dernier pan de sa patience s'effondrer tandis qu'il décelait l'irritation de Shelton à se voir parler sur ce ton. Il sauta à terre.

— Veuillez excuser Annabel, Shelton, avisa-t-il sèchement.

Le brigadier général murmura quelques paroles conciliantes cependant qu'Annabel s'empourprait jusqu'à la racine des cheveux.

— Comment osez-vous présenter des excuses à ma place ?

— Il est temps. Grand temps. Cessons ces inepties, n'est-ce pas ?

La prenant par le coude, il la tira sur le chemin boueux qui traversait le village en direction d'un bouquet d'arbres rabougris, tordus par les rafales de vent, à l'orée des habitations. L'escorte ne leur accorda pas un seul regard. Où se réfugieraient deux personnes sans armes ? Nulle part, ici dans ces montagnes...

Les otages promenèrent un coup d'œil sur le cercle d'hommes de Zandeh qui fixaient avec hostilité et incompréhension les visiteurs infidèles et indésirables. Il n'y avait pas une seule femme en vue, et pourtant ils sentaient leurs regards braqués dans leur dos. Cette assistance n'était pas pour les rassurer.

A quelques mètres de là, sous le couvert protecteur des arbres, Kit et Annabel se faisaient face.

— Je me suis montré particulièrement patient mais vous avez dépassé les bornes. Que cherchez-vous, Annabel ?

— Chercher ? (Elle lui tourna le dos, en le congédiant d'un geste.) Je ne comprends pas.

— Regardez-moi lorsque je vous parle, arrogant lynx aux yeux de jade !

A son corps défendant, elle fit volte-face.

— Loin de moi le désir de vous offenser, Ralston, *huzoor*.

— Oh, non ! Vous ne vous en sortirez pas comme cela. Ne m'appelez plus jamais ainsi et que je ne vous entende plus prononcer le mot «*ferenghi*». Et maintenant, qu'attendez-vous de moi?

— De vous? Pourquoi voudrais-je quelque chose de votre part? Ou de la part de quiconque d'ailleurs?

— Parce que je vous aime, créature diabolique! (Il la saisit par les épaules et la secoua comme il rêvait de le faire depuis plusieurs jours.) Quand les gens s'aiment, ils veulent donner et recevoir. Vous saisissez?

— Ce n'est pas facile de comprendre quoi que ce soit lorsqu'on a l'impression que sa tête va se détacher des épaules. Je vous en prie, cessez.

— Oh, ciel! (Excédé, il la plaqua violemment contre son torse.) Je savais qu'un jour vous réussiriez à me faire sortir de mes gonds.

Christopher repoussa la mèche flamboyante qui barrait le front de sa compagne, suivit les contours de son visage avec sa paume, tentant d'imprimer dans sa mémoire les lignes délicieuses de ce fin minois, dans une soif de reconquérir ce trésor qui lui échappait.

— Anna... ma chérie, vous devez m'aider. Dites-moi ce qu'il faut que je fasse pour que nous soyons heureux.

La jeune femme devina la tristesse désespérée sous cette requête et, tout à coup, comprit combien elle s'était montrée égoïste.

— Je crois que vous devriez peut-être me secouer encore. Je ne sais comment vous êtes parvenu à me supporter... ou pourquoi. Ma conduite a été inqualifiable.

Le jeune homme recula d'un pas et scruta d'un air incrédule sa compagne.

— A quel jeu vous amusez-vous à présent ?

— Oh, c'est injuste ! Je vous offre mes plus humbles excuses et vous, vous m'accusez de jouer.

— Vous devez quand même avouer que votre changement est plutôt subit. Si un accès de violence peut accomplir de tels miracles, quel serait le résultat de judicieux ébats amoureux, je m'interroge !

— Peut-être devriez-vous tenter l'expérience, souffla-t-elle en se lovant contre lui et glissant les bras autour de son cou.

Elle se mit sur la pointe des pieds et approcha ses lèvres de celles de Christopher.

— Je ne refuse jamais un défi, question d'honneur. Si nous avons du public, tant pis pour lui !

Annabel s'esclaffa, d'un rire délicieusement sensuel qui éveilla le désir de son compagnon. Les prunelles de jade brillaient d'impatience tandis qu'un sourire démoniaque étirait les lèvres purpurines. La jeune femme se laissa attirer par Kit sur le tapis d'herbe.

— Le sol est mouillé, gémit-elle en plaisantant comme le jeune homme délaçait la ceinture de ses pantalons bouffants, offrant ses hanches pleines à la nature humide.

— Il est facile d'y remédier, allégua Kit en se débarrassant de ses caleçons et s'allongeant près d'elle. (Passant un bras sous la taille fine, il fit rouler la jeune femme sur lui.) Et là, c'est mieux ?

— Beaucoup mieux. Mais supposez que quelqu'un nous découvre, chuchota-t-elle malicieusement.

— Pour l'amour du Ciel, cessez d'ergoter! Vous êtes impossible!

Elle se tut comme par miracle et tous deux goûtèrent cérémonieusement au fruit de l'amour dans une danse célébrant les sens.

— Je suis à vos ordres, roucoula-t-elle, quelques instants plus tard. Vous êtes insatiable.

Il ferma les yeux et se laissa dériver dans le tourbillon glorieux de la passion, refermant ses doigts sur la croupe ronde de sa compagne, l'arquant vers lui pour atteindre avec elle les cimes de l'extase.

— Oh, mon Anna, souffla-t-il d'une voix rauque. Vous m'avez manqué. Vous êtes un génie du plaisir...

— Et pas seulement une femme égocentrique, têtue et capricieuse?

— Si, aussi... taquina Kit gentiment. Mais pas tout le temps, heureusement. Dépêchons-nous maintenant, habillons-nous. Les gardes doivent être à notre recherche.

Il enfila ses effets à la hâte et contempla la jeune femme qui resserrait sa tunique et coinçait une mèche rebelle dans sa longue tresse rutilante.

— Annabel?

— Oui? (Elle leva les yeux vers son compagnon et se rembrunit.) Que se passe-t-il? Vous êtes livide.

— Je suis sur le point de négocier un ultimatum.

— Est-ce raisonnable?

Elle dissimula ses sentiments derrière un masque impassible et considéra Kit calmement.

— Je n'en sais fichtre rien. Mais c'est la seule manière pour moi d'être en paix avec ma conscience.

— Alors ?

— Un mariage. Maintenant.

— Et si je refuse ?

Il exhala un long soupir et se frotta les yeux d'un geste las.

— Alors, je saurai que l'amour que je vous porte n'est pas payé de retour. Je ne peux pas vivre avec vous sans cela, Annabel. Mais si tel est le cas, alors je vous promets de vous aider à vous établir quelque part lorsque... si nous sortons vivants de cette aventure.

— Vous refusez de faillir à vos responsabilités, en d'autres termes. A la manière des véritables gentlemen anglais.

Elle tourna autour de son poignet les bracelets qu'elle portait.

— Enlevez-les, alors !

— Donnez-moi la clef.

— La voici, fit-elle en l'extirpant de la poche de son chalvar.

Elle présenta ses poignets à son compagnon et il ouvrit les fermoirs.

— Est-ce votre réponse ?

— D'une certaine manière, oui.

— Quelle créature compliquée faites-vous ! Allons de ce pas trouver l'aumônier.

Lady Sale les regarda avec de gros yeux ronds lorsqu'ils rejoignirent leurs compagnons d'infortune qui attendaient leur gîte.

— Je constate que vous avez fini par trouver un arrangement, avisa la vieille dame.

— On peut le dire, Madame… Annabel, où allez-vous ?

— Parler au aksakai. Peut-être parviendrai-je à amadouer les esprits furieux.

— Le brigadier général s'en est déjà chargé, fit Lady Sale, qui coula un regard en biais en direction des deux jeunes gens cependant que Kit dévorait Annabel du regard à la manière d'un chasseur redoutant de perdre une proie de premier choix.

— Oui, mais peut-être n'a-t-il pas tout compris, se justifia la jeune femme d'un ton aimable. Kit, je reviens tout de suite.

— Lady Sale, savez-vous où je pourrais trouver l'aumônier ? Je souhaiterais m'entretenir avec lui au plus vite.

— Eh bien, je pense qu'il était temps, commenta la vieille dame, devinant sans peine les intentions du capitaine. Mais je préférerais que nous organisions une petite fête. Je dois bien ça à cette pauvre Letty.

— Je crois que ma mère comprendrait parfaitement les circonstances, assura Kit d'une voix apaisante.

Lady Sale serra les lèvres mais ne semblait pas le moins du monde mécontente lorsqu'elle s'éloigna.

— Annabel, si vous continuez à vous agiter ainsi, nous allons tomber une nouvelle fois.

Kit agrippa le poignet de la jeune femme tandis qu'elle s'agitait comme un beau diable pour se libérer.

— Encore ? (Elle s'essuya le front d'un geste exagéré.) Que Dieu nous en préserve ! (Mais ses yeux souriaient avec espièglerie.) Je n'essaie pas de prendre la clef des champs, mon amour. Où pourrais-je aller, même si je souhaitais vous échapper ?

— Et vous ne le souhaitez pas ?

— Je ne vous l'ai pas suffisamment prouvé ?

— Si, d'une certaine façon, lui lança-t-il en la relâchant. Mais j'ai si peur que notre mariage n'ait pas lieu ! Désolé, je ne peux calmer mes craintes.

— Rien n'empêchera cette union. L'avenir qui nous sera réservé plus tard me paraît bien plus incertain.

— Nous verrons cela plus tard. Je vais aller chercher l'aumônier. Arrangez-vous pour être là lorsque j'aurai besoin de vous.

— Oui, Ralston, *huzoor,* ironisa-t-elle. Votre épouse vous attendra bien sagement. Par malheur, je n'ai pas réussi à dénicher un voile.

— Vos plaisanteries sont du plus mauvais goût.

Annabel se contenta de rire et s'éloigna sur le chemin. Si un mariage rendait Kit heureux, alors de quel droit l'en priverait-elle ? Ils s'aimaient, et la bénédiction d'un homme de foi n'y changerait rien, mais ces conventions rassuraient Christopher. Brusquement, elle sut que la Destinée n'en avait pas fini avec eux. Ils seraient peut-être libres de vivre aux côtés l'un de l'autre, mais dégagés de toute entrave... ? Non, derrière la simple façade de la captivité, se terrait quelque chose de plus grave, quelque chose qu'elle ne parvenait pas à définir avec des mots.

Elle leva les yeux sur les silhouettes enneigées des montagnes qui encerclaient le village. Un minuscule papillon virevoltait autour d'une touffe de primevères. Le soir tombait, baignant le village d'une lumière délicate et tranquille, métamorphosant laideur et misère. Une nuit rêvée pour la célébration d'un mariage...

Elle cueillit un bouquet de marguerites blanches et les tressa en couronne, se remémorant les doux souvenirs de son enfance à Peshawar. Puis elle fit demi-tour et rentra au village.

Une agitation fébrile mais allègre régnait sur la communauté anglaise. Lady Sale distribuait ses ordres à qui voulait bien l'entendre, sans épargner Kit qui ne semblait pas en prendre ombrage. Une vague d'excitation s'était emparée de chacun. Ce n'était pas tous les jours qu'on organisait une fête...

— Mais où se cache la future épouse? s'égosillait le brigadier général Shelton.

— Ici.

Annabel s'approcha, une couronne de fleurs posée sur l'or roux de ses longs cheveux qui tombaient en cascade sur ses épaules. Sans mot dire, Kit lui saisit la main et elle le suivit, un sourire radieux aux lèvres.

Un curieux silence s'abattit sur le groupe. Les habitants sortirent de leurs huttes pour assister aux bouffonneries étranges des infidèles. Le soleil en fin de course incendiait les cimes des montagnes, irradiant le village d'une douce luminosité.

L'aumônier prit la parole d'une voix haute et claire qui se répercuta à l'infini, conférant à la nature une solennité quasi religieuse. Les mots s'élevèrent, riches de promesses et d'espoir pour le futur. Les célébrants prononcèrent leurs vœux sans hésitation, et si Annabel invoqua promptement la Destinée, ce fut dans un murmure inaudible.

Cette nuit-là, Christopher Ralston s'allongea avec bienséance aux côtés de son épouse légitime sur un grabat dans une hutte de torchis infestée par la vermine. Annabel, bénissant son habileté à ignorer de tels inconforts, s'endormit immédiatement, cependant que Kit se tournait et se retournait sans trouver le sommeil. St. George, Hanover Square ! La comparaison absurde lui arracha un sourire. Entourant d'un bras protecteur la silhouette profondément assoupie, il se pelotonna contre elle sous le drap élimé qui les recouvrait et rejoignit sa compagne dans l'univers des songes.

Deux semaines plus tard, Annabel pénétrait dans la masure qui servait de salle commune.

— Il semblerait que nous reprenions la route, informa-t-elle d'un ton prosaïque. Les gardes ont reçu un message d'Akbar Khan. Selon toute évidence, il a gagné du terrain à Kaboul et il veut nous rapprocher de la ville pendant qu'il attend patiemment les intentions des généraux britanniques à Jalalabad et Kandahar.

— Rien ne sera pire que cet endroit, déclara Mrs. Armstrong au nom de tous. Quand partons-nous ?

— Dans une heure, si nous avons fini d'empaqueter nos effets.

La plaisanterie fut saluée par des sourires forcés.

— Shir Muhammed a évoqué la forteresse d'Abdul Rahim. C'est à environ trois miles de Kaboul, et si ce lieu s'avère notre destination finale, je connais des endroits bien moins confortables.

— Propre ? s'enquit Lady Sale.

— Et spacieux, répondit Annabel avec un éclair de malice dans les yeux. Avec un accès direct à la rivière et des jardins d'agrément. Akbar Khan se soucie bien plus de votre confort que vous ne le pensez. (Elle réalisa qu'elle venait de commettre une bévue mais il était trop tard pour y remédier.) Vous... nous... moi...

Kit ne paraissait pas lui en tenir rigueur. Il souriait d'un air complice, témoignant du plaisir secret qu'il avait développé depuis leur mariage, comme s'il avait remporté une victoire de première grandeur. On aurait dit un enfant radieux qui vient de gagner un prix. La jeune femme eut soudain envie de se jeter dans ses bras et de l'embrasser.

Le convoi s'ébranla de nouveau, chacun remerciant le Ciel d'abandonner derrière lui Zandeh et caressant la perspective de conditions de détention améliorées. Etrangement, ils ne considéraient plus leur captivité comme temporaire et leur liberté comme le but suprême de leur existence. Ils vivaient au jour le jour, se souciant de détails matériels tels que la nourriture, l'hygiène et livrant une bataille incessante pour le maintien des règles de courtoisie et de conduite, dans le but d'offrir l'exemple à leur progéniture qui s'égarait de temps à autre sur la pente de la bohème.

Pour le plus grand amusement d'Annabel, Kit avait pris sous son aile le sort d'un garçonnet turbulent, toujours à l'affût des bêtises. La mère de cet enfant se débattait entre les griffes de la maladie et son père était décédé à Khoord Kaboul. Edmund Marten, ce hardi petit bonhomme, s'évertuait à faire tourner en bourrique la plupart des adultes éreintés et les bambins pleurnicheurs. Moins il comptait de compagnons de jeux autour de lui, plus il devenait désagréable.

Le surprenant en train de flageller les cuisses d'une fillette frêle avec une branche de ronce épineuse, Kit lui avait flanqué une fessée monumentale et l'avait puni en l'assignant dans un coin avec l'ordre de ne pas en bouger.

— Quelqu'un doit prendre en main ce garnement, fit-il pour se disculper quand Annabel haussa un sourcil inquisiteur. Il faut cesser de le traiter comme un paria.

— Absolument, accorda-t-elle sereinement, en observant l'enfant qui donnait des coups de pied et crachait, avec ce qu'on pouvait appeler de l'ingratitude, sur la main qui le retenait par le col de la chemise. Que suggérez-vous ?

Kit la regarda un instant et ses traits se crispèrent soudain.

— J'ai l'horrible impression que je serais moi aussi devenu un chenapan dans de pareilles circonstances.

— Non, certainement pas ! récusa-t-elle avec emphase. Vous deviez être un véritable ange aux boucles d'or.

Christopher hocha la tête tristement.

— Voilà bien le problème. J'étais gâté à

l'extrême, et je n'ose même pas imaginer ce qui se serait passé si mon entourage avait tout à coup cessé de me prodiguer ses attentions. Arrête de brailler ainsi, Edmund ! Je ne m'entends même plus parler.

Contre toute attente, le garçonnet se tut. Il renifla bruyamment et s'essuya le nez du revers de sa manche. Comme les mouchoirs avaient été relégués depuis des lustres aux oubliettes, personne ne se formalisa de son geste.

— Vous m'avez frappé, accusa l'enfant d'un air boudeur. Je le dirai à ma mère lorsqu'elle ira mieux.

— Oui, surtout n'oublie pas de tout lui raconter, plaisanta Kit en riant sous cape. Mais tu l'as bien cherché. Pourquoi ne m'accompagnerais-tu pas jusqu'au ruisseau pour chatouiller un peu le poisson ?

— Je viens avec vous, intervint Annabel.

— Les ladies ne pêchent pas, statua Edmund.

— Celles que tu connais peut-être pas, mais moi si.

— Les ladies ne portent pas de pantalons non plus.

La jeune femme s'esclaffa joyeusement.

— Un point pour toi, petit chenapan ! Mais qui te parle de ladies ?

A partir de cet après-midi-là, ils formèrent un trio inséparable. Edmund mangeait avec le jeune couple, dormait dans un coin de leur chambre et suivait Kit comme une ombre. Lorsqu'il devenait exécrable, le capitaine le repoussait comme une vulgaire mouche agaçante et petit à petit, le garçonnet s'assagit. Annabel était à la fois intriguée et émue par cette nouvelle facette de la personnalité de son époux. Il lui avait répété à maintes reprises que les enfants l'ennuyaient à mourir et la perspective de créer sa propre progéniture l'emplissait d'angoisse, bien qu'il consentît à assumer un jour son rôle de père avec son futur héritier. « Kit, songeait-elle avec joie, révélerait indéniablement des talents cachés au royaume de la paternité... si un tel royaume se devait d'exister dans l'avenir. »

A présent, cependant qu'ils s'éloignaient de Zandeh, Edmund chevauchait auprès de Christopher, jacassant comme un enfant de huit ans. Annabel l'écoutait d'une oreille distraite. Elle était convaincue que les événements s'apprêtaient à être bouleversés, mais serait-ce en bien ou en mal ? Elle l'ignorait. La solution ne tarderait pas à se présenter. Si Akbar Khan gagnait effectivement du terrain, alors leur emprisonnement serait de courte durée. Si au contraire il était repoussé, alors il ne les lâcherait pas avant la fin des temps. Mais le fait qu'il les rapproche de Kaboul était de bon augure. Peut-être que, finalement, ils pourraient quitter l'Afghanistan vivants. Et alors que ferait-elle ? Jouer Mrs. Christopher Ralston dans les réceptions ? Assister à des soirées ? A quel monde appartenait-elle ? Tant qu'elle ne le découvrirait pas, elle ne serait pas en paix avec elle-même.

— Rêveuse ?

La voix de Kit, badine et pourtant quelque peu anxieuse, l'arracha à ses pensées.

— Pas le moins du monde.

— Menteuse.

— Pourquoi Annabel ment-elle ? interrogea Edmund, aiguillonné par la curiosité.

— Je ne mens pas. Je me demandais simplement comment serait notre nouvel abri.

— Menteuse, répéta Kit dans un souffle.

Elle ne prit même pas la peine de se défendre cette fois-ci. Que faisait-elle après tout, sinon réfléchir à une nouvelle vie dans un autre cadre ?

Le bruit terrifiant des fusillades parvint jusqu'au cortège épuisé lorsqu'il arriva en vue de Kaboul. Les forces d'Akbar Khan tiraient sur Balla Hissar où le fils du shah Soojah, en qualité de successeur, tentait tant bien que mal de maintenir sa position.

— Il est difficile de croire que nous avons enfin fermé la boucle depuis le mois de janvier, commenta Kit tout haut. J'étais persuadé de ne jamais revoir ces murs un jour.

Tant de morts gisaient entre le début et la fin de ce voyage en enfer, s'attristait Annabel en son for intérieur. Peut-être étaient-ils condamnés à errer dans ce pays hostile jusqu'à la nuit des temps… Elle imputa sa mélancolie passagère à l'immense fatigue qui l'habitait.

Le fort d'Abdul Rahim se révéla au-dessus de toutes leurs espérances. Le zenana fut attribué aux prisonniers, avec son enfilade de chambres toutes aussi confortables et luxueuses les unes que les autres et ses jardins intérieurs disparaissant sous une profusion luxuriante de fleurs. Ils furent autorisés à se rendre à la rivière serpentant derrière les remparts de la forteresse. Après l'âpreté et l'insalubrité de Budiabad et de Zandeh, ce lieu leur apparut tel un véritable paradis.

La mère d'Edmund recouvrait peu à peu ses forces et les Ralston durent se résigner à se séparer du garçonnet. Toutefois, Kit continua à garder un œil sur lui, ayant la main encore leste lorsque l'enfant profitait de la fragile convalescence de sa mère.

Par un chaud matin d'août, Akbar Khan vint au fort. Annabel se trouvait dans le jardin, occupée à enseigner des rudiments de persan aux enfants quand Mohammed Shah Khan la convoqua aux appartements du sirdar.

Sa première réaction fut un sentiment de panique. Que lui voulait-il ? La manière dont il l'avait mise au rebut ne présageait aucune amélioration dans leurs relations. Et puis, une idée lumineuse se fit jour dans son esprit. La plaie, qui telle une blessure refusait de guérir et la tourmentait jour après jour... Akbar Khan détenait le remède... Lui seul saurait lui rendre la liberté.

Comment devrait-elle se présenter ? En tant qu'Ayesha ou Annabel ? Il avait congédié Ayesha mais il ne connaissait pas Annabel. Tout à coup, elle sentit le regard de Christopher dans son dos. Il se tenait derrière le lieutenant d'Akbar Khan, observant un mutisme buté, mais son silence était aussi éloquent que des paroles. Elle était son épouse... Akbar Khan ne représentait plus rien pour elle... à moins que... ?

— Accordez-moi quelques minutes pour me préparer, fit-elle à l'intention de Mohammed Shah Khan, avant de se lever et de regagner sa chambre.

Kit lui emboîta le pas.

— Annabel, vous n'êtes pas obligée d'obéir à ses injonctions.

— Vous vous leurrez, Kit. (Elle avait atteint la pièce qu'ils partageaient avec deux autres familles.) Nous sommes toujours ses prisonniers.

— Il n'a plus aucun droit sur vous.

Le jeune homme demeurait sur le seuil, barrant de son corps la sortie, tentant de dissimuler l'espoir désespéré qu'elle refuserait de répondre à l'invitation.

— S'il désire discuter des problèmes des otages, qu'il s'adresse alors à Shelton.

— Kit, il faut que j'y aille, articula-t-elle avec peine, espérant le convaincre sans l'inquiéter. Il ne peut peut-être plus revendiquer de droits sur moi, mais certains points demeurent à éclaircir. J'entendrai ce qu'il a à me dire.

— Très bien. Si vous y allez, je viens aussi. Vous êtes mon épouse, et je requiers la permission de vous accompagner.

La jeune femme se rembrunit.

— C'est totalement ridicule. Akbar Khan ne me veut aucun mal. De quoi avez-vous peur ?

Comment aurait-il pu lui expliquer ce qu'il ne parvenait pas lui-même à se définir ? Il craignait de la perdre... que les liens sacrés du mariage ne suffisent pas à la retenir. Ils n'avaient pas eu l'occasion de se découvrir l'un l'autre. Les explorations privées et les négociations intimes qui les aideraient à trouver ensemble un but à leur vie ne s'étaient pas présentées. Les chaînes qui les unissaient avaient été forgées dans l'enfer de la passion. Et à supposer que le métal ait refroidi et se soit désagrégé à l'air ?

Il pivota sur ses talons.

— Faites comme bon vous semble, Annabel.

— Oui, je le dois. Puis-je vous emprunter une chemise ?

Ces mots le firent bondir et il se retourna, la transperçant d'un regard glacial.

— Vous avez perdu la tête ! Je ne permettrai pas à ma femme de se voiler devant un chef tribal !

— Kit, je souhaite seulement observer le protocole, murmura-t-elle en se mordant la lèvre. Nous sommes sur le territoire d'Akbar Khan et tenus de respecter ses coutumes. Je ne peux offenser ces traditions. Si le *ferenghi* avait accepté cette règle du jeu dès le départ, nous n'en serions pas là aujourd'hui.

— Que vous rendiez visite à cet homme, passe encore, mais je vous interdis de porter le voile. Vous êtes dorénavant une *ferenghi* et il est hors de question que vous baissiez les yeux devant qui que ce soit. Soyez polie, si vous le désirez, mais promettez-moi de vous comporter comme une Anglaise. Si vous refusez, sachez que tout sera fini entre nous.

Ces paroles le mortifiaient lui-même mais il n'avait pas le choix. Si Akbar Khan avait encore de l'emprise sur l'âme de la jeune femme, l'heure était venue de l'apprendre. Qu'il la maintienne encore sous sa coupe parce que la chrysalide s'était transformée en femme sous ses yeux… Kit n'avait pas la force de le supporter. Un mélange de peur, de dépendance et… d'attirance l'avait longtemps asservie à Akbar Khan mais à présent, elle devait affronter avec courage cette femme illusoire née sous les doigts du chef rebelle afin de permettre à la véritable Annabel d'exister.

La jeune femme se brossa vigoureusement les cheveux et regagna le jardin où l'attendait patiemment l'homme d'Akbar Khan.

— Je suis prête.

Kit se réfugia à l'ombre d'un genévrier et regarda son épouse s'éloigner, de cette démarche gracieuse et fluide qui l'avait séduit dès le premier instant, sa longue chevelure de feu accrochant la lumière du soleil. Gagnerait-il ?

Le lieutenant d'Akbar Khan poussa la porte du salon, une pièce aux murs tapissés de fastueuses tentures et parsemée de divans bas aux brocarts d'or et d'argent. Akbar Khan était assis sous la fenêtre ouverte. Les prunelles saphir détaillèrent minutieusement la nouvelle arrivante tandis qu'elle s'approchait lentement, le visage découvert.

— *Mandeh nabashi*, Akbar Khan.

— *Salaamat bashi*, Ayesha.

— Vous me paraissez bien las.

— Je suis en effet harassé. Mais parlons plutôt de toi. Es-tu parvenue à tisser la trame de ta nouvelle vie ? As-tu réussi à appréhender l'essence même de leur peuple ?

— Je suis des leurs.

— Ah ! Tu as découvert le bonheur dans les bras de Ralston, *huzoor* ?

— Tout autant qu'il est possible de connaître la joie, s'enflamma-t-elle en toute sincérité, en saisissant un siège sur l'ottomane aux pieds du sirdar comme si c'était la chose la plus naturelle du monde, ce qui en vérité l'était.

— Les Britanniques ont l'intention de venir en renfort de Kandahar et Jalalabad. La guerre sera bientôt terminée. Nous avons expulsé le fils du shah Soojah et les marionnettes anglaises seront détrônées. J'imagine qu'il y aura des négociations à Kaboul… négociations qui conduiront les *ferenghis* à quitter le territoire. (Un rictus sardonique déforma sa bouche.) Je parie qu'ils exigeront des compensations avant de capituler.

— Que va-t-il advenir de nous ?

— Je n'ai pas l'intention de faire du mal à l'un d'entre eux, déclara-t-il en haussant les épaules avec négligence. Qu'ils soient secourus ou demeurent prisonniers reste à voir.

— Vous dites « ils ». Et moi ?

— Ah, Ayesha ! Ce sont simplement les habitudes qui reviennent ! Tu ne m'appartiens plus. Mais laisse-moi te confier quelque chose. Jamais tu ne feras partie de leur univers non plus.

— Je dois donc trouver ma propre voie, n'est-ce pas ?

Il opina du bonnet.

— C'est un secret entre toi et moi…

— Et puis, il n'y a plus de vous et de moi, plus de nous, acheva-t-elle en se remettant sur ses pieds avec grâce. Un adieu ?

— Oui, Ayesha. Souviens-toi des mots de Khayyam. Ils t'aideront à trouver ton chemin.

La jeune femme le quitta, la gorge nouée par l'émotion. Elle était libre, le passé irrémédiablement enfoui dans sa mémoire, présent mais indolore…

Au lieu de retourner au zenana, elle s'en fut jusqu'à la berge de la rivière. Les larges galets scintillaient sous l'eau merveilleusement claire. Un tapis lumineux de boutons-d'or ornait la rive, fêtant le renouveau de la nature. L'endroit était désert mais elle aurait agi de même si elle n'avait pas été seule. Elle ôta ses babouches, se déshabilla entièrement et releva ses longues boucles en un chignon avant de pénétrer dans la rivière.

Elle fut saisie par l'eau glacée. Le cours d'eau naissait au cœur même des montagnes et le soleil torride de l'été ne parvenait qu'à faire fondre la glace en surface. Néanmoins, elle ne put retenir une exclamation, et Kit, que ses pas avaient conduit non loin de là, pouffa de rire, en dépit de l'anxiété qui l'avait mené sous les fenêtres d'Akbar Khan et l'avait incité à suivre la jeune femme, effrayé à l'idée de devoir affronter la réalité et pourtant, sachant qu'il ne pouvait s'y dérober.

Il se régala un long moment du spectacle qu'elle offrait, avançant précautionneusement, sirène envoûtante, apparition ensorcelante... Elle rassembla tout son courage pour plonger et bientôt, un bras de nacre blanche fendit les flots, irisé dans la lumière de l'astre du jour.

C'était comme au jour de leur première rencontre. Elle se baignait. Il se dirigea vers la pile de vêtements, tournant le dos à la rivière.

Il sentit brusquement des bras réfrigérants s'enrouler autour de son cou, l'assaillant par surprise.

— Ne bougez pas, *ferenghi* ! s'exclama Annabel d'une voix féroce.

D'un geste rapide, il emprisonna les bras de

son agresseur et plaqua le corps ruisselant de perles d'eau contre son torse.

— Cette fois, vous n'avez pas de stylet, s'esclaffa-t-il, en frissonnant. Mais vous pourriez me faire mourir de froid ! Vous êtes folle, Annabel !

Il la libéra et lui fit face.

— Oui, c'est ce dont j'avais l'impression. Je voulais purifier les souvenirs.

— Lesquels ?

— De ténébreuses réminiscences, les derniers pans d'une vie passée...

— Vous êtes libre à présent ? s'enquit-il en plantant son regard dans les prunelles de jade.

— Oh, oui, Christopher Ralston ! Libre et quitte ! Le jorchi a chanté pour nous. (Son rire cristallin s'éleva haut dans le ciel et elle lui prit la main.) Venez courir avec moi ! Les rayons du soleil sécheront mon corps...

Le tirant derrière elle, elle s'élança et courut le long de la rivière, ses cheveux dénoués ruisselant en une pluie d'or sur son dos, nymphe dans sa splendide nudité émergeant des eaux...

A bout de souffle, Annabel s'arrêta et se laissa choir sur le tapis de mousse qui s'étalait devant elle, l'invitant à s'y reposer. Kit s'agenouilla et admira une fois encore le corps lisse, soyeux et étincelant sous ses yeux.

— J'ai longuement réfléchi, annonça-t-elle sur le ton de la confidence. Et une idée a germé dans mon esprit.

— Oh ! Vous distrairais-je dans vos explications si je vous cajolais... ?

— Certainement, mais je crois que vous seriez tout autant déconcentré que moi.

— Pour être honnête, j'y compte bien, accorda-t-il avec entrain. Mais je vais faire un effort pour ne pas me disperser. Racontez-moi tout.

— Eh bien, lorsque nous quitterons ce pays...

— Vous pensez sérieusement que cela se produira ? interrompit-il, agaçant du bout des doigts la pointe rosée de son sein au galbe parfait.

— Oui. Akbar Khan m'a avoué que ce n'était plus qu'une question de jours à présent. Que nous soyons délivrés ou restitués, nous serons en tout cas libres, d'après les propos que j'ai recueillis.

— Ainsi quand nous déserterons l'Afghanistan... répéta-t-il, incapable de dissimuler le bonheur qui déferlait en lui, chaque pore de son corps buvant cet élixir comme une jarre en terre qui absorbe instantanément l'humidité de la vie.

La jeune femme lui parlait comme jamais elle ne s'était exprimée, avec l'assurance et l'acceptation d'un avenir qu'ils partageraient loin d'ici.

— J'aimerais visiter tant de contrées... celles qui me faisaient rêver, enfant. La Chine, le Tibet et l'Egypte. Puis la Perse et peut-être l'Afrique...

— Doux Jésus ! J'ai épousé une nomade.

— Et cela vous contrarie ?

— D'être marié à une nomade ?

— Non, ce n'est pas ce que je voulais dire... enfin par extension, si, peut-être... Mais il y a tant de merveilles à découvrir dans le monde, tant de peuples à comprendre et à aimer. Je veux tous les découvrir. (Elle tendit les bras dans un geste d'amour universel, désignant l'infini.) Et vous ? Cette idée vous séduit-elle ?

— Lady Hester Stanhope a de toute évidence trouvé un successeur, observa-t-il, espiègle. Les nomades ont-ils eux aussi des bébés ?

— Je suppose que oui. Sinon, comment expliquer ces milliers de petits nomades qui ne demandent qu'à devenir grands ? De toute manière, nous ne pourrions concevoir des enfants ordinaires, n'est-ce pas ?

— Ce serait impossible, effectivement.

— Alors, ce projet ? persista-t-elle, avec une note d'anxiété dans la voix. Vous plaît-il ?

Kit s'accorda un instant de réflexion avant d'acquiescer. Il se pencha sur elle, et la considéra gravement.

— Mais n'avez-vous aucune envie de vous rendre en Angleterre, Anna ?

— Pas tout de suite. Je crains de ne pouvoir me faire à cette idée, Kit. Mais si vous devez y retourner, je suppose alors que je...

— Non, pas du tout, coupa-t-il. J'ai évoqué une visite. Je ne vous demande pas d'y vivre, ma douce.

— Oh ! (Elle se dressa sur son séant et enveloppa son mari d'un regard énamouré.) Eh bien ! Je ne m'opposerai pas à une visite puisque je ne connais pas ce pays. Et puis, vos parents seront ravis de vous revoir.

— Sûrement. Ils souhaiteront aussi rencontrer ma femme.

— Oh, mon chéri... souffla-t-elle en exhalant un long soupir. Pourrions-nous commencer par le Tibet ?

— Où vous voudrez, ma tendre colombe. Tant que je serai à vos côtés...

— Merveilleux ! Et si nous tentions maintenant de gravir cette montagne là-bas, là où les aigles dorés construisent leur aire ?

— Fermez les yeux, je vous y emmène.

Elle l'encercla de ses bras et arqua son corps assoiffé vers l'homme de sa vie.

— Vous ne m'avez jamais déçue, Ralston, *huzoor*.

— Tant que je vivrai, mon lynx aux yeux de jade, jamais je ne m'y risquerai…

Note de l'auteur

Le 17 novembre 1842 à midi, les otages britanniques passèrent sous la garde de Sir Richmond Shakespear, chargé d'assurer leur libération. La résistance afghane fut officiellement démantelée par des renforts en provenance de l'Inde. A titre de vengeance, les Anglais détruisirent le principal bazar de Kaboul, là où les cadavres de MacNaghten et de Burnes avaient été exposés. Le 12 octobre, ils quittèrent l'Afghanistan pour gagner l'Inde, harcelés dans les défilés par les hommes des tribus Ghazi, qui, il faut l'avouer, eurent le dernier mot. Dost Mohammed fut remis sur le trône, et toute trace de l'invasion britannique fut effacée.

Ainsi s'acheva ce qui fut l'un des pires exemples de l'impérialisme au XIXe siècle. L'épisode entier fut si maladroitement mené que sa conclusion était inévitablement vouée à la catastrophe. Quelques militaires participant à la débâcle partageaient ce point de vue mais leurs mises en garde furent ignorées par les dirigeants. Je souhaitais présenter les événements sous ce jour-là.

Le personnage d'Akbar Khan demeure encore une énigme pour les chroniqueurs contemporains aussi bien que pour les historiens. La haine fanatique que ce sirdar nourrissait envers l'envahisseur anglais était compréhensible quoique discutable mais sa courtoisie exemplaire et sa relative bonté à l'endroit de ses prisonniers furent prouvées, comme sa cruauté pendant la retraite désastreuse de Kaboul. Les opinions divergent quant au massacre de Khoord Kaboul. Akbar Khan aurait-il incité les hommes des collines à la violence ou délibérément choisi de ne pas s'en mêler ? D'autre part, aurait-il prémédité de sang-froid le meurtre de MacNaghten, ou agi dans un moment d'égarement, guidé par la seule rage d'avoir été trahi par l'officier britannique ? Mon sirdar n'est que le fruit de la fiction. Cependant, tout au long de ce récit, je me suis attaché à souligner la nature paradoxale de ce personnage.

Colin Mackenzie s'avéra être l'un des seuls survivants à ce fiasco. J'ai tenté de reproduire le plus fidèlement possible les événements auxquels il a participé. Néanmoins, j'ai pris la liberté de modifier quelque peu son caractère que je subodorais par trop sévère et moraliste pour accepter avec équanimité la liaison de Kit et d'Annabel.

Le général Elphinstone, Sir William MacNaghten, Sir Alexander Burnes, Lady Sale et les autres sont présentés comme l'histoire l'aurait désiré.

En revanche, les personnages de Kit et d'Annabel et leurs exploits sont entièrement fictifs.

Glossaire

Aksakai : chef de village.
Aya : nurse indigène.
Cipaye : soldat indien sous le drapeau anglais.
Ferenghi : étranger.
Havildar : officier indien sous le drapeau anglais.
Howdah : selle-pavillon d'éléphant.
Huzoor : formule de politesse afghane. Suit le nom de la personne interpellée.
Mullah : musulman exerçant des fonctions juridiques ou religieuses.
Rissaldar : officier indien de cavalerie.
Sherbet : jus de fruit glacé.
Shura : conseil, réunion politique.
Sirdar : officier supérieur indien.
Zenana : appartement des femmes.

Amour et Destin

Les romans de la collection Amour et Destin présentent des femmes exceptionnelles, qui découvrent dans l'amour le sens de leur vie. Elles iront jusqu'au bout de leur quête, quel qu'en soit le prix.

Héroïnes modernes, elles ont décidé de prendre en main leur destin et de l'assumer, dans un monde trop souvent hostile.

Dans la collection Amour et Destin, des femmes courageuses et intransigeantes affrontent la réalité, tout en sachant que l'amour, seul, pourra leur apporter l'épanouissement dont elles rêvent.

BENNETT ELIZABETH

Le balancier du cœur
3598/6

Jolie, douée mais obèse et malheureuse, Janie quitte un jour la Nouvelle-Angleterre pour devenir directrice artistique dans une agence de publicité new-yorkaise. Elle y gagnera son indépendance, perdra les kilos qui la gênaient et surtout découvrira, après quelques errances, le véritable amour.

BENZONI JULIETTE

Le Gerfaut
– Le Gerfaut
2206/6
– Un collier pour le diable
2207/6
– Le trésor
2208/5

BINGHAM CHARLOTTE

Ombre et lumière
3493/7 Inédit

BLAKE JENNIFER

Les secrets du passé
3323/6

Dans le décor luxuriant de La Nouvelle-Orléans, les passions se déchaînent autour de Riva, prisonnière d'un mystérieux passé.

Délices et fureurs
3525/6

BRISKIN JACQUELINE

C'est écrit dans le ciel
3139/7

Au sommet de sa gloire, Alyssia del Mar, star secrète et fascinante, convoque les Cordiner. Elle a fait autrefois partie de cette famille de magnats du cinéma. Ils l'ont humilée et elle a décidé de se venger...

Cœurs trahis
3431/7

BROWN SANDRA

Texas !
– Le destin de Lucky
3282/3

Il s'appelle Lucky, mais sa chance l'a peut-être abandonné le soir où il a croisé cette inconnue. Au moment où il rencontre enfin l'amour, il a le sentiment que son destin lui échappe !

– Le destin de Rocky
3432/3
– Le destin de Sally
3563/3
French Silk
3472/7
Des secrets bien gardés
3617/6 (Février 94)
La vengeance de Jade
3666/6 (Avril 94)

CLARKE BRENDA

Au-delà du monde
3618/5 (Février 94)

Deux mois après la disparition de son mari au Liban, Christiane Saxelby apprend que Rowland était déjà marié lorsqu'il l'a épousée. Anéantie par cette découverte, elle se replonge dans leur passé. Qui était cet homme auprès de qui elle a vécu durant vingt-cinq ans ? Rowland l'a-t-il vraiment aimée ?

COOKSON CATHERINE

Le bonheur secret d'Emma
3343/5

Dès son plus jeune âge, Emma a compris qu'un seul homme compterait pour elle : le pasteur Henri Grainger. C'est pourtant un autre qu'elle se résoud à épouser. Mais le véritable amour peut-il s'oublier ?

Les tourments d'Annabella
3487/7

DAILEY JANET

Le mal-aimé
1900/4
Prisonniers du bonheur
2101/4
Le triomphe de l'amour
2430/5

DEJONG LINDA RENÉE

Illusions brisées
3395/6

La voiture fait une embardée et c'est l'accident. Lorsqu'elle se réveille à l'hôpital, elle a tout oublié : amnésie. Elle ne reconnaît pas cette famille ni l'image qu'ils semblent avoir d'elle. Qui était vraiment Amanda ?

Amour et Destin

DELINSKY Barbara
Une femme trahie
3396/7
Lorsque Jeff, son mari, disparaît brusquement, Laura se trouve confrontée à une situation financière catastrophique. Avec horreur, elle comprend alors qu'elle vivait auprès d'un inconnu.

La quête de Chelsea Kane
3450/6
Empreintes
3576/6

DEVERAUX Jude
Entre ses mains
3544/6 Inédit

FIELDING Joy
Les amours déchirées
3545/5

GOLDREICH Gloria
Rencontre
3471/5

HOAG Tami
L'homme des marais
3706/5 (Juin 94)

JAGGER Brenda
L'amour revient toujours
3390/5
En 1840, dans une Angleterre en plein essor industriel, deux femmes, éprises du même homme, s'affrontent et luttent pour sauvegarder leur amour.

KRENTZ Jayne Ann
Le petit-fils prodigue
3707/5 (Juin 94)

LAROSA Linda
Princesse Alexandra
3358/7
Par un beau matin d'été de 1868, une jeune femme s'enfuit du domicile conjugal, en Autriche, et se réfugie à Paris, sous une fausse identité. C'est Alexandra, cousine de l'empereur François-Joseph...

MANSELL Jill
Malentendu
3685/6 (Mai 94)

MAREZ Marnie de
L'épouse indésirable
3686/5 (Mai 94)

McNAUGHT Judith
L'homme qui haïssait les femmes
3665/4 (Avril 94)

PEARSON Michael
Une femme d'argent
3359/5
De New York à Londres, en ce début de siècle, l'irrésistible ascension de Victoria dans le monde implacable de la haute finance.

PLAIN Belva
Les trésors de la vie
3524/7

RENICK Jeanne
Fais-moi confiance
3597/6

SELINKO Annemarie
Désirée
3374/5 & 3375/5

SIMPSON Pamela
Revers de fortune
3451/7

SMITH Deborah
L'amour par Miracle
3564/7 Inédit
Le saule bleu
3645/7 (Mars 94)

TAYLOR Lucy
Les années de feu
3646/6 (Mars 94)
Trois sœurs. Trois personnalités. Trois destins. A l'ère de l'amour libre et du féminisme, Anna, Luisa et Tina, partent, chacune à sa manière, à la recherche du bonheur.

THOMAS Rosie
Célébration
3357/5
Œnologue réputée, Bell est fermement décidée à faire carrière dans un monde habituellement fermé aux femmes. L'amour va, toutefois, orienter différemment son destin.

La belle conquérante
3510/9

3664

Composition Interligne B-Liège
Achevé d'imprimer en Europe (France)
par Brodard et Taupin à La Flèche (Sarthe)
le 23 mars 1994. 1067J-5
Dépôt légal mars 1994. ISBN 2-277-23664-0

Éditions J'ai lu
27, rue Cassette, 75006 Paris
Diffusion France et étranger : Flammarion